江河入海

杜林水　著

中国言实出版社

图书在版编目（CIP）数据

江河入海／杜林水著．－－北京：中国言实出版社，
2021.6
ISBN 978－7－5171－3395－7

Ⅰ．①江… Ⅱ．①杜… Ⅲ．①长篇小说－中国－当代
Ⅳ．①I247.5

中国版本图书馆 CIP 数据核字（2021）第 093201 号

责任编辑 史会美
责任校对 王建玲

出版发行 中国言实出版社
　　　　　　地　　址：北京市朝阳区北苑路 180 号加利大厦 5 号楼 105 室
　　　　　　邮　　编：100101
　　　　　　电　　话：64924853（总编室）　　64924716（发行部）
　　　　　　网　　址：www. zgyscbs. cn
　　　　　　E－mail：zgyscbs@ 263. net
经　　销 新华书店
印　　刷 北京荣泰印刷有限公司
版　　次 2021 年 7 月第 1 版　2021 年 7 月第 1 次印刷
规　　格 710 毫米×1000 毫米　1/16　印张 21.75
字　　数 360 千字
定　　价 68.00 元　ISBN 978－7－5171－3395－7

目录 Contents

一、烤麦穗

天气逐渐变热，前几天刚下过一场小雨，空气格外清新，几只蝴蝶在路边翩翩起舞，成群的麻雀掠过天际，空气中散发着青涩的味道。一阵微风吹来，黄绿错综的麦浪此起彼伏，进入眼帘的是一幅丰收的景象，今年又是一个好收成。四个六七岁的小孩在田间道路上疯狂地嬉笑打闹，宣泄着童年的稚气和顽劣。

一个小女孩说："我饿了，跑不动了，我要吃东西。"一个小男孩说："我有办法，不过你得答应长大了做我女朋友。""先吃了东西再说，饿着肚子怎么做你女朋友啊！"那个女孩说。

那个小男孩走向路边的麦田，用手点着数了一下，左手抓住麦秆，右手抓住六个麦穗，往下一折，使劲一拽，将五个麦穗拽了下来，有一个麦穗没有断，在麦秆上耷拉着脑袋。那个小男孩仔细看了一眼那个没拽下来的麦穗，很大方地说："算你厉害，要不是手疼，我就再拽你一次。"

那个小女孩咯咯地笑着，另外几个小男孩也大笑着起哄："连一根麦秆都拽不断，还吵着找女朋友，我看悬。""就是，我看也悬！"那个小男孩丝毫不理会玩伴们的笑话，他左手拿着五个麦穗，右手很仔细地将麦穗上的麦芒掐断，然后将四个麦穗掖在右胳肢窝下，用双手使劲搓起了一个麦穗。

那个小女孩歪着脑袋看着，不解地问："哥哥，这个是生的，能吃吗？"

"能吃，可香了，你闻闻。"那个小男孩双手搓得吱吱作响，用嘴将搓下来的麦皮吹掉，右手托着搓下来的麦粒，用舌头沾了几个麦粒，在嘴里嚼了嚼，又说："嗯，挺甜，可以吃了。"

那个小女孩凑上去使劲吸了一口气，用崇拜的目光看着这个小男孩，伸出两只小手去接，小男孩将手里的麦粒都给了小女孩。小女孩左手托着麦粒，用右手食指点着数："一、二、三、四、五……一共二十八个麦粒，我到二十八岁的时候就做你的女朋友。"然后就一粒一粒地吃了起来。

　　那个小男孩似乎没有听到小女孩说的话，从右胳肢窝下拿出一个麦穗，用双手搓了起来，有一个麦穗掉到了地上，但他并不理会。搓好后，他用舌头沾起几个麦粒放在嘴里嚼了嚼，然后将剩下的麦粒放在小女孩的手里。一个小男孩说："不能再给她了，再给她她要五十六岁才做你的女朋友。"

　　"不对，这么多麦粒她肯定数不过来，就算她能数过来，她也不知道刚才吃了几粒，她肯定不知道什么时候做你的女朋友了。"另外一个小男孩说。

　　那个小女孩说："就算不做他的女朋友，我也不做你们的女朋友，你们就知道瞎说，也不给我搓麦粒吃。"还是刚刚说话的那个小男孩："这样不好吃，烤着吃才好吃，那样更香，可我们没有火。"那个小女孩又说："嗯，烤着吃肯定更香，凌云哥哥，你能给我烤着吃不？"

　　凌云听到后，眨了眨眼，抬头看了看太阳，又摸了摸口袋，把胳肢窝里的两个麦穗给了另外两个小男孩，说："小峰子，小来子，你们一人一个，赶快搓，搓好了都给吉吉，不许偷吃啊。"小峰子说："你以为我们愿意偷吃啊！地里都是麦穗，我想吃多少吃多少。"小来子说："就是，我们是在帮着你追女朋友呢！你得谢谢我们。"

　　吉吉把手里的麦粒一把放在嘴里，使劲嚼了几下咽了下去，说："凌云哥哥，我不吃他们搓的麦粒，我要吃你烤的麦粒。""嗯，你等着，我这就给你烤着吃。"凌云弯着腰在路边寻找着，可前几天刚下过一场小雨，路边去年的枯草有些返潮。他找了一些干燥的草叶，又从树上摘了一些干燥的树叶，把它们堆在一起。

　　吉吉歪着脑袋看着，说："凌云哥哥，你是不是准备点火？"凌云点点头，说："嗯，我要给你烤麦粒吃。"小峰子把搓好的麦粒一把放进自己的嘴里吃了，说："我看看你怎么点火。"小来子的麦穗还没有搓好，他看了看手里的被搓扁了的麦穗，说："这个麦穗还不熟，搓不下皮来，我也看看你怎么点火。"

　　凌云左腿半蹲着，右脚尖和膝盖着地，从口袋里掏出一个老花镜镜片，在手里转了两下，然后用左手的大拇指和食指夹着镜片的边缘，在干草叶和干树叶堆斜上方不断地变化着角度和距离，当一个白色的亮点在干草叶上形成时，他的左手不动了，眼睛直直地看着这个亮点。

　　小峰子和小来子也凑了过来，凌云抬头看了看他们，说："你们把太阳挡住了，你看，小亮点没有了。"小峰子和小来子跳到凌云的面前蹲了下来，小峰子蹲着，用手撑着地，小来子跪着，也用手撑着地，他们都目不转睛地看着这个小亮点。吉吉走到干草叶和干树叶堆的北侧，弯着腰，用手撑着膝盖，她想象着这堆干草叶和干树叶能给她烤出香香的麦粒，她可以放在手里一粒一粒地吃，口水都流了下来。

吉吉说："凌云哥哥，真的能点着？"小峰子说："他鬼点子多，说不定真能点着火。"小来子说："也有可能点不着，就这么一个小亮点能点着火？"凌云说："都不要说话，说话就点不着了。"小峰子和小来子用右手捂住了嘴巴，左手还在撑着，吉吉用双手捂住了嘴巴，这才发现口水都流了下来，急忙甩了甩双手，又迅速捂住嘴巴。

四个姿势各异的孩童围着一堆干草叶和干树叶堆，三个捂着嘴巴，一个嘴里念念有词，八只眼睛聚集在一个小白点上，谁也不敢眨眼。凌云、小峰子、小来子、吉吉这四个孩童在这田间小路上勾画了一幅充满童真童趣的绝美风景，童年仿佛定格在了这一瞬间。

"冒烟了，快看，冒烟了！"小来子刚说完又迅速捂住了嘴巴，用眼睛瞟了他们三个人一眼，他们三个正目不转睛地盯着小白点处冒出的青烟。青烟越来越浓，凌云保持姿势不动，左手调整着老花镜镜片的角度，一副聚精会神的样子。

"快看，有火了。"小峰子说完没有再用手捂住嘴巴。

"快捂住嘴巴，要不然火就灭了。"吉吉说完后又迅速用双手捂住了嘴巴，发现有口水后又使劲甩了甩双手，再次把嘴巴捂住。

"不用捂了，已经点着了就不用捂了。小峰子，我手疼，你去抓一些麦穗过来，挑着黄的抓。小来子，我腿酸，你去找一下干草和干树叶。"凌云把老花镜镜片装进口袋，找了根小树枝挑着已经着火的干草和干树叶。

小峰子和小来子站了起来，小峰子使劲跺了跺脚，小来子用双手揉了揉膝盖，蹦蹦跳跳地执行任务去了。吉吉不再捂嘴巴了，在凌云身边蹲了下来，说："凌云哥哥，你真厉害，能用太阳点着火。"

"这个老花镜镜片能把太阳光聚集起来，集到一个点上，就是这个小白点，就能点着火了。"凌云一边挑弄着火焰一边给吉吉讲解。

"那把月亮光聚集起来能点着火不？"吉吉歪着脑袋噘着小嘴问。

"点不着。"凌云不假思索地说。

"为什么呀？"吉吉把脑袋歪向另一边，困惑地眨着眼睛。

凌云也没试过用月亮和老花镜镜片能不能点着火，但又不想说不知道，他思考了一会儿，说："你看，太阳是热的，越聚集越热，月亮是冷的，越聚集越冷。"

"哦，我知道了。"吉吉点着头说，一副很崇拜凌云的样子。

小峰子双手捧着一把麦穗，被麦芒扎得龇牙咧嘴，小来子双手捧着一些干树叶和干树枝，嘴里不停地说："快点烤，吉吉的口水又流出来了。"

这个中午，他们不停地烤着麦穗，不停地吃着有些焦煳味的麦穗，吃得双手发黑，吃得嘴唇发黑，一会儿站着吃，一会儿蹲着吃，吃得开心大笑，吃得眉飞色舞，直到九奶奶来找凌云，他们才极不情愿地回去。临走时，凌云还不忘撒泡尿把火浇灭。小峰子和小来子已经走了，扭头看到火还没有灭，又都跑回去撒了一泡尿。

"吉吉，你也撒泡尿灭火吧！"小峰子说。

"就是，还差一泡。"小来子说。

"我不会站着尿尿。"吉吉大声说。

九奶奶转过身看了一眼小峰子和小来子，说："淘气的孩子！"便牵着凌云的手向前走去，他们三个跟在后面，打着饱嗝，吉吉还用舌头舔着嘴唇，回味着那烤麦穗的香味。

二、九奶奶杂货铺

九奶奶已经五十岁了，在镇上开了一间杂货铺，一扇门板在门口靠墙斜放着，上面用粉笔写着"九奶奶杂货铺"六个大字，大字下面写着一些新到的商品名称。凌云第一次到九奶奶杂货铺的时候只有五岁，他第一次看到"九奶奶杂货铺"这六个大字时，发现这六个大字特别奇怪，笔画间还用不同颜色的粉笔画满了斜杠，就喜欢上了这个九奶奶杂货铺。去的次数多了，他发现"九奶奶杂货铺"这六个大字从来没变过，下面这些小字过上一段时间就会变化一次。

那个时候凌云还不认字，听别人说这个商店叫九奶奶杂货铺，他断定这六个大字肯定就是商店的名字，下面这些小字他当然也不认识，他是靠形状来发现这些小字变化的。他每次来的时候，九奶奶都会给他一块酥糖和一块奶糖，他就把酥糖吃了，把奶糖装进口袋。九奶奶斜躺在自制的躺椅上，左手扇着蒲扇，右手握着一个搪瓷缸子，问："小凌子，把奶糖装起来干啥？留着给媳妇吃？"

"不是，我要给妹妹吃。"凌云嘴里嚼着酥糖说。

"你哪来的妹妹？"九奶奶悠闲地问。

"这是秘密，不能说。"凌云吸了吸嘴巴，吸出一些口水来，把酥糖咽了下去，吧唧了几下嘴巴。

"以后吃糖不要吃这么快，要慢慢品味。"九奶奶不再问他妹妹的事情，转移了话题。

"嗯，奶糖能在嘴里多嚼一会儿，所以，所以我要把它留给妹妹吃。"凌云用牙齿咬了咬上嘴唇，又用牙齿咬了咬下嘴唇，然后用舌头舔了舔下嘴唇。

"小凌子，你说你每次来我都给你糖吃，你要怎么谢谢我啊？"九奶奶慢悠悠地说。

"那我就做你的守护神，保护九奶奶杂货铺。"凌云说完就飞奔了出去，给他妹妹送奶糖去了。九奶奶微笑着摇了摇头，左手还在悠闲地摇着蒲扇，右手端起的搪瓷缸刚到嘴边，又放了回去，她起身开始修改门板上的小字。

当凌云再次来九奶奶杂货铺的时候，他发现门板上那些小字后面画了一些图画，有铅笔、本子、蛋糕、花生等，根据这些图形他猜出了前面这些小字的意思。

"九奶奶，这些东西也是新来的？"凌云看着门板上的这些图画问。

"哪有这么多新进的，好长时间不改了，要改一改，图个新鲜，你看怎么样？"九奶奶递给他一块酥糖和一块奶糖。

凌云把奶糖放进了嘴里，嚼了起来，一边嚼，一边盯着门板上的图形看。

"这次怎么不吃酥糖了？"九奶奶用抹布擦着货架上的灰尘。

"她说她不喜欢吃奶糖，她想吃酥糖。"凌云说。

"你看这些图画好看不？"九奶奶走了出来，嘴里叼着一支旱烟袋，也看着门板上的图画。

凌云看了看九奶奶，然后指着门板上的图画说："九奶奶，这前面的两个字是不是你嘴里的旱烟杆啊？"

九奶奶把嘴里的烟吐了出来，用右手的大拇指和食指捏着旱烟杆放在凌云手指的那个图画上对比了一下，说："还真像这旱烟杆，不像铅笔。"

　　"九奶奶，你画的铅笔和旱烟杆一个样。"凌云说着就跑了，还不忘回过头来大声说，"九奶奶，我去给妹妹送酥糖了，我要让她来看看你画的旱烟杆。"

　　"这个小凌子……"九奶奶从门板和墙之间掏出一块破布，把那个像旱烟杆的铅笔擦了，重新画了一支，用手里的旱烟杆比画了一下，又进屋拿出一支铅笔比画了一下说，"这样小凌子就不会猜错了。"

　　第二天中午，凌云拉着吉吉的手来到了九奶奶杂货铺。吉吉的嘴里吃着一块酥糖，用脚踢着一块小石子。凌云指着门板上的图画说："吉吉，这两个字是铅笔，咦，这个图形怎么变了？不像旱烟杆了。九奶奶，你快出来啊！"

　　九奶奶听到了凌云的声音，从窗户伸出头看了看，待在里面不出来。凌云又指着门板说："这个是本子，这个是蛋糕，这个是花生，记住了吗？"

　　吉吉摇了摇头，说："太多了，我记不住，我要吃糖。"

　　凌云又指着门板给吉吉说了一遍，抬头朝里面看了看，九奶奶还是没有出来。他本想再给吉吉说一遍，吉吉突然看到小峰子和小来子正好在路对面，就使劲朝他们摆手："小峰子哥哥，小来子哥哥，我在这里。"

　　听到喊声后，小峰子和小来子跑到他们身边，凌云说："我在给吉吉上课呢！你们又来捣乱。"

　　吉吉抬头看了一眼凌云，伸手把小峰子拉了过来，指着门板说："这个是花生，这个是蛋糕，这个是本子，这个是……"当指到铅笔那个图画时，吉吉想不起来了，她低头想了想，抬头看到九奶奶正在里面吸着旱烟，就说："这个是旱烟杆。"

　　九奶奶从屋里出来了，嘴里说着："怎么还像旱烟杆？"

　　凌云看了看九奶奶，又看了看吉吉，他知道九奶奶为什么出来了。小峰子说："小来子，我们不学这个，走，我们去烤麦穗吃。"

　　看到小峰子和小来子要去吃烤麦穗，吉吉就大声说："我不吃糖了，我也要吃烤麦穗。"

　　九奶奶递给凌云一块奶糖，又递给吉吉一块酥糖，说："小凌子，快哄哄你妹妹，不要让她吃麦穗了。"

　　凌云把奶糖装进口袋里，说："吉吉，这次两块糖都给你吃，糖比麦穗可好吃多了。"

　　吉吉嘴里嚼着酥糖，使劲点了点头，说："嗯，凌云哥哥，我不吃麦穗了，我要和你一起玩。"

凌云朝着小峰子和小来子的背影大喊："你们不能玩火，白天玩火，晚上睡觉尿床。"

九奶奶用粉笔将门板上那个铅笔图画又描了描，扭头对吉吉说："吉吉，这个是铅笔，不是旱烟杆。"

"九奶奶，我们走了。"凌云说。

看着凌云和吉吉手牵着手跑了，九奶奶深吸了一口旱烟，摇了摇头说："这么小就知道讨好女朋友！"

九奶奶蹲下身子从门板和墙之间掏出破布，嘴里叼着旱烟杆，左手把着门板，右手握着抹布，把下面的这些小字和图画擦了，又工工整整地写上了四行小字。

凌云再次来到九奶奶杂货铺的时候，手里提着一个啤酒瓶子，瓶口用玉米芯塞着。他走到门板前面一看，发现"九奶奶杂货铺"这六个大字下面只有四行小字，小字后面没有图画，就大声说："九奶奶，我来了，这些小字后面怎么没有图画啊？"

九奶奶嘴里还是叼着旱烟杆，打开窗户探出头来说："这还是昨天那些小字，看看在后面能把图画补上不？"说完就把窗户关上了，手里拿着一个半导体收音机，不停地转动着方向，当能听到清晰声音的时候就不动了。

凌云把手里的啤酒瓶子藏在身后，说："哦，九奶奶，这个……这个我得想想。"他抬头看了看，发现九奶奶没有在看他，就把啤酒瓶子放在地上，从口袋里掏出一块褶皱的塑料布和一个小毛刷。他把塑料布铺开在地上，把毛刷放在塑料布上，又拔掉啤酒瓶子口的玉米芯塞子，倒出一些墨汁在塑料布上。

他学着九奶奶的样子从门板和墙之间掏出那块破布，把门板上的字全部擦掉，他边擦边吹，不小心把粉笔末吹进了眼睛，就使劲眨了眨眼，又用手使劲揉了揉。

九奶奶还在屋里听着广播，广播里的声音忽高忽低，也开始有了杂音，她关掉了半导体收音机，把它放在桌子上，走了出来，嘴里还叼着旱烟袋。她看到凌云正在用小刷子认认真真地刷着这块门板，没有作声，就在凌云身后静静地看着。

凌云刷完后站了起来，这才发现双腿有些麻木，就使劲跳了两下，看到九奶奶在身后，就说："九奶奶，我看到这个门板有些破，就找了些墨汁，把它重新刷了一下，那四个图画我记住了，铅笔、本子、蛋糕、花生。"

"小凌子，你给我刷门板是不是有什么目的啊？难道是想要糖吃？"九奶奶故意说。

"九奶奶，你真厉害，说话的时候旱烟杆都掉不下来，还一翘一翘的。"凌云说。

"进屋来吧，等门板干了，我就把'九奶奶杂货铺'这六个大字写上。晚上别回去吃了，在九奶奶这里吃饭。"九奶奶说。

"九奶奶，我不是为了吃饭，我说过要做九奶奶杂货铺的守护神，就从这个门板开始。"凌云非常坚定地说。

凌云还是在九奶奶的杂货铺里吃了晚饭，吃完晚饭，他又跟九奶奶要了两块糖，跑着去找吉吉了。

在九奶奶杂货铺门口的这块门板上，凌云认识了很多字，当他会写字的时候，"九奶奶杂货铺"这六个大字下面的这些小字就由他来写了。

三、孤儿院

三十年前的清平镇只有一条镇中街和一条文化街，九奶奶的杂货铺在镇中街和文化街路口往西五十米处的路北边。镇上还有个孤儿院，在镇中街和文化街路口往东五十米处的一条小巷子里。九奶奶经常到孤儿院去找刘院长拉家常，也经常给孤儿院的孩子们讲故事，每个月都会给孤儿院捐赠一些日常生活用品。

孤儿院的大门朝东，是两扇对开的大木门，在大门的右侧挂着一个牌子，上面写着"清平镇孤儿院"。孤儿院只有三间北屋，最西边一间是孩子们的活动室，中间一间用一堵墙隔开了，是孩子们睡觉的地方，最东边一间最小，是刘院长的办公室。刘院长是孤儿院里唯一一名工作人员，除了照顾这十四个孩子的日常生活，还要教他们读书、写字，可这些孩子年龄差距太大，她就先教大一点的孩子，大一点的孩子学会了，就让大一点的孩子教小一点的孩子。

孤儿院的东墙边有一间厨房，厨房里有一间大灶和一个大风箱，大灶上固定着一个大锅，大锅的锅盖边缘冒着热气。一个年龄大一点的孩子正在用力地拉着风箱拉杆，风箱进风口挂着的木板一开一闭，灶里的火呼呼作响，明一阵暗一阵，厨房上面砖砌的烟囱里冒着青烟，整个厨房里弥漫着馒头的香味。

　　吉吉和其他孩子正在院子里玩老鹰捉小鸡的游戏，吉吉吵着要当老鹰，她张牙舞爪地跑来跑去，可她一只小鸡也捉不到，还跑得满头大汗。今天是六月一号，九奶奶送来了一只老母鸡，刘院长正在给孩子们做晚饭，她蒸了一锅馒头，炖了一锅鸡汤，正在尝着咸淡。吉吉不玩游戏了，跑过来说："妈妈，我要去找凌云哥哥。"

　　"去吧，过马路时小心点，看看有没有车子。"刘院长把勺子放在锅里搅着，锅里的香味开始慢慢飘到院子里去。

　　九奶奶用破砖块在门口两边各砌了一个边缘为锯齿形的花池，春天的时候，九奶奶就在这两个花池里种上一些花花草草，真正吸引凌云去九奶奶杂货铺的是她门前的三棵葡萄树。九奶奶杂货铺的西边有个大门，进去后里面有个大院子，院子里有一个压水井，凌云用舀子往压水井里倒完水后，就开始双手握着压水井的压杆，使劲往下压，压到底后又把压杆抬了起来，压水井里发出吱吱的声音。

　　两年前，凌云第一次压水，双手握着压杆吊起身子来压杆都不下来，第二次压水他跳起来趴在压杆上，第三次还把嘴巴给打了一下，直到去年春天，他才能够把水压出来。

　　凌云又往压水井里倒了一舀子水，重新压了起来，压水井出口管开始不间断地流水，凌云急忙把水桶放在压水井出水口下方。平时凌云都是压半桶水，然后提到九奶奶杂货铺门口去浇花，这次他一口气压满了一桶水，提水桶的时候才发现自己的力气没有那么大。于是，他用舀子舀起水，双手端着去浇花，当浇了第六次的时候，他试了试能够提动了，就把舀子放在水桶里，劈着双腿提着水桶，迈着碎步向门口走去。

　　吉吉看到凌云提着水桶的样子特别好笑，就咯咯笑了起来："凌云哥哥，快回去吃饭，妈妈蒸了馒头，炖了鸡汤。"

　　"吉吉，快过来浇花，浇完花我们就回去吃饭。"凌云把水桶放在花池前面，吉吉跑过去抓起舀子开始浇花，她看到自己的凉鞋很脏，就舀起水走到九奶奶杂货铺门前的砖砌小路上，把水倒在自己的双脚上，双脚在凉鞋里前后移动了几下，脚指头来回蜷了几下，又相互摩擦了几下。

　　"九奶奶，我们一起去吃饭吧！"凌云朝着屋里大喊。

　　九奶奶把旱烟掐灭走了出来，左手拿着她的半导体收音机，右手把门锁了，在门锁上挂了一个"九奶奶去了孤儿院"的牌子。吉吉看到九奶奶出来了，就加快了浇花的速度，凌云看了看吉吉，伸手接过吉吉手中的舀子开始浇花，还特意给那三棵葡萄树多浇了些水。当用舀子舀不到水的时候，凌云提起水桶把水倒在花池里。

"小凌子，把水桶放在门口，去把大门关了，我们去吃晚饭，给你过节去。"九奶奶看着越来越懂事的凌云说。

凌云牵着吉吉的手跑了起来，九奶奶在后面大喊："小凌子，慢点，吉吉跟不上你。"

小峰子和小来子正在孤儿院西边不远处的小道上瞎溜达，闻到了孤儿院飘来炖鸡的香味，小峰子抬头朝孤儿院的方向望了望，孤儿院厨房的烟囱里冒着青烟，小来子用鼻子使劲吸了两下，说："真香，凌云和吉吉他们又要吃好吃的了。"

他们知道今天是六一儿童节，孤儿院的刘阿姨做了好吃的，小峰子摸了摸肚子，感觉有些饿了，小来子的肚子咕咕叫了两声。他们相互看着，指着对方笑了笑，小峰子转过身抬头看了看路边的一棵杨树，双手抱住就开始往上爬。"小来子，托托我屁股，我看看是不是孤儿院飘来的香味。"

小来子来到小峰子背后，伸出双手刚要托，突然用右手打了一下小峰子的屁股，说："香味是看不见的，用鼻子闻才能闻出来。""那你托托我屁股，我闻闻是不是孤儿院飘来的香味。"小峰子双手抱着树，双腿盘着树，扭头对小来子说。

小来子把脸贴在小峰子屁股上，双手托在小峰子屁股下，咧着嘴使劲往上托。小峰子往上蹿了两下，小来子还在踮着脚尖使劲托着，小峰子伸长脖子朝孤儿院的方向看了看，说："我看到凌云和吉吉了，还有九奶奶，他们正在朝孤儿院的方向走来。"

"你鼻子不好使，闻不到香味就说闻不到香味，还学会了骗人！"小来子不相信小峰子的话，认为他在说瞎话。

"真的，我下来你看看，托住我啊！"小峰子开始往下滑，小来子在下面托着。就在小峰子滑到屁股挨着小来子脸的时候，小峰子没有憋住放了个屁，小来子松开双手跳到一边去了，嘴里大喊着："小来子，我听到你放屁了，真臭。"

"臭是听不到的，用鼻子闻才能闻出来。"小峰子从树上下来了，用右手揉着自己的小鸡鸡，说，"你上去看看，我真的看到他们了。"

"你放屁真臭，炖鸡的香味都闻不到了。"小来子来到另一棵杨树下说，

"你把树爬臭了，我要爬这一棵树。"

小来子学着刚才小峰子的样子开始爬树，刚爬了几下就不动了，说："小峰子，我不放屁，你用手托托我屁股。"

小峰子站在原地不动，笑呵呵地看着小来子，就是不过去托他，等小来子扭过头去准备继续爬树时，小峰子突然跑过去在他的屁股上使劲打了一巴掌又跑开了。小来子哎哟叫了一声，知道小峰子是不会托自己了，就使劲往上爬了爬，伸长脖子往孤儿院的方向看去。

"真的是他们，都拐进孤儿院的那条胡同了。"小来子用鼻子使劲吸了两口香味，看到凌云和吉吉后，迅速从树上滑了下来，说，"他们真的要去吃鸡了，我们快去吧！"

小来子没有听到小峰子的声音，转身看了看，小峰子已经不在了，就立马朝孤儿院的方向跑去。

当小峰子和小来子跑到孤儿院的时候，刘院长已经将三条长条凳一字型摆好，又在长条凳上摆了十四个小碗，正准备往小碗里盛鸡汤，看到小峰子和小来子来了，就让吉吉去拿两个小碗。吉吉噘着嘴巴到厨房里拿了两个小碗出来，在东头放了一个，又跑到西头放了一个。

九奶奶从厨房里把刚蒸好的馒头端了出来，自言自语地说："一年吃不了几次白面馒头，这次让孩子们吃个够吧！"

九奶奶与刘院长在一旁聊着家常，看着这群孩子们狼吞虎咽地吃着，刘院长嘴里一直说着："慢点吃，慢点吃，别噎着。"来孤儿院的次数多了，孩子们渐渐与九奶奶熟悉起来，在这些孩子里面，凌云与九奶奶关系最亲。刘院长经常跟九奶奶说："这些孩子里，数凌云聪明，虽然有些调皮，但最懂事。"九奶奶就说："要不，我就认了这个孙子吧？"刘院长没有说话，没有点头，也没有摇头。

四、镇政府大院

当吉吉再次吵着要让凌云给她烤麦穗吃的时候，全镇已经开始了热火朝天的麦收工作，孤儿院里也提前规划出一块地方来晒麦子。凌云在这十四个孤儿里面，年龄不是最大的，但却是他们的核心人物，在这个麦收季节，凌云带领着十三个孤儿忙前忙后，九奶奶也来孤儿院帮忙进行麦收。

吉吉看着眼前金黄色的麦粒，蹲下去用右手捡起五粒小麦放在左手手心里，又用右手捡起一粒放进嘴里使劲咬了咬吐了出来，说："太硬了，咬不动。"还把左手里的五粒麦子也扔了。吉吉跑到刘院长跟前，抬起头说："妈妈，我们去找爷爷吧！"

刘院长停下手中的活，擦了一把脸上的汗说："一会儿让凌云哥哥带你过去！""嗯！"吉吉答应着蹦蹦跳跳地去找凌云了。

凌云把他们十三个分成三个小队，每个小队由一个专人负责，安排完后，就牵着吉吉的手向镇政府的大院跑去，路过九奶奶杂货铺的时候，明明知道九奶奶在孤儿院里帮忙进行麦收，还朝里面望了望。九奶奶杂货铺门口花池里的指甲花、水仙花疯狂地生长着。吉吉指着花池说："凌云哥哥，我还想用指甲花染指甲。"凌云点了点头，继续拉着吉吉的手向镇政府大院跑去。

镇政府大院里的水泥地面上晒着麦子，刘镇长穿着一双布鞋，嘴里叼着支香烟，背着手在麦子里来回蹚着。看到吉吉来了，说："吉吉，快过来帮爷爷干活。""不，太热了，我要吃冰糕。"吉吉拉着凌云的手，跑进了刘镇长的办公室，从冰箱里拿出两根冰糕，递给凌云一根，凌云又把冰糕放了回去，吉吉自顾自地坐在门口吃了起来。

"吉吉，吃完冰糕快回去，晚上叫着你妈妈来吃饭吧！"刘镇长说，"我给你们做好吃的。"

"嗯，还是爷爷好，也让凌云哥哥一起来吃吧！"吉吉边吃冰糕边说。

刘镇长看了一眼凌云，从麦子里走了出来，来到镇长办公室门口，把嘴里已经熄灭的香烟扔进垃圾桶里，说："好，小凌子也一起来吧！"

吉吉经常来这个镇政府大院，认识凌云后就经常和他来这里，来的次数多了，刘镇长便认识了凌云。凌云说："刘爷爷，晚上我还是不来了，我要去九奶奶那里。"

"不，凌云哥哥不来我也不来。"吉吉大声说。

凌云看了看刘镇长，刘镇长说："来吧，晚上我给你们做炒茄子、西红柿炒鸡蛋，再来个凉拌豆角。"凌云点了点头，吉吉开心地笑了。

镇政府的厨房就在这个院子的东北角，在厨房前面有一块菜地，傍晚的时候，刘镇长从菜地里摘了两个茄子，又摘了三个西红柿，就到厨房炒菜去了。

凌云去叫刘院长了，吉吉蹲在菜地里挑了几棵大一点的芫荽拔了下来，又摘了一些比较嫩的豆角，给爷爷送过去了。

刘镇长扭头看了看吉吉，说："再去摘一个辣椒，你凌云哥哥喜欢吃辣。"

吉吉把芫荽和豆角放在旁边的一个货架上，说："我不摘辣椒，太辣，我再去拔一些芫荽，摘一些豆角。"

刘镇长笑着摇了摇头，上次吉吉摘辣椒，不小心把辣椒掰成了两半，又不小心用手擦了擦嘴，把她辣哭了，看来这个小丫头学机灵了。

刘镇长把厨房里的一张木方桌搬出来放在厨房门口，把做好的菜端了出来，吉吉跑进厨房拿出四个马扎放在方桌四周，抬头正好看见妈妈来了，就蹦蹦跳跳地说："妈妈来了，快吃饭吧！我饿了。"

凌云看着桌子上的菜，一个炒茄子，一个西红柿炒鸡蛋，一个凉拌菜，凌云最喜欢吃这个凉拌菜，把豆角、辣椒、芫荽切碎，放上麻汁，倒点醋和盐，再放点味精，这滋味就是他童年的记忆。

吉吉又跑进厨房端出一小碗咸菜，说："这个咸菜也挺好吃，凌云哥哥，你喜欢吃那个辣的，我喜欢吃这个咸的。"

刘院长坐了下来，看着桌子上的这个凉拌菜，想起了吉吉的爸爸，这个菜也是他生前最喜欢吃的，可是现在，她却再也没有机会给他做这个菜了。刘院长记得他左手拿着一个馒头，右手用小勺挖着吃，她就说："别人吃饭都用筷子，你非得用勺子？"可他并不在意，仍大口大口地吃着这个凉拌菜，嘴里开着玩笑："月娥，知道我为什么娶你吗？就是因为这个菜你做得太好吃了。"

"月娥，又想起他了？"刘镇长说。

刘月娥没有说话，点了点头。刘镇长坐了下来，吉吉拉着凌云的手也坐了下来，刘镇长灭掉嘴里的烟开始吃饭，他说："都过去了，都过去了，吃饭吧！"

吉吉咬了口馒头，又吃了口西红柿，歪着脑袋问："妈妈，你是不是又想爸爸了？你不是说等我长大了爸爸就回来吗？我要快点长大。"她看了看凌云，想了一会儿又说："是不是等我像凌云哥哥一样高了，爸爸就会回来了？"

刘院长扭过头去擦了擦眼泪，说："吉吉乖，快吃饭，吃完饭陪凌云哥哥去玩。"

凌云看了一眼吉吉，说："吉吉快吃，吃完饭我带你去找小峰子和小来子，我们去看他们谁爬树爬得快。"

就在他们吃饭的时候，九奶奶给孤儿院的孩子们做好了饭，十三个孩子在小板凳上吃得满头大汗。刘院长不在了，他们吃饭也就不讲究规矩了，吃完饭也不抢着洗碗了。九奶奶看他们吃完后也不洗碗，便大声对他们说："刘院长一会儿就回来，还不快去洗碗。"

看着他们开始洗碗了，九奶奶就向镇政府走去，在她的杂货店门口正好碰见吃饱了的凌云和吉吉。吉吉指着花池里的指甲花说："九奶奶，指甲花啥时候开花啊？我要染指甲。"

九奶奶摸着吉吉的头说："快了，等你睡醒了，明天就开了。"吉吉拉着凌云的手，蹦蹦跳跳地跑开了。九奶奶看着两个孩子欢快的背影，微微笑了笑，转身继续向镇政府走去。

刘镇长和刘月娥还在继续吃着饭，刘镇长使劲嘬了一口二锅头，又吸了口气，说："月娥，你还年轻，再找个吧！"

"爸，你说什么呢？我这一辈子就是刘清欢的女人，我是不会改嫁的。"刘月娥说。

"你一直这样也不是个事啊！你还年轻，吉吉还小，要不……"刘镇长说。

"就是因为吉吉，我更不会改嫁，我心中只有刘清欢一个男人。"刘月娥说。

"你看看凌云，他这么懂事……"刘镇长说。

"是啊！他这么懂事……"刘月娥说。

说到这里，他们开始保持沉默，直到九奶奶到来，才把这沉默打破了。九奶奶坐了下来，说："老刘，就这样吧！就这样吧！"

刘镇长起身在院子里走来走去，又点了一支烟吸了起来，九奶奶大喊："少吸点烟还能多活几年。"又转过头来对刘月娥说："月娥，难为你了，难为你了。"

刘月娥回忆着往事，神情有些恍惚，九奶奶提起小马扎向刘月娥靠了靠，说："孩子，难受就哭出来吧！哭出来就好受了。"

六月的天说变就变，一阵风吹过后，刘月娥摇了摇头，说："快下雨了，我们快回去把麦子堆起来吧！"刘镇长抬头看了看西边的天空，转过身来说："你们快走吧！把麦子收好。"

"我们帮你收吧！"刘月娥说。

"不用，我就这一点点，一会儿就完。孤儿院不行，一帮小屁孩，啥也干不了。"刘镇长说。

刘月娥把小方桌和小马扎搬进了厨房，就和九奶奶向孤儿院走去，赶到孤儿院的时候，发现凌云、小峰子、小来子他们正在把麦子堆成堆。九奶奶和刘月娥相互看了看，微笑着点了点头。

五、农村三霸

小来子是张家村的，小峰子是马家村的，这两个村都在清平镇的北边，中间隔着一条河，河水不是很深，河上有一座石拱桥。夏天的时候，他们就光着屁股在河里捉小鱼，三九天的时候，河面上结了厚厚的一层冰，他们经常在河面上溜冰，从河这边跑到河那边也不走桥了。小来子经常向孤儿院的孩子们炫耀："我是溜冰去小峰子家玩的。"小峰子也向孤儿院的孩子们炫耀："我是溜冰去小来子家玩的。"

吉吉听到后就吵着也要去溜冰，凌云就说："河冻裂开了你就掉进河里，河里面有大鲨鱼咬你。"

"冻冻下面都没有水哪来的鱼？就知道吓唬吉吉。"小来子说。

"就是，一共有三层冻冻，第一层坏了还有第二层接着，第二层坏了还有第三层接着，第三层坏了还有河底接着。"小峰子说。

"那也不能去，那里有农村三霸。"凌云说。

"农村三霸？"小来子和小峰子异口同声地说。

"就是大白鹅、大公鸡和小黄狗。"凌云说。

小来子和小峰子同时点了点头，吉吉听到大白鹅和大公鸡，就说："我不去了，我最害怕大白鹅和大公鸡。"

小来子家里有一只大白鹅，有生人来了就嘎嘎叫，展开双翅大摇大摆，伸长了脖子贴着地面用坚硬的扁嘴拧人的脚脖子，吉吉去的时候被这只大白鹅撵得满院子乱跑，是小峰子用根小木棍才把大白鹅打跑。小峰子家里有一只大公鸡，见到生人脖子上的羽毛就竖起来，跳起来用尖尖的嘴巴啄人的脖子，还用爪子蹬在人的后背上。吉吉去小峰子家里的时候，这只大公鸡跳起来啄住她的衣领，吓得她哇哇大哭，是小来子拿了一根竹竿才把大公鸡打跑。

从此以后，吉吉再也不去小来子和小峰子家了，半年后，她认识了凌云，才敢躲在凌云的身后再去小来子家和小峰子家，但小来子家的大白鹅被关在了栅栏里面，只能从栅栏的空隙里伸出长长的脖子吓唬人，小峰子家的大公鸡用绳子绑住了腿，刚要跳起来啄人就被脚上的绳子拽了回去。

十五年后，小来子对吉吉说："吉吉，你看，当年为了你，我亲自给我家的大白鹅插了一个栅栏，你能说我不关心你吗？"十五年后，小峰子也对吉吉说："吉吉，你看，当年为了你，我亲自把我家的大公鸡绑住，你能说我不关心你吗？"吉吉只是点着头说："我知道，我知道……"

当凌云、小来子、小峰子上小学三年级，吉吉上小学一年级的时候，小来子家那只大白鹅生病死了，小来子抱着死去的大白鹅呜呜地哭着，仿佛死去的不是大白鹅，而是他的好朋友。他说："大白鹅活着的时候，能给他看门，还能给他下蛋吃，现在大白鹅死了，他就不能吃鹅蛋了。"

小峰子和小来子用铁锹在漯河的小桥下挖了一个坑，小来子抱着大白鹅不放手，还在抽泣着，鼻涕马上就要到嘴边了，又突然被吸进了鼻子。小峰子就安慰小来子说："没关系，等你长大了，你养一大群鹅，天天吃鹅蛋。"

凌云看着哭哭啼啼的小来子，说："小来子，拔下几根鹅毛留个纪念吧！这样，大白鹅就可以一直陪着你了。"

小来子把大白鹅放在地上，从左边翅膀上拔下两根长长的羽毛，又从右边翅膀上拔下两根长长的羽毛，才依依不舍地把大白鹅放进坑里。凌云和小峰子把大白鹅埋了，小来子看了看埋大白鹅的地方，感觉不对劲，就用铁锹在上面堆了一个土堆，说："大白鹅，我会记得你的。"

小来子从口袋里拿出了四根长长的鹅毛，自己留下一根，剩下三根给了凌云、小峰子和吉吉。吉吉拿着长长的鹅毛左看右看，说："大白鹅，你再也不能拧我了。"

凌云像扔标枪一样使劲把长长的鹅毛扔了出去，鹅毛打了几个旋落在了地上，凌云弯腰捡了起来。小峰子说："都说鹅毛大雪，这鹅毛怎么不像雪呢？"凌云说："这鹅毛是死的，没有生气，如果大白鹅活着的时候拔下来就像雪了。"

吉吉把鹅毛装进口袋，抢着说："活着的时候谁敢拔呀？"

小来子说："这四根鹅毛就是我们友谊的见证，谁也不能扔。"他们三个点了点头。

又过了一周，小峰子拿着四根颜色鲜艳的羽毛来到学校里，给了凌云一根，给了小来子一根，又跑到吉吉的教室给了吉吉一根。小来子说："上学的路上你为啥不给我，还非得在学校里给我？"

小峰子说："你分大白鹅羽毛的时候不是我们四个人都在的时候你才分的？分大公鸡羽毛也是这样。"

听到大公鸡羽毛这几个字，凌云扭过头来说："你家大公鸡是不是死了？"小峰子摇了摇头，说："没死，我是让爷爷抓住大公鸡的两个爪子和鸡头，我才从大公鸡的尾巴上拔下了四根羽毛，大公鸡疼得咕咕叫。"

小来子把大公鸡的羽毛放在眼前看了看，又晃了晃，说："嗯，活着的时候拔下来的羽毛真好看，今年冬天要下鸡毛大雪了。"

小峰子说："这四根鸡毛就是我们友谊的见证，谁也不能扔。"凌云和小来子点了点头。

今天放学回去的时候，他们四个人刚走出校门，吉吉突然问："小峰子哥哥，你家的大公鸡是不是……"

"没死，是活着的时候拔的。"小峰子说。

"小峰子哥哥，我是想问，你家大公鸡身上还有没有漂亮的羽毛？"吉吉说。

小来子大笑着说："小峰子，吉吉想说什么都不知道，还抢着说！"

小峰子说："吉吉，到我家去玩吧！我让爷爷把大公鸡抓住，从它身上多拔下些羽毛，给你做个毽子吧！"

"太好了，我有毽子踢了。"吉吉高兴地说。

"小凌子，上一次你说的农村三霸里有小黄狗，说的是不是孤儿院门口铁笼子里的那只小黄狗？"小峰子说。

"对呀，你不会从小黄狗身上拔几根狗毛给我们吧？"小来子说。

凌云没有接他们的话茬，转移了话题说："你们说，要是小黄狗和大公鸡打架，谁更厉害？"

"还有大白鹅呢？"小来子不服气地说。

"大白鹅不是死了吗？"吉吉说。

"我是说要是大白鹅还活着，谁更厉害？"小来子说。

"大白鹅厉害。"他们三个异口同声地说。

"就是，我家的大白鹅是最厉害的。"小来子骄傲地说。

凌云和小峰子突然哈哈大笑了起来，一边跑一边说："可是大白鹅死了，再厉害也没有用了。"

小来子在后面使劲追赶着他们两个，大声说："我以后要养上一百只、一千只、一万只大白鹅，让大白鹅拧你们的脚脖子。"

吉吉在后面追着，说："就是大白鹅厉害，它的毛最长。"

凌云和吉吉来到了孤儿院，铁笼子里的小黄狗看到他们来了，兴奋得嗷嗷直叫，吉吉说："凌云哥哥，小黄狗挺听话啊！"

"它是被我训得听话了，要不然，它比大白鹅和大公鸡还厉害。"凌云看着小黄狗说。

"凌云哥哥，小来子给了我一只鹅毛，小峰子给了我一只鸡毛，你要给我啥呢？"吉吉抬起头看着凌云说。

"我要给你一个世界。"凌云说，吉吉似懂非懂地点了点头。

小峰子回到家后看到爷爷正在杀那只大公鸡，就哭喊着不让杀："爷爷，小来子家大白鹅死了，大公鸡不能再死了。"

小峰子的爷爷安慰他说："小峰子，这只大公鸡今天跑了出去，把一个小女孩的脖子啄伤了，不能让它再害人了。"

小峰子说："就是杀了也不能吃，要埋了，就埋在大白鹅旁边，看看它们谁更厉害。"

小峰子的爷爷说："这农村三霸数大公鸡厉害，大白鹅和小黄狗都不是它的对手，它生气的时候，脖子上的羽毛都是竖起来的。"

小峰子说："爷爷，你说的是真的？"

小峰子的爷爷说："是真的，你看啊，小来子家的大白鹅是生病死的，不能吃，我们家的大公鸡是活着被杀死的，可以吃，你再看，大公鸡身上的羽毛可以做好几个毽子呢！"

一听说做毽子，小峰子来了精神，说："爷爷，杀完鸡快给我做毽子吧！我要给吉吉送去一个。"小峰子的爷爷让他到屋里拿了四个铜钱和细线，一会儿工夫就做好了两个毽子，小峰子拿着毽子高高兴兴地向孤儿院跑去了，边跑边喊："爷爷，等着我回来吃鸡肉啊！"

小来子家的大白鹅死了，小峰子家的大公鸡杀了吃了，小来子和小峰子就经常到孤儿院门口看铁笼子里的小黄狗。小来子说："要是大白鹅还活着，它肯定比你厉害。"小峰子说："大公鸡杀了吃了，要是不杀，肯定比你厉害。"

　　小来子想他的大白鹅的时候，放学后就顺便跑到桥下面去看看，发现小土堆没有了，就用手堆了一个小土堆。小峰子就说："你想大白鹅了，还能跑过来看看，我也想我的大公鸡了，可我去哪看呢?"

　　"你想你的大公鸡了可以踢毽子啊!"小来子说。

　　"对啊! 走吧，我们去孤儿院找小凌子和吉吉踢毽子去。"小峰子说完就转身朝孤儿院的方向跑去。小来子用双手拍了拍小土堆，说："大白鹅，我还会来看你的。"

六、童年

　　凌云、小来子、小峰子、吉吉都是 80 后，凌云、小来子、小峰子同岁，吉吉小他们两岁。二十世纪八十年代是个物质匮乏、生活贫困的时代，但在这样一个时代里，他们的友谊就像小来子家大白鹅的羽毛一样纯洁，就像小峰子家大公鸡的羽毛一样鲜艳，他们之间的话语就像孤儿院门口铁笼子里小黄狗身上的毛一样多。在孤儿院，在张家村，在马家村，在张家村和马家村之间的小河里，在小河上的石拱桥下，在九奶奶的杂货店里，在镇东边的那片树林里，在麦田间的小路上，都存储着他们童年的记忆，都包容着他们童年的顽劣。

　　在这个物质匮乏的时代，只有逢年过节的时候才能吃上一顿水饺，才能穿上新衣服新鞋，平时能够吃上白面馒头是一件很奢侈的事情，能够吃上一锅炖鸡更是一件幸福的事情。孤儿院孩子们的衣服都是缝缝补补，大一点的孩子穿着小了，小一点的孩子再穿，小一点的孩子穿着小了再让更小一点的孩子穿。

　　春天来了，刘院长就领着孤儿院的孩子们去地里挖野菜；槐花开了的时候，凌云就领着孤儿院的孩子们爬到树上摘槐花吃；榆树结榆钱的时候，小来子就领着孤儿院的孩子们爬到榆树上摘榆钱吃；香椿树长了嫩芽的时候，小峰子就会骑在爷爷的脖子上摘香椿芽吃，吉吉吃面条的时候最喜欢在里面放些灰灰菜。孤儿院的孩子们吃着这些纯天然食品，并没有感到生活的贫穷。

　　孤儿院的孩子们经常到野地里找紫色的野葡萄吃，经常到镇东边的树林里去找知了猴，经常到秋天的田野里去抓蚂蚱、抓蛐蛐，经常到张家村和马家村之间的那条小河里去逮鱼。小来子说这条河叫张家河，小峰子说这条河叫马家河，他们为此争执不休，吵得脸红脖子粗。刘院长把他们找来的知了猴用盐水腌了起来，然后用线穿起来晾干，把他们抓来的蚂蚱和蛐蛐炒给他们吃，还把他们逮来的鱼做鱼汤给他们吃。

最难熬的是冬天，孤儿院的孩子们几乎天天喝白菜汤，几乎天天吃萝卜咸菜，就是这样，刘院长还得掐着手指头过日子，生怕饿着这群孩子们。除了照顾这群孩子的日常生活外，刘院长还负责教他们念书识字，到了上小学的年龄，刘院长就会和镇上的小学联系，让他们去上小学。

在小学里，小来子还在想念他的大白鹅，小峰子也在回忆大公鸡的滋味。小峰子的爷爷把大公鸡杀死后，炖了一大锅的鸡汤，小峰子满口油水地吃着，一根鸡骨头要在嘴里吸来吸去，最后再把十根手指头吸一遍，又伸出舌头来舔了舔嘴唇。

小峰子打着饱嗝对爷爷说："爷爷，我吃饱了，我要给吉吉去送鸡汤了。"说完后端起桌子上的搪瓷缸子向外走去。小峰子的爷爷说："送过去就回来，天黑得很快。"然后便用筷子把鸡汤里的大料包夹了出来准备晾干后下次再用，又把小峰子吃剩下的鸡骨头抓到面前，慢慢吃了起来。

孤儿院里，刘院长正在给孩子们做饭，凌云去九奶奶杂货铺了，吉吉正在和小朋友们做游戏，看到小峰子来了，便兴奋地跑过来问："小峰子哥哥，你的搪瓷缸子里有啥好吃的？"

"我家的大公鸡。"小峰子说。

一听到大公鸡，吉吉吓得立马转身跑了，刚跑了几步就停了下来，她转过身来说："大公鸡？大公鸡那么大，咋会放进搪瓷缸子里？"

"我爷爷把大公鸡杀了，这是用大公鸡做的鸡汤。"小峰子说着掀开搪瓷缸子盖使劲闻了闻说，"可香了，你想不想吃啊？"

"我妈妈说我长大了，不能随便吃别人的东西。"吉吉说着忍不住踮起脚去闻鸡汤的香味。

刘院长从厨房走了出来，吉吉跑到她的身边，说："妈妈，小峰子哥哥送来了鸡汤，我想吃。"刘院长看了看吉吉，摆手把小峰子叫了过来，说："小峰子，把鸡汤给我，我倒锅里，让小朋友们一起吃。"

"不，我只给吉吉吃。"小峰子站在原地一动不动。

"不，我长大了，不能吃别人的东西了。"吉吉学着大人的口气说。

小峰子端着搪瓷缸子迈着沉重的步伐走到刘院长跟前，说："刘阿姨，吉吉长大了，不能吃别人的东西了，给你。"刘院长接过搪瓷缸子，把里面的鸡汤倒进正在炖着的一大锅菜里，没多久工夫，香味就慢慢飘了出来。今天晚上，孤儿院的孩子们又可以改善生活了。

刘院长问小峰子："小峰子，你爷爷吃鸡肉了没有？"

小峰子说："没有，我爷爷说他喜欢吃鸡骨头，每次都是我吃第一遍，他吃第二遍。"

刘院长摸着小峰子的头说："孩子，那是你爷爷疼你，舍不得吃鸡肉，长大了要孝敬你爷爷，知道不？"

小峰子似懂非懂地点了点头，他突然想起每次过年过节，爷爷总是给他准备好吃的，爷爷总是看着他吃，自己却总是在吃鸡骨头，吃鱼刺，有时还把鸡骨头和鱼刺磨碎了再吃。

在孤儿院的孩子们改善生活的时候，凌云也即将在九奶奶的杂货店里改善生活，他把"九奶奶杂货店"门前用门板做成的黑板上面的字修改完，帮助九奶奶把杂货铺屋里屋外的卫生彻底打扫了一遍，又用压水井压水浇花。九奶奶乐呵呵地看着凌云卖力地干着，说："小凌子，今天想吃啥？九奶奶给你做去。"

"九奶奶，你给我做个大葱炒鸡蛋吧！"凌云提着水桶去浇花。

"那拔两棵葱，九奶奶给你炒去。"九奶奶起身朝院子里的厨房走去。

凌云把水倒进九奶奶院子里的菜地里，顺手拔了两棵大葱，把皮剥掉后也进了厨房。九奶奶接过大葱后，说："去外面等着吧！"

凌云来到院子里看着菜园子发呆，看到地上的水渗了下去，又去压了一桶水浇在菜地里，九奶奶从窗户里探出头说："小凌子，不用浇了，去洗洗手，一会儿准备吃饭了。"

厨房里传来吱吱的声音和大葱炒鸡蛋的香味，凌云扭头朝厨房看了看，九奶奶正在手脚麻利地忙活着。一会儿工夫，九奶奶就端着香喷喷的大葱炒鸡蛋出来了，放在院子里的一张石桌上。

凌云走进厨房拿了个小碗，分出一小半放进小碗里，说："我要给吉吉带回一点去。"

"现在长大了，不吃奶糖和酥糖了。"九奶奶笑着说。

就在他们刚要吃饭的时候，小来子、小峰子和吉吉满头大汗地跑了进来，吉吉看到桌子上的大葱炒鸡蛋，使劲闻了闻，说："刚才我吃了鸡肉，小来子哥哥给我的。"

"吉吉，你不是大姑娘了吗，咋又吃别人的东西了？"九奶奶故作生气地说。

"他们都吃了，又不是我一个人吃。"吉吉低着头委屈地说。

小峰子说："小凌子，我家的大公鸡杀了吃了，大白鹅和大公鸡都没有了。你快吃，一会儿我们去马家河玩。"

一听小峰子说马家河，小来子不愿意了，他大声说："是张家河，我的大白鹅埋在那里了就是张家河。"

小来子和小峰子又为张家河还是马家河的问题吵了起来，九奶奶边吃边看着他们吵架的样子，禁不住大笑了起来，她笑着说："这条河不是张家河，也不是马家河，是漯河。"

小峰子一听叫漯河，就说："听九奶奶的，不是你家河，也不是我家河。"

小来子说："只要不叫马家河，叫啥家河都行。"

九奶奶说："小凌子，快吃饭，吃完了去漯河玩吧！"

清平镇上只有一所小学，每个年级只有一个班级，在这所小学里，他们度过了无忧无虑、天真顽劣的童年，小学快毕业的时候，凌云对他们两个说："小峰子，小来子，我们马上就要上初中了，不能再叫小凌子、小峰子、小来子了，我们要正式一点了。"

"对，我叫张继来。"小来子说。

"嗯，我叫王登峰。"小峰子说。

"我叫凌云。"小凌子说。

看到他们三个像模像样的，低他们一年级的吉吉也大声说："我叫刘喆。"

"你还小，得继续叫吉吉。"张继来说。

"等你长大了，就叫刘喆。"王登峰说。

吉吉用恳求的目光看着凌云，凌云看着吉吉非常认真地说："吉吉，在我们心中你永远是吉吉，我们三个会一直保护你。"

"对，保护吉吉。"张继来说。

"嗯，保护吉吉。"王登峰说。

听到他们三个都在说要一直保护自己，吉吉一下子笑了，说："我长大了，不需要你们保护了。"

七、不着调

小学毕业后，凌云、张继来、王登峰一起上了初中，凌云自己一个班级，张继来和王登峰一个班级。这个时候，凌云搬到了九奶奶家里去住，张继来和王登峰每次总是绕远叫着凌云去上学，放学后，他们一起到漯河边玩耍。夏天的时候，就到河里去逮鱼，冬天的时候，就到河上去溜冰。每次到桥下，张继来都会看看埋大白鹅的地方，那里已经平了，长满了杂草，他也懒得再去修理，只是在一边站一会儿，似乎在回忆什么，又突然扭头疯跑了起来。

上小学三年级的时候，他们三个的个子差不多一样高，可到了初中二年级就有了明显的差距，凌云和王登峰差不多一样高，张继来却生长缓慢，被他们两个超过了一头。凌云和王登峰经常笑话张继来，说他是心眼多坠住了个子往上长，但身体还得生长，就只能越来越胖了。可张继来对这满不在乎，他说："你们是纵向发展，我是横向发展，发展方向不一样。"十年以后，张继来又这样解释："你们纵向发展，我是横向发展，发展理念不一样。"

就在初二下学期开学后的第二个月，张继来从语文课本上学到了一个成语，他认为这个成语就是为王登峰创造的，从此之后，他就不再叫小峰子王登峰了，他觉得登峰造极这个成语太好了。于是，在上学的路上，张继来对王登峰说："王登峰，你这个名字起得好，登峰造极，高深莫测，以后我就叫你王造极了。你说，人的名字有没有五个字的，叫你王登峰造极该多好。"见王登峰没有说话，张继来想了一会儿，又说："我这个名字也不错，张继来，继往开来，承前启后，可你不能叫我张往开。"

"你现在说话越来越不着调了，我们语文老师名字叫王光宗，你是不是也要把他的名字改成王耀祖？"王登峰边走边说。

"你倒提醒了我，私底下我们可以这么叫他，表面上还是要叫他王光宗……不是，表面上要叫他王老师。"张继来双手握住书包的背带，把肩上的书包使劲往上颠了颠。

今天才星期一，张继来心里就想着这个星期六玩什么，他对王登峰说："王造极，今天放学后我们一起做个风筝，这个星期六我们去放风筝吧！"

"你会做风筝啊？"王登峰吃惊地问。

"会！"看到王登峰开始关心做风筝的话题，张继来显得比较兴奋，他继续说，"你看，我家里种了些竹子，我们把竹子劈成细细的、长长的，绑个田字形的架子，就做这么大的一个就行。"张继来用手比画了一下，又说，"再在上面粘上一张报纸，最后再做个尾巴就可以了。"

"好，放学后我们一起做，给小凌子一个惊喜。"王登峰说。

"不能叫小凌子了，我们要叫大名。"张继来说。

"对，叫大名。"王登峰点点头说。

"吉吉这个小不点，什么时候能长大啊？"张继来嘴里嘟囔着。

"吉吉怎么了？"王登峰问。

"哦，没什么，好几天没见到她，有些想念。"张继来说。

他们几个里面，王登峰学习成绩是最好的，张继来学习成绩是最差的，上小学的时候，张继来的学习成绩在班级里垫底，上了初中还是这样。于是，这天放学后，语文老师把他叫到办公室，又开始苦口婆心地教育他："张继来啊张继来，你的名字不错，继往开来，开创新时代，可你看看你的学习成绩，这样能继往开来吗？这样能开创新时代吗？你脑袋瓜子是很聪明，但不能每天总是想着一些歪点子，想着一些馊主意，不要总是看着天空发呆，不要总是在女生的衣服上贴纸条，不要总是考试的时候在试卷上画圈圈，不要总是……嗯……要好好学习，天天向上，知道吗？放学后回去好好想想。"

张继来用右手挠着后脑勺，左手揉着肚子，故意做出一副很为难的样子，说："王老师，今天晚上不行，明天吧！"

"为什么？"王老师问。

"今天放学后我还要做一个风筝呢！"张继来说。

王老师气得咬牙切齿，说："孺子不可教也，孺子不可教也，要不是九年义务教育，你早就……"

王登峰在办公室门口听着张继来和老师的对话，捂着嘴笑了出来，怕被老师发现，就猫着腰跑下了楼，在学校门口等着张继来出来。

张继来和王登峰用了一个晚上的时间把长竹竿劈开，削成了六根长长的竹条，绑成了一个田字形的形状。张继来的左手掌扎进了一根细竹刺，王登峰找来了针给他挑了出来，疼得张继来龇牙咧嘴。但看着做好的风筝骨架，张继来还是兴奋地笑了。第二天放学后，张继来就叫着凌云去九奶奶杂货铺要了一些报纸说是要学着关心国家大事，长大以后要成为国家的栋梁之材。回到家后就和王登峰忙活了起来，用透明胶把报纸粘在了风筝骨架上，张继来找来绳子，在风筝的骨架上找了三个点用竹签把报纸捅破，把绳子绑在上面，再不断调整三根线的长度，最后，把三根线的另一头绑在一起再和一根长线绑起来。

"这样，这个星期六我们就可以放风筝了。"张继来看着做好的风筝说。

"我感觉还缺点什么。"王登峰说。

张继来指着风筝的下面大声说："你的感觉很准确，还缺风筝的尾巴，用什么做尾巴呢？要不，我们用绳子拴上一个螺丝帽吧！"

"那样不行，风筝飞不起来。"王登峰说。

"我们拴个小点的螺丝帽。"张继来说。

"也不行。"王登峰说。

"王造极，这也不行，那也不行，要不就把你拴在上面吧！"张继来大声说。

"我们要拴上两根长长的布条，这样，才能稳定风筝。"王登峰说。

张继来翻箱倒柜也没有找到合适的布条，他有些失落地坐在床沿上，双手在床上搓来搓去，突然，他眼前一亮，拿来剪刀，从床单上剪下两条长长的布条，说："踏破铁鞋无觅处，得来全不费功夫。"

王登峰把布条绑在风筝的下面，双手托着风筝来到院子里，用手拉着风筝的线在院子里跑了两圈，说："这次，我们真的可以放风筝了。"

"先等等，我试试风向。"张继来从厕所门口找了一块半头砖，来到院子中间，往空中一扔，半头砖垂直掉落了下来。张继来说："风是从上往下吹的，今天不能放风筝。"

王登峰把风筝放在地上，看着张继来笑着说："张继来，你还就是不着调，我也不叫你张往开，就叫你不着调吧！"

"不着调，不着调，我有那么不着调吗？"张继来自言自语地说。

这个周末来临的时候，张继来在屋里看着外面淅淅沥沥的春雨发呆，他和王登峰辛辛苦苦用了两个晚上才做好的风筝，却只能放在桌子上看着。他又看了看自己床上的床单，幸亏爸妈都外出打工了，要不自己又要挨揍了。张继来就盼着下个周末是个晴天，他就可以给凌云一个惊喜，就可以让吉吉兴奋地又跳又喊了。

星期一早上，太阳早早地从东方升了起来，张继来揉了揉双眼，自言自语地说："老天爷都不让我好好地过个周末。"张继来怀着沮丧的心情去上学，怀着沮丧的心情去听课，又怀着沮丧的心情放学回家。这个星期从周一到周五都是晴天，星期六早上又开始下雨，张继来就盼着明天是个晴天，可第二天还是下雨。

张继来坐在门口看着满院子的春雨，嘴里嘟囔着："王造极说我不着调，这个老天爷比我还不着调，就知道星期六、星期天下雨，太不着调了。"

星期一又是一个艳阳天，张继来心里很不爽，他和王登峰做了一个风筝的秘密在心里挠着他，他实在憋不住了，就在上学的路上和凌云说："凌云，我和王造极做了一个风筝，本来计划星期六、星期天去放风筝，可连续两个周末都下雨。这个周末晴天的话，我们一起去放风筝。"

凌云扭过头来看着张继来，说："我就知道你要报纸别有用途，是不是想给吉吉一个惊喜啊！"

"不是，我是想给你一个惊喜。"张继来说。

"你是不是喜欢吉吉？"凌云问。

"说啥呢？张继来才这么小，不会这么不着调吧！"王登峰说。

"我觉得不着调这个名字不错，挺好。"张继来说。

"啊，张继来要谈恋爱了。"凌云大声笑着说。

"啊，不着调要找女朋友了。"王登峰大声笑着说。

"这个星期天再下雨咋办？"张继来说。

"你傻啊！今天放了学你就可以叫着吉吉去放风筝啊！"凌云说。

"嗯，我咋没想到呢！"张继来拍着脑袋瓜子说。

张继来就这样稀里糊涂地度过了自己的初中生活，用他自己的话说就是，我已经尽职尽责了，九年义务教育我一天都没有请假，也算对得起自己，对得起政府，对得起党和国家。我不能再抱住政府的大腿不放了，我不能再对不起党和国家了，我要自力更生，自己养活自己了。

初中毕业的那一天，凌云、张继来、王登峰来到漯河边，吉吉还没有毕业，也来到了漯河边。这几年里，漯河拓宽了，河上的石拱桥也拆了重建了，张继来已经找不到埋大白鹅的地方了。

张继来说："我已经毕业了，我要创业了，吉吉，好好学习，我们都会一直照顾你。"

他们几个心里都有些酸酸的感觉，凌云考上了章丘六中，王登峰考上了章丘四中，见他们三个都没有说话，张继来又说，"四中是重点高中，六中也不错，你们的前途光芒万丈，我的前途万丈光芒。"

听着张继来的话，吉吉不自觉笑了出来，张继来又说："吉吉也长大了，以后我们不能再叫她吉吉了，要叫她刘喆。"

"不，我还是喜欢你们叫我吉吉。"吉吉抢着说。

"也好，凌云、王造极要上高中了，吉吉要上初中四年级了，我突然想到一首诗要背诵一下。"张继来停顿了一下，又说，"山雨欲来风满楼，烟花三月下扬州。遥知兄弟登高处，借酒消愁愁更愁。"

他们三个一起指着张继来说："不着调真的不着调！"然后，他们四个哈哈大笑着跑上了刚刚修好的那座大桥，四个人静静地看着远方，各自想着心事。张继来扭头看了看吉吉，咽了一口口水，又立马转过头去看着远方。

八、我们的理想

凌云和王登峰上了高中后就开始住校，一个星期才回来一趟，凌云是骑自行车回来，王登峰是坐公共汽车回来。他们上高中的前半年，张继来每个星期五傍晚都会去镇西边的路口去等凌云，每次一看到凌云，他就往前跑上一段距离，然后跳到自行车的后座上，有时是站在自行车的后座上，双手扶着凌云的肩膀，嘴里大声喊着："我没上高中，但高中生给我当司机了。"看到凌云双手没有握着自行车把时，又故作紧张地说："这个司机没驾照，可开车水平不一般。"

凌云骑着自行车载着张继来，一起去镇南边的路口去等王登峰，等到王登峰后，张继来就大声说："王造极就是厉害，考上了我们章丘市重点高中，今后当了大官，可别忘了光着屁股一起游泳的不着调啊！"王登峰就说："就是，忘不了，还有大白鹅和大公鸡的羽毛做证据，想忘也不敢啊！""就是，你看，我和小凌子每次都从大西边跑到大南边来接你，对你是多么重视啊！"张继来大大咧咧地说。

现在正是秋收季节，人们赶着牛车、马车，把一车车的玉米拉回家里，田野里、马路上到处都是丰收的景象。凌云骑着自行车，张继来坐在后座上，王登峰坐在前梁上，还得躲闪着晾在马路上的玉米，他们就这样晃晃悠悠往前走。凌云骑累了，张继来就跳下来在后面推一会儿，他大声喊着："两个将来的大学生还得靠我给他们加把劲。"

孤儿院里的孤儿都被领走了，放学后他们经常来孤儿院玩耍，尤其是周末的时候，他们都知道凌云要回来，所以就会来孤儿院等着他。没有了孤儿，孤儿院也就成了一个闲置的大院子，地面上放满了玉米，吉吉正坐在小马扎上剥玉米。她把玉米最外面的几层皮剥掉，把里面的几层皮捋在一起，然后将两个玉米系在一起，每剥上十个，她就把玉米提起来放在不远处的木架上。剥着剥着，吉吉突然看到一条绿色的大虫子趴在玉米上，吓得扔下玉米跑开了。

"虫子，虫子，玉米上有个大虫子。"吉吉大声喊着。

"都是大姑娘了还怕虫子！"凌云他们三个正好进来，看到吉吉大声喊着，张继来说，"吉吉别怕，小来子哥哥保护你。"

张继来顺着吉吉手指的方向，把那个玉米拿了起来，用右手夹起那个大虫子，张大嘴巴，做了一个把虫子扔进嘴里的手势，就使劲嚼了起来，喉结一滚动，又做了一个下咽的动作。"这虫子真好吃。"张继来看着吉吉说。

吉吉吃惊地看着张继来，眨了眨眼睛，以为他真的把虫子吃了，她指着张继来说："你……你……真恶心。"

张继来突然把手伸到吉吉面前，那条大虫子在他的手掌上爬来爬去，吉吉尖叫着跑到凌云身后，张继来把大虫子朝凌云扔了过去，凌云用手接住后又扔给张继来。张继来伸手去接可没有接住，这次大虫子真的进了张继来的嘴里，张继来急忙把大虫子吐了出来，吐了两口唾沫。吉吉在凌云身后咯咯地笑了起来，她指着张继来说："这个大虫子好吃不？这可是高蛋白啊！"

王登峰也大笑着说："叫你嘚瑟，这次真的不着调了吧！"

张继来跳起来把大虫子踩死了，又吐了两口唾沫，说："其实，我是故意的，大虫子的味道真不错，可惜，不小心吐了出来，唉……"

这时，吉吉又指着一个玉米说："不着调，这上面还有一条大虫子，你吃一个我看看。"

张继来扭头看了看，那条大虫子比刚才踩死的还要大一点，他转过头来说："吉吉，我吃了它你得做我的女朋友。"

"我才不做吃虫子的人的女朋友呢！"吉吉撇着嘴说。

"你不做我就不吃。"张继来也撇着嘴说。

"你吃了我也不做。"吉吉还是撇着嘴说。

这时，九奶奶从厨房里走了出来，看到张继来和吉吉在拌嘴，就说："小来子，别欺负吉吉了，到九奶奶杂货铺把他们都叫来，马上就要八月十五了，给你们改善一下伙食。"

张继来看了九奶奶一眼，又回过头来看着吉吉说："你把那条大虫子看好了，回来吃饭的时候我就把它吃了。"然后就跑了出去，一边跑一边喊："我正在看三国，吃饭的时候我们吃虫子论英雄。"

孤儿院的孩子大都回家吃饭了，只有五个回来吃饭，他们看到凌云和王登峰都在，兴奋地大呼小叫。今天晚上，九奶奶给他们炖了一锅猪肉茄子汤，出锅的时候又撒上了一些蒜末，天气虽然有些凉，但他们还是吃得满头大汗。吃饭的时候，凌云说："小来子，你不是要吃虫子论英雄吗？"

"不能叫小名，要叫大名，英雄之间没有叫小名的……"张继来边吃边说，想了一会儿又说，"当然，叫我不着调也行，这是我行走江湖的称号，我们行走江湖，都要有一个称号。"

"你叫不着调，那小峰子哥哥叫什么啊？"吉吉兴趣十足地问。

"他叫王造极，登峰造极嘛！"张继来大大咧咧地说，说完后看了王登峰一眼，王登峰好像没有听到一样没有反应。

"那小凌子哥哥呢？"吉吉又问。

"小凌子叫……叫……这个……我还没有想好。"张继来打着马虎眼说。

"那我呢？"吉吉又问。

"你嘛……就叫吉吉吧！我们都喜欢这个名字。"张继来说。

"那他们几个呢？"吉吉站起来指着其他几个孤儿说。

"他们还没有真正走上江湖，暂时还没有称号。"张继来嘴上这么说着，心里却在说："这个吉吉真啰唆，吃顿饭都吃不好。"

"抓紧吃饭，吃完饭我们看着月亮聊一聊我们的理想，论一论谁是英雄。"凌云吃饱了站起来说。

"就是，吃虫子的肯定不是英雄。"王登峰说。

"我又没有真的吃虫子。"张继来抢着解释说。

吃完饭后，那几个孩子各自跑回各家了，九奶奶打开电灯后开始坐下来剥玉米，刘院长也从镇政府大院回来了。他们四个每人拿了一个马扎，并排着坐在一起，抬头看着月亮。张继来说："吃饱了，每个人说一说自己有什么理想吧。"

"嗯，我先说。"吉吉双手托着下巴说，"我要好好学习，天天向上，我长大了要当一名……当一名……凌云哥哥，你先说吧，我还没想好呢！"

张继来大笑着说："你还小，可以让理想慢慢发芽，你再想想，我先说说我的理想。"张继来停顿了一下，又继续说："初中毕业后我已经当了很长时间的无业游民，我爹娘让我跟着他们去南方打工，我不愿意去，我走了谁照顾爷爷啊！明年我就十八岁了，就从明年开始，从最简单的开始，我要学着养大白鹅，挣钱养活自己。当然，这只是我这三年的理想，我的终极理想是挣上一千万，给我们村，我们镇做一份贡献，做一个对社会有用的人才。"

王登峰伸手摸着张继来的脑袋说："不着调，脑袋不热啊！说话怎么这么不着调啊！"

凌云说："不要笑话别人有理想，说说你的理想吧！"

王登峰笑了笑，说："我的理想就是考上一所名牌大学，不在家里种地了，要到城市里工作，在城市里买房子，再……再找个漂亮的女朋友。"

"你的理想太渺小了吧！不上大学这些也能实现啊！"张继来对王登峰的理想不屑一顾，继续说，"在农村也不错啊！我就喜欢生活在农村，你不会是上了高中，被哪个漂亮的女生给洗脑了吧？"

张继来无意识的一说，让王登峰感觉有些脸红，他用手挠着头，不好意思地笑了笑。上高中的第二个月，班上的一个女生就天天黏在他身边，让他给自己讲数学公式，讲化学反应式，讲英语过去、将来时，他发现在自己给她讲解的时候，她总是盯着自己的脸看，这让他自己的脸有些发热。王登峰能够感觉出来，她有些喜欢自己，但他对这并没有厌恶的情绪。

看到王登峰有些窘迫，凌云拍了拍王登峰的肩膀说："王登峰，在学校里要好好学习，上高中可不能谈恋爱啊！这不是好孩子应该做的事情。不过我嘛，我是可以谈谈恋爱的。"

"上高中谈恋爱是你的理想?!"张继来说。

"我是想在学习之余放松一下自己，陶冶一下自己的情操，使自己有更加昂扬的斗志和激情再次投入到学习之中，以期取得更好的学习成绩。"凌云不急不缓地说。

"你们两个考上了高中，这就是你们的人生理想啊？还不如我这个初中生的人生理想远大呢！"张继来直接看不上他们两个的人生理想。

听了他们的话后，吉吉站了起来，走到他们三个面前，用手指着他们挨个说："我知道了，小来子哥哥的理想是养大白鹅，小峰子哥哥的理想是到城市里生活，凌云哥哥的理想是在高中时找个女朋友，我说的对不？"

张继来也站了起来，说："你们都没有说出你们真正的理想，可我说的理想是真的，这次我们吃虫论英雄失败，下次再论！我要回家照顾我爷爷了。"张继来说完就跑出了孤儿院。

凌云和王登峰还是坐在小马扎上，凌云想，张继来的理想虽然是养大白鹅，但他毕竟有自己的理想，而且明年就可以实现，自己都上了高中，天天教室、食堂、宿舍三点一线，自己的人生理想又是什么呢？他看了看王登峰，以为他也是随便一说，可他哪里知道，这个时候的王登峰对那个女生已经产生了那种朦朦胧胧的感觉，只是他自己还没有感觉到而已，王登峰说："这个不着调有可能真的不着调一回，我能不能登峰造极一回呢？"

九、张继来真的要养大白鹅

今天是一九九八年惊蛰，张继来在自家大门口看着逐渐泛绿的柳条，看着麦地里一片绿油油的景色，虽乍暖还寒，但明媚的阳光照在身上有些暖洋洋的感觉。他舒舒服服地伸了个懒腰，使劲皱了皱眉头，又使劲甩了甩胳膊，漫无目的地在漯河边走着，一个人虽然无拘无束，但心里总有一些莫名的失落。他伸手拽住一根柳条，用上初中时学到的英语数着柳条上的一个个嫩芽，数到十的时候数不下去了，就接着用阿拉伯数字数，数到二十的时候他就不再数了。他咬下一个嫩芽，在嘴里嚼了嚼，感觉味道有些苦，就吐了出来。

张继来看着河水缓缓地流淌，有鱼儿在欢快地游来游去，地上满是铺路用的风化石，他从地上捡起一块小石子往河中扔去，又捡起一块扁平状的石头在河面上打起了水漂，石头直接落到了对面的岸上。初中毕业这半年多来，他除了吃饭、睡觉就是陪着爷爷去地里干活，总感觉没有意思。他想，凌云和王登峰继续自己的求学之路，而自己却一个人待在家里无所事事。他想，凌云和张继来是不是真的在学校里找了女朋友？如果他们真的开始谈恋爱了，自己岂不是会被他们笑话？他又想到了吉吉还在上初中，自己是不是应该多关心一下吉吉？一想到吉吉，他身体颤抖了一下，头猛地抬了起来，感觉自己应该做点什么。今年夏天，吉吉也要初中毕业了，如果吉吉再上了高中，自己就不能想见她就见她了，小凌子和小峰子一周见一次，一个月见一次，半年见一次都可以，可他想每天都能看到吉吉。

不知不觉，张继来就来到了他亲手埋葬大白鹅的附近，他在桥下走来走去，寻找埋葬大白鹅的地方，但已经找不到了。他突然想起了自己家里的抽屉里有一本梁羽生的武侠小说，里面还夹着一根鹅毛，一本金庸的小说里还夹着一根漂亮的鸡毛，他使劲摇了摇头，说："小来子，想这些没用的干啥？对了，我要养大白鹅，养许多大白鹅。"想到这里，张继来就疯狂地跑回了家，跟爷爷说自己要养大白鹅。爷爷点点头，同意了他的想法，说："村东头有一片空地，我去跟村委说说，让你养大白鹅。"

得到爷爷的支持后，张继来很兴奋，中午吃完饭就拉着爷爷的手去村东头视察那块空地，他看着高低不平的荒地渐渐有了绿色，在心里规划着怎样养大白鹅。他对爷爷说："爷爷，我们用栅栏把这周围围起来，低的地方要放上一些水，这样才能红掌拨清波，高的地方盖上一些棚子，让大白鹅在里面休息。"晚上睡觉的时候，他梦见自己养了一万只大白鹅，可这些大白鹅里面竟然有红色的，有绿色的，有五彩缤纷的，有的甚至还会变化颜色，比小峰子家的大公鸡漂亮多了。小峰子看着他养的大白鹅，眼睛睁得大大的，口水都流了下来。他还梦见自己挣了好多好多的钱，以前吉吉不同意做他的女朋友，可他挣了好多好多的钱后，吉吉争着抢着要做他的女朋友，小凌子气得哇哇直哭，他却高兴得哈哈大笑。

"快起来吧！就知道咧着嘴笑，我领着你去村委找找你二叔，商量一下让你养大白鹅的事。"张继来的爷爷把被子掀了起来。

"爷爷，我梦见我养了好多大白鹅，他们还会变颜色，我还梦见……"张继来还没有从梦中走出来，迷迷糊糊地说。

"别做梦了，养大白鹅不是那么简单的事，养不好你就在梦里哭吧！"张继来的爷爷说。

"我肯定能养好，我还要靠养大白鹅找……找媳妇呢！"张继来本来想说找吉吉做自己的女朋友，但又怕爷爷笑话自己，就没有说出来。

张继来的二叔在村委当会计，村东头的那片荒地本来就闲着，就和村委里的几个人商量了一下，让张继来整理一下养大白鹅。张继来也拍着胸脯说："二叔，村长，我用那块空地养大白鹅可不是白用，养好了，过年的时候给每位村民发两个鹅蛋，养坏了，我就只能到梦里哭了，在梦里……过年的时候，我给每个村民发二十个鹅蛋。"

张继来的二叔摸着他的头说："小来子，好好干。"

村长摸着小来子的头说："好好干，小来子。"

张继来的爷爷说："你们放心吧！我这把老骨头还能帮帮忙，不会出大的差错。"

从村委出来后，张继来又跑到村东头看了看那块荒地。在略带寒夜的早晨，张继来威风凛凛地站着，大有轰轰烈烈干一场的架势。张继来围着将来他养大白鹅的这个地方转了三圈，站在最高的地方撒了泡尿，说："先撒泡尿占个地方，以后我就是养鹅专业户了，就可以不去外面打工了。"

张继来又回头看了看这块荒地，才恋恋不舍地跑回家去准备吃早饭，刚走到家门口，就看见王登峰朝他这边走来，就大声说："王造极，王造极，我要养大白鹅了，就在我们村东头那块荒地上，我吃完饭带你一起去看看。"

王登峰快步跑了过来，说："真的？你真的要养大白鹅了？你先去吃饭，我去把凌云叫过来，我们一起去看看。我和凌云是高中生，给你出出主意。"

"你们念书好，可不会养大白鹅，你快去，我吃饭很快。"张继来现在迫不及待地想让他们两个看看自己将要养大白鹅的地方，刚跑进门，又跑出来说，"把吉吉也叫上。"

今天是星期六，吉吉回家了，孤儿院的大门锁着，铁笼子里的小黄狗看到王登峰来了，摇着尾巴兴奋地叫了几声。王登峰弯下腰对小黄狗说："农村三霸就剩下你还活着，凌云是不是去九奶奶那里了？"小黄狗没有再叫，"你不叫就是默认了！"王登峰说完便转身朝九奶奶杂货铺跑去，在九奶奶杂货铺的大院子里，王登峰找到了凌云，他正在院子里用铁锹翻土。

王登峰说明了来意，凌云说："把吉吉也叫上吧，我们一起去看看，张继来要创业了，我们要给他造造势。"

"吉吉不在孤儿院，我们快去吧！不着调等不及了。"王登峰说完就往外跑，凌云把铁锹使劲插在地里，也跟着跑了出来。

他们跑到张继来家门口的时候，张继来正在门口等着，嘴里的饭还没有咽下去，他含糊不清地说："我就要是养殖大户了，过年的时候给你们两个分鹅蛋吃。"

"真小气，不给我们个大白鹅吃。"凌云开玩笑说。

"大白鹅跑得快，逮不住啊！"张继来咽下了嘴里的饭，说话清楚了。

"你还真是不着调，舍不得就舍不得呗！"凌云说。

"走，去我养大白鹅的地方看看，你们两个高才生是我的军师，得给我出谋划策。"张继来说。

"刚才还说我们不会养大白鹅，现在又让我们给你出谋划策，你这转变太快了。"王登峰说。

"王造极，我吹捧吹捧你们两个还不行啊？念书念成书呆子了。"张继来故作生气地说，然后朝他们两个跑来的方向看了看，又说，"吉吉没来？我以为她跑得慢，在后面呢！"

"没有，没找到她。"王登峰说。

"走吧！我们去看看。"张继来说完便带头走了起来，凌云和王登峰在他两边跟着。

"我有个提议，我感觉我们叫大名不习惯，还是叫小名好。"凌云说。

"我感觉还是叫小名好，我也感觉叫大名不习惯。"王登峰说。

"好，不要叫我小来子，我叫不着调，我喜欢这个江湖称号，你叫王造极，他叫小凌子，这样叫起来多好。"张继来嘻嘻哈哈地说。

在张继来计划养大白鹅的那块荒地上，他刚撒过尿的那个地方还没有干，张继来领着凌云和王登峰转了两圈，用自己那不着调的语言描述着他那不着调的理想，他说："小凌子，王造极，不要看我不着调初中毕业，文化程度浅，但我也是一个有理想、有抱负的青年，也是一个脱离了低级趣味的青年。养大白鹅只是我人生理想的起点，养了大白鹅，还有可能再养大公鸡，养了大公鸡，还有可能再养小黄狗，反正，我就计划在农村混了。要是会跑的养不了，我就养不会跑的，养不会跑的也挺好。"

"啥东西不会跑啊？"王登峰问。

"桃树、梨树、樱桃树，还有塑料大棚里的韭菜、菜花、黄瓜、辣椒、茄子都不会跑，养这些不会跑的总应该能养活吧！"张继来给王登峰解释说。

"那你应该说是种，不该说是养啊！"王登峰说。

"书呆子，上了高中就成书呆子了，种和养难道还不一样？都是劳动人民用双手去创造的，我就要用我的双手去创造一个不着调的世界。"张继来伸出自己的双手上下晃了晃，异常激昂地说。

"不着调，你马上要成万元户了。"凌云说。

"什么万元户？难道你没听说，万元户不算富，十万元户马马虎虎，百万元户才真算富，我至少要挣上一百万，然后找吉吉做女朋友。"张继来信誓旦旦地说。

"我才不做你的女朋友呢！你不吃虫子我也不做你的女朋友，你有了一百万我也不做你的女朋友。"不知什么时候，吉吉来到了他们身后，张继来刚才说的话，正好被她听到。

"吉吉，刚才小来子开玩笑呢！我们正在进行吹牛大赛。"怕吉吉误会，凌云解释说。

"不是，刚才我说的是真的，我还要娶你做老婆呢！"张继来说。

"张继来，你……你……你不要脸！"吉吉气得说话有些口吃，大声说完就转身跑了，凌云追了过去，还不忘扭过头来对张继来说："小来子，过年的时候给我留几个鸭蛋啊！"

张继来呆呆地站在那里一动不动，王登峰踢了他一脚，他才反应过来，看着吉吉远去的背影，张继来有些失落，他说："小凌子是不是在暗示我要养鸭子啊？"

"啥暗示？他一激动说错了，还是养你的大白鹅吧！刚才你开玩笑有些过分了啊！"王登峰说。

张继来缓缓地点了点头，但吉吉说的最后一句话让他有些缓不过神来，他在心里对自己说："我不是开玩笑，我是认真的。"

十、今年我们十八岁

张继来不再在星期五下午去等凌云和王登峰了，不再有事无事就到漯河边瞎溜达了，不再想着凌云和王登峰是不是在学校里谈恋爱了，也暂且放下要吉吉当他女朋友的想法，他开始考虑如何养大白鹅的事情了。

吃过早饭，张继来用手抹了抹嘴，对爷爷说："爷爷，那块荒地我研究了很长时间，整体地形挺好，我计划用树枝围个大圈，再在西北角那块高地上面盖个大鹅棚，再等上几天就更暖和了，地上的草都长了出来，就可以养大白鹅了。"

张继来的爷爷开始收拾桌子上的碗筷，他说："小来子，这养大白鹅可不是件简单的事情，不能像养咱们家那只大白鹅一样，随便养养就算了，一会儿我领着你去看看，好好规划一下。我问问你，你是要养长大了下蛋的大白鹅还是长大了吃鹅肉的大白鹅？"

"我要养长大了下蛋的大白鹅。"张继来不假思索地说。

"那大白鹅长到多大才开始下蛋啊？我再问你，大白鹅下的蛋你是用来吃呢，还是用来孵化小白鹅？还有，你买小白鹅的时候，咋判断买的是会下蛋的小白鹅？要是大白鹅长大了准备下蛋了，你让它下到哪里？养大白鹅的时候，要是大白鹅生病了咋办？"张继来的爷爷一连问了几个问题，把张继来问蒙了。

"养大白鹅这么麻烦啊？"张继来嘟囔着说。

"是啊！"爷爷说着从腰带里拔出了那根伴随了他大半辈子的长杆式烟袋锅，张继来急忙上前给他点上，嬉皮笑脸地说："好爷爷，好爷爷，我们这就去看看，你给我说说如何养大白鹅，我要把我的鹅蛋卖到全国各地，让全国各地的人民过年的时候都能吃上鹅蛋。"

张继来的爷爷看了看他，语重心长地说："小来子，今年你十八岁了，长大成人了，也该自己养活自己了。"张继来似懂非懂地点了点头。

就在张继来的爷爷在村东头那块空地给他讲如何养大白鹅的时候，凌云正坐在教室里接受文化知识的滋养，在九奶奶的资助下，他从小学一直上到高中，但学习成绩一直没有王登峰好，王登峰考上了章丘市重点高中，他考上了一所普通高中。从高一下学期开始，他和前桌一个叫钟灵的女生交往逐渐多了起来，当春暖花开的时候，他开始约钟灵在学校的操场上散步，钟灵也是有求必应，不是和凌云在学校的绿地上散步，就是和凌云在学校的操场上跑步，这让凌云似乎找到了初恋的感觉。

"钟灵，你学习挺好的，考个理想的大学没有问题。"在学校的绿地上，凌云走在前面低着头说。

"嗯，你也是，你学习虽然不努力，但成绩还不错，虽然没有我好，可考个大学也是没有问题的。"钟灵在后面踩着路牙石，双手伸开掌握着平衡，故意咬着嘴唇含糊不清地说。

"你这是在夸我学习好呢，还是在夸我聪明？对了，如果你能考上大学，专业你想好了没有啊？"凌云转过身来笑着问。

"刚才还说我能考上大学，现在又开始假设，你这变得也太快了啊！"钟灵从路牙石上跳了下来，双手插在口袋里，脚尖着地，学着企鹅一步一晃的样子。她想了一会儿，又说，"不过，这个问题是该考虑一下了。"

"我们去体育场跑步吧！那里人多。"凌云往体育场的方向看了看。

"为什么非得到人多的地方去啊？我们两个人这样就挺好，我就喜欢静悄悄的环境。"钟灵双手背在身后，开始用脚后跟走路，还学着企鹅一步一晃的样子。

"这样不太好吧！容易让我产生在谈恋爱的感觉。"凌云开玩笑说。

"你想得美，再说了，你约我出来，不就是想找这种感觉？由此，我断定你是个虚伪的人，不敢面对自己的情感。"钟灵也开玩笑说。

"那我也怕你误解。"凌云继续开玩笑。

"不会的，我还不想谈恋爱，就是谈，也不和你谈。"钟灵又跳上路牙石，双手伸开掌握着平衡，故意咬着嘴唇含糊不清地说。

"哦，那我就放心了，哈哈……哈哈……"凌云看着天空的星星，故意大笑着说。

"哈哈……哈哈……走吧！我们去体育场跑步去！"钟灵又从路牙石上跳了下来，但这次没有跳好，差点跌倒，站稳后又说，"你这个没良心的同学，也不知道扶我一把。"

"我怕你会误解啊！"凌云转过身来大笑着说，伸手去扶钟灵。

"你以为我每天晚上陪你出来溜达同学们不会误解啊？她们都说我们是在谈恋爱呢！"钟灵走到凌云跟前，捶了他一下说，"要是老师知道了怎么办？怎么办？怎么办？"

"哦，那我明白了！"凌云故作严肃地说。

"你明白什么了？你明白什么了？"钟灵故作生气地说，"我都快跌倒了，你还开玩笑，有没有良心啊？"

"我今年十八岁，你今年十七岁，要是老师问起来，你可以说你是我的妹妹啊。"凌云伸手去拉钟灵的手，但被拒绝了。

钟灵低头站在凌云面前，双手急忙伸进了口袋里面，她低着头，不敢看凌云。凌云在钟灵面前尴尬地站着，向左看了看，又向右看了看，最后又抬头看了看天空。一阵微风吹来，他们两个都变得清醒了些。

"我先回去了，你一个人去体育场跑步去吧！"钟灵说完就转身走了，留下凌云一个人站在那里发呆。确认钟灵已经走了之后，凌云一个人到操场上气喘吁吁地跑了个五千米，但他没有看到，在操场不远处的小亭子里，有个女生正默默关注着他。

跑完步，凌云一个人在体育场上散步，时间已经很晚了，体育场上没几个人。他想到了考大学的事情，这个他真的没有认真考虑过，又想起了张继来在初中毕业的时候问他和王登峰："凌云同学，王登峰同学，你说上高中、考大学是不是我们人生唯一的出路？"凌云摇了摇头，王登峰点了点头，张继来看着他们两个，说："一个人一个命，如果以后我混得不行了，要饭的时候你们能给我个馒头吃就行。"

凌云摇了摇头，他心想，小来子这个家伙大白鹅养得怎么样了？过年的时候还能不能吃上免费的鹅蛋啊？他低头往前走着，感觉有人在后面跟着自己，正要回头，就感觉自己的手被人拉住了。

"小凌子，在想什么呢？是不是还在想我啊？"钟灵嬉皮笑脸地说。

"你怎么神出鬼没啊？人吓人，吓死人，你知道不？"凌云故意甩开了钟灵的手，没有回头，也嬉皮笑脸地说。

"翻脸比翻书还快，也不知道刚才谁厚着脸皮要拉我的手。"钟灵跳了几下，跳到了凌云的前面，伸开双手挡住了他的去路，说："小凌子，我考虑好了，你十八岁，我十七岁，可以做你的妹妹。"

"那我就委屈一下吧！"凌云故意拉长脸说，"你是不是一直在看我跑步啊？大懒虫，就是不想跑步。"

"我就是再懒、再胖、再重、再……我也是你的妹妹。"钟灵一本正经地说。

凌云点了点头，说："好，那我就收下你了，你是我的第二个妹妹。"

"什么？第二个妹妹？那第一个呢？"钟灵跺着脚，甩着胳膊说。

看着钟灵这副着急的样子，凌云心里偷着高兴了起来，于是，他把他和吉吉的事情给钟灵说了，也把自己的身世给钟灵说了。钟灵听后，张大嘴巴吃惊地站在那里，说："小凌子，你不地道，我什么事情都告诉你了，你的事情为啥不告诉我？"

凌云又把张继来和王登峰的事情告诉了钟灵，钟灵说："王登峰这个名字我好像听说过，不知道是不是你说的那个王登峰？"

凌云用疑惑的目光看着钟灵，又抬头看了看夜空，说："我说的这个王登峰快学成书呆子了，这么晚了，王登峰在干什么呢？"

这个时候的王登峰正躲在被窝里用手电照着一本英语课本在学习，由于长时间近距离偷着学习，他的眼睛已经有些近视了，虽然是坐在第四排的中间位置，但已经看不清黑板上的字了。王登峰是以班级第三的成绩考上的市重点高中，但进了高中以后他才发现，自己在班级里不是最优秀的，成绩只能在中下游位置徘徊，于是，为了提高自己在班级的名次，每天晚上他都偷偷地学习。

王登峰的父亲是一名小学教师，就在他上初中的学校教生物，他的母亲是一名下岗工人，就在学校里开了个小卖部。王登峰的父亲经常教育他说："你要好好学习，不能像张继来那样初中毕业就辍学回家，在社会上瞎混，不学个好。你要好好学习，将来考个好大学，才能有个好工作。"王登峰就说："小来子没有瞎混，他准备养大白鹅了。"

"养大白鹅能养出什么名堂？以后周末回来后不要去找张继来玩了，在家里好好预习功课，复习功课。"王登峰的父亲说，"你都十八岁了，也该考虑一下自己的未来了。"

在王登峰看来，自己只有好好学习，才能不让父亲失望。受父亲的影响，王登峰从小学到初中学习成绩一直不错，一直是班里的佼佼者，这给他的父亲争了光。可自从上高中后，他开始感觉力不从心，也对天外有天、人外有人这句话有所感悟。

于是，在十八岁这年，张继来开始养大白鹅，但对养大白鹅的知识一无所知，未来一片渺茫；凌云心里有了喜欢的人，但稚嫩的青春承担不起懵懂的爱情，未来一片渺茫；王登峰背负父亲的期望，在高手如云的重点高中勤奋学习，未来一片渺茫。我们的小凌子、小峰子、小来子已经从光着屁股玩泥巴的小屁孩长成了十八岁的小伙子，已经在无意中开始营造自己的人生，只是在这个光芒万丈的年龄，他们的青春太懵懂，他们还来不及思考人生。

十一、清平镇发生了三件大事

一九九八年六月份，张继来养的二十只大白鹅已会在鹅圈里伸着脖子嘎嘎叫时，吉吉也考上了省城的医学院，暑假里无忧无虑的凌云在九奶奶的杂货铺里帮忙打理日常事务，没事干的时候，他就到镇上的大街上瞎转悠，有时候也到孤儿院里去看看，可这个时候，门口铁笼子里的那只小黄狗已经不在了。他记得半个月以前，他和张继来把奄奄一息的小黄狗抱到漯河桥下记忆中埋葬大白鹅的地方。张继来说："把它埋了吧！让它和大白鹅做伴。"

"它还没死呢！我们不能这么残忍。"凌云说。

"你没看见它痛苦的样子？早死早托生。"张继来满不在乎地说。

凌云扭头看了一眼，发现张继来似乎不是以前的张继来了，就说："你去找些杂草，我们在桥下给小黄狗做个窝，明天我们再过来看看，如果小黄狗真的死了，我们就把它埋了。"

张继来嘴里嘀咕着："菩萨心肠啊菩萨心肠！"

凌云站在孤儿院门口，看着空空的铁笼子，心想："小黄狗，你到底去哪里了呢？活不见狗，死不见尸。"凌云发现现在的孤儿院已经不是以前的孤儿院了，成了一个闲置的大院子，只有麦收、秋收的时候才能派上用场。刘院长一个人在院子里种些瓜果蔬菜，熟了的时候就分给周围的人一些。

春天的时候，凌云在镇上瞎转悠，发现很多人家里有一些孤寡老人，天好的时候，他们大都在门口坐在马扎上晒太阳，到了夏天，这些孤寡老人就在过道里闲坐着。凌云也听说过很多人外出打工，把父母留在家里，他突然有了一种感觉，人老了会感到孤独，他笑着自言自语："小的时候需要照顾，老的时候也需要照顾。"

于是，凌云就给九奶奶提建议把孤儿院改成养老院，九奶奶盯着凌云看了好长一段时间，拿起身边的一个扫把就开始追凌云，凌云知道九奶奶误解了，边跑边说："九奶奶，我不是那个意思，你误解我了。"

"你不是哪个意思？"九奶奶停了下来，把扫把扔到一边。

"不是你想的那个意思。"凌云也停了下来，但眼睛一直盯着墙边的那个扫把。

"你知道我是什么意思？"九奶奶故意说。

"我知道。"凌云拍着胸脯说，"九奶奶，我记得我说过，我会保护九奶奶杂货铺的，我说到做到。"

"别吹牛了，晚上把吉吉叫过来，我给你们煎茄子、烙菜饼吃。"九奶奶说完慢慢悠悠地走进了杂货铺，这个时候，"九奶奶杂货铺"这六个大字不是写在门板上了，而是用隶书写在了九奶奶杂货铺门口的正上方。

把孤儿院改成了养老院，是老镇长在退休前做的最后一件事情，凌云给老镇长提意见说："后来我又想了想，觉得叫敬老院更好一些。"老镇长点了点头，又把养老院改成了敬老院，由刘月娥负责敬老院的工作。

晚上，凌云和吉吉到九奶奶家里吃饭，吉吉吃饭没有小时候那么狼吞虎咽了，也不再舔手指头了。快吃饱的时候，凌云看着吉吉说："你吃饭的样子咋变了？"

"哪里变了？"吉吉不解地问。

"怎么不舔手指头了？"凌云故意一本正经地说。

吉吉知道凌云是在笑话她，故意舔了舔手指头，说："让你回忆回忆，喜欢舔手指头的吉吉是多么可爱。"说完后又扮了一个鬼脸。

九奶奶乐呵呵地看着他们两个斗嘴，说："吉吉，小凌子小的时候可喜欢你了，我给他两块糖，他都要分你一块。"

"那是以前，现在……现在……"凌云突然想起了钟灵，不知道该怎么说下去了。

吉吉起身对凌云说："凌云哥哥，我要到省城去上学了，小来子就没有办法天天缠着我了。可是，我一个月才回来一趟，想你了怎么办？"

凌云拍着吉吉的肩膀说："我们的小不点吉吉长大了，学会照顾自己了。小来子又不是坏人，我们可是一起光着屁股长大的，再说了，他喜欢你也不是什么坏事。"

"我才不让他喜欢呢！就让他喜欢虫子去吧！"吉吉撅着嘴说，一想起小来子吃虫子的事情，吉吉心里就一阵恶心。

这个时候，凌云突然想起好长时间没有见到张继来了，就对吉吉说："走吧！我们去找那个书呆子王登峰，一起去看看小来子养的大白鹅。"

"小峰子哥哥怎么成了书呆子了？他学习一直很好啊！"吉吉不解地问。

"走吧！我们去找书呆子去。"凌云习惯性地去拉吉吉的手，却被吉吉甩开了。吉吉羞涩地站在那里，低着头说："我长大了，你不能再随便拉我的手了。"

凌云转过身来吃惊地看着吉吉，他突然想起来第一次拉钟灵手的时候也是被甩开了，可这两次被甩开手的感觉却截然不同。凌云回忆着那天晚上发生的事情，又看着吉吉低着头站在那里，心里有种说不出的滋味。过了一会儿，凌云才学着大人的口气说："刘喆姑娘，我们去找王登峰同学，然后再去找张继来同学。"

　　王登峰正在家里预习高二的功课，听到外面有人喊自己的名字，听声音就知道是凌云来找自己了。他从窗户里往院子里看了看，看到凌云和吉吉来了，就把课本收了起来，他把眼镜摘下，使劲揉了揉眼睛，走了出来。

　　"小峰子，我们去找小来子，看看他养的大白鹅吧！"凌云说。

　　王登峰看着凌云身边的吉吉，发现突然之间吉吉长成大姑娘了，吉吉看了看王登峰，又低下了头。

　　"我不去了，我还得预习高二的功课呢！"王登峰说话的时候目光还是没有从吉吉的身上移开。

　　"我们去看看吧！一会儿就回来。"凌云说。

　　王登峰把目光从吉吉的身上转移到凌云身上，很为难地说："我不去了，你们去吧！"

　　凌云不解地看着王登峰，感觉他也突然变了很多，他还想再说什么，但却不知从何说起，僵持了一会儿，才说："好吧！那我们去了啊！把小来子给你的鹅毛保存好啊！"

　　王登峰缓缓地点了点头，凌云和吉吉转身走到大门口的时候，王登峰突然大声说："你们等等！"王登峰转身跑进屋里拿来了一本《家禽养殖技术》，说："你们把这本书捎给小来子吧！"

　　凌云接过王登峰手里的这本书，从王登峰说话的语气和脸上的表情，凌云突然感觉与王登峰之间有了距离。看着王登峰转身离去的背影，凌云无奈地摇了摇头。

　　王登峰进屋后坐了下来，重新打开高二的课本，可却怎么也没有心思预习功课。他想起了他们三个小时候一起在路边烤麦穗，一起够槐花摘榆钱，一起在漯河里溜冰捉鱼，一起做风筝放风筝，一起在孤儿院里开开心心地吃饭；他又想起了父亲那殷切的希望，想起了自己中游的学习成绩，想起了自己无法确定的未来，想起了班主任对自己的谆谆教导，想起了高中同学张芳。一想到张芳，他又突然想起了吉吉，想起了吉吉，他又突然想起了张继来，于是，他从抽屉里拿出一本初中语文课本，从里面拿出了那根小来子送给他的鹅毛，呆呆地看着，眼中充满迷茫。

　　在去往小来子家的路上，吉吉说："凌云哥哥，小峰子哥哥是不是真的变成书呆子了？"

　　"差不多，差不多，马上就成真正的书呆子了。"凌云边走边说。

"要是成了真正的书呆子了，那还不如小来子哥哥呢！"吉吉说。

"那你是喜欢小来子，不喜欢小峰子了？"凌云停下脚步说。

"他们两个我谁都不喜欢，我……我……我也不喜欢你。"吉吉突然低下头说。

"不能乱说话啊！再乱说话，我让大白鹅拧你的脚脖子。"凌云吓唬吉吉说。

"哼，我长大了，大白鹅攀不上我了，再说了，小来子的大白鹅都是围起来养的，你以为我不知道啊！"吉吉说。

凌云和吉吉来到张继来的家里，但张继来不在家，张继来的爷爷说他在村东边的养鹅厂里，凌云就和吉吉往张家村的东边走去。刚出村头，就听见一阵阵大白鹅嘎嘎叫的声音，吉吉下意识躲到凌云身后，伸长脖子往养鹅厂那边张望。

张继来用废旧的砖头把养鹅厂围了起来，没有水泥，他就用黄土、麦秸和水搅和在一起当水泥用，围墙上的泥巴一块一块地挂在上面，一看就知道是不着调的手艺。养鹅厂的围墙有一米多高，张继来在围墙的西边开了一个门，门两边各有一个门柱，是用砖垒的，并用泥巴抹平了。在门口南边的立柱上挂着一块白色的长条木板，上面写着"小来子养鹅厂"。凌云盯着门柱上的这几个歪歪扭扭的大字，一猜就是张继来写的，他看到张继来在给大白鹅喂青菜叶子，嘴里还说着："养鹅无巧，菜叶青草，白鹅下蛋，就在眼前。"

凌云笑了，心想这个张继来还真行，大白鹅都长这么大了，就大声说："谁是小来子养鹅厂的负责人，我们是工商局的，例行检查。"

张继来把手里的菜叶青草一次性扔掉，很多都落在了大白鹅的身上，他故意屁颠儿屁颠儿跑过来，说："领导，我是社会主义好青年，我的养鹅厂虽然没有注册，但我过年的时候会给你送鹅蛋吃。"

"我是清官，你少跟我来这套，有鹅蛋就送给吉吉吃吧！"凌云装着领导的样子说。

"是，是……领导，我还要给吉吉大白鹅吃呢！"张继来故意点头哈腰，显出一副巴结领导的样子。

吉吉在一旁笑了起来，说："小来子哥哥，你真的养起了大白鹅，大白鹅吃虫子不？"

张继来知道吉吉是在讽刺他，但他并不在乎，拍了拍胸脯说："我不着调该着调的时候也很着调！"

凌云把藏在身后的那本《家禽养殖技术》递给张继来，说："王登峰不来了，让我把这本书送给你！"

张继来伸手接过后，随便翻了几页，说："这个王登峰真的成书呆子了，难道真的要与我们断绝关系了？"

"等人家考上了大学，说不定真的成工商局局长了，就会真的来查你的养鹅厂了。"凌云开玩笑说。

"我不怕，他要敢来查，我就把他撵出去。"张继来满不在乎地说。

凌云和吉吉在张继来的养鹅厂里溜达了几圈，听着张继来给他们讲解养鹅知识，听着张继来描述着他的美好前程，听着大白鹅嘎嘎叫的声音。张继来突然说："吉吉，我的大白鹅下了第一个蛋，先给你吃。"

吉吉没有回答，看着眼前这些大白鹅，不知道在想些什么。

今年八月份，王登峰随着父母搬到县城去住了，搬家的时候他没有通知凌云和张继来，也没有通知吉吉。凌云听说后把王登峰搬家的消息告诉了张继来，张继来把王登峰送他的那本《家禽养殖技术》扔在养鹅厂的池塘里，破口大骂："王造极这个没良心的家伙，亏我们还是光着屁股一起长大的发小呢！搬家了也不和我们说一声，难道书呆子就这样与我们断绝关系了？做事情比我不着调还不着调。"

自从王登峰去了县城，就再也没有和凌云联系过，也没有和张继来联系过，对于这件事情，凌云感觉有些难以接受，而张继来只知道嗷嗷叫，大骂王登峰忽视兄弟感情，不重视兄弟情谊。

也是在今年秋天，张继来养的大白鹅第一次下蛋，他把这只第一次下蛋的鹅叫鹅皇后，并在它的右腿上套上一个圆环做标记。今天正好是星期六，张继来双手捧着这个鹅蛋跑到了孤儿院，到了孤儿院的门口，他才发现孤儿院已经改成了敬老院。一个月前，敬老院刚刚装修完毕，但敬老院里并没有孤寡老人，九奶奶、刘月娥、凌云和吉吉正在吃饭，看到张继来来了，九奶奶就大声说："小来子，快来一起吃饭吧！"

"九奶奶，我养的大白鹅下蛋了，这是第一个。"张继来把手里的鹅蛋让他们四个人都看了看，丝毫不掩饰自己兴奋的心情，他想了一会儿，又说："本来第一个鹅蛋要给吉吉吃的，现在只好我们五个人一起吃了，九奶奶，你快给我们炒了吧！"

张继来就在敬老院吃了晚饭，他吃着自己养的大白鹅下的蛋，感觉特别香。吃过晚饭，凌云和张继来去了小来子养鹅厂，凌云把孤儿院改成敬老院的事情说给张继来听，他们聊着聊着就聊到了王登峰。张继来想了一会儿突然说："我总结一下，今年清平镇一共发生了三件大事，孤儿院改成了敬老院，王登峰跟我们说再见，不着调养的大白鹅下了蛋。"

十二、钟灵第一次到凌云家

已经放寒假了，凌云正在宿舍收拾自己的东西准备回家，同学们已经都走了，他自己一个人坐在床上发呆。从上高二开始，他就喜欢上了写作，虽然尝试着给一些文学杂志投稿，但都被无情地退了回来。凌云从书包里拿出了自己的一个日记本，慢慢地翻着看，当看到吉吉考上省城的医学院时，他突然想起吉吉这个时候也快要放假了，这个长不大的吉吉独自一人，能不能照顾好自己啊？是不是受了委屈又在哭鼻子了？是不是一想到张继来又开始撇嘴了？想到这里，凌云微笑着摇了摇头。

"在想什么呢？一个人偷着笑。"钟灵突然站在宿舍门口笑着说。

"正在想你呢！正在想我的初恋呢！"凌云口是心非地开玩笑说。

"我可不是你的初恋，我都不让你拉我的手，你还不明白吗？"钟灵还是笑着说。

"那我就假设你是我的初恋，然后再想想我的初恋，也只能这样了。"凌云把日记本塞进书包里说。

"我知道你喜欢写日记，把日记本给我看看吧！"钟灵说着走进了凌云的宿舍。

"现在还不能给你看，我只能给我的初恋看。"凌云夸大其词地用手捂着书包说。

"那你就假设我是你的初恋，给我看看吧！"钟灵嬉皮笑脸地说。

"说得好有道理，但是……还是不能给你看。"凌云把书包扔到了叠好的被子上说。

"小气鬼，小气鬼，从我们认识到现在，都一年半了，同学们都以为我们是在谈恋爱呢！只有我们两个人以为我们之间是纯洁的同学关系。"钟灵故意噘着嘴巴说。

"我宁愿同学们和我们反过来想。"凌云站起来说。

"想得美，你以为谈恋爱是一件很容易的事情啊！你以为我和你交往是一件很平常的事情啊？"钟灵走到了门口，又转过身来说，"走吧！去体育场走走，整个学校没几个人了。"

"好主意，这样我们只能自己误解自己了。"凌云跟着走出了宿舍。

钟灵没好气地白了凌云一眼，便转身向体育场走去，凌云抬头看了看天空，说："下雪了。"

"我知道。"钟灵故作生气地说。

"真的下雪了。"凌云继续说。

"我真的知道。"钟灵故作生气地说。

"嗯……"凌云快走几步追上了钟灵，"我是在故意找话题来引起你的注意，这个你也知道？"

"这个……这个真不知道。"钟灵被气笑了。

虽然有些寒冷，但阳光明媚，在体育场上，凌云和钟灵慢悠悠地走着，都低着头，一开始谁也不说话，钟灵忍不住打破了沉默，说："以前我听你说过，你有个初中同学叫王登峰。"

凌云点了点头，说："嗯，他在市重点高中，都快成书呆子了。"

钟灵也点了点头，就开始说起了王登峰的事情。从钟灵那里，凌云知道王登峰正在被一个叫张芳的女同学喜欢着，但这个女同学的喜欢却又让王登峰感觉很别扭，很不舒服。这个张芳和钟灵是一个村的，又是初中同学，张芳家庭条件很好，初中毕业时，又是托关系，又是花钱才上了市重点高中。上了市重点高中以后，自己的学习成绩在班级里面垫底，又不愿意上了，想退学，但家里不同意，非要让她念完高中混个毕业证出来。张芳没有办法，就硬着头皮继续读书，后来没想到张芳偷偷摸摸地谈起了恋爱，她恋爱的对象就是王登峰，王登峰送给张继来的那本《家禽养殖技术》就是张芳给他买的。

在体育场上转了五圈后，钟灵感觉有些冷，就说："要不，我们一起回去吧！去看看你那个小来子同学养的大白鹅。"

"这样不好吧！我怕乡亲们会误解。"凌云笑着说。

"误解……我都不害怕了你害怕？你心里想些什么呢？"钟灵转过身来对着

凌云说。

"其实，我在家里定了个娃娃亲，我也很喜欢她……"凌云故意惹钟灵生气。

"你定娃娃亲与我有什么关系啊？我又不是你的女朋友！"钟灵知道凌云在故意气她。

"我担心你会喜欢上我。"凌云说。

钟灵伸手去打凌云，手却被凌云握住了，钟灵想缩回来，却被凌云紧紧地握着。凌云看着钟灵，钟灵也看着凌云，僵持了一会儿，钟灵说："谁说纯洁的同学友谊不能拉手？"

凌云感觉自己有些过分，就松了手，钟灵急忙把手缩了回来，双手使劲地搓着说："真冷，手都麻木了。"

从学校到清平镇九奶奶杂货铺，骑自行车也就半个小时的路程，钟灵的家就在学校附近，上午就把被褥带回家了，于是，下午三点左右的时候，凌云和钟灵一人骑着一辆自行车，自行车后座上带着凌云的被褥，顶着阵阵寒风向九奶奶杂货铺的方向骑去。

经过今年夏天的重新装修，九奶奶杂货铺焕然一新，各类日用百货整洁有序地摆放在货架上。九奶奶正在杂货铺门口躺在太师椅上悠闲地晒着太阳，手里拿着一个崭新的半导体收音机，嘴里叼着自己卷的旱烟。看到凌云从西侧骑着自行车来了，她扭头看了看，又回过头来，感觉不对劲，又扭过头去看了看，这次看到和凌云一起来的还有一个人，她以为是吉吉，就起身站了起来。

"九奶奶，我放寒假了，带女朋友来看你了。"在离九奶奶杂货铺还有五十米远的地方，凌云就开始大喊。

钟灵扭头怒气冲冲地看着凌云，气得没有说出话来，她知道，论斗嘴的功夫，自己不是凌云的对手，她也知道，每次斗嘴，凌云都是让着自己。钟灵骑着自行车，低下头低声说："就算我是你的女朋友，也不能这样招摇过市啊！"然后又扭头看了看凌云，幸亏他没有听见。

凌云猛蹬了几下，跑到钟灵前面了，钟灵在后面不紧不慢地骑着。当他们两个马上就要到九奶奶杂货铺门口的时候，九奶奶才发现和凌云一起来的不是吉吉，就说："小凌子，找女朋友了？这么快就移情别恋了？"

凌云一边把自行车支好，一边开玩笑说："小声点，让她听见就坏了，她还没答应做我女朋友呢！"

九奶奶把她的半导体收音机关了，把嘴里的旱烟掐灭了，说："我还以为是吉吉呢！真是的，人老了，吉吉不会骑自行车我都忘了。"

这个时候，钟灵骑着自行车也来到了九奶奶杂货铺的门口，下自行车的时候差一点跌倒，凌云顺手把她的自行车扶好了，说："钟灵，这是九奶奶！"

"九奶奶好！"钟灵很大方地说。

"好，这个姑娘很大方！快到屋里暖和暖和。"九奶奶把钟灵自行车后座上的绳子解开，抱起被子到院子里面去了，凌云在解自己自行车后座上的绳子，嘴里嘀咕着："九奶奶偏心，九奶奶偏心。"

钟灵走进九奶奶杂货铺，这里瞧瞧，那里看看，又从杂货铺里面的门朝院子里望了望。钟灵在一张破旧的沙发上坐了下来，无意间看到墙上挂着一张照片，就下意识地站了起来，向前走了几步，静静地看着那张照片。

九奶奶走了进来，看到钟灵正在看十年前自己和凌云拍的照片，就自豪地说："那是小凌子小时候的照片，怎么样？挺帅气吧！"

钟灵朝九奶奶身后看了看，九奶奶说："不用看了，他去张家村找小来子了，每次一放学第一件事就是找小来子，有了女朋友也拴不住。"

"九奶奶，我不是凌云的女朋友，我们只是同学关系。"钟灵有些不好意思地说。

"没关系，可以慢慢发展嘛！"九奶奶给钟灵倒了一杯热水，说，"闺女，喝点水暖和暖和。"

钟灵接过九奶奶递过来的水杯，又在那个有点破旧的沙发上坐了下来，说："九奶奶，小来子就是养大白鹅的那个小来子？"

九奶奶也坐了下来，重新打开了她的那个半导体收音机，但把音量调得很低，说："就是他，这个小来子，今年夏天竟然剃了个光头，像个土匪一样。对了，你叫……"

"九奶奶，我叫钟灵……"钟灵盯着九奶奶看了一会儿，说，"九奶奶，凌云为什么叫你九奶奶啊？"

"清平镇很多孩子都叫我九奶奶，就叫习惯了，小凌子也就跟着叫九奶奶了，这有什么奇怪的？"九奶奶说。

"哦……"钟灵虽然没有听明白，但也没有好意思再问下去。

就在九奶奶和钟灵聊天的时候，凌云已经骑着钟灵的自行车来到了张家村东边的小来子养鹅厂，看到大门开着，按了几下铃铛，就直接骑了进去。大白鹅被凌云的自行车铃声惊得嘎嘎叫，张继来也学着大白鹅的样子使劲伸长脖子嘎嘎叫，但越来越胖的他头下面就是肩膀，大白鹅的脖子越来越长，他的脖子却越来越短。

张继来正在练习他的伸脖功，看到凌云骑着一辆女式自行车，就说："看到你没事，看到这辆女式自行车，我差点走火入魔。说，'是不是吉吉的自行车？'"

"你傻啊！吉吉不会骑自行车，哪来的自行车！"凌云把自行车停好后说。

"幸亏你提醒，要不然我真的走火入魔了，要真这样，全村人民就吃不上我的鹅蛋了。"张继来指着一旁的一个板房说，"走，到小来子养鹅厂董事长的办公室坐坐。"

凌云跟着张继来走进了他的办公室，看到在这个不足十平方米的板房里，各类生活用品一应俱全，虽然有些乱，但还能找到下脚的地方。凌云看着床上的被褥没有叠，像麻花一样扭曲着，床单已经拧成了一条线，枕巾发着亮光，几根鹅毛散落在床上。

"你一个人在这里睡觉不冷啊？"凌云问。

"小伙子睡凉炕，全靠火力旺。"张继来随手整理着地面上的锅碗瓢盆，仿佛自言自语，"初中同学，只有你每次回家都来看看我，王造极已经半年多没有来了。"

凌云看着眼前的张继来，看着这个和自己一起光着屁股长大的小来子，突然发现他成熟了许多，也沧桑了许多，但生活的艰辛没有改变他不着调的习性。

"小凌子，你骑的这辆女式自行车是谁的？不会是心理扭曲，喜欢上骑女式自行车了吧？"张继来说话还是那么不着调。

"那自行车是我同学钟灵的。"凌云骄傲地说，一说到钟灵，他觉得自己来的目的已经达到了，又说，"小来子，钟灵还在九奶奶家等着呢！此处不宜久留，我得赶快回去。"

看着凌云骑着那辆女式自行车远去的背影，张继来站在小来子养鹅厂门口大喊："小凌子，你个重色轻友的家伙，我还要请你吃饭呢！"然后又自言自语："我的女朋友在哪呢？好久没有见到吉吉了。"

九奶奶杂货铺里，钟灵和这个头脑灵活、爱开玩笑的九奶奶聊得热火朝天，凌云就算不回来，钟灵也不会再去想他了。

"九奶奶，凌云的父母呢？"钟灵忍不住问。

九奶奶停下手中的活，回过头来不解地说："小凌子没告诉你？他是个孤儿！"

十三、不着调大讲养鹅经

自从吉吉上了省城的医学院后，一个月才回来一次，在省城里学习了半年的时间，吉吉仿佛变成了大姑娘，但却突然变得忧郁起来，经常一副多愁善感的样子。张继来说过要娶吉吉做老婆，他心里一直记着这件事情，可他也知道自己和吉吉还是有些差距的，吉吉越长越高，越长越漂亮，他却越长越胖，脖子越长越短，虽然他一直在练伸脖功，但效果并不明显。年前凌云来找他玩的时候开玩笑建议他养长颈鹿，每天和长颈鹿比脖子，他甚至真的想过要养长颈鹿。

现在的张继来心里想的有两件事，一件是养大白鹅，一件是娶了吉吉做老婆。大白鹅心里有张继来，因为张继来每天给大白鹅喂食，大白鹅有了依赖，一见到张继来就嘎嘎直叫，可吉吉心里没张继来，因为吉吉讨厌张继来，甚至一见到张继来就觉得恶心。晚上睡不着觉的时候，张继来就躺在床上想想他和吉吉小时候的事情，他把和吉吉有关的事情都想了一遍，实在想不起来了，就想象着吉吉就躺在自己的身边，他眨眨眼睛，看着想象中吉吉的脸，双手使劲抱住被子，双腿使劲夹住被子，浑身颤抖几下，就稀里糊涂地睡了过去。

一九九九年大年初一上午，张继来在村子里给长辈们拜完年，就回到小来子养鹅厂董事长的办公室里。办公室里蜂窝煤炉子半死不活地烧着，满屋子都是呛人的味道，他从办公室里提出一个马扎，坐在门口晒太阳。张继来养的大白鹅去年就下了一个蛋，下蛋的那只大白鹅在下蛋后不久就死了，其他大白鹅都没有下蛋，是不是它们一看下蛋的大白鹅死了，都产生了恐惧心理……张继来坐在马扎上，背靠董事长办公室的门，眯着眼睛，在认真分析自己养大白鹅失败的原因。他摇了摇头，心想，今年春天再买大白鹅的时候，一定要看好性别。

张继来现在有些难过，过年的时候给每个村民发一个鹅蛋的承诺没有实现，他梦到的用卖鹅蛋的钱给吉吉买件新衣服也没有兑现，他一本正经地总结了一下经验，认为自己太轻敌了，虽出师不利，但教训深刻，他突然想到了爷爷跟他说："这是他养大白鹅教的学费。"不过，张继来的爷爷也给他出谋划策，计划今年春天就把这些不下蛋的公鹅卖掉，再买一些下蛋的母鹅。

其实买大白鹅这件事情，张继来一直不知道，直到他爷爷在病床上快不行了，才断断续续地对他说："你不要怨恨爷爷，买了公鹅不下蛋是想告诉你万事开头难，想做成一件事情没有想象中的那么简单；卖了公鹅再买母鹅是想告诉你，天无绝人之路，办法都是人想出来的。"张继来在爷爷的床边号啕大哭，也明白了爷爷的良苦用心。

于是，今年开春的时候，张继来开始认真仔细地学习养大白鹅的理论知识，那本被他扔到水里的《家禽养殖技术》也被重新拿了出来，虽然皱皱巴巴，但还能看得下去。他心想，虽然王造极这个家伙变成了书呆子，但知识是无辜的，虽然王造极与他越走越远，但知识是没有边界的。张继来利用两个月的时间学习《家禽养殖技术》，不懂就向爷爷请教，他爷爷一看这次张继来是真的用心养大白鹅，也是手把手地教他。张继来又在村长的带领下到新寨镇一家大型养鹅厂学习交流，为了这次学习交流，他爷爷花了半年的积蓄。

今年五一放假的时候，凌云带着吉吉来小来子养鹅厂，张继来正在他的董事长办公室里练习吐烟圈。凌云没有敲门直接推门进去，张继来转过身来看到是凌云，说："小凌子，我学会了吐烟圈，能一口气吐七八个呢！"

"嗯，继续练习，争取整个世界吉尼斯纪录。"凌云踢开了地面上的一个马扎说。

"你看，以前我们用丝瓜秧、南瓜秧练习吸烟，练习吐烟圈，现在不用了，我把卖大白鹅的钱买了……买了一些鹅苗，还给爷爷买了一个六字形的烟袋杆，我自己买了一包香烟。你也不要以为我只是在练习吐烟圈，我还在练习吐烟柱。"张继来说。

"吉吉来了，在外面看你的鹅苗呢！"凌云说。

听到吉吉来了，张继来急忙把手中的烟掐灭，说："你个小凌子，怎么不早说呢？"张继来往凌云身后看了看，没有看到吉吉，以为凌云在骗他开心，又说："你个小凌子，是不是在骗我？"

"不信你自己出去看看。"凌云在张继来的办公椅上坐了下来，这张陪伴了张继来董事长一年半的办公椅吱呀吱呀地叫了起来。

张继来急忙走到外面，看到吉吉正蹲在地面上手里拿着青草喂他的鹅苗，想说什么却激动得说不出话来。吉吉抬头看了看张继来，没有说话，又转过头来继续喂鹅苗。

好几个月没有见到吉吉了，张继来天天想着见到她，突然见到了，却又不知道说什么。张继来纠结了一会儿，说："吉吉，吉吉……"后面的话没有说出来，他就转身走进了他的董事长办公室。

中午的时候，凌云和吉吉在张继来的董事长办公室吃饭，吉吉刚吃了几口就吃不下去了，便走了出来，继续拿着青菜叶子喂张继来的鹅苗。张继来边吃边给凌云讲解养大白鹅的相关知识，从他第一次的失败经历讲到如何把长大的大白鹅卖掉，从他如何学习《家禽养殖技术》讲到去新寨镇的养鹅厂学习，从他的第一只大白鹅下蛋讲到其他的大白鹅为什么不下蛋，从他对大白鹅一无所知讲到如何区别鹅苗的公母。

张继来说："我现在学会如何精准地区分小白鹅的公母了，有四种方法，分别为外形鉴别法、鸣管鉴别法、摸肛鉴别法和翻肛鉴别法，我是采用后两种双重鉴别法，这样，我就不会买到公鹅苗了。"

凌云说："吃饭的时候不要说这么龌龊的话题！"

张继来站了起来，说："这是技术问题，技术问题不龌龊。我给你找一只演示一下。"

凌云急忙将口中的饭菜咽下，这个张继来炒菜本来就不好吃，好不容易将就着吃了下去，别真的吐出来。张继来把办公桌上纸箱里的那只小白鹅拿了出来，开始给凌云演示如何用摸肛鉴别法和翻肛鉴别法来鉴别小白鹅的公母。

这个时候，吉吉正好走进来，看到张继来正在用手翻着小白鹅的腚眼，感觉很恶心，就说："张继来，你真变态！"又转身走了出去。

张继来故意装作若无其事的样子，把小白鹅放回纸箱里，说："唉，我是如此用心，竟然只买到了一只小公鹅，真是百密总有一疏啊！"想了一会儿又说："等这只小公鹅长大了，我就把它送给吉吉，让她过年的时候吃。"

从小来子养鹅厂回来的时候，张继来对凌云说："小凌子，吉吉是我的，你不许打她的主意啊！"张继来知道吉吉有点喜欢凌云，就提前铺垫了这么一句话。

回到敬老院后，凌云对吉吉说："吉吉，张继来不是变态，刚才他是在给我演示如何区别小白鹅的公母，去年他养大白鹅失败，正在勤奋学习呢！"

吉吉白了凌云一眼，以为凌云在给张继来找借口，就说："他就是变态，恶心，一会儿吃虫子，一会儿看小白鹅的屁股，还挨得那么近，你看看他那个光头，你看看他那个脖子，就是变态，恶心。"

凌云不再给吉吉解释，找了个理由到九奶奶那里去了。现在的敬老院里已经有十几个老人了，由刘月娥一个人照顾他们的生活，吉吉曾提过建议让再增加人手，但刘月娥没有同意，幸亏九奶奶有空的时候就来帮忙，才使敬老院能够维持下去。

凌云和吉吉走后，张继来一个人在他的养鹅厂走来走去，又用外形鉴别法把这五十九只小白鹅重新鉴别了一遍，自言自语地说："大白鹅啊大白鹅，我小来子发家致富就靠你们了。"然后使劲伸了伸脖子，又回到了他的董事长办公室里，看着桌子上纸箱里的那只小公鹅说："小公鹅，我要一直养着你，不能送给吉吉吃，让你时刻警示我。"

晚上睡觉的时候，张继来又把今天吉吉来的事情从头到尾彻彻底底地想了一遍，想不起来了就使劲去想，竟稀里糊涂地睡了过去。张继来梦见吉吉就睡在自己的身边，她的皮肤是那样洁白，那样光滑，她的脸庞是那么清秀，她的微笑是那么迷人，她呼出来的空气是那样香甜，她目不转睛地看着自己说："张继来，我喜欢你，嫁给你我很幸福。"

张继来双手抱着被子，双腿夹着被子，迷迷糊糊地说："吉吉，我也喜欢你，我给你讲讲我是怎么区别小白鹅公母的。"第二天早上醒来的时候，张继来感觉自己内裤里面黏黏的，似乎明白了什么，他使劲回忆在梦里发生的情景，可什么也想不起来。

十四、王登峰与张芳的约定

当张继来在他的小来子养鹅厂一遍一遍核实大白鹅公母，心里还在想着吉吉的时候，当凌云和钟灵的关系还朦朦胧胧，凌云还想进一步发展的时候，当吉吉在医学院独自忧伤叹息，时不时想起凌云的时候，当秋天的白云在天空飘来飘去，偶尔下几场秋雨的时候，经过一个暑假的准备，王登峰正在章丘市重点高中高三理科班的教室里大搞题海战术，他眼镜上的玻璃越来越厚，眼睛越陷越深，张芳就给他配了一副金丝眼镜，王登峰戴上后一副文绉绉的样子。

晚自习下课后，王登峰还在教室里复习功课，张芳弯下身子看了看王登峰的脸，又扮了一个鬼脸，但这丝毫没有引起王登峰的注意，王登峰头都没抬，依旧全神贯注地在解那道数学题。张芳感觉很无趣，就回到了自己的座位上，趴在桌子上呆呆地看着王登峰复习功课。张芳是为了等王登峰才坚持在学校里待着的，要不是父母逼着，要不是有王登峰还在上学，她早就回家去了。

张芳本就不喜欢学习，高中课程对她来说简直就是天书，她怎么想都想不明白，王登峰怎么会对如此枯燥的高中课程那么执着，王登峰怎么会对如此漂亮的自己爱理不理。张芳和王登峰已经认识两年了，张芳把这两年定义为她自己的初恋期，虽然到现在王登峰都没有主动拉过她的手，每次都是她主动去拉王登峰的手，王登峰每次都紧张得手心出汗，嘴里还不停地说："男女授受不亲，男女授受不亲。"

前天晚上，在学校的小公园里，张芳从后面抱住了王登峰，王登峰身体颤抖了一下，便僵硬地站在原地不动，大口大口地喘着气。张芳抱了一会儿就松开了双手，王登峰像兔子一样头也不回地跑了，张芳望着王登峰远去的背影，跺了一下右脚，噘着嘴巴回宿舍了。张芳心想，这个不会谈恋爱的书呆子，什么时候能主动拉自己的手啊？自己是不是还要从身后抱住他吓他一下啊？想到这里，张芳忍不住笑了出来，王登峰抬头看了看张芳，又四周环视了一下，教室里只剩下他们两个了。

王登峰把课本收拾好，摘下眼镜揉了揉双眼，用双手搓了搓脸，又把眼镜戴上，站起来向教室门口走去。张芳急忙站了起来，跑到王登峰前面，挡住了他的去路，说："王登峰，我又不会吃了你，你干吗拒我千里之外啊？"

"没有啊！我在心里发过誓，上高中的时候不谈恋爱。"王登峰一看张芳黏上他了，又回到自己的座位坐了下来。

"你就这一个理由，我认识你的第一天你就这个理由，现在还是这个理由，你就不会再找个别的理由吗？"张芳跟着王登峰来到了他的座位旁，站在旁边瞪着王登峰，这让这个不会谈恋爱的书呆子有些窘迫。

王登峰抬头往教室外看了看，一个人也没有，又看了看张芳，就把头低下了。张芳站在一旁，死死地盯着王登峰，见王登峰不敢抬头，就说："王登峰，你知道我喜欢你，我也不是不讲理的人，为了不打扰你学习，我们来个约定吧！"

王登峰抬起头来，疑惑地看着张芳，这两年的时间，她总是在缠着自己，虽然没有恶意，但自己却不知道该怎么处理，每天搞得自己像做贼一样心虚。他心里也知道，张芳喜欢自己，应该是张芳心虚才对，可为什么自己总是心虚呢？为了这个，班主任找他谈过话，校长找他谈过话，这让他肩负的压力更大，更不敢面对张芳那张无所畏惧、满不在乎的脸庞。

"你说，什么约定？"王登峰鼓足勇气看着张芳说。

张芳在王登峰旁边隔着一个座位坐了下来，用手梳理了一下自己的头发，说："你知道，我是为了你才坚持在这个学校里待着的，明年这个时候我就高中毕业了，这一年的时间，我不打扰你学习，但你考上大学后，我们就得正式谈恋爱。"

王登峰怎么也不会想到张芳会整出这么一个约定来，他心里明白自己并不喜欢张芳，但如果她不再天天黏着自己，自己也就不会对她有什么反感，还可以静下心来进行高考前的冲刺，再说了，说不定高中毕业后，张芳又有别的想法了，说不定又喜欢上别的人了。经过认真思考，王登峰低着头叹了一口气，抬起头来看着张芳说："嗯，我同意。"

张芳站了起来，走到王登峰的面前，说："王登峰，我们也不用立什么字据，我相信你！"

王登峰点了点头，用牙咬了咬嘴唇，说："嗯，我也相信你！"

"那好，你陪我到操场走走，我不拉你的手，也不从背后抱你，你陪我说说话，明天开始我就不再打扰你了。"张芳说完后就转身走出了教室。王登峰急忙站起来跟着张芳走了出去，没走几步，又返回来把教室灯关了，把教室的门锁了，然后小跑着去追张芳。

在学校的操场上，张芳走在前面，王登峰紧张地跟在后面，张芳慢腾腾地说着，但不再说一些让王登峰感到紧张的话，也不再盯着王登峰的眼睛不放，这让王登峰放松了许多。张芳说起了凌云和张继来，还说起了吉吉。自从王登峰搬到县城来住后，就一直没有他们几个的消息，听张芳这么一说，王登峰有种恍若隔世的感觉。

这两年的时间，王登峰两耳不闻窗外事，一心只读圣贤书，坚持教室、食堂、宿舍三点一线，坚持努力、努力、再努力，坚持刻苦、刻苦、再刻苦，虽然身体有些吃不消，但功夫不负有心人，以他现在的学习成绩，考个理想大学没有问题。如果没有张芳的纠缠，再突击上一年，甚至能考上个名牌大学。刚才在教室里张芳说的话，让他心里有种怪怪的感觉，可又找不到拒绝她的理由，只能先走一步算一步了。

从张芳的嘴里，王登峰知道凌云也正在自己的情感里兵荒马乱，凌云有些喜欢钟灵，但钟灵对凌云一直是一种模糊的态度，朦胧的感觉，不说拒绝他，也不说接受他，但这并不是因为学校禁止早恋，凌云和钟灵的情感就这样拖泥带水地发展着。从高二下学期开始，凌云就开始尝试写小说，钟灵是他每篇小说的第一个读者，也是最忠实的读者，她还给凌云提了一些建议，也经常和凌云因为某个细节问题吵得不可开交，但争吵的时候，是凌云最快乐的时候，所以，凌云在写小说的时候，就故意留一些有争议的地方，钟灵每次看到这些有争议的地方，都会主动来找他讨论。王登峰心想，这个小凌子倒是个恋爱高手，不像自己，一跟女孩子说话就脸红。

从张芳的嘴里，王登峰知道张继来第一次养大白鹅失败，知道半年前张继来的父母离婚，他们谁也不愿意养活爷爷，张继来就跟他们断绝了关系，并且发誓永远不再见他们。张继来一个人住在他的小来子养鹅厂，誓与大白鹅共存亡，冬天冷的时候，还会抱着一只大白鹅睡觉，夏天热的时候，他就跑到漯河里游泳，有时候还会带上两只大白鹅，大白鹅在他的两边，就是他的光明左右使。王登峰心想，这个小来子倒挺会享受生活，不像自己，除了学习就是学习，还得苦苦坚持。

从张芳的嘴里，王登峰知道吉吉正在暗恋凌云，可是凌云只把他当小妹妹来对待，当吉吉知道凌云和钟灵的关系后，有了吃醋的感觉，周末的时候经常赌气不回家，非得让凌云到车站接她她才回家。吉吉每次回家总是黏着凌云不放，凌云去哪儿，她就跟着去哪儿，她本来不愿意去小来子的养鹅厂，可凌云去了，她就跟着去了，还看到了张继来在非常认真地看小白鹅的屁股。王登峰心想，这个吉吉什么时候才能长大啊？

"这些都是钟灵告诉我的，你好长时间没有见到他们了吧！"张芳说着弯下腰拍打了几下大腿，已经围着体育场走了十圈，他们都有些累了。

"嗯，你要不说，我还真快把他们忘了。"王登峰面无表情地说，"我们小的时候，我们上初中的时候是那么……那么……"王登峰没有找到合适的词来形容他们以前的关系，只是无奈地摇了摇头。

"今天晚上是和你在一起时间最长的一晚上，可是我们却聊了一些和我们无关的事情，太晚了，我要回去了。"张芳刚走了几步，又转过身来说，"王登峰，你记着我们的约定，我是认真的。"

王登峰傻傻地站在那里，张芳的话一下子把他从回忆中拉了回来，他看着张芳的背影，嘴巴张了张，想说点什么，但那点微弱的声音立即被黑夜吞噬。

第二天上课时，王登峰发现张芳没有来上课，一打听才知道她请假了，一周后，张芳就调到另外一个班级了。张芳的请假和调换班级让王登峰产生了一种莫名的压力，他知道张芳的请假和调换班级是因为自己，他经常望着张芳的座位发呆，当张芳的座位上换成另外一个女生后，他还经常把这个女生想象成张芳坐在那里。

王登峰躺在床上睡不着觉，张芳天天缠着自己的时候，自己对她确实有些反感，可是现在上晚自习的时候，再也没有人陪着自己了，再也没有人陪着自己在操场上散步了，再也没有人让自己的手心出汗、让自己的身体僵硬了。王登峰突然想到了张芳和自己的约定，身体猛烈地哆嗦了一下。

十五、青春的悸动

周末的时候，吉吉吃过晚饭回到宿舍看了会儿书，想了想凌云，她想到了很多他们以前的事情，心里有种很幸福的感觉，忍不住笑了笑。可是现在，却只有自己一个人，她与同学们的关系相处得不是很融洽，这让她有些苦闷，她总是喜欢生活在一个人的世界里，回想过去的事情。吉吉又想到了王登峰成了书呆子，但她不知道王登峰和张芳的事情，吉吉还想到了张继来成了土匪，却不知道他第二次养的大白鹅已经开始下蛋。

吉吉把书放在枕头下面，换上拖鞋，在宿舍里走来走去，舍友们都回家了，吉吉一个人感觉有些无聊，就来到了学校的图书馆里漫无目的地找书看。她看着墙上的一张人体结构图发呆，回忆着上课时老师讲解的相关知识，想象着自己身体的内部结构，又把墙上的这幅图想象成凌云，突然，吉吉感觉有些不好意思，脸一下子红了，她急忙朝四周看了看，幸好今天周六，图书室里没几个人，但她仍像做了坏事一样心里慌慌的。

吉吉学的是护理专业，这个年龄的女孩子对自己的身体也有了深刻的了解，可老师在讲解人体解剖学和生理学的时候，吉吉仍感觉有些不好意思，尤其是当老师说："看不明白的时候想想自己的身体就行了，我们既然学的是这个专业，就不要感觉不好意思。"吉吉抬头看了看老师，发现老师正在看着她，又急忙把头低下。

对于人体结构和生理卫生课程，吉吉本来已经习以为常，可不知道为什么，今天晚上一看到墙上那幅人体结构图，一把墙上的那幅图想象成凌云，自己竟然有一种莫名的冲动，这种冲动不知道来自哪里，但却像猫抓心一样挠着她的青春。吉吉摇了摇头，又把墙上这幅图想象成张继来，让张继来的光头和短脖子浇灭她心中的冲动，又把墙上这幅图想象成王登峰，让王登峰的书呆子气分散她的注意力，可这一切都无济于事。吉吉的心跳得很厉害，呼吸也有些急促，她从书架上随便找了一本书，随便找了个座位坐了下来，随便打开一页装作认真地看了起来。吉吉又朝四周看了看，发现没有人注意到自己，才长出了一口气，放松下来，这时她才发现，自己手里拿着的是路遥的《平凡的世界》。

第二天中午的时候，吉吉一个人在食堂吃饭，她用筷子扒拉着饭缸里的米饭，扒到底什么也没有发现，就用筷子戳了戳饭缸底，饭缸底发出咚咚的声音。吉吉叹了口气开始吃饭，刚吃了两口就听到有人叫自己的名字，便朝食堂门口看了看，她看到一个光头戴着一副眼镜在门口看着自己，但她并没有认出是谁，以为自己听错了，又低下头继续吃饭。

"吉吉，是我!"张继来在门口大喊。

吉吉又转过头去看了看，确定是张继来后把吃剩的饭菜往前一推，脸上一副很恶心的表情，她小声嘟囔着："吃虫子的张继来，短脖子的张继来，变态的张继来。"然后便站起来朝另外一个门走去。

张继来急忙跑到吉吉的面前。吉吉歪头看了一眼张继来，感觉他戴着这副眼镜就像土匪一样，有些不伦不类的感觉，不禁笑了出来，就说："小来子，你戴着眼镜干什么?"

"我怕我这个造型看大门的不让进，说我像土匪，就戴副眼镜扮斯文，怎么样，像不像一个学者?"张继来嬉皮笑脸地说。

"你不在家里看小白鹅的屁股，跑学校里来干什么?"吉吉说着就往前走。

张继来在后面跟着，像她的保镖一样，他从口袋里掏出一个鹅蛋，急走了几步，双手伸到吉吉面前，说："吉吉，我是来给你送鹅蛋的。"

吉吉看着张继来双手捧着的鹅蛋，鹅蛋外壳上还粘着一些大白鹅的粪便，又看了看张继来那副平光眼镜后的眼睛，停下来说："你跑这么远，就是为了给我送这一个鹅蛋?"

"嗯!"张继来使劲点了点头,"吉吉,这是今年我养的大白鹅下的第一个蛋,我记的去年大白鹅第一次下蛋的时候,我是给你送到孤儿院去的。昨天我拿着鹅蛋去孤儿院……去敬老院找你,刘阿姨说你这周没回来,今天我就给你送过来了。"

听到张继来这么说,看到张继来一副真诚的表情,吉吉心里突然有了一种感动,但她依旧不动声色地说:"这是个生鹅蛋,也没法吃啊!"

"已经煮熟了,直接吃就行。"张继来急忙说。

"你看这上面还有大白鹅的便便,真恶心!"吉吉表现出一副很恶心的样子说。

张继来拿着鹅蛋在身上擦了擦,摘下眼镜装在口袋里,说:"吉吉,你快回食堂吃饭吧!我还得回去养我的大白鹅。"张继来说完就把这个鹅蛋放在吉吉的手里,吉吉手里拿着鹅蛋,看着张继来的背影,心里有种说不出来的感觉。

吉吉小跑着追上张继来,说:"张继来,还你的鹅蛋,我不吃你的鹅蛋。你以后不要来找我,我也不想再见到你。"吉吉把鹅蛋递给张继来,张继来没有伸手去接,吉吉就把鹅蛋放在了张继来的脚边,转身跑开了。

张继来看着地上的鹅蛋发呆,当他再抬起头来时,已经看不到吉吉的身影了。张继来机械地蹲了下来,捡起鹅蛋,又把它小心地装进口袋里,发现口袋里还有他的学者眼镜,就把眼镜戴上,装着学者的样子大摇大摆地走出了学校的大门。

吉吉回到食堂后也没有心情吃饭,随便吃了几口就回到了宿舍。以前周末不回家的时候,还有舍友能陪自己说说话,这次就她一个人了,真的感觉有些无聊,她就这样无所事事地度过了下午的时间。晚上还是去学校的图书馆消磨时间,这一次,由于张继来的到来,她没有心情看墙上的那张人体构造图了,她脑子里突然闪过一个光头样的土匪戴着眼镜的样子。

第二天中午吃完午饭后,吉吉一个人在宿舍里坐在床边发呆,她回想着昨天张继来给自己送鹅蛋的情景,又想象着昨天是凌云来给自己送鹅蛋,还想象着凌云拉着自己的手,这次她不再拒绝了,而是红着脸让凌云拉着自己的手。她低着头不好意思说话,也不敢看凌云,凌云说:"刘喆姑娘,你长大了,是大姑娘了,可以谈恋爱了。"可她还是不敢说话,不敢看凌云的脸,就这样被凌云拉着手,在学校的道路上慢慢走着,同学们投来诧异、羡慕的目光,也有的对他们指指点点,还有的窃窃私语。可这些吉吉都不放在心上,她就这样被凌云幸福地拉着手，高傲地抬着头、挺着胸，慢慢走着，还不觉笑了出来。

"吉吉，在干什么呢？是不是脖子疼？把头抬这么高！"凌云在宿舍门口大笑着说。

吉吉这才发现宿舍的门没关，自己竟真的高傲地抬着头、挺着胸，脸一下子就红到了耳根，她以为自己的心事就这样彻底被凌云看穿了，可他还在开着自己的玩笑。凌云虽然不是第一次来学校看自己，可这次凌云的出现竟让她心里有些慌慌的感觉，她急忙站起来把凌云推了出去，把门关上，说："你……你……你先出去，你先出去！"

凌云感觉有些莫名其妙，就在宿舍门口走来走去，手里提着一个布包，还不时往里看看。吉吉在里面拍了拍胸口，做了六次深呼吸，心跳得没有刚才那么快了，脸也没有刚才那么红了。她从窗户看了看凌云，又摇了摇头，才缓缓把门打开，说："你总是这样神出鬼没！"

凌云丈二和尚摸不着头脑，不明白吉吉的意思，就继续开玩笑说："我就是这神龙见首不见尾，帅哥见影不见形！刚才是不是在想我啊？"

吉吉一听，心又开始跳得快了，脸也开始红了，她说："不是，我在想我的男朋友呢！"

"你的男朋友？"凌云吃惊地说，"你找男朋友了？你现在还是小姑娘，不能谈恋爱，要好好学习，天天向上。"

"你就知道说我，我已经长大了。"吉吉不服气地说，她还在回忆着刚才想象中凌云对自己说的话。

"吉吉，我给你送鹅蛋来了。"凌云进了宿舍后把一个布包往吉吉的床上一放，在床沿上坐了下来说，"昨天我回九奶奶家里，九奶奶让我捎给你的，你别误会。"

吉吉看了看床上的布包，又看了看凌云，突然想到了昨天张继来给自己送过鹅蛋，就说："我不吃鹅蛋，你带回去吧！"

"这可是九奶奶让我专门捎给你的，再说了，你不是喜欢吃鹅蛋吗？"凌云抬头看着吉吉说。

"谁让你捎给我的我也不吃，我不喜欢吃鹅蛋。"吉吉说。

"你是不是吃错药了？"凌云说着去摸吉吉的额头，"还是忘了吃药？"

"反正我不喜欢吃鹅蛋，要吃你自己吃好了！"吉吉有点生气地说，她看着床上的布包，想了一会儿，又说，"这些鹅蛋里是不是有个熟的？"

凌云吃惊地看着吉吉，心想，她怎么知道九奶奶还给她煮熟了一个，就笑着说："对啊，有一个是熟的，九奶奶单独给你煮了一个，其他那十个你让食堂的师傅给你炒着吃，怎么了？"

"我从现在发誓，今后不吃鹅蛋了。"吉吉说着就拿起装鹅蛋的布包往外扔，凌云急忙夺了过来，说："吉吉，你怎么了？是不是发生什么事了？"

"凌云同学，我问你，你是不是讨厌我？如果你不喜欢我，我以后不再找你就是了，你也不能用这种方法来伤害我啊！"吉吉说着说着就趴在床上哭了，"你走，我不想再见到你，我不想再见到你。"

凌云不知道到底发生了什么，他了解吉吉的脾气，就说："吉吉，那我先走了，你别哭了。"

吉吉一个人在宿舍里哭了半个多小时，反复想着张继来和凌云来给自己送鹅蛋的事情，尤其是想到刚才凌云说"你别误会"，就更加坐实了她的判断。她认为是张继来给自己送鹅蛋失败，就让凌云帮忙来给自己送鹅蛋，她本来就对这个光头张继来，这个假学者张继来很是反感，这样一折腾，张继来娶吉吉做老婆的希望就更加渺茫了。

凌云在回去的路上怎么也想不通吉吉到底怎么了，她难道真的长大了？

长大后他们才知道，这就是青春的悸动，只是在这个懵懂的年龄，他们没有意识到罢了。

十六、小来子养鹅厂

张继来早就不再看小白鹅的屁股了，董事长办公室里面也开始整理得井井有条，床上没有鹅毛了，枕巾也不油光发亮了，床单铺得整整齐齐，地面也擦得干干净净，每次吃完饭也把锅碗瓢盆洗刷干净后再摆放整齐。周末的时候，当张继来听凌云说下个周末要带着钟灵来他的董事长办公室参观时，他说："来吧！来吧！"

张继来通过继续学习王登峰送给他的那本《家禽养殖技术》，已经掌握了大白鹅下蛋前有哪些征兆，他甚至梦到了他董事长办公室里的那只公鹅都有了下蛋前的征兆，可是这只大白鹅却一直坚持不下蛋，张继来催着它抓紧下蛋，可它就是不下，张继来一着急就醒了，看到大白鹅就睡在床边的纸箱里。吃过早饭他就把这只公鹅单独圈养了起来，他不想再梦到大白鹅不下蛋的事情。

当大白鹅长到五个半月大的时候，张继来理论联系实际，每天都用手指着大白鹅，仔细观察哪只大白鹅食欲开始旺盛，开始喜欢吃青菜，哪只大白鹅羽毛开始变得有光泽，双眼开始变得微凸，哪只大白鹅头部肉瘤开始发黄，行动开始变得敏捷，叫声开始变得急促。这对张继来来说是个漫长的等待过程，他心急火燎地等待着、盼望着，可眼前这五十六只已经确认过无数遍具备下蛋功能的大白鹅却依旧按照自己的生长规律不紧不慢地发育着，丝毫不顾及张继来的感受。

张继来双眼有些酸痛，他使劲眨了眨，摇了摇头，又使劲伸了伸脖子，他感觉自己的脖子长长了一些，也感觉这五十六只大白鹅都有了下蛋前的征兆，可却没有一只大白鹅自告奋勇先下一个蛋，也没有一只大白鹅毛遂自荐给其他大白鹅做个榜样。他心想，是不是这些大白鹅太谦虚了，都不好意思出风头，提前下蛋又不是什么丢人的事情，也不是什么丢鹅的事情，它们为什么都不好意思下蛋呢？终于，有一只大白鹅明白了提前下蛋不是早产，不会对身体造成什么影响，不是什么丢鹅的事情，也考虑到了张继来的感受，就自告奋勇，开始衔草做窝。张继来看到这只大白鹅的举动后非常感动，就把它单独饲养，还给它准备了一些干草，三天后，这只大白鹅真的下了一个蛋。张继来小心翼翼地把这个鹅蛋收藏了起来，他想象着明天给这只大白鹅开个庆功会，大肆表扬一番，让它好好地讲一讲下蛋的经验，来减轻其他大白鹅下蛋前的心理压力，好让它们放下包袱轻装下蛋。张继来兴奋地抱着这只大白鹅睡了一晚上，在梦里，他看到那只公鹅也要自告奋勇，也要毛遂自荐，张继来没有理它，一脚把它踢开，这个晚上他睡得很踏实。早上醒来时，他发现这只下蛋的大白鹅被他踢到了床下面，他很心疼地抱起大白鹅，让它重新回归鹅族。

当第一只大白鹅准备下蛋的时候，张继来就在这只大白鹅的右腿上戴了一个脚环，一开始的时候张继来心想，哪只大白鹅先下蛋就奖励给它一个脚环。后来他又想了想，为了便于管理，得在每只大白鹅的右腿上都戴上一个印着数字的脚环。就像工厂管理工人一样，要建立人事档案，这养大白鹅当然也要建立鹅事档案了。于是，张继来就一本正经地建立起了鹅事档案，逐步开始规范化管理起来，他自己也不会想到，五年后他的小来子养鹅厂竟然建立起了电子版的鹅事档案。

榜样的力量是无穷的，当其他的大白鹅看到有一只鹅做了带头大哥，不，应该是带头大姐，也明白了下蛋不是什么丢人的事情，也不是什么丢鹅的事情之后，它们也想用自己的实际行动来告诉张继来他当时的眼光没错。一周后，张继来养的大白鹅开始陆陆续续、争先恐后地下蛋，张继来每天笑呵呵地看着这些大白鹅，每天都向爷爷汇报大白鹅下蛋的情况。张继来每天数着大白鹅下的蛋，没有心思再观察哪只大白鹅开始有下蛋前的征兆了，当张继来数到第五十六个鹅蛋的时候，爷爷给他杀了一只鸡庆祝了一下，张继来吃得满嘴满手都是油，而他爷爷还是喜欢吃鸡骨头。

"爷爷，你别吃鸡骨头了，我们卖了鹅蛋有了钱，我天天给你买好吃的。"张继来嘴里吃着鸡腿说。

"小来子，这鸡骨头补钙，该吃还得吃！"爷爷开玩笑说。

"爷爷，我知道你疼我，舍不得吃鸡肉，你吃这个鸡腿。"张继来说着把手里的鸡腿递给爷爷，"你不吃，那我也不吃了。"

爷爷爽朗地笑了，伸手接过张继来递过来的鸡腿说："我的小来子长大了！我的小来子长大了！"

"爷爷，我想……我想给镇上的敬老院……还有……咱们村分一些鹅蛋。"张继来怕爷爷不同意，吞吞吐吐地说。

爷爷抬头看了看张继来，张继来不好意思地低下了头，以为爷爷不同意，会说自己烧包、吃饱了撑的，等等。这个张继来从小跟着爷爷长大，虽然没有父母的照顾，说话做事也有些不着调，但却心地善良；虽然剃了个光头有些土匪样，但却心存友爱。

"好！好！我本来想说还怕你舍不得，这下好了。"爷爷爽朗地笑了起来。

"嗯，爷爷就是疼我。"张继来抬起头来眼睛闪着亮光说。

"小来子，上个月你爹娘来过，他们想去看你，又怕你不愿意见他们……"爷爷说。

"我没有爹娘。"张继来打断了爷爷的话。

"小来子……"爷爷说。

"我没有爹娘！"张继来又打断了爷爷的话。

第一只大白鹅下蛋的那天下午，张继来想起了去年给吉吉送鹅蛋的情景，今天正好是星期五，傍晚的时候，他拿着这个鹅蛋在汽车站等着吉吉的到来。

可吉吉一直没来，他就往敬老院的方向跑去。

刚到敬老院的门口，张继来看到凌云和一个女孩在院子里站着聊天，他知道这个女孩肯定是钟灵。

"小凌子，找女朋友了！"张继来故意大声说，"吉吉是我的，你不许打她的主意啊！"

凌云和钟灵一起朝张继来看去，当看到这个光头的张继来，钟灵忍不住笑了，她说："这就是传说中的小来子不着调啊?!"

"小来子，你别瞎说，我是三好学生，五好少年，还没女朋友呢！再说了，现在正是长身体，好好学习的年龄，谈恋爱可不是我这种有抱负的人要做的。"凌云看着张继来说，又扭头看了看钟灵，钟灵正怒气冲冲地看着他。

张继来看了看凌云，心里明白了，就说："去我的小来子养鹅厂参观一下，再去我的董事长办公室坐坐，我请你们吃饭。"

凌云知道张继来是来找吉吉的，可吉吉给刘阿姨打过电话说不回来了，就说："小来子，吉吉这个周末不回来，钟灵一会儿就走，我们是来敬老院体验生活，培育爱心的，我一会儿就送她回去。"

"这么晚了回去干啥? 住下吧！"张继来大大咧咧地说，本来是想说句客套话，但刚说完就感觉不大对劲，他看了一眼钟灵，又说，"送她回去的时候注意安全啊！钟灵同学长得这么漂亮。吉吉不在我先走了。"

"刘阿姨在做饭，吃完饭再走啊！你找吉吉干什么啊？"凌云说。

张继来一边往外走一边说："我的大白鹅下蛋了，我来给吉吉送鹅蛋，但第一个鹅蛋不能给你们吃。"

晚上，张继来把鹅蛋煮熟了，用布小心翼翼地包了起来，他计划明天亲自给吉吉送到学校去。他想，千里送鹅毛，礼轻情意重，千里送鹅蛋，吉吉在初恋。从镇上到省城虽然没有一千里，但吉吉肯定会很感动的。第二天一早，张继来就跑到镇上准备坐车去省城给吉吉送鹅蛋，在车站大门口旁边有一个卖眼镜的，张继来摸了摸自己的光头，买了副平光眼镜，一下子成了学者张继来。

张继来在公共汽车上想象着各种与吉吉见面后的情景，还做了种种假设，可吉吉最终还是没有接受他送的鹅蛋，在走出学校大门的那一刻，张继来在心里对自己说："吉吉，我还会回来找你的。"

凌云把钟灵送走后，就来到九奶奶杂货铺，九奶奶买了一些鹅蛋，让凌云给吉吉送过去。凌云说:"九奶奶,以后不用买鹅蛋了,小来子养的大白鹅开始下蛋了。"

"去年不是就下了一个蛋?"九奶奶对张继来的大白鹅下蛋这件事情记忆犹新,这是去年清平镇发生的三件大事之一。

"不着调没有本事让公鹅下蛋,让母鹅下蛋还是可以的。"凌云开玩笑说,"这个张继来有点不简单!"

星期六下午的时候,张继来刚到小来子养鹅厂大门口,就看到钟灵和凌云在往里张望,便领着他们参观了一下小来子养鹅厂,还参观了他的董事长办公室。晚上,张继来亲自给他们炒了几个菜,吃饭的时候,张继来给凌云他们讲起了如何判断大白鹅是否要下蛋了。

张继来说:"常规的我就不说了,大白鹅快下蛋的时候,腚眼周围特别脏,我就是看到一只大白鹅腚眼周围开始变脏,没过几天,它就开始衔草做窝,又过了几天,它就下了第一个蛋。"

"吃饭的时候不要说这么龌龊的话题。"凌云说。

"这是技术问题,技术问题不龌龊。"张继来说。

"在美女面前不能说这么龌龊的话题。"凌云说。

"这是技术问题,技术问题不龌龊。"钟灵笑着说。

张继来看了看钟灵,她落落大方,完全没有吉吉的那种小家子气,钟灵给他留下了非常好的印象。

晚上,钟灵回家了,凌云一个人去了学校。第二天,凌云提着九奶奶给吉吉准备的鹅蛋,坐上了去省城的公共汽车。不知实情的他,就这样被吉吉误解了。

张继来打听好了鹅蛋的行情,开始赶集卖鹅蛋,手里慢慢有了一些积蓄。他也信守承诺,当大白鹅开始大量下蛋时,每家每户按照人口多少给分了一些鹅蛋,给敬老院送去了二十个,还给九奶奶送去了十个。

十七、我们毕业了

还有两个月就要高考了,本来学习压力就很大的书呆子王登峰感觉压力更大了,他眼镜玻璃的厚度没有增加,但眼睛却在不断地往里陷,座位又往前挪了两排。张芳也信守了她的承诺，一直没有来打扰他，这让王登峰的书呆子气越来越浓郁，要不是高考结束后张芳在考场外等他，他竟然忘了还有张芳这个人。

看到别人都在刻苦学习，凌云受到了感染，也在教室里为了自己不确定的未来刻苦学习，可他不像书呆子王登峰只知道学习，在学习的同时，他还在想着钟灵，还在和钟灵朦朦胧胧地发展着一种说不清、道不明的感情，他们两个心里都明白，但谁都不点破，凌云很喜欢这种感觉，钟灵也很喜欢这种感觉。

晚自习后，王登峰一个人在学校的体育场上走着，高考的压力确实压得他喘不过气来，通过这一段时间的努力，他的学习成绩又有所进步，考上大学是没有问题的。王登峰低着头往前走，用双手梳理了一下头发，他一年一年倒着往前回忆，直接忽略了和张芳在一起的记忆，当他想到和凌云、张继来在一起的美好时光时，心里不免咯噔一下，那仿佛是很遥远的事情了。

这个时候的张芳，仍然在另外一个教室里无聊地坚持着，马上就要毕业了，她的脸上也渐渐露出了快乐的笑容。她不用为自己今后的生活担忧，父母早已给她在县城里买了房，高中毕业后即使没有工作，她也照样可以衣食无忧。张芳偶尔会想起王登峰，可经过一段时间和王登峰疏远后，她发现自己对王登峰的依赖没有那么强烈了，这也是她一直没有打扰王登峰的原因之一。

傍晚的时候，凌云和钟灵肩并着肩走出了学校大门，在学校西边的小道上慢悠悠地走着。凌云伸开双臂拥抱蓝天，钟灵也伸开双臂拥抱蓝天，凌云转身去抱钟灵，钟灵大笑着跑开了。

"你不能拥抱我，你要拥抱你的理想。"钟灵说。

"你就是我的理想。"凌云说。

"我不是，我不是你的理想。"钟灵说。

凌云想起了和张继来、王登峰讨论自己理想的事情，就不再追钟灵了，他停了下来，说："是啊！我的理想是什么呢？小来子的理想是挣上一千万为家乡做贡献，小峰子的理想是考上大学到城里生活，我的理想是什么呢？难道真的是在高中的时候找个女朋友？"

"那你的人生理想失败了！"钟灵笑着说，故意刺激凌云。

"没有，我高中还没有毕业呢！再说了，我追求的是一种精神之恋，你没谈过恋爱不懂的。"凌云说。

"你怎么知道我没谈过恋爱！我和你……"钟灵没说出后面的话，脸一下子就红了。

"哦，难道你追求的也是一种精神之恋？那我们志同道合，可以试一试。"凌云说。

"你就知道占我便宜。"钟灵说着就伸手打凌云，又被凌云握住了，但是这一次，钟灵没有再挣脱，而是红着脸任由凌云牵着。

凌云牵着钟灵的手继续往前走，看到前面有人了，才把手松开，钟灵呆呆地看着凌云，心里竟然有种很失落的感觉，就在凌云身边慢慢地走着。

"灵儿，高中毕业后我就要回家务农了，就不陪你一起上大学了。"凌云说。

听到凌云第一次这么叫自己，钟灵的脸又红了，她抬头看了看凌云，说："以你的学习成绩考个大学没有问题啊！"

"社会也是一所大学，不上大学，我照样可以活出自己的精彩。"凌云笑着说。

听到凌云这么说，钟灵心里有种酸酸的感觉，她心里明白凌云不上大学的真正原因，但凌云还说得这么轻松。以前的时候，凌云跟她说过自己不会上大学的，他要回家照顾九奶奶，不能再让九奶奶供他上大学了。马上就要高考了，这一天就要到来了，钟灵感觉心里很难受，她伸出双手去拉凌云的双手，抬起头看着他的眼睛非常认真地说："你的人生理想成功了。"

"怎么？你移情别恋了？"凌云看着钟灵说。

"没有啊！"钟灵不明白凌云的意思。

"那你说的我的人生理想成功了是什么意思啊？"凌云故意很严肃地说。

"小凌子，你欺负人，你欺负人。"钟灵突然明白了过来，双手去打凌云，却被凌云抱在了怀里，钟灵挣扎了几下便不动了。

凌云就这样静静地抱着钟灵，回忆着高中三年和钟灵在一起的美好时光。钟灵就这样静静地依偎在凌云的怀里，享受着懵懂的爱情带给她的幸福。一阵微风吹来，吹乱了钟灵的秀发，凌云很自然地松开了双手，把双手背在身后，钟灵很自然地整理了一下秀发，转过身来看着远方。从刚上高中认识到现在马上就要三年了，这是他们第一次这么亲密接触，凌云故意装出一副什么事情也没有发生的样子，可他的心里却翻江倒海，钟灵整理好了她的秀发，可她的情绪却凌乱不堪。

高考前两天学校放假休息，王登峰却还在冲刺，还在学校的教室里挑灯夜战，还在把做过的物理题、数学题、化学题一遍一遍地复习，争取在高考的时候少出错。张芳在教室外看了看王登峰，想进去和他说说话，看到王登峰这么拼的样子，就没有进去，她伸手朝王登峰打了个招呼，但王登峰没有看到，她还想打招呼，却被一个人拉着手跑开了。

这个时候的王登峰还不知道张芳在另外一个班级正在被一个外号叫痞子刀的死皮赖脸地追着，他单纯地认为张芳是为了自己，为了让自己好好学习考个好大学而没有过来找他。后天就要高考了，王登峰眼睛看着课本发呆，他感觉窗户外面有人在看着自己，就扭头向窗外看了看，可什么也没有看到，他站起来迅速走到教室门口看了看，只看到远处有两个模糊的身影。王登峰也没有心思再继续复习了，就关了教室的门，回宿舍休息了。

或许是确实有点累了，第二天快中午的时候，王登峰才醒来，他仔细想了想，这竟是他上高中以来第一次睡到自然醒。王登峰照了照镜子，发现自己憔悴了许多，被自己深陷的眼睛吓了一跳，马上就要中午了，他也懒得吃早饭，洗漱完毕后就慢悠悠地向教室走去。

"王造极，王造极。"王登峰听到后面有人在喊，但又感觉不是喊自己。

"书呆子，书呆子。"王登峰还是听到有人在喊，还是感觉不是喊自己。

直到他感觉自己的双肩同时被拍了一下的时候，才意识到刚才是有人在喊自己，他刚要转身，凌云和张继来就跳在了他面前。王登峰呆呆地看着眼前的这两个人，使劲眨了眨眼，又摇了摇头，刚要说话就被打断了。

"我是不着调小来子，这是我的司机。"张继来指着凌云说。

"那你一定是书呆子王造极了。"凌云用手指着王登峰说。

"原来是你们，我差点没认出来。小来子，你怎么也戴上了眼镜？"王登峰说。

"哦，这是我给自己定的规定，只要到学校、图书馆这些有文化气息的地方，我就戴眼镜装装文化人。怎么，犯法啊？"张继来用手托了托鼻子上的眼镜说。

"小峰子，你的眼镜几百度啊？也太吓人了吧！我戴上看看能不能找到北？"凌云说着就去摘王登峰的眼镜，就在凌云刚刚抓到眼镜架的时候，王登峰伸手去挡，眼镜掉在了地上。

"凌云，你干什么？这是张芳给我买的。"王登峰蹲下身子去捡眼镜，"弄坏了你赔得起吗？"

张继来一听王登峰这么说，就把自己的眼镜摘下来使劲往地上一摔，也忘记了现在是在学校这种有文化气息的地方了，他用手指着王登峰说："王登峰，你什么意思？考上重点高中就不认识我们了？有个张芳给你买眼镜就不认识我们了？亏小凌子和我在高考前来看看你，给你呐喊助威，你这说的什么话？我张继来不着调，你比我张继来还不着调。"

"我不用你们呐喊助威就能考上大学。"王登峰嘴里嘟囔着。

"小峰子，不好意思啊！我不是故意的。"凌云弯腰去捡摔在地上的眼镜。

"不用你捡，我自己会捡。"王登峰说着蹲下了身体。

听到王登峰的语气越来越不对劲，张继来就伸脚去踢王登峰，被凌云拉住了。"小来子，刚才是我不对，你别怪小峰子了。"凌云说着就把张继来拖到了一边，张继来用脚使劲踢着路牙石。

王登峰将眼镜捡了起来戴上，左眼的镜片摔了两道裂纹，右眼的镜片没坏，他站起来说："张继来，你回家养你的大白鹅吧！跑学校里来充当什么文化人？"

"你……你……"张继来被王登峰气得说不出话来，他弯腰捡起了自己的平光文化眼镜，对凌云说，"小凌子，我们回去，我养大白鹅挣钱了，本来还想请他吃饭呢！"

"王登峰，我会赔你眼镜的。"凌云被张继来拉着往学校门口走，他转过身来对王登峰大声说。

王登峰呆呆地站在原地，直到他们走远了，他才抬头看他们，可已经看不见他们的身影了。王登峰回想着刚才发生的事情，也不知道自己当时为什么会那么激动，他知道凌云是和他开玩笑，可自己为什么要说出那样的话呢？王登峰向学校门口跑去，仿佛看到张继来骑着摩托车，后面坐着凌云，他张了张嘴，没有说出话来，他摘下眼镜，看着玻璃镜片上的那两道裂纹，用手摸了摸，还是没有说出话来。

昨天傍晚，凌云和钟灵在学校操场上东一句西一句地聊着，分开后凌云就骑着自行车向小来子养鹅厂奔去，在小来子养鹅厂的董事长办公室吃了晚饭。小来子提议明天去县城看看书呆子王登峰。

"怎么去啊？坐公共汽车？"凌云说。

"不用，你过来看看。"张继来嘴里吃着饭就把凌云推了出去，凌云急忙吃了两口。

张继来推着凌云来到了小来子养鹅厂董事长办公室的后面，凌云看到这块儿多了个用彩钢板搭的棚子，张继来一边开锁一边说："小凌子，这是我给我的车盖的车库。"

"你买摩托车了。"凌云看着眼前这辆崭新的摩托车说，"还是太子把的，骑上它带个女朋友够拉风的。"

"那是，我不着调就是要靠它来征服一个女人，你一说到女人我就想起吉吉，可她还是个学生。"张继来说着把摩托车倒了出来，"小凌子，会骑不？要不骑上去转一圈？"

"等你新鲜够了我再骑吧！要是骑沟里去你还不发动你的大白鹅军团灭了我啊！"凌云想骑上这辆摩托车去兜兜风，可又没骑过，还真怕骑沟里去。

"好，我们吃饱了，喝足了，谁说我们也不服了。我带着你去溜一圈，咱也扬眉吐气一回。"张继来说着就发动了摩托车。

张继来忽大忽小地轰着油门，嘴里模仿着摩托车的声音，唾沫星子都飞溅了出来。凌云听着摩托车轰轰隆隆的声音心里一阵兴奋，大白鹅听着摩托车的声音嘎嘎嘎一阵乱叫。

"慢着点加油门，别把大白鹅吓得不下蛋了。"凌云说。

"没事，大白鹅一听这么刺激的声音会更有激情，下的蛋就会更多更大更好吃，说不定还会下个鸵鸟蛋出来。"张继来说话越来越不着调。

张继来骑着摩托车带着凌云在镇中心大街上来回跑了三圈。第二天，张继来就骑着这辆可以让大白鹅下鸵鸟蛋的摩托车去县城给书呆子王登峰呐喊助威，可没想到这个书呆子王登峰竟然变得如此陌生。他们走出学校大门的时候看到一个穿着流里流气的男生对一个女生说："你想清楚了，我可什么事情都干得出来。"那个女生捂着脸跑了。

明天就要高考了，凌云在九奶奶杂货铺里干卫生，九奶奶走过来说："小凌子，马上就要高考了，去休息一会儿吧！"

"干干卫生就是休息！"凌云边干边说。

"对了，你那个女朋友怎么样了？"九奶奶说。

"她不是我女朋友，我们就是普通的同学关系。"凌云解释说。

"是吗？我还以为她是你女朋友呢，高中生不能谈恋爱啊！"九奶奶说，"哦，我想起来了，你不是喜欢吉吉吗？"

"九奶奶，那是小时候过家家的事，不能当真。"凌云想起小时候和吉吉在一起的事情，他想了一会儿说，"九奶奶，我要考不上大学怎么办？"

"那只能怪你没有本事了！"九奶奶说。

"我要考上了大学怎么办？"凌云说。

"那九奶奶砸锅卖铁也要供你上大学。"九奶奶说。

"不能砸锅卖铁，锅砸了就不值钱了。"凌云说。

九奶奶拿起桌子上的鸡毛掸子去打凌云，凌云站在原地一动不动，九奶奶把举起的鸡毛掸子放了下来，说："小凌子，你长大了，九奶奶不能打你了。"九奶奶知道凌云心里怎么想的，她是从小看着凌云长大的，怎么能不明白凌云的心思呢？

高考是在王登峰的学校进行的，为了不打扰王登峰，高考期间凌云没有去找他。高考结束后，他去找王登峰，看到他和一个女生在一起。就在这时，张继来也灰头土脸地跑了过来，他的脸上只戴着一副眼镜架，学者张继来的形象更加栩栩如生了。王登峰看到了凌云和张继来，他的升学压力太大了，上次才如此激动，他本想给他们道个歉，却被张芳拉着走开了。

"这个书呆子，有了女朋友真的不要兄弟了。"张继来说。

"你看看他这个女朋友是不是在哪里见过？"凌云说。

"你是不是看见哪个女的都这么说啊？"张继来说。

凌云看着张继来落魄的样子，不再考虑那个女的是谁的问题，指着他笑了起来，说："咋搞的？被抢劫了？"

"这个世界上能抢劫我张继来的人还没有出生呢！我是骑摩托车骑到沟里去了，被沟抢劫了，好不容易才推了上来，衣服都弄脏了。"张继来有些不好意思地说。

凌云大笑了起来，说："走吧！上次本来想请王登峰一起吃饭，看来这次也没机会了。钟灵在学校门口等着我呢！我们一起吃饭去，你请客啊！"

张继来在学校附近找了一个餐馆，没想到王登峰和张芳也在里面吃饭，钟灵和张芳本来就认识，就合在一起吃了。吃饭的时候，钟灵和张芳一直叽叽喳喳地说个不停，她们吃饱后就去遛马路了。凌云、张继来、王登峰三个人在餐馆里慢慢地吃着。

"我高中毕业了。"凌云说。

"我也高中毕业了。"王登峰说。

"我养大白鹅毕业了，吉吉还在上学。"张继来说。

凌云和张继来相互看了看，又一起看了看王登峰，他还是在低头吃饭，他们又相互看了看，那眼神仿佛在说："是不是我们和王登峰的友谊也毕业了？"

回来的时候，张继来说："你别说那个女的还真是在哪里见过！"

十八、吉吉向张继来借钱

张继来回来后继续养他的大白鹅，经过两年多经验的积累，他对养大白鹅已经轻车熟路了，甚至已经学会了如何判断大白鹅停产的知识，只是还没有进行实践罢了。高考结束后的半个月时间，凌云基本上是在张继来的董事长办公室里度过的，凌云在他的办公室里吃，在他的办公室里喝，有时候晚上也不回去，就睡在他的董事长办公室里，但晚上两个人得起来好几次抓蚊子，每次拍得板房咣咣响的时候，大白鹅都会嘎嘎叫几声。

吃过晚饭，张继来喂完了大白鹅，就吵着要给凌云讲如何判断大白鹅停产的知识，凌云捂着耳朵不听，张继来就跑出去抓了一只大白鹅讲给它听，这只大白鹅听后嘎嘎叫了两声，张继来判断它听懂了，就把它放了回去。张继来又抓了另外一只大白鹅给它讲了一遍，这只大白鹅没有嘎嘎叫两声，张继来就又给它讲了一遍，这只大白鹅还是没有嘎嘎叫两声，张继来有些生气，准备给它讲第三遍的时候，发现这是那只唯一的公鹅。

张继来往养这只公鹅的角落里看了看，发现围着的栅栏破了一个窟窿，就提着这只公鹅走了过去，嘴里说着："我把你单独围起来，是要让你修炼，要想成佛就得不近女色。"这时，这只公鹅嘎嘎叫了两声，张继来说："你是不是看着这三宫六院七十二妃，心里憋不住了？"这只公鹅又嘎嘎叫了两声，张继来又说："你还真把自己当皇帝了，我又不孵小白鹅，今年八月十五就把你吃了。"这只公鹅不再叫了，张继来把它扔进了专门为它设置的小栅栏内，又找了几根木棍插在那个窟窿处。

凌云在一边笑得前仰后合，他用手指着张继来说："我说张总，你在说鹅语？说鹅语得伸长了脖子说，就像这样。"凌云说着使劲伸了伸脖子。

张继来扭头看了一眼凌云，说："你懂个屁！别看我脖子短，我和大白鹅是在进行心与心的交流，你找个长颈鹿来和大白鹅交流，大白鹅能听懂才怪！"

"小来子，说真的，你看你养了两年多的大白鹅，理论知识有了，经验有了，是不是应该扩大规模，搞现代化养殖了？"凌云说。

张继来眼睛直直地看着凌云，好长时间没有说出话来，他走到凌云面前，用手摸了摸他的额头，说："今天没发烧啊！怎么净说这么有哲理的话啊？"张继来思考了一下又说："说实话，我也有这个想法！你才是我的狗头军师，王造极这个家伙是不能指望了，明年我就扩大规模，养上五百只大白鹅，我当董事长，你当总经理。"

"我才不当这个总经理呢！我要……我要……"凌云正在思考着要干什么，突然看到吉吉走进了小来子养鹅厂，就说，"我要找吉吉做女朋友。"

"吉吉是我的，你要敢找吉吉做女朋友，我真敢和你拼命！"张继来突然大声说，满脸憋得通红，过了一会儿又低下头来自言自语，"对啊！从上次给吉吉送鹅蛋到现在，我还真的没见过吉吉呢！"

"又不敢当着人家的面说，在这里逞什么英雄？"凌云故意说。

"我就是喜欢吉吉，喜欢吉吉，喜欢吉吉，怎么了！"张继来大喊着说，"我一定要娶了吉吉，她如果不嫁给我，我就终身不娶。"

吉吉站在张继来后面，使劲推了他一下，说："那你就打一辈子光棍吧！"

张继来往前跑了几步站稳了，回头看了看吉吉，又看了看凌云，说："你个不着调的小凌子，又让我出丑了。"不过，这次又让吉吉听到自己说喜欢她了，他心里还是挺高兴的。

放暑假后，吉吉一个人在敬老院里闲着没事做，凌云半个月了都没回敬老院，她想到小来子养鹅厂去找凌云，可一想到张继来在那里就不想去了。这天吃过晚饭，吉吉到九奶奶那里玩了一会儿，九奶奶把小来子给村里送鹅蛋的事情告诉她了，还说小来子是个挺能干、挺仗义的人，她就觉得张继来这个人还是挺有爱心的，也给自己找到了去小来子养鹅厂的理由，就溜达着来到了小来子养鹅厂。

快一年了，吉吉没来过小来子养鹅厂，看着眼前修缮一新的院墙和门口立柱上崭新的"清平镇小来子养鹅厂"这九个大字，吉吉对张继来的看法转变了一些。她又想起了去年张继来跑到学校给自己送鹅蛋的事情，还想起了他走后第二天凌云又给自己送鹅蛋的事情，不禁摇头笑了笑。吉吉朝里面走去，看到凌云和张继来正在说话，就站在他们后面，当她听到张继来说非自己不娶时，刚刚对张继来产生的好感突然没有了。

"张继来，我明确地告诉你，我就是嫁不出去，也不会嫁给你。"吉吉大声说。

"刘喆，我也明确地告诉你，我张继来除了你谁都不娶。"张继来也大声说。

凌云一听，这事情闹大了，就赶紧打圆场："什么嫁不嫁？什么娶不娶？什么乱七八糟？你们这是在干什么？"

"你闭嘴！"张继来和吉吉异口同声地说。

吉吉生气地走到凌云身边，双手拉着凌云的胳膊说："张继来，我告诉你，我有男朋友了，他就是我的男朋友。"

"你别自作多情了，小凌子的女朋友是钟灵。"张继来说。

"他有女朋友了我也要做他的女朋友，就是不做你的女朋友。"吉吉说。

"你不做我的女朋友我就一直等，等一辈子。"张继来说。

凌云把吉吉拉到小来子养鹅厂大门口，又跑回去对张继来说："小来子，我先把吉吉送回去再回来啊！"

"你把她送回去就别回来了，让吉吉做你的女朋友去吧！你一下子找了两个女朋友，够你喝一壶的。"张继来本来很生气，一想到凌云找了两个女朋友，有好戏看了，竟不觉笑了出来。他朝外看了看吉吉，又说，"小凌子，照顾好吉吉啊！今晚我要静一静，别回来了，真的。"

凌云听着从不着调张继来嘴里说出这样的话，感觉有些意外，用手拍了拍他的肩膀，没有说话，转身离开了。

吉吉跟在凌云的后面朝敬老院的方向走去，天气很热，吉吉穿着一身浅蓝色的连衣裙，她抬头看了看凌云，又低下头，心里突然产生了一种现在就是在初恋的感觉。

天已经渐渐地黑了下来，路边树上的一只知了飞了起来，知了知了地叫着飞到了另外一棵树上，凌云跑到那棵树下踹了两脚，那只知了又知了知了地叫着飞向远处了。吉吉看着凌云那夸张的动作开心地笑着，刚才的不愉快已经消失了。

"吉吉，你怎么跑过来了？"凌云走到吉吉身边问。

"放暑假这么长时间了，你都不过来找我，还不许我过来找你啊！"吉吉噘着嘴说，能和凌云在一起她感觉很幸福。

"我不是这个意思，你找小来子有事？"凌云又说。

经凌云一提醒，吉吉突然哭了起来，她一边哭一边说："凌云哥哥，我……我……我想……"吉吉没有说下去，哭得更厉害了。

凌云转过身来看着吉吉，她这脸比三岁小孩的脸变得还快，"你这是怎么了？谁欺负你了，你告诉我，我找小来子去揍他！"凌云说。

吉吉调整了一下情绪，用手擦了擦眼泪，说："我……我需要钱，可我又不能跟妈妈要，我想找小来子哥哥借钱，可又怕他误会……凌云哥哥，我该怎么办啊？"

"到底出什么事了？你说出来我们都会帮你的。"凌云看着吉吉担心地说。

"你不要问了，我需要五百块钱。"吉吉哽咽着说。

"你可以找刘阿姨要啊！"凌云说。

听凌云这么一说，吉吉又哭了起来，她说："这件事不能让妈妈知道，真的不能让妈妈知道，我一直想着找小来子哥哥借，可又不好意思。"

"我去找小来子要。"凌云说，"等我有了钱再还他。"

凌云把吉吉送回敬老院后，骑上自行车去找张继来，一路上他想着到底发生了什么事情，吉吉为什么要借钱，还不好意思跟家里要？自己要是有钱就直接给她了，可自己是个穷光蛋，还得找这个不着调借钱。快到小来子养鹅厂门口的时候，凌云不小心撞到了树上，连人带车一起掉进了沟里，他在沟里大喊："张继来，张继来，快来救我出去。"

张继来正在他的董事长办公室考虑明年扩大规模的事情，听到有人喊自己就跑了出来，当他看到凌云和自行车都在沟里的时候，哈哈大笑了起来，说："幸亏没让你骑我的摩托车，要不然你还真得爬到树上去。"

"我要是有个三长两短就赖着你，门口的路你都不修一修！"凌云爬了起来说。

张继来帮凌云把自行车推上来，说："你没事吧？要不去我们镇上的医院看看，要是没事就不用去看了。"

凌云推着自行车进了小来子养鹅厂，把自行车支好，说："这次我找你有事，是关于钱的问题。"

"哦，只要是能用钱解决的问题都不是问题。"张继来打肿了脸充胖子。

"真的，我需要五百块钱。"凌云非常认真地说。

"我说过，只要是能用钱解决的问题都不是问题，你先回去吧！明天我给你送过去。"张继来眼睛都不眨一下地说。

凌云没有把吉吉要借钱的事情告诉张继来，他想以自己的名义借，不想让张继来误会吉吉，但吉吉不知道，她以为凌云是以自己的名义借的钱。自从张继来借给她这五百块钱后，她对张继来的态度有所改变，张继来并不是她想象中的那么一无是处。可这却让张继来误解了吉吉，吉吉对他的态度有所转变后，他以为吉吉正在逐步被他的真情打动，他马上就要把吉吉追到手了。

第二天，张继来骑着摩托车去敬老院找凌云，可凌云不在敬老院，吉吉在帮刘阿姨忙活着，他和吉吉打了个招呼，也不管吉吉有没有理他，又骑着摩托车去九奶奶家里了。趁九奶奶不在的时候，他把五百块钱递给凌云，说："小凌子，给你。"

凌云接过张继来递过来的五百元钱，把它装在口袋里，说："张继来，谢谢你。"

"靠，你这说的什么话？谢谢我，为什么要谢谢我？因为我头大，因为我脖子短，因为我长得像个土匪？别谢我了，我就是和你一起光着屁股长大的不着调小来子。"张继来满不在乎地说，"你先忙着，我得回去照顾我的大白鹅了，对了，我起草了个方案，有时间我们研究一下。"

张继来一脚发动起了他的摩托车，又使劲轰了轰油门。

"啥方案啊？"凌云问。

"明年扩大规模的方案。"张继来说完就骑着摩托车蹿了出去。

十九、凌云开始找工作

高考成绩下来后，凌云的成绩不错，能上个普通本科，但他却笑着骗九奶奶说因为自己被情所困没有考好，只好打工养活自己了。九奶奶心里明白，但她了解凌云的性格，就对他说："小凌子，你长大了，九奶奶尊重你的选择，不要让九奶奶失望啊！"

凌云使劲点了点头，说："九奶奶，我记得小时候我说过，我要保护九奶奶杂货铺，我说到做到。我会照顾九奶奶一辈子的。"

九奶奶在杂货铺门前悠闲地坐着，缓缓地摇着手里的蒲扇，手里的半导体收音机昨天刚换成新的，是张继来给她买的。凌云在九奶奶身边来回走着，回忆着自己小时候的事情。他记得，他们在九奶奶的大院子里捉迷藏，自己偷偷地藏在九奶奶杂货铺的柜台下幸灾乐祸地吃着糖，他们都找不到，自己吃饱糖后只好慢悠悠地出来了；他记得，张继来在九奶奶杂货铺里打酱油时不小心把打酱油的瓶子掉进了酱油缸里，直到酱油卖得差不多了才把瓶子捞上来；他记得，王登峰拿着买本子、橡皮、铅笔的钱买了棒棒糖，回家后被骂了一顿又哭着回来了，九奶奶就送给了他本子、橡皮、铅笔；他记得，长不大的吉吉在九奶奶杂货铺门前摘指甲花染自己的手指甲，手指甲染完后又染自己的脚指甲。

凌云深吸了一口气，使劲吐了出来，以前把自己藏起来别人找不到的小凌子高中毕业了，打酱油失败的张继来养大白鹅成功了，不买学习用品的王登峰竟然成了书呆子，吉吉明年也就要毕业参加工作了。

他们四个人，张继来最早步入社会，经过三年的摸爬滚打，对于养大白鹅已经驾轻就熟，扩大规模是早晚的事。以王登峰的学习成绩考上个正儿八经的本科不成问题，还有个张芳在喜欢着他，美好的大学生活在等待着他。吉吉也仿佛在一夜间长大了，毕业后就可以穿上一身白衣服当个白衣天使救死扶伤了。可是自己呢？高中毕业后能做什么呢？难道要拜张继来为师养大白鹅吗？就像张继来所说："你可以拜我为师，我免费传授你养大白鹅的知识，你知道免费是什么意思吗？就是不要钱的。"

"小凌子，想啥呢？是不是准备去养大白鹅？"九奶奶笑着问。

"不，我就是养大白鸭也不养大白鹅。"凌云脱口而出，上次在小来子养鹅厂他也是这么说的，张继来还说大白鸭下的蛋小，你能不能干点大事？

"你要养大白鸭?!"九奶奶又问。

"不，不是。"凌云强迫自己从刚才的回忆里走出来，说，"九奶奶，我已经长大了，不管我今后干什么，都会全力以赴。"

九奶奶点了点头，又说："我看钟灵那个姑娘不错，你把她拿下了没有啊？"

"她不是我女朋友。"凌云口是心非，经九奶奶这么一提醒，他突然想起了钟灵，就说，"九奶奶，我去给钟灵打个电话，你不说我都把她忘了。"

凌云跑到九奶奶杂货铺里面，拿起电话和钟灵聊了很长时间，知道了钟灵高考成绩比想象中的要好，知道了钟灵想报考师范学校，知道了钟灵在家里也很无聊，知道了钟灵想过来找他，也知道了书呆子王登峰考试成绩也不错，他想报考计算机专业，还知道了张芳一直被痞子刀纠缠着，就想了个办法催着要和王登峰订婚，这让王登峰有些不知所措。

在电话里，凌云给钟灵讲了张继来要扩大规模养大白鹅，轰轰烈烈干一番事业的事情，讲了自己在张继来的董事长办公室里白吃白喝白住了半个月，体重差点控制不住的事情，讲了清平镇敬老院再次修缮和九奶奶杂货铺店内升级的事情，还讲了自己今后的打算。凌云故意装出一副大义凛然的样子说："灵儿，你就放心上大学去吧！我不会不要你的。"

"不对啊！这句话应该反过来说才对，就这样说，小凌子，你放心去闯吧！虽然我上了大学，但我不会不要你的。"钟灵边笑边说。

"这可是你说的，我都录下来了，你不能赖账。"凌云故作严肃地说。

"啊！你就这么欺负人啊！不和你聊了。"钟灵故意很严肃地说。

"说真的，是你过来看看我呢，还是我过去看看你呢？"凌云说。

"对啊！是你过来看看我呢，还是我过去看看你呢？"钟灵说。

"那你过来看我吧！安慰一下我。"凌云说。

"嗯，那你等着。"钟灵说，"明天我就过去，开导一下你，给你规划一下你的人生。"

晚上，凌云一个人躺在床上翻来覆去地睡不着，他思考着他和钟灵的事情，思考着自己今后何去何从，他知道自己已经长大了，不能再伸手向九奶奶要钱了，也不能再在小来子那里白吃白喝白住了，他必须用自己的双手养活自己，可自己干什么好呢？自己又能干什么呢？

凌云思考过找一家镇上的企业先临时干着，但又不甘心被别人天天管着；他思考过像张继来一样自己开工厂，可又不知道开什么工厂好；他思考过到建筑工地当工人，虽然累点，但总算能先挣点钱养活自己。凌云知道在敬老院不远处有一个劳务市场，每天早上都会有一些人聚集在那里，凌云决定过几天去劳务市场看看，就这样，凌云稀里糊涂地睡了过去。

第二天，凌云跑到小来子养鹅厂告诉张继来自己准备先到劳务市场找工作时，张继来大叫着跳了起来："你个小凌子，是不是和王登峰一样成书呆子了？我初中毕业还养大白鹅呢！你高中毕业要去当临时工，你对得起高中三年学到的知识吗？你对得起九奶奶供你读书省吃俭用吗？"

"劳动只有分工不同，没有高低贵贱之分。"凌云笑着说。

　　"那都是骗人的，都是说给傻子听的，我给你举个例子。俗话说人定胜天，可俗话还说天命难违；俗话说近水楼台先得月，可俗话还说兔子不吃窝边草；俗话说好马不吃回头草，可俗话还说浪子回头金不换；俗话说……"张继来又开始不着调。

　　"别俗话说了。"凌云打断了张继来的话，盯着他说，"小来子，你是不是受刺激了？"

　　"没有，这几天我正在研究俗语，今天正好派上用场，说不定以后在大场面上也能派上用场。你看这些俗话说得挺哲学的，用我们的行话说就是挺扯淡的，我发现哪只大白鹅下蛋偷懒，就给它讲俗语，刺激刺激它，让它多下蛋。"张继来说完往门口看了看，发现一个女孩在向他招手，又说，"小凌子，来美女了，我不和你玩了。"

　　张继来说完就走了出去，凌云也从窗户往外看了看，他看到钟灵正推着自行车在门口，凌云感觉有些不好意思，他本计划在张继来的董事长办公室吃过早饭就去找钟灵，没想到钟灵说话算数，还来得这么早。

　　"我以为是吉吉呢！没想到是你。"张继来打招呼说。

　　"我是来找凌云的，不找你。"钟灵笑着说。

　　"来了我小来子养鹅厂就是客人，到我董事长办公室坐坐。"张继来做了一个请的姿势。

　　钟灵了解张继来的脾气，完全没有吉吉对他的那种恶心，反而对张继来有种莫名其妙的好感，钟灵白了他一眼，把自行车推给张继来。张继来把自行车靠在了院子里的一棵树上，转身朝他的董事长办公室大喊："凌云，你女朋友来找你了，别躲躲藏藏的了。"

　　凌云从张继来的董事长办公室里走了出来，看着钟灵说："灵儿，我还想吃过早饭骑着小来子的摩托车去找你呢！"

　　"我的摩托车坏了，在镇上维修呢！"张继来突然来了这么一句。

　　凌云瞪了张继来一眼，张继来也瞪了凌云一眼，说："瞪什么瞪？我的摩托车就是在镇上维修呢！不过，现在应该修好了。"

　　钟灵咯咯地笑了起来，直接走进了张继来的董事长办公室，把手里提着的方便袋往桌子上一放，说："你们两个快吃吧！我来的时候从镇上买的。"

　　张继来快步走进他的董事长办公室，拿起一个包子就吃了起来，被烫得龇牙咧嘴，他含糊不清地说着："还是小凌子的女朋友好，知道疼人，我在社会上混了这么些年都没找到女朋友。"

"张继来,你再胡说我就把你的大白鹅全放跑了,吃饭都堵不住你的嘴。"钟灵故作生气地说。

凌云又瞪了张继来一眼,伸手去拉钟灵的手,钟灵不再挣脱了,跟着凌云走了出来。刚走出来,凌云又返回张继来的董事长办公室,提着桌子上的几个包子,说:"你这么胖就别吃了,得减肥,这样好找女朋友啊!"

"除了吉吉,我谁都不找,你快去陪你的女朋友吧!"张继来把凌云推了出去。

凌云一边吃着包子一边和钟灵在通往镇上的道路上慢慢走着,各自想着自己的心事,想着自己的未来。凌云还在考虑着自己的第一份工作应该干什么,虽然张继来不同意他到劳务市场上找工作,但他真的不知道自己适合干什么,心里非常纠结。钟灵还在考虑着自己的专业问题,虽然上高中的时候她和凌云不止一次地讨论过考什么专业的话题,但凌云突然不上大学给她造成了不小的影响,她甚至想过凌云不上大学,自己也不上大学,但被自己摇着头否定了。

"凌云,我要走了……"钟灵在凌云身后小声说。

"一会儿再走吧!我还没吃饱呢!"凌云头也不回地说。

"不是,我是说我要上大学了……"钟灵说。

"哦,上吧!我会一直等你的。"凌云回过头来说。

"你不怕我移情别恋?"钟灵说。

"不怕,我相信我的魅力。"凌云咽下了最后一口包子说。

"我知道你不上大学心里有些不甘,我会一直等你的。"钟灵也不知道自己为什么要说这样的话,是自己已经真的喜欢上了凌云,还是为了安慰凌云才这么说的?她自己也说不清楚。

"灵儿姑娘,你要相信我。你看,不着调这个初中生养大白鹅都能够风生水起,我就不信我混不出个人模人样来!要不,我给自己定个要求,不挣上一百万就不找你做女朋友。"和小来子在一起待的时间长了,凌云说话也开始不着调。

钟灵被凌云逗笑了。凌云又说:"小来子还说他要挣上一千万呢!"

凌云和钟灵在路边停了下来,钟灵从后面抱住了凌云,说:"凌云,要不我不上大学了,我要和你在一起。"

"你胡说什么呢?你怎么能不上大学呢?你要是不上大学,那我找个女大学生做老婆的希望不就破灭了？"凌云开玩笑说。

"你不是说过，我的青春我做主吗？你的青春你能做主，我的青春我为什么就不能做主？"钟灵撒娇说。

"别说胡话了，我不上大学是有客观原因的，你不上大学就是不思进取，知道不？"凌云继续用他的方式开导钟灵。

钟灵松开了凌云，脸上竟然挂着泪水，凌云看到后心里猛地一颤。高中三年，他和钟灵那种朦朦胧胧的感情就在这一瞬间发展为恋人关系，在凌云的印象中，这是钟灵第一次在他面前哭泣。凌云伸手擦去钟灵脸上的泪水，说："钟灵同学，你要好好上大学，我虽然学校生活毕业了，但社会也是一所大学，我会不断学习的。"

钟灵使劲点了点头，说："凌云，高中三年我强迫自己不谈恋爱，可一毕业，我就控制不住自己，控制不住自己，我就来找你了。我……我……"

凌云把钟灵搂进怀里，说："你好好上大学，就代替我上大学了，从明天开始，我就要找工作了。"

他们不知道，就在这个时候吉吉来找凌云，正好看到他们抱在一起，当他们分开时，吉吉已经转弯走了。

二十、王登峰第一次到张芳家里

王登峰如愿以偿地考上了大学，如愿以偿地选择了计算机专业，如愿以偿地坐在明窗净几的教室里接受高等教育，也如愿以偿地不用再天天被张芳黏着了。王登峰不喜欢和张芳在一起，虽然他说不出张芳有什么令他讨厌的地方，但一看到张芳他就想躲避。这下好了，他考上了大学，张芳不可能天天来找他，他真的希望张芳会把自己忘记，会喜欢上别人，这样他就不用再东躲西藏了。

傍晚，阳光斜照进教室外的走廊里，王登峰站在走廊里看着外面的景色发呆，他回想着暑假期间和张芳发生的事情，感觉有些恍惚。放暑假这一段时间，张芳天天和他黏在一起，张芳经常去他家吃饭，他也经常去张芳家吃饭，他父母对张芳的印象很好，尤其是他父亲，在知道张芳的家境后，更是以王登峰未来女朋友的身份来对待，这让他感觉有些别扭。这个时候，王登峰父亲的身体也越来越差，体重下降很快，王登峰看着父亲日渐消瘦的身体，心里很难受。自己考上了大学，父亲脸上终于露出了久违的笑容。

这个暑假里，张芳就只做两件事情，考驾照和黏王登峰，不喜欢学习的她竟轻而易举地考过了，可她不知道是她爸爸让司机给驾校和考官打了招呼。张芳以为自己的车技很好了，一大早就开着家里的那辆桑塔纳来找王登峰，要拉着他出去兜风，王登峰还从没有坐过小轿车，头脑一热就答应了。张芳问王登峰去哪里，王登峰就说："去清平镇吧！我要去看看凌云和张继来。"

于是，张芳就用她那三脚猫的功夫驾驶着这辆桑塔纳，启动时憋灭了三次火才缓缓跑了起来，经王登峰提醒后才松开了手刹，转弯时还要王登峰提醒。这一路上，张芳负责看前面，王登峰负责看两侧和后面，就在快到他和凌云之前高中放假必经的那个路口时，张芳还是把车开进了沟里，因为车速慢，两个人并没有受到伤害，车也没有受损。张芳在驾驶座上吓得脸色苍白，好久没有回过神来，王登峰定了定神从车里走了出来，围着车转了一圈，对张芳说："你使劲倒一下，看能不能倒出来？"

听到王登峰说话，张芳才回过神来，挂上倒挡开始倒车，但只是前轮转，车倒不出来。王登峰嘴里嘟囔着："刚考出驾照就出来显摆，这下好了吧！"

"我这还不都是为了你啊！我要不喜欢你，我能开车拉你？我为什么考驾照？你上大学了，我好开车去看你。"张芳的脸刚恢复了正常颜色，又立马转变了颜色。

看到张芳生气了，王登峰就不说话了。张芳从车里下来，蹲下身子看了看，说："你找那个张继来来帮忙吧！用他的摩托车给我们拉一下，看看能不能拉出来？"

王登峰本来是想着让张芳开着车拉着他去找凌云和张继来，好在他们面前显摆一下，可还没有显摆，车就开到沟里去了。王登峰又围着车转了一圈，叹了口气，他不想找张继来帮忙，也不想让凌云看到自己现在这个样子，可他又想不出什么办法，就转过身来直直地看着张芳。

"你看我干什么？赶紧联系你的初中同学来帮忙啊！你不是说他买了农用三轮车了吗？让他帮忙给我们拉出来啊！"张芳看着王登峰没好气地说。

"我本来不想陪你出来的，我做了会儿思想斗争才说服自己让你拉着出来找凌云、张继来玩，顺便……你看，还没见到他们就跑沟里去了。"王登峰还是一直在埋怨张芳。

"你现在说这个有什么用啊？先把车拉出来再说。对了，这件事情不能让我爸爸知道，你别乱说，要不，他下一次就不让我开车了。"张芳说完就进车里坐着去了，她把窗户摇了下来，又说，"王登峰，你看着办吧！我就看看你有没有本事找个车把它拉出来。"

王登峰摘下眼镜用衣服擦了擦，眯着眼睛朝四周看了看，不戴眼镜看着有些模糊，他似乎看到一辆农用三轮车朝这边开过来了，又戴上眼镜使劲看了看，确实看到一辆农用三轮车正朝这边开过来了。他对张芳说："你在车里等会儿，我去拦个车。"

张芳伸出脑袋朝王登峰走去的方向看了看，看见了那辆三轮车，就从车里出来了，跟着王登峰向前走去。王登峰本想朝前面的那辆农用三轮车摆摆手拦下来，又感觉有些不好意思，刚要举手又放下了。张芳快走了几步，扭头说了句："是不是书呆子气又犯了？"就朝那辆农用三轮车使劲摆起了手，还大喊着："停一下，有人要打劫了，救命啊！"

王登峰在张芳身后瞪了她一眼，又对她产生了厌恶的情绪，刚要对她说什么，发现从那辆农用三轮车上下来的人竟是张继来，又硬生生地把话憋了回去。张继来没认出是张芳，看到王登峰后又看了看张芳，认出了她。

"你们谈恋爱谈到这里来了?!"张继来盯着王登峰说，看到路边那辆桑塔纳半个车头在沟里，又说，"秀恩爱秀到沟里去了？"

王登峰脸憋得通红，低着头不说话，他看了看张芳，发现张芳正在直直地看着他，又把头低下了。张继来的话让他感觉有些窘迫，他和张芳认识这么长时间，自己还真没想过那种男女之间的事。张继来的话让张芳有些兴奋，这让她找到了可以拴住王登峰的方法，于是，张芳就开始幻想着刚才是王登峰在车里和自己秀恩爱，自己一激动就把车开沟里去了。

看着王登峰和张芳的表情，张继来明白了什么似的点点头，说："看来你们也不是什么优良的社会青年，思想也不单纯，但我张继来不一样，我始终以帮助别人为自己的快乐。小峰子，别傻站着了，还在回忆刚才的激情啊？我车上有绳子，把绳子拴在张芳的屁股后面……不是，是张芳那辆车的屁股后面，一拉就能拉出来。"

王登峰走到张继来的农用三轮车前，从驾驶室里拿出绳子，一头拴在张芳那辆桑塔纳的屁股后面，又让张继来把那辆农用三轮车掉个头。张继来让拴在前面，说："我们都往后倒，这样步调一致，容易拉出来。"

　　于是，王登峰就将绳子的另一头拴在了张继来那辆农用三轮车前面，张芳驾驶那辆桑塔纳，张继来驾驶那辆农用三轮车，王登峰在路边指挥，轻而易举地就将张芳的那辆桑塔纳拉了出来。

　　张继来又从他的那辆农用三轮车里下来了，他说："马上就到我的小来子养鹅厂了，到我的董事长办公室去坐坐，今天我正好去县城进饲料，顺便咨询了一下扩大规模的事情，明年，我也要买辆桑塔纳。我在前面带路，你在后面跟着。"

　　王登峰把绳子拆下来后放在了张继来那辆农用三轮车的驾驶室里，走到张继来面前说："不了，我们到城里还有重要的事情要办！"

　　"谢谢你把我的车拉出来，下次我和王登峰一定去你的养鹅厂看看，这次就不去了。"张芳说完后看了看王登峰，王登峰知趣地上了车。

　　这次张芳启动时没有熄火，直接拉着王登峰扬长而去。

　　张芳开着车没有把王登峰送回县城，而是回了自己的老家，王登峰在车上睡了一路，醒来后发现已经到张芳家了。他揉了揉双眼，说："我还以为你又会开沟里去呢？"

　　"这一路总算有惊无险，不过，经过这一折腾，我的驾驶技术提高了好多。"张芳看了看手表，还不到吃午饭的时间，就说，"今天家里没人，先到屋里坐会儿吧！"

　　王登峰点了点头，跟在后面进了张芳的家里。这是王登峰第一次来张芳家，他显得有些拘谨，看到张芳家里的大彩电、大冰箱、大空调，王登峰惊讶得张大嘴巴说不出话，他的目光在客厅里环视了一圈，最后落在张芳身上。张芳打开冰箱给他拿了一瓶冷饮，说："你先坐会儿，我出汗了，去洗个澡，换身衣服。"

　　王登峰接过冷饮后点了点头，就在沙发上坐了下来，打开冷饮慢慢喝着。张芳的家境太好了，好得完全出乎他的意料。他想起了自己的家，虽然是在县城住，但住着五十平方的旧房子，一家三口挤在里面，这和张芳在农村的家形成了鲜明的对比，他知道张芳在县城也有房子，而且不止一套。王登峰边喝冷饮边开始想，如果自己的家庭条件也像张芳家这么好，自己还有必要这么拼命学习考大学吗？如果自己有一个像张芳一样的父亲，自己还有必要为了自己的前程担忧吗？如果自己真的和张芳在一起了，是不是也就意味着生活无忧了？

　　王登峰起身在客厅里转了一圈，听见张芳的房间里传来哗哗的声音，不禁扭头往张芳的房间看了看，看到门虚掩着，又转过头来在客厅里环视了一圈。他看了看手中的冷饮已经快喝完了，就走到冰箱跟前又拿了一瓶冷饮，坐在沙发上慢慢喝。

当王登峰手中第二瓶冷饮快要喝完的时候，张芳洗完澡出来了，她脚穿红色拖鞋，下身穿着浅蓝色短裤，白白的大腿一览无余，上身穿着白色背心，里面没有戴胸罩，胸前的两点格外明显。张芳用毛巾擦着湿漉漉的头发，歪着脑袋说："这么热，怎么不开空调啊？"

王登峰痴痴地看着张芳白白的大腿，脑海中胡思乱想着，这时他突然发现，张芳并没有自己想象中的那么讨厌，他发现自己突然有些喜欢张芳了。

张芳感觉不对劲，她看了看王登峰，发现王登峰正在死死地盯着自己，感觉自己的脸有些发热，就说："我平时在家习惯了，你别在意啊！"然后就走到茶几前弯下腰拿起空调遥控器打开了空调。就在张芳弯腰的时候，王登峰急忙把目光转向别处。

这一切都被张芳看在眼里，她若无其事地在王登峰身边坐了下来，王登峰闻到了张芳身上香水的味道，又咽了一口口水。当他想再喝一口冷饮的时候才发现第二瓶冷饮已经喝光了，他站起来朝着冰箱走去，想再拿一瓶冷饮。这个时候，张芳说："冷饮喝多了不好，打开空调了，一会儿就凉快了。"

王登峰转身往回走，不知怎么搞的脚下一滑，就跌倒在了张芳身上，他的脸正碰在张芳胸前，双手按着张芳身边的沙发。他想起身离开，可这个时候身体竟然不受自己的控制，他急促地喘着气，抬头看了张芳一眼。张芳倒是没有感觉不好意思，她双手抱住了王登峰。

王登峰喉结一滚动，咽了一大口口水。

"张芳，张芳，你在家不？"张芳突然听到有人喊自己，一听声音她就知道是钟灵来找自己了，这时她才想起大门没有关，就急忙松开了双手。王登峰也坐了起来，但经过刚才这么一折腾，他又出了一身汗，还在喘着粗气。

"这个该死的钟灵，早不来，晚不来，偏偏这个时候来。"张芳嘴里嘟囔着，走出来迎接钟灵。

钟灵径直走进了客厅，看到王登峰也在里面，而且表情有些不对劲，张芳的表情也是怪怪的，心里仿佛明白了什么。马上就要上大学了，她本来是找张芳告别的，也想叫着张芳明天一起去找凌云，但看到了现在这个情况，就说："不好意思，是不是打扰你们了？"

"没……没有。"王登峰和张芳一起结结巴巴地说，说完后他们相互看对方的眼神也是怪怪的。

"张芳，明天我要去找凌云，快上大学了，我要和他告个别。"钟灵说，"那不打扰你们了，我先走了。"

钟灵走后，王登峰和张芳呆呆地看着对方，但却没有刚才的激情了，张芳说："走吧！我把你送回家吧！"王登峰木讷地点了点头。

二十一、张继来说干就干扩大规模

凌云连着在劳务市场待了七天，却没有接到一个工作，他每天都会看到一个年长的师傅被带走，这天早上他就问："师傅，我看你每天都有工作，我一连来了七天了，他们怎么不选我啊？"

那个年长的师傅从头到脚，又从脚到头看了看凌云，说："我看看你的双手。"

凌云把双手往前一伸，那个年长的师傅盯着看了一会儿说："你的手不适合干粗活，你看这细皮嫩肉的，握握笔杆子还可以。"

凌云知道他是在笑话自己，没有再搭理他，心想："我今天就算是不要钱也要找个活干，不能再这么拖下去了。"

看着周围的人一个个被人带走，凌云心里有些着急，还剩下六个人的时候，一个戴着墨镜的人开着一辆农用三轮车过来了，大大咧咧地说："你们五个跟我走吧！干泥瓦匠，一天三十，中午管饭。"

凌云跟在那五个人的后面，准备爬上那辆农用三轮车，可被那个戴墨镜的拦下了："你不用去了，一看就不会干活。"

"师傅，我可以免费给你干活，中午管顿饭就行。"凌云哀求着说，"我都来了七天了，还没接到一个工作，你就给我一个机会吧！"

那个戴墨镜的人摘下墨镜打量了凌云一下，说："那好吧！中午管饭，上车。"凌云感激地点了点头。

上车后，也就五六分钟的路程，凌云竟在这辆农用三轮车上打了个盹，下车后才发现来到了张继来的养鹅厂，他脑袋嗡的一声，险些跌倒。那个戴墨镜的招呼他们下车，然后跑到一个光头后面，凌云不用看就知道，那个光头就是张继来，那个戴墨镜的说："张哥，给你找来了六个人。"

"不是说要五个人吗，怎么还多找了一个？"张继来说。

"一个是免费的，不要钱，中午管顿饭就行。"那个戴墨镜的说。

"那我要看看这个不要钱的小工长什么样？以后要多找些不要钱的。"张继来说着就转身朝门口走来，但却没有看到那个不要钱的小工。

"你们几个，刚才那个不要钱的小工呢？"张继来问。

"他说家里有事，跑了。"一个叼着旱烟的人说。

"奇怪，说好的管顿饭就行，怎么一下车就有事跑了？"那个戴墨镜的人说。

"不管这么多了，先干活吧！我张继来有一说一，有二说二，看你们表现，如果干得好，以后有可能成为我小来子养鹅厂的正式职工，工资是全镇最高的。"张继来说完就进了他的董事长办公室，那个戴墨镜的开始招呼着他们几个人干活。

最近，张继来一直在考虑扩大规模，搞现代化养殖的事情，他和爷爷通过找村委商量，又在现在的养鹅厂东边要了一块一百米见方的荒地，并和村委签了合同，每年给村委八千块钱，张继来还承诺说如果自己养大白鹅效益好，会额外赞助村委，搞一些公益事业。解决了用地问题，张继来又跑到镇上咨询了一下注册公司的事情，准备注册一个"小来子养殖公司"，然后找到那个戴着墨镜开农用三轮车的人说："鲍光头，我给你找了个大活，我的养鹅厂要扩大规模，你可以趁此大赚一笔。"

"得了吧！谁不知道你不着调张继来，满肚子坏肠子，吃亏的事情从来不做，只要不让我赔，你的活我接。"鲍光头开玩笑说。

鲍光头的父亲是镇上有名的包工头，在一次高层建筑施工过程中受伤后，就让鲍光头替他的班。鲍光头只上到初中二年级就辍学了，一直跟着他父亲干建筑行业，年纪和张继来相仿，建筑生意做得有声有色。张继来经常到镇上批发大鹅蛋，鲍光头要给他下面的人发福利，就买了几次张继来的大鹅蛋，次数多了，就和张继来混熟了。张继来和鲍光头一起吃过几次饭，喝过几次酒，发现这个鲍光头为人行事挺仗义。

通过这两年半的时间，张继来已经熟练掌握了养大白鹅的相关知识，最近仔细规划了他扩大规模、搞现代化养殖的事情。说干就干，就找鲍光头先把从村委那里要来的这片地围起来，用他自己的话说就是要轰轰烈烈地搞一次"圈地运动"，再轰轰烈烈地搞一次建设运动，要让自己的人生轰轰烈烈。

第二天，鲍光头又从劳务市场上找了五个人，加上昨天那五个人一共十个人，张继来把他们叫到一起，把昨天说给那五个人听的话又说了一遍，就让鲍光头带着他们开始干活了，自己则跑到他的董事长办公室凉快去了。

鲍光头带着这十个人热火朝天地搞起了圈地运动，他把找来的这些劳工分成四个小组，每个小组负责一个方向的圈地工作，还学着张继来的语气给他们提了工作标准，给他们鼓舞士气。一切安排妥当之后，鲍光头一会儿开着推土机在地面上跑来跑去，一会儿又开着挖掘机挖来挖去。按照张继来的要求，整个养殖基地要高标准、严要求建设，要让大白鹅活得舒服，要让大白鹅积极主动地去下蛋，这样的鹅蛋才好吃，才有营养，吉吉吃了之后才会更漂亮。

凌云从鲍光头的农用三轮车上跳下来跑走后，心里一直比较郁闷，他在劳务市场上待了这么多天，没接到一个活，好不容易接到一个活，竟然还是到张继来那里去，这对他的刺激不小。眼看着暑假就要结束了，凌云还是无所事事，心里有些迷茫。吃过晚饭后，凌云就沿着漯河漫无目的地走着，他心中充满了迷茫，对自己的未来也开始担忧。

九月的天热得出奇，凌云低着头走着，不知不觉就走到了漯河桥下，他停下来回忆着小时候和王登峰、张继来在漯河桥下的童年往事，可是现在，他不得不为自己的未来考虑，可是现在，他却不知道该如何为自己的未来考虑。凌云看着眼前漯河里的水缓缓流动，看着河边的垂柳随风摆动，不免叹了口气。

"叹什么气呢？是不是失恋了？"凌云的身后突然响起了张继来那阴阳怪气的声音，"那天从鲍光头的农用三轮车上跳下来跑走的是不是你？"

"我怎么也是高中毕业，高中生不能给初中生打工！"凌云看了一眼张继来怀里的大白鹅，情绪有些低落地说，"幸亏我跑得快，要不然我的老脸往哪里搁？"

张继来把抱着的大白鹅放下了，把绳子拴在旁边的一棵柳树上，说："小凌子，我那年初中毕业，也是像孤魂野鬼一样在社会上游荡了半年。你是高中毕业，最起码也得像孤魂野鬼一样在社会上游荡个一年半载，要不然你找不到北。"还没等凌云说话，张继来又说："我一猜就是你，你小子见到我还不好意思啊？"

凌云不好意思地挠了挠头皮，微笑着说："这个我知道，可我过不去这道坎，它就像一道无形的墙挡在我前面，让我不知所措。"

"学历高也有学历高的坏处，干什么都前怕狼后怕虎，想前想后想得太多，你看我初中毕业，干什么也不用想那么些，大不了从头再来。"张继来盯着凌云说。

"你说得有道理，我是要突破自我了，否则，我小凌子还不如你小来子呢！"凌云调整了一下情绪说，"天生我材必有用，大材大用，小材小用，我要把这堵墙撞出一个窟窿来。"

"行了，别文绉绉的了，到我的董事长办公室去吧，钟灵在那呢！"张继来说，"你先过去吧！我要去河里游泳了，一会儿就回去。"

"这个丫头，她来了不找我去找你，你不许打她的主意啊！"凌云开玩笑说。一听钟灵在张继来的董事长办公室，凌云的情绪突然好了很多。

"这辈子，我除了吉吉谁都不娶。"张继来说完就解开拴在柳树上的大白鹅，一头扎进了漯河里，大白鹅张开翅膀急忙跳进河里，追他去了。

凌云看着张继来牵着他的大白鹅慢慢向漯河深处游去，摇了摇头，大喊了一声："大白鹅在水里下了蛋要接住啊！别沉到河里去。"然后转身向张继来的养鹅厂跑去。张继来没有回答，大白鹅嘎嘎叫了两声，似乎在说："我不在水里下蛋。"

马上就要开学了，钟灵是来找凌云告别的，这个暑假自从她来找过凌云一次后，凌云一直没有给她打电话，也没有过去找她，她很纳闷这个凌云到底在干什么。心里有些生气，就骑着自行车来找他兴师问罪。钟灵去了九奶奶杂货铺，又去了敬老院，都没有找到凌云，就来张继来的养鹅厂找凌云。张继来正要牵着他的大白鹅出去，就对她说："你在这里等着，我负责给你去找小凌子。"他本来是想先到漯河里凉快一下再去找凌云，没想到刚到漯河就碰到凌云了。

凌云一路小跑着到了张继来的董事长办公室，钟灵却不在那里，他在张继来的养鹅厂转了一圈，还是没有找到钟灵。他摸了摸头，突然明白了什么，摇着头笑了笑，说："张继来这个变态，竟然骗我？"凌云说完就往小来子养鹅厂大门口跑去，刚跑出大门口，竟慌里慌张地撞倒了一个人，凌云定睛一看，这个人正是钟灵。凌云把钟灵压在身体下面，没有想起来的意思，钟灵瞪着眼睛看着凌云，说："你把我撞倒在地，就是为了压我？"

凌云急忙起身，顺便把钟灵拉了起来，不好意思地笑了笑，钟灵拍打着身上的尘土，说："我看你一直没过来，就到东边施工的那个地方看看。那里的师傅们说这是张继来的场地，他要扩大规模养大白鹅，听说还注册了一个什么公司。对了，张继来怎么没和你一起来啊？"

"他在漯河里和大白鹅比翼双飞呢！"凌云说着往张继来的董事长办公室走去。

"这个张继来真有意思，每次游泳都带只大白鹅。"钟灵笑着说。

"我差一点就给这个不着调小来子打工了。"凌云把前几天的事给钟灵说了一遍，钟灵笑得上气不接下气。

进了张继来的董事长办公室后，凌云打开了空调，在他的董事长办公椅上坐了下来，又和钟灵说起了自己未来很渺茫的事情。钟灵说："别的忙我帮不上，我只能解决你找女朋友的事情。"

凌云当然明白钟灵的意思，他痴痴地看着钟灵，想说什么，嘴唇动了动却什么也没有说出来。

张继来在漯河里游了一会儿就上岸了，他抱着他的大白鹅往回走，突然听到身后有人叫自己："张继来，张继来。"张继来回头看了看，是吉吉在喊自己，便把大白鹅放下，说："吉吉，你找我啊！"

"你……你……你怎么能这么不注意形象。"吉吉看着张继来只穿着一个裤衩，就指着他说，"你游泳怎么不穿衣服？"

张继来丝毫没有害羞的感觉，说："平时我都是光着屁股游泳的。"

"我去九奶奶那找凌云，他不在，就想去你那里找他。"吉吉说。

张继来又抱起了他的大白鹅，说："凌云在我那，我带你去。"见到吉吉，张继来有些兴奋，把钟灵还在他董事长办公室的事给忘了。一路上，张继来给吉吉讲解他要扩大规模搞养殖的事情，要成为清平镇首富的规划，要找吉吉做他女朋友的美好愿望，还把凌云差点到他那里打工的事都给吉吉讲了。吉吉跟在张继来后面有一句没一句地应着。

张继来在漯河里游了一会儿，本来浑身已经凉透了，吉吉的到来又让他出了一身汗。快走到小来子养鹅厂门口的时候，张继来才想起钟灵也在，就对吉吉说："刘喆同学，你看，这么晚了，凌云也该回去了，这么晚了你去我办公室也不合适。要不，你回敬老院看看？"

吉吉盯着张继来不说话，她知道张继来话里有话，平时他那么盼着自己来他的养鹅厂，这次竟然不让自己去，她歪着脑袋看着张继来，说："你是不是做了什么亏心事了?"

"没有,我张继来说话算数,除了你我谁都不娶。"张继来说着把大白鹅腿上的绳子解下,让它自己走进院子里面,他站起来又说:"刘喆同学,要开学了,是不是要找小凌子告别啊?你为什么不来找我告别啊?人家小凌子有女朋友了,你还不死心啊?"

吉吉不再听张继来瞎扯,直接走向张继来的董事长办公室,张继来跟在后面心里捏着一把冷汗。"小凌子,吉吉找你来了,还不出来迎接一下?"张继来大喊。

吉吉扭头瞪了张继来一眼,直接开门进去了,但凌云不在里面,就对张继来说:"小来子,你是不是用这种方法骗我来你的董事长办公室啊?"

"不是的,我张继来从来不说瞎话,再说了,我张继来也不会用这种卑鄙的手段去追女孩。"见凌云和钟灵不在里面,张继来松了口气。

"我不会做你的女朋友的,我就是一辈子不嫁人也不嫁给你,你就是成了清平镇首富我也不嫁给你,你就死了这条心吧!借你的钱我会还的。"吉吉说着就要往外走。

张继来堵在门口不让吉吉出去,吉吉气急败坏地看着张继来,说:"你看看你,是不是要耍流氓啊?"

"我张继来虽然学历低,但心地善良,我也告诉你,只要你不结婚,我就一直等你。"张继来说完就转身闪开了,吉吉急忙走出了办公室。

"吉吉,我的董事长办公室就要搬到东边新的场地了,欢迎来参观。"张继来笑着说。

吉吉没有说话,转身朝大门口走去,刚出大门就看到凌云了。张继来看到凌云后,以为钟灵在后面,就大声喊:"你小子跑哪里去了?"

"我到你东边的新厂子视察了一下。"凌云笑着说。

"凌云哥哥,你是不是真的要给这个不着调小来子打工啊?"吉吉问凌云。

凌云知道是张继来已经把自己的囧事告诉了吉吉,就朝着张继来大喊:"小来子,你别瞎说,早晚我要收购了你的小来子养鹅厂。"

"现在不叫小来子养鹅厂了,叫小来子养殖公司,公司规模大了,你收购不了了。"张继来大笑着说。

"凌云哥哥,这个张继来净瞎说,我们回去吧!我有话要对你说。"吉吉说。

凌云朝张继来摆了摆手，就和吉吉往敬老院的方向走去。张继来抓住刚才的那只大白鹅的脖子，把它放进围栏里面，说："大白鹅，你给我作证，我这一辈子只喜欢吉吉一个人，为了吉吉，我也要成为清平镇首富。"

张继来突然想起刚才吉吉说要还钱的事情，到目前为止，只有凌云跟自己借过钱，就明白了是怎么回事，摇着头笑了笑。

二十二、凌云决定在家创业

钟灵和吉吉都去上学了，凌云还是没找到合适的工作，还是像三年前的张继来一样有些迷茫。九奶奶看着凌云一天天像孤魂野鬼一样无所事事却又心事重重的样子，就对他说："小凌子，是不是受打击了？"

"没有，我小凌子是钢筋铁骨，打击不倒的。"凌云边吃饭边说。

"那是不是和你的女朋友分手了？"九奶奶开玩笑说。

"不是。"凌云不假思索地说。

"承认她是你女朋友了！"九奶奶说。

"承认我是她男朋友了！"凌云说。

"我听说那个小来子又包了一大片地要扩大养鹅厂的规模，你可以先到他那里磨炼一下，也支援一下他。"九奶奶边说边收拾着桌子上的饭碗。

"九奶奶，我堂堂九尺男儿，还怕找不到工作？我堂堂高中学历，还怕混不出个人模人样？我堂堂九奶奶的孙子，还怕……"凌云还没有说完就被九奶奶打断了："你小子就是动嘴行，有本事自己找个工作给九奶奶证明一下，光说有什么用？"

"九奶奶，到小来子那里工作我脸没处搁，这几天我考虑好了，我不能找那种固定工作，我得找那种不受别人管理的工作，可这种工作又不好找，所以，我还是决定要在家里创业。经过深思熟虑，我要搞种植业，种樱桃、草莓什么的，你看怎么样？还有，你看清平镇周围有山有水，发展旅游业怎么样？"凌云一本正经地说。

"你有这方面的经验？你从小就没怎么干过农活，发展旅游业？亏你想得出，你哪里有本钱？"九奶奶不同意凌云的想法。

凌云没有再和九奶奶说什么，吃过晚饭后，他一个人到漯河边溜达，又碰到了张继来抱着他的大白鹅来游泳，就把自己的想法告诉了张继来。张继来抱着大白鹅哈哈大笑："小凌子，我小来子不着调，你比我还不着调，不过，我喜欢这种不着调的事情。说吧，需要我做什么？要钱我可是没有啊！给你出谋划策你得给我钱，赔本的买卖我是不干。"

"现在先不说钱的事，你给琢磨琢磨，看看行不行。你在社会上摸爬滚打了好几年，比我有经验了，等事情有眉目了，再考虑借你钱的事。"凌云伸手从张继来手里接过了大白鹅说，"抓紧考虑一下，要不然我把你的大白鹅放漯河里，让它在河里下蛋。"大白鹅转过头来看着凌云，似乎听明白了他的意思。

张继来皱了皱眉头，又摸了摸自己的光头，一头扎进河里，过了一会儿才露出头，用手抹了一把脸，说："我看这件事情不靠谱，至于原因嘛，就是因为如果靠谱的话我得借给你钱。"张继来说完又一头扎进河里了。

凌云把大白鹅放进河里，张继来露出头来，嘎嘎叫了两声，大白鹅也嘎嘎叫了两声，主动朝他游了过去。凌云在河边坐着，看着张继来和他的大白鹅在河里游来游去，思考着自己今后干什么的问题。说实话，他挺佩服张继来，这个从小和自己一起光着屁股长大的小来子，虽然说话有些不着调，但他仅仅用了两年多的时间就将养大白鹅的知识研究透了，现在还准备扩大养殖规模，可是自己呢？高不成低不就，也没有小来子那种破釜沉舟的勇气。

"小凌子，在想啥呢？"张继来朝凌云这边游了过来，双手拍打着河里的水说，"想那么多干啥？想干就干，大不了从头再来，大不了赔掉腔可以到我小来子养殖公司要饭吃，我不会看着你饿死的。"张继来说完又一头扎进了河里面，大白鹅在河面上嘎嘎叫着，寻找着张继来。

张继来在河里游够了，就从河里爬了上来，大白鹅独自在河里游了会儿也爬了上来。凌云站了起来，说："张继来，我是在说正事，你要重视一下，要不然我的企业规模超过了你，你的脸往哪里搁啊？"

"那我以过来人的身份给你提提建议，你先不要着急行动，要先做好知识储备，我养大白鹅之前还看了很长一段时间的书呢！最好到樱桃园、草莓园去看看，学习一下，俗话说什么来着，要想做事得先有武器。"张继来双手使劲拧着裤头上的水说。

"那是工欲善其事，必先利其器。道理我知道，你给我分析一下这个行业的前景。"凌云笑着说。

"只有不景气的企业，没有不景气的行业。你要是真的确定要干了，我可以给你提供资金支持。不过，你要做好吃苦的打算，我一开始也以为养大白鹅很简单，但其实养大白鹅也没有那么容易的。"张继来说，"你可以问问你的女朋友啊！"

"男人的事问女人干啥？对了，你养大白鹅之前是不是问过吉吉啊？"凌云说。

"没有，我是喜欢吉吉，但没问她养大白鹅的事。我得回去换衣服了，那个鲍光头还在领着一些人给我扩大规模建公司呢！抽时间你预约一下，我和你好好谈谈。"张继来说完就抱起他的大白鹅走了。

凌云一个人又在漯河边坐了一会儿，他感觉有些累，竟稀里糊涂地睡了过去。一阵风吹来，凌云醒了，就朝九奶奶家走去。九奶奶正在杂货铺门口摇着蒲扇乘凉，看到凌云回来了，就说："小凌子，别着急，慢慢来，你要是真的想在家创业，九奶奶也支持你。"

凌云笑了笑，就进自己的房间了，他知道，自己就算要搞种植业，也要等明年春天再搞，自己这半年的时间要做些什么呢？难不成真的到张继来的养鹅厂去帮忙？或是继续像孤魂野鬼一样在清平镇的大街上游荡？还是先找一个临时工作干着？凌云躺在床上眼睛望着屋顶发呆，一只蚊子在他面前飞来飞去，他双手击掌，把蚊子打死。

九奶奶了解凌云的性格，知道他脸皮薄，不会去小来子的养鹅厂干活，她看得出来，凌云这一个月很纠结，突然从学校走向社会，他还没有适应过来。九奶奶拿起桌子上的半导体收音机，换了一个频道，悠闲地听着，把半导体收音机放到桌子上后，一松开手就有了杂音，九奶奶就这样用手按着半导体收音机听广播。

半导体收音机里正在广播种植樱桃的事情，九奶奶聚精会神地听着，突然，她站起来走到院子里大喊："小凌子，小凌子，快出来听广播。"九奶奶等了一会儿，不见小凌子出来，就走到杂货铺门口坐下独自听广播了。

第二天早上，凌云睡到十点才起床，九奶奶已经吃过早饭，把凌云的早饭留在桌子上，用罩子罩着。凌云刚要吃早饭，发现旁边沙发上放着一本《樱桃种植技术》，就随手拿起翻了起来。九奶奶从外面进来了，看到凌云一边吃饭一边看书，就说："你看书也太不敬业了，一边看书还一边吃饭。"

"我是太敬业了，一边吃饭还一边看书。"凌云头也不抬地说。

"今天你在这里待着吧，我去敬老院那边看看，你刘阿姨一个人还真忙不过来。"九奶奶说完就出去了。

凌云一边看书一边吃饭，一顿早饭竟吃了一个小时。正当他完全沉浸在樱桃种植技术中时，就听张继来在外面大喊："小凌子，小凌子，我要买两条好烟，晚上请鲍光头和那些施工人员吃饭，你也一起去吧！我看这一段时间你情绪挺低落的。"

"谁说我情绪低落？你没看到我正在学习种植樱桃吗？我马上就要成为樱桃大王了，我要收购了你的企业。"凌云给张继来拿了两条香烟，又递给他两瓶白酒说，"再买两瓶白酒吧！"

张继来摸了摸自己的光头，又摸了摸自己的肚子，看着凌云笑着说："你不该去种樱桃，你应该去卖保险。我今天没带钱，你先记上账吧！"张继来左手拿着两条香烟，右手提着两瓶白酒，晃晃悠悠地走了。

凌云在九奶奶的躺椅上坐了下来，又捧起《樱桃种植技术》认认真真地看了起来。凌云跟九奶奶和张继来说自己要种樱桃、种草莓本来是一时头脑发热，上高二的时候，钟灵说她喜欢吃樱桃，喜欢吃草莓，他喜欢钟灵，就想种樱桃，种草莓。没想到看了这本《樱桃种植技术》后，凌云想种樱桃，种草莓的玩笑话竟然变成了强烈的愿望。

凌云从货架上拿了一个笔记本，吹了吹上面的尘土，在笔记本上认认真真地写下："樱桃好吃树难栽，大不了从头再来。"这一整天的时间，凌云都在研究这本《樱桃种植技术》，从中学到了很多知识。傍晚的时候，凌云感觉肚子有些饿，才想起中午也没有吃饭。他走到门外往敬老院的方向看了看，没有看到九奶奶，就把门锁好，往小来子养鹅厂的方向走去。

张继来正在给鲍光头带领的施工队大讲特讲小来子养鹅厂的辉煌未来，正在给院子里的大白鹅大讲特讲它们的家族马上就要"鹅丁兴旺"，鲍光头带着他的施工队给张继来使劲地鼓掌，这让张继来觉得他的形象瞬间高大了起来，脖子也瞬间变长了，讲话的声音也更加洪亮了，唾沫星子喷得更多更远了。张继来的爷爷在招呼着送饭的师傅摆放饭菜，给施工队的师傅们分烟，分毛巾。院子里张继来的吹牛声、施工队的鼓掌声、大白鹅的嘎嘎声交织在一起，营造了一种异常热烈的氛围。

鲍光头第一个看到凌云来了，就打断了张继来高亢激昂的讲话，说："张哥，上次那个来干活的逃兵来了。"

张继来转身看到了凌云，就跑到凌云跟前招呼大家说："我给大家介绍一下，这是凌云，我是董事长，他就是副董事长，见到他要像见到我一样。"施工队员们又是一阵哄堂大笑。

凌云朝鲍光头不好意思地笑了笑，说："鲍师傅，不好意思啊！"

鲍光头拍了一下凌云的肩膀说："没事，是张哥的兄弟就是我鲍光头的兄弟。"

这一顿饭，鲍光头带领他的施工队风卷残云，狼吞虎咽，吃了不少饭，也喝了不少酒，还摔坏了几个盘子，有几个施工人员还骂骂咧咧地险些打起来，幸亏张继来的爷爷和鲍光头给拉开了。吃饭的时候，张继来没有再吹牛，凌云也没有彷徨、迷茫，他们两个一起低头商量着如何种植樱桃、草莓的事情。凌云说："要是引进国外樱桃的话，哪国的比较好？"

"乌克兰，你看，乌克兰盛产美女，樱桃也肯定好吃。"张继来不假思索地说。

二十三、小来子养殖公司挂牌成立

凌云一直没找到合适的工作，经不住张继来的软磨硬泡，也不好意思天天在家里无所事事，又开始吃住在小来子养鹅厂，还在张继来的新建养鹅厂项目帮忙。用张继来的话说就是他给凌云提供了一个实习的机会，凌云得感谢他，用凌云的话说就是他这是大材小用，先在小来子养鹅厂委屈一下做个军师，张继来得感谢他。

晚上或者下雨不能施工的时候，凌云就在张继来的办公室学习樱桃种植技术，用了一个月的时间，已经把那本《樱桃种植技术》学透了。张继来看到凌云已经基本掌握了樱桃种植技术，就给凌云买了一本《草莓种植技术》，凌云又用了一个月的时间掌握了草莓种植技术，这为他后来种植樱桃和草莓奠定了基础。

张继来的办公室已经换成了一个更大的集装箱，换了一套崭新的办公桌椅，办公区域和卧室之间也有了硬隔离，原来那个董事长办公室已经运到新建养鹅厂作为临时办公室，也就成了鲍光头的专用办公室了，再后来，就成了凌云的董事长办公室了。

张继来和凌云坐在办公室里看着门外的细雨，想着各自的心事，张继来刺激凌云说："小凌子，你种乌克兰樱桃已经没有问题了，不知道你会不会被乌克兰美女迷住？"

"我心中只有钟灵一个人，没有乌克兰美女，只有乌克兰樱桃。"凌云放下了手中《平凡的世界》，缓缓地说。

"嗯，我也是个痴情人，我心中只有吉吉一个，连乌克兰樱桃都没有。"张继来放下了手中的《神雕侠侣》，缓缓地说，"你看，杨过只钟情于小龙女一个人，我也只钟情于吉吉一个人。"

"你心中有大白鹅啊！大白鹅不会是你的精神寄托吧？"凌云站起来说。

"对啊！你不说我差点忘了，我扩大规模，还要注册一个公司呢！明天陪我去趟县城吧！"张继来也站起来说，"对了，你有钟灵了，不要跟我抢吉吉了，吉吉是我的。"

"就是没有钟灵我也不会和你抢吉吉，不过，吉吉喜欢文化人，喜欢斯文人，你得注意一下你的形象。"凌云说。

张继来用手摸了摸自己的光头，嘿嘿笑了两声，说："我光头土匪的形象在大家心中已经根深蒂固了，还真不好改了。不过，为了吉吉我要改变一下自己的形象，不能只在去学校、去图书馆的时候戴眼镜，平时也要戴个眼镜。"

"戴不戴眼镜倒无所谓，关键是你要有那种自内而外散发出来的气质，要有那种想故意隐藏还隐藏不住的气质，就像我这样。"凌云说着深吸了一口气，摆出一个自认为很酷的造型。

张继来用脚踢了一下凌云的屁股，大声说："你这也叫有气质啊！虚张声势，等我小来子成了清平镇首富，我搞福利事业，我建学校，我建敬老院，我修路，我给村民盖房子，这才叫有气质。"

这天晚上，张继来又和凌云把注册公司的流程模拟演练了一遍，张继来还让凌云扮演工商局工作人员故意刁难自己，但自己还是把营业执照办下来了，以凸显自己的沟通协调能力强。自己还扮演了一遍工商局工作人员，虽一个劲地在提醒、帮助凌云，但凌云还是没把营业执照办下来，来刺激凌云工作能力还需进一步提高。

"不着调，已经凌晨一点了，再不睡觉明天起不来了。"凌云大声说。

"一想到明天就要注册公司了，我太他妈兴奋了。"张继来大声说。

第二天，张继来就骑着摩托车载着凌云向县城奔去，下了一夜小雨，地面有些泥泞，幸亏张继来车技高超只是险些跌倒，凌云坐在后面也是吓破了胆。他们一共清理了四次摩托车轮胎与挡泥板之间的泥巴。直到进了县城，张继来才放松了心情，说："你看吧！这一路这么难走，道路泥泞，人生坎坷，这是对我们今天注册公司的考验。故天将降大任于小来子也，必先苦其摩托，劳其双腿，所以，今天注册公司一定……"

"小心！"凌云大喊。

张继来急忙刹车，才没有撞上前面疾驶而过的小汽车，但却连人带车一起翻倒在地，由于车速较慢，他们并没有受伤。凌云从地上爬起来，笑着说："小来子，你这叫晚节不保。"

"什么意思？"张继来气急败坏地说。

凌云支好摩托车后用手指了指前面，张继来顺着凌云指的方向看了看，已经到了工商局门口，他们竟然在工商局门口跌了跟头。

张继来从地上爬了起来，说："我命由我不由天，这也是对我的磨炼。对了，那辆车我怎么看着这么眼熟啊！"

"你是不是想车想疯了？等挣了大钱，争取买辆二手车显摆显摆。"凌云推着摩托车和张继来朝工商局门口走去。

张继来把准备好的资料递给了办理窗口的一个工作人员，这名工作人员接过材料后翻了一遍，就开始仔细地询问起来，有的问题还问了两遍，还不止一次地抬头看张继来几眼。张继来趴在柜台上一边擦着额头上的汗水，一边非常有礼貌地一一做了回答。因为担心会出现什么问题，担心工作人员会故意刁难他，说话都有些结巴了。张继来本有些心烦，但一想到政府工作人员工作如此认真负责，一想到自己的公司就要挂牌成立了，就耐着性子仔细回答。

凌云在工商局的大厅里走来走去，看着这个急性子张继来不厌其烦地给柜台里的小姑娘解释，他心里偷着乐，心想，既然张继来的沟通协调能力强，就让他去沟通协调吧！既然张继来喜欢和小姑娘聊天，就让他去给小姑娘解释吧！到我注册公司的时候，就让张继来替我办吧！

"好了，已经注册好了，一个月后来拿营业执照吧！"那位工作人员站起身，将用不着的资料退还给张继来。

中午的时候，张继来请凌云吃自助，凌云没吃多少，张继来倒是吃了个肚儿圆，实在吃不下去了，就动员凌云多吃。凌云盯着张继来看了会儿，说："小来子，马上就是张总了，要注意自己的形象。"

"我一直是张总，也一直、向来很注意自己的形象，去学校的时候我还戴眼镜呢！"张继来嘴里啃着一根大骨头含糊不清地说。

"我建议，我们明天搞个公司成立挂牌仪式，找上几个有头有脸的人参加，给你撑撑门面。"凌云笑着说。

"公司营业执照还没办下来呢！"张继来放下手里的大骨头说。

"小来子养鹅厂既然要超常规、大跨步发展，就得不拘小节，就得打破常规。你说，我说的有没有道理？"凌云开始瞎扯。

"嗯，你说的很有道理，我回去做个牌子，过几天就挂牌成立。"张继来点着头非常认真地说。

好不容易来趟县城，吃过午饭，张继来和凌云在县城里逛游了一下午，天开始黑了的时候，张继来才骑着摩托车载着凌云往回赶。经过清平镇的时候，张继来走进一家广告公司订做了一个大牌子，又打印了一些宣传单，从广告公司出来后，张继来又走进一家商店买了一些鞭炮和彩旗，准备轰轰烈烈地搞个公司成立挂牌仪式。

凌云和张继来把买的东西运回了小来子养鹅厂，一人吃了一包方便面，张继来要到二期施工工地再看看，他的公司马上就要挂牌成立了，心里很是兴奋。凌云好长时间没有回家了，就回九奶奶家了，回去的时候还到敬老院看了看刘阿姨。

张继来在鲍光头的陪同下视察了一下小来子养鹅厂二期工程，张继来双手叉腰，把衣服别在身后，在夕阳的余晖下，张继来的身材显得有些高大。小来子养鹅厂二期工程施工已接近尾声，鲍光头带着五个人在进行最后的收尾工作。鲍光头说："张哥，按照你的要求，我把那些不正儿八经干活的人辞掉了，留下的这五个人都是干活实在，不会偷懒的。"

一周后，张继来的公司准备挂牌成立，鲍光头提前两天给施工人员放了半天假，中午请他们在镇上的饭店吃饭，让他们在镇上的大街小巷发传单，让他们见人就说："小来子养殖公司挂牌成立，谢谢！"

经过两天忙碌的准备，小来子养鹅厂二期工程门口已经焕然一新，大门前的道路铺上了碎石，大门的两个立柱已经刮了大白，两个立柱上面的金属廊架上已经安装好了"小来子养殖公司"的大牌子，大牌子被红布盖着，红布外面系着一朵大红花。

　　二〇〇〇年九月十二日上午十点，张继来的"小来子养殖公司"准备挂牌成立。张继来换上了一身新衣服，坐在从他的董事长办公室临时搬出来的椅子上，嘴里吹着口哨，又戴上了他到学校、图书馆才戴的平光眼镜。他前面的办公桌是从鲍光头的办公室里搬出来的，上面铺着红布，红布上面放着一盆假花。鲍光头带着五个工人站在他身后，双手都交叉放在身前，他们收腹、挺胸、抬头。他们六个人憋着不笑，要不是前天、昨天各排练了两遍，估计他们早就憋不住了。

　　"传单你们没发吗？"张继来扭过头来问。

　　"发了。"他们六个人异口同声地说。

　　"你们是一张一张发的，还是一摞一摞发的？"

　　"一张一张发的。"他们六个还是异口同声地说。

　　"张总，时间还没到呢！再等等。"鲍光头说。

　　张继来缓缓地点了点头，鲍光头的脸憋得通红，忍不住笑了出来，张继来扭头看了看他，鲍光头强忍着把笑容憋了回去。张继来说："我们不等，时间到了就开始。"

　　"张总，来人了，还是个女的。"鲍光头说。

　　张继来仔细朝前看了看，急忙站起来迎了上去，说："我就知道你会来的，我就知道你会来的。"

　　"凌云在后面呢！"吉吉对张继来爱答不理。

　　"我也知道他会来的，我也知道他会来的。"张继来说。

　　吉吉来了，张继来就不坐他的董事长椅子了，他让吉吉坐，吉吉不坐，围着桌子和椅子转了一圈，看到他们六个人严肃的表情后忍不住笑了。

　　凌云是卡着点来参加张继来的公司成立大会的，和他一起来的还有钟灵，看到钟灵来了，吉吉就一直用奇怪的目光看着她。张继来看了看手腕上的电子表，这是他昨天晚上才买的，说是当老板要戴手表，要有时间观念。他按了一下语音报时，就大声说："欢迎各位来参加我小来子养殖公司成立挂牌大会，谢谢！"

　　张继来的声音刚落下，就听到一只大白鹅嘎嘎直叫，所有的人都把头转了过去。张继来看到他经常抱着去漯河游泳的那只大白鹅迈着矫健的步伐，伸着长长的脖子，扇动着有力的翅膀，摇头晃脑地走了过来。

　　"张总，大白鹅来参加你公司的成立挂牌大会了。"凌云大声说，引得在场人员哄堂大笑。

“我有主意了，鲍光头，你带上你的人，把老厂的那一百只大白鹅赶过来，让它们给我撑撑门面。”张继来指着鲍光头说。

鲍光头带着那五个人向老厂的方向走去。张继来经常抱着去漯河游泳的那只大白鹅盯着桌子上的假花看了看，又抬头看了看横梁上的那朵大红花，旁若无人地走进了即将挂牌成立的小来子养殖公司。

张继来拍了拍他的光头，说：“还是大白鹅知道我的心事，还是大白鹅和我有感情。”

张继来和凌云刚把门口的桌椅搬到一边，就听到阵阵大白鹅嘎嘎的叫声。鲍光头一个人在前面带路，一边两个人形成了左右护卫，最后留个人断后。一群大白鹅声势浩大，迈着整齐的步伐，像一片白云一样飘了过来。钟灵和吉吉急忙跑到道路两边给大白鹅让路，张继来和凌云也急忙跳到门口两边给大白鹅让路，吉吉一看和张继来站在一边，就急忙跑到了另一边。

等大白鹅都进了院子之后，张继来和凌云又把桌椅搬到门口中间，不过这次是面向院子里面。鲍光头安排两个人搬了两个竹梯子靠在门柱上，准备揭牌仪式。张继来让大家在椅子后面站好队，钟灵和吉吉站在凌云两边，吉吉嘴巴噘得高高的，扭头看了几眼钟灵。鲍光头和另外三个人分别站在钟灵和吉吉的两边，小来子养殖公司成立挂牌仪式即将开始。

张继来清了清嗓子，吐了一口唾沫，说：“别人公司成立都是人山人海，我的公司成立是鹅山鹅海，为什么呢？因为我小来子成立的是养殖公司，主要以养大白鹅为主，肯定要请我的大白鹅来参加了。回顾我养大白鹅这几年的历史，有过失败，有过成功，也小打小闹地扩大过规模，如今，我小来子养殖公司正式挂牌成立。”说到这里，张继来抬头看了看，梯子上的人急忙把“小来子养殖公司”牌子上的红布揭了下来，凌云带头使劲鼓掌，院子里的大白鹅也嘎嘎直叫。

张继来转过身来，擤了擤鼻子，说：“你们五个能留下来继续在小来子养殖公司上班，是你们用自己的实际行动赢取的。请你们放心，只要你们跟着我一起努力，我保证你们都能找上媳妇。现在我宣布，小来子养殖公司成立挂牌仪式结束。”

凌云和鲍光头点燃了挂在大门立柱两边的鞭炮，鞭炮的响声和大白鹅的叫声交织在一起，张继来威风凛凛地站在大门口，钟灵和吉吉捂着耳朵，凌云、鲍光头和那五个人使劲地鼓掌。

中午的时候，张继来请大家在清平镇宝意饭店吃饭，大家都喝了不少酒。酒足饭饱之后，鲍光头领着那五个人像大白鹅一样摇头晃脑地走了，钟灵和吉吉是第一次喝啤酒，都有些微微醉意。

"什么叫挂牌成立，挂个牌子就成立了，就这么简单，我有自己的公司了。"张继来打着饱嗝说。

"祝贺你！"凌云拍着张继来的肩膀说。

"你是我最好的兄弟，你能来，我很高兴。王造极那个家伙怎么不来啊？"张继来还是打着酒嗝说。

"他现在忙着呢！正忙着结婚呢！"凌云还是拍着张继来的肩膀说。

"结婚？和谁？"张继来扭过头来问。

"张芳。"凌云叹了口气说。

二十四、王登峰要结婚了

中秋节结束后，钟灵和吉吉又去上学了，凌云还是天天和张继来混在一起，一起研究养大白鹅、种樱桃、种草莓的事情。张继来不着边际地描述着自己的美好未来，凌云夸大其词地构思着自己的美好未来，鲍光头也跑过来煞有其事地憧憬了一番自己的美好未来。张继来安排鲍光头把那一百多只大白鹅安置在刚刚成立的小来子养殖公司，让大白鹅住上了新房子，又让鲍光头带着那五个人把院子里里外外都打扫了一遍。

"小凌子，我还有个计划。"张继来在他的新董事长办公室里喝着茶，慢悠悠地对凌云说，"鲍光头这个家伙不错，人实在，我想把小来子养殖公司交给他，我要向别的行业进军。"

"你这不是刺激我吗？我还没找到工作你就要转行，没这么刺激人的。"凌云开玩笑说。

"这个与你有没有找到工作没有关系。"张继来非常严肃地说，"你看看啊！我养大白鹅只能解决温饱问题，顶多能有一点积蓄，饿不着，也富不了，我还想闯一闯。我虽然初中毕业，但我不怕失败，大不了去要饭。"

"那你想干什么？"凌云认真地问。

"还没想好，我一直在考虑这个问题。"张继来放下手中的茶杯，一改往日不着调的语气，非常深沉地说。

"我没想这么多，我在你这里又吃又喝又住，都有些不好意思了。"凌云有些窘迫地说。

"扯淡，和我你还不好意思，你忘了小时候你、我，还有王造极，我们三个光着屁股下河摸鱼抓虾了？你忘了我们三个……对了，上次你说王造极要结婚了，他怎么能早婚早育呢？学历高不是得晚婚晚育吗？"张继来突然想到了王登峰要结婚的事情，就转变了话题。

"我听钟灵说的。"凌云说。

"那你和钟灵什么时候结婚啊？"张继来说话又开始不着调。

"我们得去参加王登峰的婚礼。"凌云没接张继来的话茬，"不管怎么样，我们都应该去参加王登峰的婚礼，刚才你还说过，我们是一起光着屁股长大的呢！"

"为什么？王登峰那个书呆子为什么这么早结婚？为什么不响应国家号召？他是不是被那个张芳给迷惑了？是不是非要早结婚刺激一下我们？"张继来一连串问了很多为什么，他摸了摸光头，突然又说，"我想起来了，上次我们去县城办营业执照，差点撞上的那辆桑塔纳就是张芳的车，我说怎么这么眼熟呢！"

听张继来这么一说，凌云歪着脑袋使劲回想了一下当时的情景，开车的还真有些像张芳。张继来也使劲摸着自己的光头回忆着当时的情景，可车里面坐着的好像不是张芳，他们两个为此争执不休。

那辆红色的桑塔纳好像没有注意到自己差点撞了人，继续向前行驶，转过前面的路口，就进了民政局的院子，找了一个停车位停了下来。张芳从车里出来，王登峰紧接着从车里出来了，张芳在前面走着，王登峰在后面跟着，进了民政局的办事大厅。

王登峰一副心事重重的样子，愁眉不展，自从半个月前他答应与张芳结婚后就一直在纠结这件事情，自己虽然不喜欢张芳，可是为了父亲，为了母亲，为了自己的家庭他又不得不这么做。张芳家里给了自己家里这么大的帮助，自己又怎么好意思拒绝呢？他的母亲曾语重心长地对他说："峰子，你爸爸是我们家的顶梁柱，如果没有了他，我们这个家庭就垮了。你看看张芳，也没有你说的那么不通情达理，她一直对你这么好。为了我们这个家庭，为了你自己的未来，你得好好考虑一下。"

直到现在，母亲说完话转过身去背着他抹眼泪的情景还历历在目，看着母亲现在的样子，想了想父亲还躺在医院里，又想了想张芳在医院里陪着自己忙前忙后的情景，王登峰身体猛然抖动了一下，用牙齿咬了咬嘴唇，说："妈，我知道该怎么做，你放心吧！"

王登峰知道，自己上学的时候，是张芳一直帮着母亲在医院里忙活着，是张芳开车去学校接送自己，危急情况下是张芳从家里带来了五万块钱……这些事情王登峰都记在心里，可他真的不知道该如何面对张芳。在医院的过道里王登峰对张芳说："张芳，我知道你是为了我好，可我们还没有……你……你这样不太好。"

张芳白了王登峰一眼，说："什么不太好？你以为我张芳嫁不出去啊？我的家庭条件你知道，我发过誓的，这一辈子非你不嫁。你还得上学，我是看在我们同学关系的面子上，才来帮助你的。"

王登峰明白张芳心里是怎么想的，他不敢看张芳的脸，嘴唇动了动，想说话却没有说出来，张芳的眼睛一直看着王登峰的脸，一副无所谓的样子。王登峰的母亲走了出来，说："峰子，这几天张芳一直在医院里帮忙，你回来了，就陪陪张芳吧！我一个人在医院里照顾你父亲就行。"

张芳给王登峰的父母买了饭，说："走吧！"就转身往外走去。王登峰看了看母亲，母亲点了点头，说："去吧！"王登峰追上张芳，说："那五万块钱我一定还你。"

"不用，把你还给我就行。"张芳笑嘻嘻地说，"今天我爸爸在镇上的厂子里，晚上要请人吃饭，到我家里去吃饭吧！"

王登峰去过几次张芳在县城里的房子，比她在村里的房子气派多了，和自己在县城里的房子更是天壤之别，王登峰知道张芳家里很有钱，她的父亲在清平镇，在县城都有关系。自从父亲生病后，母亲也不止一次地暗示过他，他甚至想象过自己和张芳结婚了，张芳的父亲托关系把自己安排在了清平镇的政府机关工作，张芳的性格也改变了许多，自己的婚后生活并没有想象中那么糟。

张芳开着桑塔纳拉着王登峰出了医院的大门，十分钟左右的时间就到了家门口，张芳下车后买了点晚饭，就和王登峰进了屋。张芳把手中的盒饭放在茶几上，说："你自己吃点吧！我先洗个澡。"

看着张芳拿着换洗的衣服进了浴室，王登峰突然想起了上次在张芳乡下的房子里张芳抱住自己的情景，头脑就开始发热，心跳也开始加速。王登峰扭头朝浴室看了看，但什么也看不到，他想象着张芳光着身子洗澡的样子，想象着张芳光着屁股出来的样子，想象着张芳高耸的乳房，白白的大腿……想到这里，王登峰感觉嘴里的黏液变多了，就使劲咽了下去。

王登峰突然想起了第一次见到张芳的情景，以后的种种情景就像电影快进一样在自己的脑海里迅速闪过。自己和张芳认识这么长时间了，张芳没有做过对不起自己的事情，反倒是自己一直在找理由躲着她。最后，王登峰还是把回忆定格在上次在张芳乡下的房子里。

王登峰低头看了看，自己真的有了生理反应，他听到浴室里的声音停了下来，知道张芳就要出来了，就急忙到沙发上坐下，使劲想了想父亲的事情，才从回忆和幻想中走了出来，消除了刚刚产生的生理反应。王登峰听到浴室的门响了一下，就看到张芳出来了，他看到张芳头上扎着毛巾，穿着蓝色的短裤，粉红色的短袖，脚穿白色拖鞋，好不容易压制下去的生理反应又突破了理智的防线。王登峰上下打量着张芳，最后把目光聚焦在她那白白的大腿上，喉结一滚动，咽下了一口唾液。

"怎么这个眼神看着我啊？我这次好看还是上次在乡下的房子里好看？"张芳在客厅里走来走去。

"都……都好看，我……我……"王登峰紧张得说不出话来，激动得有些结巴。

"上次让钟灵破坏了我们的好事，今天我们可以那什么了……"张芳没有说下去，走到王登峰的身边坐了下来开始吃饭。

王登峰当然明白张芳的意思，他闻着张芳身上散发出来的淡淡香味，哪有什么心思吃饭，费了好大的劲才把目光从张芳的腿上挪开。

"张芳，我问你个问题。"王登峰说。

"嗯，问吧！"张芳边吃边说。

"你到底喜欢我哪一点？非要和我在一起。"王登峰刚说完就后悔了，他意识到自己问了这个世界上最愚蠢的问题。

"没有为什么，我这个人就是一根筋，喜欢一个人就不会改变。"张芳并不认为王登峰这个问题有些愚蠢，她抬头看了一眼王登峰，发现他正盯着自己胸部，又说，"我不强迫你，如果你喜欢我，今晚我就是你的，如果你不喜欢我……"

　　"我喜欢你！"王登峰不假思索地脱口而出，他也搞不清楚自己是真的喜欢张芳还是实在抵挡不住男性荷尔蒙的刺激。

　　"那你能承诺娶我吗？"张芳又问。

　　"能！"王登峰斩钉截铁地说。

　　张芳放下手中的盒饭，直接把王登峰扑倒在沙发上，这让王登峰瞬间又有了生理反应，但他的双手却不知道往哪放，僵硬地放在自己身体的两侧，也不敢看张芳的脸。这一切来得太突然了，王登峰的身体已经做好了准备，可他的心理却没有做好准备。王登峰急促地喘着气，张芳整个身体都压在了他的身上，他的生理反应也碰触到了张芳的敏感部位。

　　"要不，你去洗个澡吧！"张芳离开了王登峰的身体。

　　"嗯！"王登峰机械地回答，机械地走向浴室，他的大脑中一片空白，刚才发生的一切就像做梦一样。

　　王登峰进了浴室后，张芳把桌子上的两份盒饭扔进了垃圾桶里，竟然忘记了王登峰还没有吃饭，她在客厅里来回走着，不时扭头朝浴室的方向看看。当浴室里有流水声的时候，张芳也走进了浴室，她看到王登峰赤身裸体地站在那里，也开始脱衣服。王登峰呆呆地看着张芳把衣服一件件脱光，他不敢相信眼前发生的一切，也不敢再看她的身体，就僵硬地站在那里。

　　"你看了我的身体，我就是你的人了，不许你再喜欢别的人了。"张芳嬉皮笑脸地说。

　　"嗯！"王登峰点了点头，生理反应更加强烈了。

　　张芳走到王登峰面前把他抱住，王登峰条件反射一样往后一退靠在墙上，任由张芳抱着自己。温热的水流冲刷着他们的身体，王登峰突然失去了理智，紧紧地把张芳抱住……

　　"人……人……"王登峰结结巴巴地说。

　　"忍什么忍？都这个时候了忍什么忍？"张芳闭着眼睛小声说。

　　"不……不是，我是说有人在开门，我听到门响了。"王登峰说。

　　张芳睁开眼睛，看到王登峰一副担心害怕的样子，就竖起耳朵仔细听客厅里的声音。

　　"芳芳，你在家吗？"张芳一听是爸爸的声音，比王登峰更加担心害怕了。

　　"爸，我洗澡呢！"张芳调整了一下情绪说。

　　"哦，这段时间我要出差，你照顾好你自己啊！还有，也照顾好你哥哥啊！

有事情就去找你马叔叔。"张芳的爸爸大声说,"我拿点东西就走。"

"哦,知道了。"张芳故作镇定地说,她看了看王登峰,他的生理反应已经没有了。

王登峰听到门哐当响了一声,终于松了一口气。张芳感觉很郁闷,就擦干了身体,穿上衣服出去了。王登峰没有心思洗澡了,急忙冲了冲,也穿上衣服出去了。

进了民政局的大厅,王登峰还在想着在乡下的房子里张芳抱住自己的情景,还在想着在县城的房子里和张芳光着身子一起洗澡的事情。他扭头看了看张芳,幻想着和张芳结婚当天,张继来和凌云都来为他祝福,幻想着自己光着屁股把一丝不挂的张芳压在床上,刚刚洗完澡的张芳是那么性感、美丽。想到这里,王登峰心一横,对自己说:"张芳有什么不好的,她还那么喜欢我。"

"王登峰,在想什么呢?轮到我们了。"经张芳一提醒,王登峰才回到现实中来。

当王登峰和张芳把身份证交给民政局的工作人员后,工作人员笑着问他们:"你们是来干什么的?"

"结婚的。"张芳说。

"结婚?"工作人员还是笑着说,"你们还不够结婚的年龄呀!这结婚可不是随便结的,你以为是小孩子过家家啊!"

经工作人员这么一说,王登峰和张芳才突然想起自己的年龄还不够,张芳今年才十九,王登峰今年才二十,还不到国家的法定结婚年龄,至少要到后年才可以结婚。

从民政局出来后,张芳开车拉着王登峰奔向省城的学校,在车上,张芳对王登峰说:"没事,法律不同意我们结婚,可我们身体已经结婚了。"

"还没呢!我们还没有……"王登峰说。

"那就等结婚的时候吧!"张芳说。

"嗯!"王登峰点了点头。

二十五、十大美女

张芳把王登峰送到学校后，就开车去找钟灵，中午的时候就和钟灵在学校附近的餐馆吃饭。张芳把自己和王登峰在法律上准备结婚，身体上已经结婚的事情告诉了钟灵，还笑着责怪钟灵破坏了她的好事，但她没有把第二次好事被破坏的情况告诉钟灵，也没有把王登峰父亲生病的事情告诉钟灵。

钟灵了解张芳的性格，就笑着说："王登峰有什么好的，你家庭条件这么好，还担心没人要啊？"

"要是没人要，我就嫁给你，和你过一辈子。"张芳开起玩笑来没轻没重。

"别，我已经有心上人了，大学毕业后我就……"钟灵还没有说完，脸刷地一下就红了。

"哦，你是说凌云，你看你的脸，喜欢一个人又不是什么丢人的事，不用害羞。"张芳边吃边说。

吃过午饭，张芳开车回家，钟灵回学校上课。没过几天，凌云就利用周末的时间来学校找钟灵，邀请她参加小来子养殖公司成立挂牌仪式，还说自己准备种樱桃、种草莓，因为钟灵喜欢吃樱桃、吃草莓。钟灵听后开心地笑着，无意间和凌云聊起了张芳和王登峰的事情。从钟灵嘴里，凌云知道王登峰准备结婚了，这让他想起了他们几个小时候一起过家家的事情，现如今，王登峰真的要结婚了，这让凌云有种恍若隔世的感觉。

凌云和钟灵在学校的花园里溜达了一会儿，中午就在学校的食堂吃饭，这引来了众多目光。开学才几个星期，学校十大美女排名已经出炉，钟灵名列其中，钟灵对这种八卦排名不感兴趣，可却使钟灵真的成了公众人物。以往都是她一个人吃饭，现在她面前突然出现了一个陌生的男生，同学们开始议论纷纷。

"那不是我们学校的美女钟灵吗?!"同学甲惊讶地说。

"是她，和她一起吃饭的是谁啊，以前怎么没见过啊？"同学乙大惊小怪地说。

"不会是谈恋爱了吧？"同学甲发表自己的意见。

"这么漂亮的女生肯定有人追，先下手为强啊!"同学乙发表了一番感慨，摇着脑袋去排队打饭了。

"看来我是没机会了。"同学甲有些失落。

"你别忘了，她是十大美女之一，还有十大美女之九呢！"同学乙安慰同学甲说。同学甲点了点头，若有所悟。

听着同学们的议论，凌云心里偷着乐，他看了看钟灵，她满脸通红不敢看自己，用筷子扒拉着饭盒里的米饭。凌云用脚踢了踢钟灵的脚，说："你看，同学们正虎视眈眈地看着我呢！"

"我听到他们说的了。"钟灵小声说。

"他们说的是真的还是假的？"凌云说。

"应该是真的。"钟灵小声说。

"哦，那我知道了。"凌云说。

"你知道什么了？"钟灵明知故问。

"我们是恋人啊！"凌云说。

钟灵抬头看了看周围，发现还有几个同学在小声议论着，并不时扭过头来看看自己。她看了看凌云，他正自顾自地傻笑着，眼睛里透出幸灾乐祸的神色。钟灵又把头低下了，她说不出自己是幸福还是紧张，是激动还是害羞，感觉这一顿饭吃的时间特别长，时间仿佛凝固了一般，也没有吃出饭菜是什么滋味，还出了一身汗。

凌云看着钟灵一副不知所措的样子，心里很高兴，这就相当于他们的恋情在大学里公开了。钟灵是学校的十大美女之一，这个消息很快就会传遍大学的每个角落，食堂的厨师会知道，宿舍的管理员阿姨会知道，小卖部的奶奶会知道，甚至连池塘里的金鱼都会知道，花园里的花花草草都会知道。消息灵通的八卦人士会大肆宣传："重大新闻，重大新闻，大美女钟灵恋情曝光，俗话说，先下手为强，后下手遭殃，十大美女之九正在等着你。不说了，我要去寻找我的初恋了。"

"在想什么呢？我吃饱了，走吧！"钟灵的话把凌云的思绪拉了回来。

这是凌云第二次来钟灵的学校了，开学的时候，凌云来送钟灵，那个时候谁也不认识谁，凌云一直在钟灵身边，却感觉不到自己的存在。一切收拾好后，凌云就和钟灵在学校的操场上、花园里瞎溜达，就像上高中的时候一样，这个时候他们也不用再偷偷摸摸了，不用再刻意压制自己的情感了，他们手拉着手开始光明正大地谈起了恋爱。漫步在大学的校园里，凌云仿佛找到了上大学的感觉，钟灵却找到了恋爱的感觉。

"灵儿。"凌云说。

"嗯！"钟灵回答。

"在大学里不能谈恋爱啊，毕业了我们回家谈恋爱。"凌云开玩笑说。

"那我现在是在和你干什么啊？"钟灵抬起头来问。

"嗯，也是，我会在清平镇等你的。"凌云说，他很满意钟灵的回答。

"你也要经常来学校看看我，我怕自己太优秀，有些男生会控制不住自己。"钟灵笑着说。

"所以，考验你的时候到了，考验我们情感是否牢不可摧的时候到了，但是，我还是会经常来看你的。"凌云也笑着说，"不过，想你的时候，看看你的照片也可以。"

经凌云这么一提醒，钟灵想起了高中毕业的时候，送给了凌云三张自己的照片，一张是高一军训时候的照片，由于长时间在太阳下暴晒，脸有些黑；一张是自己坐在操场边看书的照片，由于是在晚上，效果不太好；一张是自己在讲台上解一道物理题的照片，由于是背着身子，看不到自己的脸庞。这三张照片都是凌云偷偷给自己照的，当凌云把照片给她的时候，她歪着脑袋看了一眼，就软磨硬泡地连底片一起给没收了。钟灵把这三张照片和底片一起珍藏了起来，就在高中毕业的时候，钟灵耐不住凌云的软磨硬泡，就把这三张照片送给了他。

"那三张是我最丑的照片。"钟灵抬起头来噘着嘴巴说。

"你现在都是学校的十大美女了。"凌云故意歪着脑袋说，"丑小鸭变成白天鹅了。"

"我一直都很漂亮，是你偷拍的技术不行。"钟灵娇嗔道。

"那你到底是漂亮呢，还是不漂亮呢？"凌云故意说。

钟灵不再和凌云说话，挣脱了凌云的手，装作生气的样子径直往前走去。那一天，凌云和钟灵也是在学校的食堂吃饭，但完全没有像现在这样引起轩然大波。这一次和钟灵在食堂吃饭，凌云很有成就感，这让他回去后足可以兴奋一段时间，也可以向张继来显摆显摆。

从食堂出来后，凌云和钟灵来到了学校的花园，背靠背坐在一条长条椅上，慢悠悠地消遣着时间。凌云在思考着将来种樱桃、种草莓的事情，他想象着四年以后钟灵毕业了，自己的樱桃树也开始长樱桃了，他们在樱桃园里跑来跑去，幸福地摘着樱桃。可四年时间有些漫长，凌云有些等不及，他就想象着明年自己种了一大片草莓，周末的时候，钟灵回到清平镇快乐地摘着草莓，她摘一个吃一个，像个三岁小孩一样流着口水。想到这里，凌云竟然笑了出来。

"听你笑得这么诡异，肯定没安什么好心。"钟灵说着就转过身来。

"我在想你吃草莓的样子呢！像个三岁小孩一样，吃得满手、满嘴、满脸都是，不让你吃你还哭，让你吃又怕你吃多了拉肚子，你说我该怎么办？"凌云说着也转过身来，和钟灵肩并肩坐着。

"你是不是和不着调在一起待的时间长了，也开始说话不着调了？"钟灵伸手去扭凌云的胳膊，凌云夸张地张大嘴巴用微弱的声音喊着。

"你不说我都忘了，中秋节回家的时候，我们一起去参加小来子养殖公司成立挂牌仪式，给他撑撑门面，怎么说你也是十大校花之一啊！"凌云握住了钟灵的手说。

"我又不是什么明星，再说了……"

"你就是我生命里最闪亮的明星。"钟灵还没说完就被凌云打断了。

钟灵扭头看了看凌云，慢慢地把头靠在他的肩上，有些伤心地说："你要是能陪我一起上大学多好啊！"

凌云拍了拍钟灵的肩膀，没有再说话，眼睛盯着远方，目光刚毅，充满了力量。

下午的时候，凌云和钟灵在学校附近的马路上闲逛，他们手拉着手，并没有再说什么，只是这样，他们就感觉很幸福。走累了，他们就坐在路边看风景，享受着在一起的短暂快乐。傍晚的时候，凌云就坐上了回清平镇的公共汽车，回到清平镇后，就直接去了张继来那里。

晚上，凌云眉飞色舞地描述着这一天和钟灵约会的情景，说自己和钟灵的爱情无意间公开了，还说钟灵是学校的十大校花之首，以后有可能是倾国倾城的电影明星，自己以后可就傍上小富婆了。张继来对凌云的龌龊思想不屑一顾，就笑话他是吹牛大王，要他纳税，还说自己的思想多么崇高，自己对吉吉的感情多么纯洁。

张继来喝了一杯啤酒，神情严肃地说："不管吉吉是不是校花，是不是将来倾国倾城的电影明星，我都一样喜欢她。"

二十六、吉吉哭着拒绝了张继来

张继来的大白鹅搬家后，他就让鲍光头带着几个人把他之前养大白鹅的场地彻底平整了一下，把院墙也拆了，准备还给村里。张继来叫着爷爷请村长和书记吃饭，又给村长和书记各送了一只杀好的大白鹅。爷爷、村长和书记都喝得晕晕乎乎，张继来也喝了不少啤酒，他拍着胸脯说："村长，书记，我小来子说话算话，去年过年的时候，我给村里人送了鹅蛋，等我的小来子养殖公司规模再大一点，盈利再多一点，过年的时候，我就每家送一只大白鹅。"

村长看了看张继来，打着酒嗝说："小来子，那块地本来就闲着，你也算是我们村的优秀青年，你就继续用吧！等真正挣大钱了，别忘了父老乡亲就行。"

书记看了看张继来，含糊不清地说："我支持你在家创业，为我们村争光。"

张继来看时机到了，就清了清嗓子，说："那我就不客气了，我看这块地周围还有一大片也没有用起来，我想一起圈起来，我小来子保证，致富不忘村里，更忘不了村长和书记。当然，圈起来后，我每年会给村里一定的租金，也算是给村里做贡献吧！"

村长和书记对视了一下，摇着头大笑了起来，村长说："小来子就是小来子，这是在给我们上套呢！"

书记也笑着说："都说小来子不着调，我看做事深谋远虑，很着调啊！把我们都给套进去了。"

吃完饭，张继来就找了辆出租车把村长和书记送了回去，爷爷和他们一起回去了。张继来在清平镇的镇中街摇摇晃晃地走着，这条街道上留下了他太多的童年记忆，借着酒劲，他竟然回忆起了许多童年往事。走到文化街路口的时候，他转了个弯，朝九奶奶杂货铺走去。

自从凌云说他跟钟灵确定了恋爱关系后，张继来就一直在想着吉吉，可他心里明白，吉吉并不喜欢他，甚至还有些讨厌他。张继来努力回忆他和吉吉在一起时的点点滴滴，他想起了吉吉看到他研究小白鹅的屁股，他想起了吉吉看到他吃了一条大虫子，他想起了他被吉吉拒绝，他想起了自己去学校找吉吉惹她不高兴……张继来使劲摇了摇头，自己怎么总是在想一些不高兴的事情。他深吸了一口气，努力去想和吉吉在一起的快乐时光，可是没有想起来，难道自己和吉吉之间没有快乐的时光？张继来摸了摸光头，换了一种思维去思考问题，他努力幻想着自己和吉吉以后的快乐时光，想着想着竟然傻笑了起来……

"你是不是喝酒喝傻了？"一个熟悉的声音突然在身后响起。

张继来哆嗦了一下，故意装作生气的样子说："我正在憧憬着我和吉吉今后的幸福生活，被你这个小凌子给搅局了。你得赔我吉吉，赔我幸福生活。"

"光想有个屁用，我都去大学表白了，你还不抓紧去。"凌云笑嘻嘻地说。

"哦，那我得抓紧去找吉吉表白。"张继来若有所思地说。

张继来和凌云在文化街上朝九奶奶杂货铺方向走着，路边的院子里传来几声狗叫，天上的星星依稀可见，月光静静地洒在街道上。张继来抬头看了看月亮，摸了摸自己的光头，说："小凌子，你说吉吉会喜欢上我吗？"

凌云也伸手摸了摸张继来的光头，说："我又不是吉吉，我怎么会知道。"

张继来伸手打掉了凌云的手，说："说得也对，这得问吉吉才行。"停了一会儿，张继来又说："今天晚上我就住在九奶奶杂货铺里，明天我便去找吉吉。"

凌云点了点头说："我陪你一起去吧！"

张继来瞅了凌云一眼，打了个酒嗝，说："好的。"

第二天，张继来和凌云坐上了去省城的公共汽车，在公共汽车上，张继来仔细回忆了一下第一次去吉吉的学校给她送鹅蛋的事情，仿佛就发生在昨天。张继来又突然想起了去看吉吉什么东西也没有买，就问凌云："我空着手去看吉吉不好吧？！"

"这有什么不好的？我就是空着手去看钟灵的，所有美好的爱情都不需要建立在虚无的物质基础之上，你的真心喜欢就是送给她的最好礼物。再说了，你马上就要成为清平镇首富了，要有丰富的精神世界，不能天天想着给喜欢的人买东西，那样太俗。"凌云不着边际地瞎说。

"你说得很有道理，不过，下了车我还是要给吉吉买点东西。"张继来当然明白凌云的意思，他是没有这么容易上当的。

张继来看车窗外的风景，想象着和吉吉见面后的情景，他做过种种假设，吉吉接受了自己，吉吉拒绝了自己，吉吉开心地笑了，吉吉委屈地哭了，吉吉说喜欢自己，吉吉说不喜欢自己……张继来使劲眨了眨眼睛，又伸手摸了摸眼睛，才发现这次自己竟然忘了戴眼镜，这是要去文化气息比较浓厚的学校，又是去见自己喜欢的人，竟然忘了戴眼镜。

到了车站，张继来把凌云叫醒，凌云说："你去看你的吉吉，我去找我的钟灵。"

张继来本来以为凌云是要和自己一起去找吉吉，还担心会引起吉吉的误解，看来凌云也是早有预谋。凌云坐上了去找钟灵的公交车，张继来找了一家眼镜店，买了一副最便宜的平光眼镜扣在自己的鼻梁上，瞬间变成了文化人。他在眼镜店的镜子前整理了一下自己的衣服，让眼镜店的店员调整了一下那副平光眼镜鼻托的角度，又调整了一下眼镜腿的角度，文化味十足地走出了眼镜店。

张继来突然想起了凌云在公共汽车上说的话，仔细想了想，说得还真有些道理，他抬头看了看路边的水果店，又看了看路边的熟食店，还看了看路边的衣服店，摸了摸自己的光头，什么东西也没有买。他心想，如果吉吉喜欢自己，自己空着手去看她她也会喜欢自己，如果吉吉不喜欢自己，自己就算是买了甜甜的苹果，买了香香的猪头肉，买了美美的衣服，吉吉也不会喜欢自己。就像自己喜欢吉吉一样，喜欢就是喜欢，不会因为吉吉看不上自己、不喜欢自己，自己就会不喜欢她。这么想着，张继来心里就坦然了，他轻装上阵，向天空舒展了一下双臂，拍了拍自己的脑袋，跳上了去吉吉学校的公交车。

上午九点左右的时候，张继来到了吉吉的学校门口，他在传达室门口做好登记，很礼貌地对传达室的大爷说了声谢谢，挺了挺胸脯，抬了抬头，伸了伸脖子，用右手的拇指托了托眼镜，自我感觉很文艺范地朝吉吉的教室走去。张继来一边走一边想着见了吉吉后第一句话应该说什么，吉吉又会说什么，中午要和吉吉在哪里吃饭，这么想着，就来到了吉吉的教室门口，他朝教室里面看了看，吉吉不在教室里，只有六个女生在低头看书。张继来敲了敲门，明知道吉吉不在，还是很斯文地问："请问刘喆在不在？"

有两个女生抬起了头，一个女生说："她不在，你看在不在图书室。"

"好的，谢谢。"张继来点着头说。

"如果不在图书室，你看在不在学校的花园。"另一个女生说。

"好的，谢谢。"张继来点着头说。

张继来对自己的斯文和礼貌很满意，也被学校的文化气息感染了，他感觉到自己不只是外形上的文化人，也成了内心里的文化人，以后应该多来学校熏陶一下。张继来昂首挺胸，仿佛那两个回答他的女生给了他信心和勇气，这一次他来找吉吉表白也是胸有成竹。今天虽然有些阴天，但他的心中却是阳光明媚，这将会是美好的一天。去学校图书室要经过学校的花园，张继来朝图书室的方向看了看，转身朝学校的花园走去。

刚转过花园的一个路口，张继来就看到吉吉和另外一个男人面对面站着，那个男人正在对她说着什么，他的第一反应就是吉吉在学校谈恋爱了。他看了看那个男人，个头和自己差不多，还戴着副金丝眼镜，除了比自己瘦点，其他各方面都和自己差不多。张继来感觉自己的血压有些升高，心跳有些加速，呼吸有些急促，刚刚建立起来的斯文和礼貌也似乎瞬间没有了。他快速走到吉吉身边，伸手把吉吉拉到自己的身后，强忍着心中的愤怒，仍然是很斯文、很礼貌地对那个男人说："先生，吉吉已经有男朋友了。"

"吉吉？"那个男人重复了一遍。

"先生，刘喆已经有男朋友了。"张继来又改口说。

"张继来，你干什么？"吉吉大声对张继来说。

"你不用管，这是我们男人之间的事情，你说，是文斗还是武斗？"张继来不理会吉吉，眼睛盯着那个男人说。

"你是不是误会了？"那个男人说。

"没有误会，我就是吉吉的男朋友，你是第三者插足，我要和你决斗。"张继来非常认真、非常严肃地说。

"张继来，他就是我的男朋友，你想怎么样？"吉吉又大声说。

"我想怎么样？他既然是你的男朋友，那我就不客气了。"张继来伸手去抓那个男人的衣领，想教训一下他。这个时候，张继来已经顾不得他的斯文和礼貌了，在他心里，只有吉吉当自己的女朋友才是这个世界上最重要的事情。

"你这个人简直不可理喻，刘喆同学，我先走了，你这个男朋友比那个男朋友更不可理喻。"那个男人有些生气地说。

"什么这个男朋友，那个男朋友？你把话说清楚一点。"张继来搞不清楚是什么意思，抓那个男人衣领的手渐渐松开了。

"沈老师，对不起。"吉吉不好意思地对沈老师说，然后，她又转过身来对张继来大喊，"张继来，小来子，不着调，你到底要干什么？我再也不想见到你，你给我走，给我走，走得越远越好！"

沈老师看了张继来一眼，转身走了，张继来还想去追他，被吉吉挡住了。张继来盯着吉吉的眼睛说："那个男朋友是谁？"

吉吉推开张继来，突然哭了，她声嘶力竭地大喊："那个男朋友是谁？整个学校的男生都是我的男朋友，全世界的男人都是我的男朋友，就是你不是我的男朋友。"

张继来被吉吉的喊声吓坏了，他从来没有见吉吉这么愤怒过，这时的他也冷静了下来，面对吉吉的哭喊，他心里竟有一种莫名的恐惧。他刚才实在是太冲动了，刚才那个是吉吉的老师，他差点把吉吉的老师给揍了，这让吉吉以后怎么在学校里上学，他知道自己这次做了错事。张继来不知所措地看着吉吉，也不知道该说些什么，他把头低了下来，大脑一片空白。

吉吉停止了哭声，调整了一下情绪，对张继来说："张继来，我知道你喜欢我，但感情的事不能一厢情愿。今天我就明确地告诉你，我不会做你的女朋友的，你就死了这条心吧！"说完后，吉吉就转身跑开了。

张继来看着吉吉远去的背影，伸了伸手，张了张嘴，失魂落魄地站在那里，回想着刚才发生的一切。这个张继来，这个小来子，这个不着调，第一次因为爱情流下了伤心的泪水。

二十七、怎样才能变成你喜欢的样子

张继来在学校的花园里呆呆地坐到中午，没有去吃午饭，中午的时候，他就躺在花园的长条凳上，他的情绪低落到了极点。以往不按时吃饭，他的肚子就会饿得咕咕叫，可是现在，他却没有任何胃口，也不觉得饿。张继来六神无主地躺着，乱七八糟地想着，竟稀里糊涂地睡了过去。在梦里，张继来梦见吉吉又返回来了，说刚才是她不对，要自己原谅她，还说她其实挺喜欢自己的，等毕了业就嫁给自己，他还梦见吉吉把他叫醒，说是要一起去吃饭，吃饭的时候，吉吉给他的碗里夹菜，还夹了菜喂到他的嘴里，他开心地笑了。

张继来翻动了一下身子，从长条椅上掉了下来，他擦了擦口水，把没有流出来的口水咽了下去，向四周看了看，没有人发现自己窘迫的样子。张继来爬起来在长条凳上坐了下来，努力回忆刚才梦中的情景，那种感觉是朦胧的，也是幸福的，他对自己的爱情感到茫然。

吉吉吃过午饭后找沈老师道歉，说明了情况，然后回到宿舍一个人回想着刚才发生的事情，一切就像做梦一样。吉吉托着下巴看着窗外的景色，想起了和张继来小时候的事情，这个张继来虽然为人行事不着调，甚至是有些疯癫，但他对自己确实非常好，不管自己怎么拒绝他，他总也不生气。可是这一次，这个张继来确实有些过分了，竟然要揍自己的老师。

吉吉起身在宿舍里走来走去，她感觉有些累，就躺在床上睡了会儿觉，醒来的时候发现竟然下起了毛毛细雨。她打开门朝外看了看，突然想到不知道这个时候张继来走了没有。吉吉从床下的箱子里找出一把雨伞，撑着雨伞去找张继来了。这个时候的张继来，仍然失魂落魄地在公园的长条凳上坐着，呆若木鸡般任凭这毛毛细雨打湿自己的衣服。吉吉在很远处就看到了张继来，她急忙快走了几步，又突然停了下来转身朝教室的方向走去。

张继来抬头看了看天，抹了一把脸上的雨水，眼神有些迷离，这个时候，张继来感觉雨突然停了，他看了看远处的池塘，水面上还在泛着一圈圈的涟漪。张继来抬头看了看，自己的头顶上多了一把雨伞，他扭头朝身后看了看，一个女生正撑着一把伞站在他身后，这个女生正是他站在教室门口找吉吉时第一个回答他的那个女生。

"我知道你就是张继来，给你这把伞，你快回去吧！"那个女生把伞扣在张继来头上就跑开了。

张继来握着手中的伞，想象着刚才来给自己送伞的就是吉吉，也有可能是吉吉不好意思过来，就让她的好闺密来给自己送伞。因为这把伞，张继来又陷入了对吉吉的幻想，他站起来朝四周看了看，并没有发现吉吉的身影，就摇着头苦笑了几下，感觉有些凉意。

张继来的肚子咕咕叫了几声，他突然想起今天是和凌云一起来的省城，不知道这个家伙回去了没有。张继来朝吉吉宿舍和教室的方向看了看，扭头大踏步朝学校的大门走去。

凌云坐公共汽车回到清平镇后，就直奔张继来刚刚挂牌成立的小来子养殖公司，鲍光头告诉他张董事长还没回来，他就直奔车站去等张继来，他要听听张继来向吉吉表白的爱情故事。凌云就坐在汽车站门口等着，最后一班公共汽车到来的时候，张继来才慢腾腾地从车上下来。凌云站起来大喊："张董事长，张董事长，我来接你。"引得周围人的目光都聚焦在他们两个人身上，但他们两个人却很从容淡定，张继来更是摆出了一副董事长的架子，不过，受到了爱情的打击，中午又没有吃饭，张继来也是一副无精打采的样子。

　　张继来和凌云一起朝小来子养殖公司走去，凌云看着张继来一副闷闷不乐的样子，没好意思问他表白的事情怎么样，也没好意思再次炫耀自己和钟灵的爱情。路过漯河的时候，张继来站在桥上往河里撒了一泡尿，哆嗦着身体说："憋死了，这下舒服。小凌子，你看我这身衣服怎么样？刚从省城买的。"

　　凌云盯着张继来看了一会儿，故意装作恍然大悟的样子说："差点没看出来，你很有心机，表白前还换身新衣服。"

　　"表白个屁，这是表白后才买的……不对，今天根本没有表白，我在雨中淋了一下午，我怕感冒才买的。"张继来系好腰带说。

　　"哦，要不要我再给你讲讲我和钟灵的爱情故事？"凌云故意刺激张继来。

　　"打住，我受的刺激已经很大了，刚才差点从桥上跳下去。"张继来看上去并没有很伤心的样子，一瞬间又恢复了不着调的本色。

　　刚进小来子养殖公司的大门，鲍光头看到张董事长来了，立马带着几个人出来迎接，张继来大喊："有没有吃的，一天没吃饭，饿死了。"

　　鲍光头把他们刚刚吃完的剩菜剩饭从厨房里端了出来，张继来破口大骂："鲍光头，我怎么也是个董事长啊！你让我吃剩菜剩饭，良心何在？"鲍光头刚要把剩菜剩饭端走，张继来又说："算了，我要体验一下饥不择食的滋味，今天晚上你们几个回去吧！明天放你们一天假，工资照发，我一个人清净一下，我要思考一下人生。"

　　鲍光头带着几个人走了，张继来风卷残云，凌云狼吞虎咽，没几分钟时间，张继来开始打嗝，凌云开始摸肚子。他们相互看着笑了笑，把桌子抬进了厨房，开始坐在院子里聊天。张继来说着自己今天在学校里发生的事情，还说自己竟然第一次哭了，而且是因为爱情，他感觉有些不可思议，不过，这也正说明他是真的喜欢吉吉。凌云就安慰他说："你知道的，吉吉不喜欢你这种类型的，她喜欢斯文一点的。"

　　"那我就要努力变成她喜欢的样子。"张继来若有所思地点了点头。

　　张继来聊完了自己的爱情，就让凌云聊他的爱情，凌云笑着说："你都这样了，我就不说了，把你刺激疯了怎么办？"

　　张继来看着天空的月亮，自言自语："难道喜欢一个人就是这种感觉。吉吉就快毕业了，我怎样才能变成她喜欢的样子呢？"

　　凌云看着张继来这副认真的样子，没有再说话，他们两个就这样坐着，张继来想着他的吉吉，凌云想着他的钟灵，他们体会到了喜欢一个人的感觉。直到凌晨一点，他们才在张继来的董事长办公室席地而睡。夜里凌云起来打死了几只蚊子，张继来像死猪一样打着呼噜睡到天亮。

第二天醒来后，凌云到镇上买了早餐，又把昨晚的饭碗刷了后，开始研究种樱桃、种草莓的事情。张继来嘴里嘟囔着："我要变成吉吉喜欢的样子，得从看书开始，不能再看金庸的武侠小说了。"

"你也要成为清平镇的首富，这样才能风风光光地娶吉吉。"凌云转过头来说。

"那是自然，很容易实现，关键是我怎么变成吉吉喜欢的样子。"张继来摸着脑袋说，"我以后会是张十万，张百万，张千万，但我不要吉吉喜欢我的钱，我要吉吉喜欢我的人。"

以前的时候，张继来只是简单地以为戴个眼镜就会变成文化人，就会变成吉吉喜欢的样子，可是经过这次表白失败之后，张继来对文化人、对吉吉喜欢的样子有了深刻的认识，他开始各方面都很注意，为人行事都是一副文质彬彬的样子。有几次鲍光头没有憋住笑了出来，其他几个人也跟着哄堂大笑。鲍光头说："张董事长，你还是变回原来的样子吧！你这样子我们真受不了。"

凌云也刺激张继来说："你再这个样子，大白鹅都要不下蛋了。"

张继来不理会他们，继续咬紧牙关坚持着，一个多月后大家也就习惯了，张继来也就真的以为自己变成文化人了，真的变成吉吉喜欢的样子了。他给公司的六名员工开会说："我们公司下一步会继续扩大规模，你们每个人都有可能独当一面。企业大了，靠训人、骂人管理不行，要靠企业文化管理，我们的企业文化是什么？就是从我身上散发出来的这种气质，也就相当于是靠人格魅力管理。"

凌云在一边起哄说："张董事长的意思是你们要向他学习，都变成吉吉喜欢的样子。"

张继来瞪了一眼凌云说："我的意思是要你们变成一个个有气质的人，这样以后好找媳妇。"

鲍光头笑得前仰后合，其他五个人也笑得人仰马翻，张继来看着他们一个个像扶不起的阿斗，自己这么有志气、有毅力，他们怎么就不能向自己学习一下呢？张继来用手指一个个点着他们，气得转过身去，刚要再转过身去开口批评他们，似乎看到门口站着一个女孩，他把头扭过去，仔细看了看，这个女孩就是吉吉，就是让自己朝思暮想、能够有决心变成文化人的吉吉。

刚要发火的张继来，一下子变得斯文起来，他慢条斯理地说："你们都回去好好考虑一下我今天讲的话，把我们的企业文化记在心里，明年开春，我们会继续扩大规模，散会。"

鲍光头带着那五个人去干活了，张继来转身朝吉吉走去，凌云站在原地一动不动，微笑着看着张继来再次表白。十一月的天已经有些凉意了，吉吉穿着橘黄色的上衣，扎着马尾辫，她避开张继来径直朝凌云走去，说："凌云哥哥，我们回去，我妈让你回去。"

凌云看了看吉吉，又看了看张继来，他没想到吉吉会跑过来找自己，就说："吉吉，张继来他……"

"他怎么样和我没有关系。"吉吉打断了凌云的话说，"九奶奶也在敬老院，我们快走吧！"

张继来看着吉吉和凌云拉拉扯扯的，气不打一处来，就扯着嗓子大声说："小凌子，你有本事也把吉吉收了，吉吉，你有本事也嫁给凌云。"

"我就是要嫁给凌云，他不喜欢我我也要嫁给他。"吉吉冲着张继来大声说。

"吉吉，你别瞎说。"凌云拉了一下吉吉的胳膊说。

张继来瞪了一眼凌云，又看了看吉吉，说："你们走吧！"便转身走进了他的董事长办公室。

"吉吉，你过分了，张继来他一直喜欢你，你这样太伤他的心了。"凌云看着吉吉说。

吉吉没有说话，转身跑了出去，凌云朝张继来的董事长办公室看了看，又转身去追吉吉了。他心里担心吉吉，今天不是周末，也不是放假时间，吉吉突然出现在这里，肯定是发生了什么事情。

张继来在他的董事长办公室里大口喘着气，努力使自己平静下来，他在心里问自己："吉吉，我怎样才能变成你喜欢的样子呢？"

二十八、婚礼前奏

二〇〇一年三月份，天气乍暖还寒，路边的柳树已经开始吐露嫩芽，漯河里的水缓缓流淌，旁边的小草也探出了脑袋。受了爱情打击的张继来好长时间才从爱情的阴影中走出来，调整好情绪后，他暂时不再想吉吉了，开始一心一意养他的大白鹅。

通过和村委商量，张继来又得到了一大片荒地，这次他和村委签了正式合同，他还在上面摁了手印。经过爱情打击的张继来似乎更加成熟了，他的小来子养殖公司继续扩大规模，他让鲍光头带着那五个兵加班加点地在工地上施工，用他自己的话说就是今年要让小来子养殖公司的利润翻上两番。张继来把他刚开始养大白鹅时犯过的错误和总结的经验都在一次月度例会上给他们讲了，还出题给他们考试，成绩好的每人奖励十元钱。

张继来给他的职工开会，快结束的时候，他说："俗话说，一天之计在于晨，一年之计在于春，今年，是我小来子养殖公司发展至关重要的一年，是我们公司发展史上承前启后的一年，希望在座的各位和我小来子同心协力，把我们公司打造成清平镇的明星企业。"

鲍光头带头鼓掌，他大声说："请董事长放心，我们一定不负众望，全力以赴。"

"什么不负众望，就我一个人的希望。"张继来敲着桌子说，"以后不要用词不当。"

"不对，这也是我们大家的希望。"鲍光头非常严肃地说。

"好了，别扯淡了，干活去，晚上请大家喝酒。"张继来大声说。

鲍光头给他们五个安排好工作后，又跑回了张继来的董事长办公室，他拿出一张请柬，对张继来说："张董事长，有人要结婚了，要请你吃饭。"

张继来的第一反应是吉吉要结婚了，忍不住头脑嗡了一声，他从董事长椅子上跳了起来，伸手接过请柬打开一看，原来是王登峰要结婚了。王登峰是谁？张继来使劲想了想，他想起了王造极，又使劲想了想，才想起了王造极就是王登峰，又看到了请柬上有张芳的名字，就确定是王登峰要结婚了。

"上次就说要结婚，一直拖到现在，终于结婚了，大学生不是应该晚婚晚育吗？"张继来摸着脑袋说。

"张芳不是大学生。"鲍光头说。

"这个你也知道。"张继来笑着说，"小凌子这个家伙知道不？"

"知道，他肯定知道张芳不是大学生。"鲍光头非常坚定地说。

"我是说小凌子知道他们要结婚不？"张继来瞪了一眼鲍光头大声说。

"知道，昨天张芳和王登峰来送请柬的时候，说已经给凌云送过了。"鲍光头说。

"昨天？昨天我去哪了？"张继来说。

"昨天你在村委啊！"鲍光头说。

张继来若有所思地"哦"了一声。

鲍光头出去干活了，张继来在他的董事长办公椅上坐了下来，手里拿着王登峰的请柬，呆呆地看着请柬上两个人的名字，他突然感觉自己与王登峰竟是如此地陌生，自己费了好大的劲才想起王登峰是谁，这个家伙竟然真的要结婚了。关于张芳的家庭情况，张继来也听说过一些，可张芳为什么非要嫁给这个书呆子？结婚后，王登峰这个书呆子能驾驭得了张芳这个富二代吗？他会不会受到什么委屈？张继来怎么想也想不明白，他拍了拍脑袋，又摇了摇脑袋，起身朝外走去。

在去九奶奶杂货铺的路上，张继来还在想着王登峰为什么要和张芳结婚的问题，还在想着他们婚后生活是否和谐的问题，还在想着他们之间是不是有什么约定的问题。想完了王登峰和张芳的问题，他又开始想自己的问题，自己学历低，初中毕业到现在都没有结婚，不对，应该是还没有女朋友，这个大学生王登峰，这个书呆子王登峰竟然要早婚早育，参加他婚礼的时候一定要刺激一下他，就对他说："早结婚有什么好处？一个人多好，你看我张继来，一个人无拘无束，多爽！"想得太投入，张继来竟随口说了出来。

"你不要你的吉吉了？"一个熟悉的声音突然在张继来的面前响起，张继来抬头看了看，凌云又对他说，"你不喜欢吉吉了？再有几个月吉吉可就毕业了。"

凌云昨天就收到了王登峰和张芳的结婚请帖，但他一直在忙准备种樱桃、种草莓的事情，今天有时间了，就来找张继来商量一下去参加王登峰婚礼的事情。

"现在我们不说吉吉，先说说王登峰这个书呆子要结婚的事情。"张继来说着走下了漯河桥，凌云也转身走了下去。

"这个有什么好说的，人家要结婚了，我们祝福就是。"凌云说。

"可我总感觉怪怪的，突然就要结婚，肯定另有隐情。"张继来分析说。

"这个傻子都知道。"凌云说。

"你说我是傻子？！"张继来歪着脑袋说。

"你想一下我国的法定结婚年龄是多少。"凌云说。

张继来眼睛斜看着右前方的天空，仿佛明白了什么，他缓缓地点了点头，说："哦……我明白了。"

"其实，一个人聪明和傻的界限就是一个想法的问题。"凌云说。

"现在先不说我傻不傻的问题，也不讨论你傻不傻的问题，王登峰要结婚了，和我们一起光着屁股长大的王造极要结婚了，那个小时候喜欢过吉吉的书呆子要结婚了，我们要表示一下。"张继来有些认真地说。

"我们都知道王登峰不喜欢张芳，你说，他娶了张芳会幸福吗？"凌云说。

"先不说幸福不幸福的问题，最起码能够少奋斗十几年甚至几十年，要我娶张芳我也愿意。"张继来发表他的独到见解。

"也不知道这个书呆子现在在干什么呢？"凌云摇了摇头，叹了口气说。

"走吧！我的小来子养殖公司继续扩大规模，你过去给指导一下。"张继来说完转身往回走，"中午我请你吃饭，要是王登峰也在就好了，好长时间没见到这个家伙了。"

自从第一次去民政局领结婚证失败后，王登峰就不再想着和张芳结婚的事了，但他还是会偶尔想起张芳赤身裸体的样子，尤其是晚上睡觉的时候，张芳那白白的身体经常闯入他的脑海，还有几次闯进了他的梦里，让他的内裤上黏黏的。

早上醒来后王登峰坐在床上发呆，他下铺舍友问他："你真的要回家结婚？"

王登峰点了点头，说："嗯，给你们发喜糖吃！"

"和经常开车来接送你的那个女孩？"另一个舍友问。

"嗯，我也不知道自己喜不喜欢她，也搞不清楚自己到底愿不愿意和她结婚。"王登峰仿佛在自言自语。

"我知道她家庭条件不错，把她收了得了，她还对你那么好。"王登峰下铺的舍友说。

"就是，现实和梦想总是有差距的，你的现实要好于我们的梦想。"另一个舍友说。

王登峰不再说话，他收拾着自己的东西，想象着婚礼的情景。再有半个小时，张芳就要开车来接他了，这半年多时间，张芳每个周末都会来一次，有时候他也会叫上舍友一起吃个饭。张芳给他们留下的印象不错，他们还开玩笑说自己找了一个好媳妇，大学毕业以后不用再拼命奋斗了。王登峰苦笑着摇了摇头。这段时间，他父亲的病情恶化，他母亲就催着他和张芳尽快结婚，他说自己和张芳的年龄还不够，他母亲就说："那就先把仪式办了，不要让你父亲留下遗憾。"

王登峰也知道他母亲曾不止一次地找过张芳，让她尽快和自己结婚，他本想再等等，可他父亲的病情不给他机会了，为了完成父亲的夙愿，他要回家和张芳举行结婚仪式。张芳也对自己说过，知道自己在学校的压力很大，要自己放下包袱，只不过是举行个仪式而已，仪式结束后，自己还要继续上大学。这么想着，王登峰就释然了，他摘下眼镜朝着镜片哈出一口热气，用眼镜布擦了一下，对舍友们说："我走了，回来给你们发喜糖。"

张芳开车到学校门口的时候，王登峰正坐在路边的路牙石上等她，张芳按了按喇叭，王登峰才从对婚礼的想象中回过神来。他还是和往常一样，把行李放在后排座上，自己也坐在了后排座上。张芳回头看了一眼，还是和往常一样说："坐前面来，我又吃不了你。"王登峰看了张芳一眼，乖乖地坐到了副驾驶的位置上。

在回县城的路上，张芳说："明天我们就要结婚了，还真感觉有些不可思议。"张芳说着把车速减了下来，"也是，你说我为什么就是喜欢你，非要跟你结婚呢？"

"我现在发现我也有些喜欢你了。"王登峰说。

张芳把王登峰送到生活区门口就开车回自己的家了，王登峰望着张芳离开的背影发了会儿呆，转身走进了生活区。王登峰的母亲已经在楼下等着他了，一见到王登峰，就忍不住哭了起来，王登峰感到事情不妙，就急忙往楼上跑去。王登峰父亲的病情更加恶化了，他躺在床上一动不动，看到王登峰回来后，强忍着病痛想要坐起来，王登峰急忙上前搀扶。

"小峰子……我知道你……不喜欢张芳，但张芳有……有什么不好？我是在为……为你的未来考虑啊！"王登峰的父亲断断续续地说。

"爸，我知道，我们明天就结婚。"王登峰流着眼泪说。

王登峰的母亲过来扶着他父亲躺了下来，看着父亲躺在床上骨瘦如柴的样子，王登峰心里有说不出的滋味，他扭头看了看母亲，突然发现母亲的头发白了许多，这让王登峰感觉有些心酸。王登峰心里明白，他这次结婚就是为了他父亲，为了给他父亲冲冲喜，虽然他不知道张芳心里到底是怎么想的，但在这种时候张芳能答应嫁给自己，他突然之间竟然产生了对张芳的愧意。

晚上，王登峰躺在床上辗转反侧难以入睡，好不容易睡着了，却做着一些乱七八糟的梦。王登峰梦见张芳嫁给自己又后悔了，非吵着要和自己离婚；梦见自己结婚后父亲的病好了，要给张芳补办一场婚礼；梦见张芳的父亲强迫自己离婚，还梦见吉吉说喜欢自己，自己结婚了都不和她说一声……

被梦惊醒后，王登峰蜷腿坐在床上，双手抱着膝盖，他开灯看了看时间，又关了灯强迫自己入睡，可这一次，他无论如何也睡不着了，数数字睡不着，数绵羊睡不着，数天上的星星也睡不着，就这样，他在床上躺到天亮，这一夜似乎格外漫长。

二十九、婚礼

知道王登峰要结婚后，凌云跑到钟灵的学校告诉了钟灵，张继来跑到吉吉的学校告诉了吉吉，还在巡视他的小来子养殖公司现场时告诉了大白鹅，大白鹅摇着脑袋嘎嘎叫了几声表示祝贺。凌云开玩笑说："我要是种了樱桃和草莓，我就把王登峰要结婚的消息告诉它们，让动物、植物，还有我们人类都知道王登峰要结婚了。"

"还有微生物不知道王登峰要结婚了呢！还有外星人不知道王登峰要结婚了呢！"张继来鸡蛋里挑骨头。

凌云和张继来早早地来到县城汽车站，凌云在等钟灵，张继来在等吉吉，闲着没事，他们就开始扯淡。

"今天来参加张继来的婚礼，晚上我们住哪里？"凌云说。

"什么住哪里？晚上去给那个书呆子闹洞房去。"张继来开玩笑说，"我还是第一次参加婚礼呢！得先总结总结经验。"

"哦，英雄所见略……略微有些不同。"凌云故意装出一副不屑一顾的样子说，"两个人在一起挺好的，为什么非要结婚？"

"就你小子思想境界高！"张继来不同意他的看法，扯着脖子反驳他说，"我就想娶吉吉。"

"小来子,这爱情和婚姻没有直接关系,相爱不一定结婚,结婚不一定相爱……"凌云一副认真的样子说。

"你少扯淡,有本事你不和钟灵结婚,有本事你就这样和钟灵过一辈子。"张继来还是不同意凌云的看法,继续反驳他。

"我还没考虑好要嫁给他呢!再说了,我嫁不嫁给他和你有什么关系?"钟灵的声音突然在他们身后响起。

张继来像踩了狗屎一样跳了起来,他给钟灵解释说:"钟灵姑娘,我不是故意要拆散你们,我用的是激将法,让凌云赶紧把你收了。"

钟灵不再搭理张继来,径直朝凌云走去,凌云快步走了过去拉住了钟灵的手,扭头对张继来说:"张董事长,我们先过去了,你一个人等你的吉吉吧!"

张继来看着他们的背影,扯着嗓子大喊:"小凌子,你个重色轻友的家伙,到时候我小来子找上十个媳妇刺激你。"

大约半个小时后,吉吉也来到了汽车站,看到张继来后她又朝四周看了看,张继来说:"不用看了,就我一个人。"

吉吉看了看张继来,想起了上次在学校发生的事情,事情过去这么久了,吉吉也就没有那么大的火气了。她死死地盯着张继来不说话,过了好长时间才说:"今天我是来参加王登峰婚礼的,不是来和你吵架的。"说完后,便不再搭理张继来,径直出了汽车站的大门,往王登峰家的小区走去。

张继来急忙走了过去跟在吉吉身旁,他斜着眼睛看着吉吉,不知道该说些什么,吉吉走得快他也走得快,吉吉走得慢他也走得慢。从汽车站到王登峰家的小区,步行也就二十分钟的路程,张继来感觉很漫长,他不知道该如何向吉吉道歉,感觉时间像停止了一样。不知不觉他们就到了王登峰家的小区,进小区门口的时候,张继来挺了挺胸,自己和一位美女在一起,他感觉自己也恋爱了。

沿着小区的中心大道走了八栋楼的距离,右转就到了王登峰家的楼下,凌云和钟灵已经在楼下等着了。吉吉看到钟灵后,气不打一处来,她气呼呼地走到凌云身边,伸手去挽凌云的胳膊,凌云推脱了几下没推脱开,他扭头看了看钟灵,钟灵扭头看着蔚蓝的天空。

"吉吉今天是来参加王登峰的婚礼的,不是来找小凌子的。"张继来故意大声说。

吉吉扭头白了张继来一眼,松开了凌云的胳膊,凌云如释重负,迅速走到钟灵的另一边，钟灵又把头扭向另一边看着蔚蓝的天空。凌云大声说："今天我们是来参加王登峰的婚礼的，不谈个人感情。"

"谁和你谈个人感情了？"钟灵和吉吉同时说完后，又同时转身走出几米的距离。张继来看了看凌云，幸灾乐祸地笑着。

就在他们准备要上楼的时候，王登峰从楼道里出来了，看到他们四个后，他竟然低下了头。今天早上他母亲才告诉他，他的这场婚礼是一场简易的婚礼，就是不想让他的父亲留下遗憾，并没有通知太多的人，张芳那边也没有人过来。王登峰听后感觉有些荒唐，就和母亲吵了几句，当母亲哭了的时候，王登峰感觉自己做得有些过分了。他走到床边看了看父亲清瘦的脸庞，心里有种说不出的滋味。

王登峰本想去找张芳问个究竟，一下楼见到他们四个就突然改变了想法，他对凌云和张继来说："谢谢你们来参加我的婚礼。"又走到钟灵身边说："钟灵同学，你和张芳是同村的，就是她的娘家人，张芳在她家里等着你呢！"

钟灵看了一眼凌云，转身走了，张继来冲着钟灵的背影大喊："不用担心，我会帮你看住小凌子的。"

王登峰带着凌云、张继来、吉吉来到自己家里。小的时候，他们三个经常到王登峰家里去玩，王登峰的母亲还经常给他们拿好吃的，这么长时间不见了，他们感觉有些陌生。向王登峰母亲问好后，他们几个来到王登峰父亲的床前。王登峰叫了几声爸爸，他才睁开眼睛看了看他们。凌云和张继来虽然一直不喜欢王登峰这个当老师的父亲，但看到他现在这副弱不禁风的样子，却又突然感觉有些难受。王登峰的父亲认出他们后，断断续续地说："你们是……小凌子……小来子，还有……吉吉，你们都……长大了，要相互帮助……"

凌云、张继来和吉吉使劲点了点头，王登峰的父亲闭上了眼睛。他们几个来到客厅，王登峰的母亲给他们洗了几个苹果，说："你们几个先坐会儿，我出去买点菜，中午在这里吃饭吧！"

王登峰的母亲走后，凌云盯着他问："小峰子，怎么回事啊？"

"没怎么回事，我们要结婚了。"王登峰说。

"那你怎么一副闷闷不乐的样子？"张继来看着王登峰说。

"没有，我只是感觉太突然了，感觉有些不适应。"王登峰停顿了一下继续说，"到现在我才发现，其实我挺喜欢张芳的。"

凌云和张继来相互看了看，没有再说话，感觉这个王登峰就像一个陌生人一样。他们知道王登峰和张芳结婚的原因，可这个王登峰在他们面前却不愿说实话，虽是说谎，还是说得那么坦然。他们两个感觉和王登峰之间隔着一道看不见的墙，但为了维护一下小时候的友谊，还得装作若无其事的样子出现在他的婚礼上。

钟灵到张芳家里的时候，张芳正在一个人试婚纱，看到钟灵来了，就让钟灵帮着挑选。钟灵看着满床的婚纱，摇着头说："张芳，你准备结几次婚？买这么多婚纱。"

"我这次结婚是预演。"张芳满不在乎地说，穿着婚纱在房子里转了一圈。

"预演？这结婚还有彩排的？"钟灵不解地问。

"去年我不是跟你说过吗，你忘了？"张芳坐在床沿上说。

钟灵歪着脑袋想了一会儿，去年张芳是跟她说过要和王登峰结婚的事情，她问张芳："你是心甘情愿要嫁给王登峰？"

"对啊！虽然我家里不同意，但我不管。你看，为了这件事，我都跟我爸吵翻天了，今天他出差了，还告诉家里人谁都不准去参加我的婚礼。所以，今天就我一个人去他家里……不对，你是娘家人，要陪我一起去。"张芳拉着钟灵的手说。

钟灵非常了解张芳的性格，她这个人性子直，脾气犟，虽然有时候会使大小姐脾气，但也没什么心计。上高中的事情，她和王登峰的事情闹得全校皆知，但张芳对此却笑着说："我就是喜欢他，怎么了？"

张芳选定了一件婚纱，试好后又脱了下来，她说："今天，你将会参加一场特殊的婚礼，就是我和王登峰两个人的婚礼，很简单，就在他家里吃顿饭，他给我戴上戒指。"

钟灵拍了拍张芳的肩膀，安慰她说："不要强迫自己，不要强迫自己。"

张芳站在窗户前，深吸了一口气，说："我是自愿的，你知道，我这个人一根筋，喜欢一个人就会一辈子喜欢。"

中午十一点半的时候，王登峰和凌云来到了张芳楼下，王登峰换上了一身干净的衣服，凌云上去敲门，钟灵作为娘家人要开门钱，凌云就大声说："要钱没有，要命一条。"张芳要去开门，被钟灵拦了下来，凌云就继续在门外不紧不慢地敲着，嘴里不停地说着："爱情与金钱无关，喜欢一个人就要炉火纯青，就要登峰造极。"十分钟过后，张芳对钟灵说："不等了，等你和凌云结婚的时候我给你守门，给多少钱也不开。"

于是，张芳穿着婚纱，钟灵在后面提着婚纱的后下摆，凌云跟在钟灵后面，不断地催促着她们快点，钟灵回头白了凌云一眼，说："又不是你结婚，你急什么？"张芳听到后补了一句："等他结婚的时候更急。"

张芳看到王登峰后，竟然害羞地低下了头，她自己提着婚纱的下摆钻进了她的那辆桑塔纳里，这次王登峰主动坐在了副驾驶上，但这次他没有想象张芳光着身子开车的样子。凌云和钟灵坐在后排座上，相互看了一眼又把头低下了，凌云伸手去拉钟灵的手，钟灵急忙把手缩了回去。张芳打开车载音乐放着欢乐的曲子，他们各自想着心事，一路上一句话也没有说。

到了生活区的楼下，王登峰看到他家的单元楼下面多了一个彩虹门，他感激地朝张继来看了看。张继来和吉吉正站在彩虹门的两边等着他们的到来。张芳把车停好后，钟灵从车里出来给张芳打开车门，凌云从车里出来给王登峰开门，王登峰和张芳从车里出来后手拉着手往前走去。走到彩虹门跟前的时候，张继来突然大声说："不能就这么过去，要么来个公主抱，要么来个母猪背。"

吉吉看了张继来一眼，对王登峰说："张继来说话不着调，你来个公主抱，把新娘子抱上去吧！"

王登峰看了看张芳，张芳害羞得把头低下了。张继来看了看他们两个，突然拿出一个手持式礼花棒使劲一拧，喷出一些五颜六色的彩带，把王登峰和张芳吓了一跳。

"好事成双，我再把这个也拧开。"张继来说着就把另外一个手持式礼花棒拧开了，让这场简单的婚礼终于有了一些喜庆的色彩，这也是这场婚礼上唯一给张芳留下美好记忆的地方。

王登峰抱着张芳上了楼，走到三楼的时候他感觉有些累，就想放下，无奈张继来和凌云都不同意，他就咬了咬牙，让凌云给他扶了一下眼镜，一口气抱上了五楼。王登峰和张芳进屋后，王登峰的父亲在他母亲的搀扶下坐了起来，他的脸上突然有了一些血色，眼睛也变得炯炯有神。凌云和张继来搀扶着王登峰的父亲到客厅里和他母亲并排坐了下来，钟灵和吉吉站在客厅的两边，凌云来到了钟灵这一边，张继来来到了吉吉这一边。吉吉看了看张继来，本想走到凌云那一边去，又想到自己是在参加王登峰的婚礼，就把刚迈出去的右脚收了回来。

张继来临时当起了婚礼主持，他学着电视里的婚礼主持的样子，拖着长长的尾音说："一拜天地，二拜高堂，夫妻对拜……"

　　随着张继来半说半唱的主持声，王登峰和张芳也学着电视里结婚的样子一拜天地，二拜高堂，就在进行夫妻对拜的时候，王登峰的父亲突然倒了下去，他的母亲尖叫着去拉，也一起跌倒在地上。客厅里乱作一团，随着王登峰父亲的倒地，他和张芳的婚礼也戛然而止。张继来忙着去打急救电话，凌云帮助去扶王登峰的父亲，钟灵和吉吉一脸茫然，不知所措，王登峰和张芳仿佛受到了惊吓，呆呆地站在那里。

　　王登峰的父亲被送到医院后抢救了过来，他的母亲就留在医院照顾他。看到王登峰的父亲醒过来后，凌云和张继来商量了一下，不能再给他们添乱了，就和王登峰告别回清平镇了。钟灵和吉吉直接坐上了回省城的公共汽车，回学校去了。王登峰和张芳回到家里，想着刚才发生的事情，一切就像做梦一样，久久回不过神来。

　　晚上的时候，王登峰和张芳去医院看望了一下父亲，张芳不想回王登峰的家，就和王登峰回她的家了。回到家里后，张芳躺在床上睡了一会儿觉，王登峰看着熟睡中的张芳，想着今天发生的事情，一切都那么不可思议。他斜躺在沙发上昏昏沉沉地睡了过去。梦里，他梦见了张芳洗完澡后白白的身子，梦见了和张芳一起洗澡。睡梦中，他听到浴室有哗哗流水的声音，醒来的时候，他发现张芳已经不在床上了。

　　王登峰朝浴室看了看，想起了今天是他和张芳结婚的日子，婚礼虽然有些简单，甚至是有些另类，但毕竟在形式上走完了程序，既然已经结婚了，就应该做一些要做的事情，这样也可以弥补上次的遗憾。王登峰在沙发上使劲伸了伸四肢，起身慢慢朝浴室走去，走到浴室门口的时候，他的喉结一滚，咽下了一口口水……

　　凌云和张继来坐着回清平镇的公共汽车，一路上都没有说话。一回到他的小来子养殖公司，张继来就大喊："鲍光头，去饭店要几个菜，今儿晚上我想喝酒。"

　　"我陪你。"凌云拍着张继来的肩膀说。

　　"如果结婚是这种感觉的话，那我就不结婚了，太别扭了。"张继来说，"但我还是一直喜欢吉吉，对，哪怕不结婚，喜欢也好。"

三十、种草莓也不是简单的事情

高中毕业后，凌云虽有些迷茫，但一直没有忘记自己心中的梦想。钟灵曾说过她喜欢什么样的生活，凌云就承诺要给她那样的生活，所以，从二〇〇〇年十月份开始，凌云除了在张继来的小来子养殖公司帮忙，就是研究如何种植草莓。因此，他除了看《樱桃种植技术》《草莓种植技术》，还经常去附近种植草莓的地方学习，对于种植草莓的一些基础知识，已经掌握了个八九不离十。

凌云还是想按照以前的想法，先种植草莓总结经验，而且种草莓可以当年挣钱。张继来就笑话他没有魄力，还说："你看我小来子，说养大白鹅就养大白鹅，并全力以赴。"凌云不理会张继来，向他借了一千块钱，说："就算入股了，挣钱了加倍奉还，赔了竹篮打水一场空。"张继来就说："赔掉腚了就来我小来子养殖公司打工，给你个总经理的岗位。"

早上的时候，凌云和九奶奶商量种草莓的事情，九奶奶看着凌云一副雄心壮志的样子，就对他说："小凌子，干什么事情都不容易，万事开头难，要有思想准备，九奶奶先给你二亩地让你试试。"

中午的时候，凌云沿着漯河走着，思考着今后如何种植草莓、种植樱桃的事情，想着小时候自己和张继来、王登峰在漯河边玩耍的情景，又想到那个长不大的吉吉明年就要毕业参加工作了，心里不免一阵唏嘘。

晚上的时候，凌云又跑到敬老院和刘阿姨商量种草莓的事情，刘阿姨笑着说："小凌子长大了，刘阿姨支持你在家创业，有什么困难可以来找刘阿姨。"凌云在敬老院坐了一个小时，仔细回忆了一下自己在孤儿院度过的孩童时光。

在接下来的一段时间里，凌云就开始在这二亩地上规划自己的人生，他结合这二亩地的形状仔细算了算，一亩地是六百六十七个平方，二亩地是一千三百三十四个平方，一个塑料大棚长三十米宽十米就是三百个平方，田字型布置四个塑料大棚刚刚好，剩下的那点地方可以放一个板房，再种点蔬菜什么的。凌云在田间把这个想法告诉了张继来，张继来不假思索就把自己创业初期的那个董事长办公室送给了凌云，他说："这是我创业初期的董事长办公室，里面有我创业的艰辛和我们共同的记忆，把它送给你，希望它能够给你带来好运，也算是对你创业的支持。"

在九奶奶的资助下，在张继来和鲍光头的帮助下，用了半个多月的时间，凌云的四个塑料大棚搭设完毕，他的董事长办公室也投入了使用，但这一切他都没告诉钟灵，他想给钟灵一个惊喜。凌云想象着钟灵看到这四个塑料大棚里的草莓时的惊讶的表情，就会不自觉笑出声来，他仿佛听见钟灵对他说："小凌子，我就是你的草莓，酸酸的，甜甜的。"

自从凌云开始种草莓后，小来子养殖公司的董事长就开始两地来回跑，幸亏他的公司与凌云的草莓种植基地相隔不远，也就三里地的路程。

这天，张继来忙完了自己的事情，就跑到凌云那里和他探讨种草莓的事情，捎带着探讨进行二次创业的事情。凌云正在塑料大棚里面平整土地，他取了一点土壤溶解在杯子里，搅拌均匀后用试纸检测土壤的酸碱性。凌云在大棚里面装了温度计和湿度计，还连续好几天进行土地灌溉，进行沉实土壤。通过学习，凌云知道草莓具有喜光、喜水、喜肥、怕涝的特点，并且种植时应尽量做到畦面、畦埂平直，土壤细碎平整。张继来看着凌云弯着腰，翘着屁股干活，就大笑着说："小凌子，你是不是也变成书呆子了？草莓挺好种的，就跟种茄子、辣椒一样，没有书本说得那么复杂。"

"你养大白鹅的时候不是也进行认真学习了吗？我是在向你学习，不是像你一样学习。我尊重你，也请你尊重我的劳动成果，好不好？"凌云头也不回，用屁股对着张继来说。

"你说话的时候也要尊重一下我，不要用屁股对着我说话好不好？我怎么说也是个董事长啊！"张继来边说边学着凌云的样子进行土地平整工作。

"你养大白鹅是为了吉吉，我种草莓是为了钟灵，我们要相信爱情的力量。"凌云直起腰转过身来面对着张继来说，以体现对他的尊重。

"你和钟灵是两相情愿，我和吉吉是一厢情愿，还有那个富二代张芳也是一厢情愿。你有没有听说过一句话，男人忽悠女人叫调戏，女人忽悠男人叫勾引，相互忽悠才叫爱情。"张继来停下手中的活，直起腰来用屁股对着凌云说。

"聊天不要跑题，我们现在是在聊种植草莓的事情。"凌云故意装作很严肃的样子说。

张继来转身瞪了凌云一眼，说："抓紧干活，锻炼一下腰部肌肉。"

凌云和张继来吃住都在草莓种植基地，再加上鲍光头和那几个工人的协助，用了一周左右的时间，把四个塑料大棚的土地整理完了，准备正式进行草莓种植。为了提高工作效率，张继来让鲍光头把手下的几个人都叫了过来，张继来给他们开会说："今天我兄弟小凌子要开始创业，是人生第一次创业，创业初期是艰辛的，是痛苦的，甚至是悲壮的。作为过来人，作为一个成功人士，作为小来子养殖公司的董事长，我要给他提供一些力所能及的帮助，以彰显我张继来的胸怀和担当。如果小凌子创业成功，我们表示祝贺，如果小凌子创业失败，我们表示欢迎，欢迎加入我的小来子养殖公司。"

"张董事长，又扯远了，说重点吧！"鲍光头第一个忍受不了张继来不着调的论述。

"好！"张继来摸了一下自己的光头，清了清嗓子继续说，"你们几个今天的任务就是把这些草莓幼苗栽完，浇上一遍水，然后再在这些草莓幼苗上敷上一层干草。鲍光头，你给他们几个分一下工。"

鲍光头领着那五个人干活去了，凌云和张继来也参加到了他们的队伍中。张继来在四个塑料大棚之间走来走去，还经常给他们指点一下，但都被凌云制止了。张继来不服气地说："天天和你讨论种草莓的事，我已经是专家了，需要发光发热。"还没等凌云说话，鲍光头就说："张董事长，你说你是养鹅专家我信，这种草莓，你不如小凌子。"

这一天，九奶奶和刘阿姨都来过，她们本来想帮忙，一看有这么多人干活就撤了。忙活了一天，晚上凌云用借张继来的钱请他们几个在清平镇的饭店里吃饭，吃过晚饭，张继来在鲍光头和那几个家伙的簇拥下回小来子养殖公司了。凌云回到他的草莓种植基地，拿着手电把四个塑料大棚挨个检查了一遍后才回到他的董事长办公室。凌云的草莓种植基地离村庄比较远，不像以前的小来子养鹅厂那样方便，今天他想在办公室过夜，才发现里面的东西很不全——没有热水，没有电源，没有洗漱用品，连床被子也没有。凌云在他的床上坐了会儿，想了想心事，想了想钟灵，就躺倒迷迷糊糊地睡了过去。

凌云听到有人在敲门，以为自己是在做梦，他翻动了一下身子继续睡觉，但敲门声一直不停，还在不停地喊着："小凌子，小凌子，快开门，我是钟灵。"

凌云揉了揉双眼，从床上坐了起来，仔细听了听，是张继来的声音。凌云打开门后，张继来一只手抱着一床被子，一只手提着一个暖瓶，身后背着一个书包，说："我是钟灵的化身，替她来陪你的。"

凌云知道张继来是来给自己送生活用品了，他心里充满了感激。张继来进来后，把暖瓶放在墙角，把被子铺在地面上，说："这些东西都蕴含着钟灵的体温，书包里有一个蓄电池和照明灯，你可以挑灯夜战，争取和王登峰一样学成一个书呆子。今天晚上我陪你睡上一晚上，不要想入非非啊！"

张继来说完后就躺在地上的被子上睡觉了，不一会儿就打起了呼噜。凌云把书包里的蓄电池和照明灯拿出来，放在办公桌上开始组合，不一会儿，整个房间就亮了起来。凌云拿出一个厚厚的本子，在上面写了起来。这前前后后忙了将近一个月的时间，他确实有些累了，写着写着竟然趴在桌子上睡了过去，醒来的时候已经凌晨一点了，他看了一眼张继来，关掉照明灯，就上床睡觉了。

第二天早上醒来，张继来看到了凌云放在桌子上的本子，随手看了起来，他看一会儿本子，看一会儿还在熟睡的凌云，心想，这个家伙还挺痴情的。突然，他感觉偷看别人的日记不好，就抓紧按照原样放好了。张继来打开董事长办公室的门，伸了一下懒腰，看到九奶奶走了过来，手里还提着一个方便袋，肯定是来给凌云送早餐了。

张继来急忙上前迎接，九奶奶笑着说："小来子，真的长大了。"

"九奶奶，我小来子好几年前就长大了，现在应该叫大来子了，你怎么知道我饿了？"张继来嬉皮笑脸地说。

"就知道贫嘴，小凌子还没起？"九奶奶边走边说。

"没有，还在做梦想他的灵儿呢！就让他再想一会儿吧！"张继来伸手接过了九奶奶手中的方便袋。

九奶奶在凌云的董事长办公室走了一圈，在张继来的陪同下把四个塑料大棚看了一圈，对张继来说："小来子，你在社会上混了几年，有经验了。这个小凌子刚毕业，没有社会经验，你要多帮帮他。"

"那是，就是不吃九奶奶的包子我也要帮他啊！"张继来把最后一个包子塞进嘴里，含糊不清地说。

九奶奶扭头白了张继来一眼，说："都长大了还是那么不着调！你跟小凌子说一声，我不等他了，中午的时候，你们一起过去吃午饭。"

凌云醒来的时候已经上午十点了，他看了看坐在门口的张继来，说："小来子，我的日记你没看吧？"

"什么日记？就是你写思念灵儿的日记？我没看啊，真的没看。"张继来头也不回地说。

"你个小来子不着调，我就这么点秘密，都让你知道了。"凌云故意装作很无奈地说。

"小凌子，万事开头难，我一开始养大白鹅的时候也犯过错误，不过我心态好，能做到坦然面对，希望你向我学习。"张继来站了起来，笑着对凌云说。

"我知道，我会坚持的。"凌云点了点头说，"种草莓也不是一件简单的事情。"

三十一、明年进军清平镇

接下来的一段时间里，凌云每天都认真关注草莓的长势，甚至将每一棵草莓的状态都与书本上的描述进行对比分析，看看缺什么肥，是不是缺水，有没有什么病虫害。他像张继来刚开始养大白鹅一样，在他的董事长办公室后面搭了一个临时帐篷作为厕所用，整整一个月的时间，凌云吃住都在他的董事长办公室里，还学着张继来的样子，在他的董事长办公室里放了一棵盆栽草莓。用他的话说就是，看着这棵草莓就好像看到了钟灵，张继来就刺激他说："你是不是想媳妇想疯了？干大事者必须……必须心中有爱，我就喜欢吉吉。对了，明天我们去敬老院吧！好长时间没去了。"

"你总是吵着去敬老院，是不是与吉吉从小在敬老院长大有关系啊？想找寻一种精神寄托。"凌云开玩笑说。

"你净扯淡，我张董事长的心胸有这么狭隘吗？我小来子的爱情有这么卑微吗？我是胸中有爱，要释放一下。"张继来大大咧咧地说。

"那好吧！我们明天去敬老院释放一下心中的大爱。"凌云笑着说。

第二天早上，张继来骑着摩托车来接凌云，装模作样地视察了一下凌云的四个塑料大棚，还指手画脚指点了一番，凌云实在忍不住了，就把他踢了出来。凌云把他董事长办公室的门锁好后，上了张继来的摩托车，张继来轰了轰油门，说："要是在我小来子养殖公司，我一轰油门，大白鹅都会有回应的。"

凌云当然明白他的意思，没有接他的话茬，使劲拍了一巴掌张继来的大腿，大声说："出发！"张继来就驾驶着他的摩托车呼啸而去。他们首先到镇上买了一些老年人的日常用品，凌云把这些日常用品装在一个编织袋里，绑在摩托车的后货架上，这次换成了凌云骑摩托车，张继来坐在后面。他们到九奶奶杂货铺跟九奶奶打了声招呼，就直奔敬老院而去。

　　刘阿姨正在敬老院里打扫卫生，看到凌云和张继来来了，知道这个小来子又来给敬老院送东西了，她停下了手中的活，招呼着能走动的老人出来活动一下，也与这些老人们眼中的大善人张继来互动一下。张继来解开绳子，提着编织袋往敬老院的办公室走去，大言不惭地说："清平镇的大善人来了！爷爷奶奶们快出来迎接一下。"

　　刘阿姨笑着接过张继来提过来的编织袋，说："小来子，谢谢你送的东西，太好了。"张继来刚要说什么，感觉气氛有些不对劲，就回头看了看，他看到爷爷奶奶们已经都站在了他的身后，他摸了摸自己的光头，不好意思地低下了头。一个老奶奶说："小来子，我认得你，你就是那个小时候光着屁股在清平镇大街上乱跑的。"另外一个老奶奶补充说："小来子，我也认得你，你就是那个他们说的不着调，养大白鹅的不着调。"一个老爷爷说："小来子长大了，有爱心了。"另外一个老爷爷说："谁说张继来不着调，有哪个不着调会定期给我们这些人送东西。"

　　张继来还是用手摸着他的光头。刘阿姨招呼这些老人到院子里活动，转身对张继来说："小来子，那个张爷爷病了，在床上躺着呢！你去看看他吧！他一直念叨着你呢！"张继来知道这个张爷爷是镇上的一个疯老头，无儿无女，去年这个时候身体突然不行了，就来了敬老院，也有人说他是半仙，能掐会算，经常给人算卦骗钱。

　　"张爷爷怎么了？上次来不是还能出来吗？"张继来说。

　　"他突然神志不清了，经常稀里糊涂地自言自语，说清平镇要变天了，说清平镇要出名人了……"刘阿姨边走边说。

　　张继来跟在刘阿姨身边，凌云跟在刘阿姨后面，还没走到张爷爷的房间，就听见一阵疯言疯语："清平镇要变天了，清平镇要出名人了，我是等不到这一天了；清平镇要变天了，清平镇要出名人了，让我算算这个人是谁……"

　　听到张爷爷的话，张继来笑着说："刘阿姨，我是不是那个名人？"刘阿姨白了张继来一眼，说："别瞎说，这个人东坡里说话西坡里听，比你还不着调，不能信的。"

　　刘阿姨开门进了张爷爷的房间，张继来和凌云也跟了进去；当张爷爷看到张继来后，突然安静了下来，他右手的大拇指在其他四个手指上掐来掐去，突然坐了起来，把刘阿姨吓了一跳。张爷爷用右手指着张继来，眼睛竟然有了光泽，他嘴唇哆嗦着却说不出话来，刘阿姨扶着张爷爷躺了下来，张继来走上前去拉住张爷爷的手。

张爷爷突然安静了下来，不一会儿就静静地睡了过去，张继来和凌云跟着刘阿姨走了出来。

从敬老院出来后，张继来骑着摩托车风风火火地直奔他的小来子养殖公司，凌云在后面坐着被吓得嗷嗷大叫，张继来一边骑摩托车一边大喊："清平镇要变天了，清平镇要出名人了。"

"你是不是着魔了？"凌云刺激他说。

"我张继来怎么说也是接受过九年制义务教育的人，我是无神论者，我命由我不由天。"张继来疯狂地大喊。

"那你是不是受刺激了？"凌云又刺激他说。

"没有，你记不记得我给你说过的要向别的行业进军，明年我就进军清平镇，不能只在农村混。"张继来说。

"我在精神上支持你。"凌云笑着说。

这天中午，凌云在小来子养殖公司的食堂吃饭，现在鲍光头又多了一个厨师的身份，不过他炒菜的水平却不敢恭维，勉强能够把菜炒熟，不喝点酒麻醉一下味觉神经都很难下咽。谁都想不到，十年后这个鲍光头竟然成了清平镇有名的大厨，专门给一个人做饭。吃饭的时候，张继来用夸张的语言把自己的伟大想法讲了一遍，他说："明年，我张继来要进军清平镇，首先进军餐饮业，然后进军超市，再进军歌厅、酒吧，总之一句话，我张继来要给清平镇的人们提供全套服务，只要你生活在清平镇，你的衣食住行、婚丧嫁娶、生老病死就离不开我张继来。"

鲍光头把嘴里的一块大料吐出来，喝了口啤酒，说："张董事长，你没发烧吧！你的大白鹅不养了？"

张继来把嘴里的一大块香料吐出来，喝了口啤酒，说："你小子炒菜就知道多放大料，你以为这样就能提高你炒菜的水平啊？你先从练习炒土豆丝开始，让他们几个先吃上一个月的土豆丝，如果还炒不好，那说明你不是当厨师的料。"

他们几个一起起哄，鲍光头拍着胸脯说："张董事长，先说好了，我炒的菜如果不喝酒能咽下去了，你得给我涨工资，最起码酒钱省下了。"

张继来摸了摸光头，突然变得严肃起来，他说："鲍光头，养大白鹅的事我全权交给你负责，我张继来说话做事从来不拐弯抹角，也没有花花肠子，我信得过你，你也不要让我失望。"

鲍光头突然站了起来，其他几个人也齐刷刷地站了起来，张继来摆手让他们坐下。鲍光头双手拍了拍脑袋，也非常严肃地说："张董事长，谢谢你对我的信任，我鲍光头发誓，今后就追随你，他们几个就交给我了，还有你的那些大白鹅，你就放心去吧！"

张继来刚喝到嘴里的啤酒喷了出来，凌云强忍着把嘴里的啤酒咽了下去，其他几个人也是脸憋得通红，强忍着不笑。张继来大声说："鲍光头，我又不是去刺秦王，又不是去登月球，我是去进军清平镇，谋求我人生的更大发展。你炒菜不好吃，脑袋也不好使了，不过幸好你还有一颗忠心。"

鲍光头不好意思地摸了摸脑袋，说："知道了。"

下午，张继来和凌云在他的小来子养殖公司待了一下午，张继来回忆了一下他的创业史，发表了一番感慨，又憧憬了一下进军清平镇的美好未来。凌云也非常认真地聆听了一次一个只接受了九年制义务教育的农村青年艰辛的创业演讲，这让他感觉有些惭愧。凌云告别了张继来，来到了他的草莓种植基地，他害怕失败，不想第一次创业就失败。凌云心想，这个张继来初中毕业就在家里养大白鹅，还养得风生水起，竟然要转行再干点别的事情，可是自己呢？对自己的未来依然没有明确的方向，虽然自己要种草莓、种樱桃，可这是自己想要的人生终极目标吗？凌云在他的董事长办公室思考着这个问题，可是没有人告诉他答案，只有逐渐变凉的风在不停地呼呼作响。

凌云走后，张继来就骑着摩托车到了清平镇，他把摩托车放在了九奶奶杂货铺的院子里，跟九奶奶打了个招呼，就一个人到清平镇的大街上去逛游了。明年就要进军清平镇了，他心里没谱，虽然他说话充满信心，但他感觉那包含吹牛的成分。清平镇的这条镇中街，他小时候不知道光着屁股来回跑了多少趟，清平镇的这条文化街，他倒着走也不会走到坑里去。张继来在镇中街、文化街走了三个来回，想起了很多小时候的事情，想起了很多上学时候的事情，想起了很多高兴的事情，也想起了很多伤心的事情，他在镇中街路边的路牙石上坐了下来，看着过往的车辆，规划着明年春天的事情。

二〇〇〇年是清平镇小规模发展的一年，在这一年里，镇中街两边新盖了一排排的商品房，镇中街和文化街路口处安装了红绿灯，镇政府大院的门口焕然一新，漯河上的桥又重新返修了一次，这些都给张继来留下了深刻的印象。

张继来通过打听，知道这路两边的商品房明年春天就开始招商引资，可自己这两年攒下的钱寥寥无几，买下一套沿街房做生意是不现实的。看着路边还未装修的商品房，他蠢蠢欲动，要想发展就要占领先机，这是谁都明白的道理。

张继来想过贷款，想过借钱，想过拉人入伙，甚至想过买彩票中奖，可现实就是现实，钱不够就是不够。张继来起身走进路边一处无门无窗，只是一个框架的商品房里，他从一楼走到二楼，又从二楼走到三楼，在三楼的房间里，他低头沉思，突然，他想到了租赁的方式，可不知道这种方式行不行。想到这里，张继来小跑着下了楼骑上摩托车朝九奶奶家奔去，他要把自己明年春天的规划讲给凌云听。

三十二、终身大事

天气逐渐变冷，凌云在他的董事长办公室里装了一个蜂窝煤炉子，接了一根烟囱引到窗外。他把床上的被子叠得整整齐齐，办公桌上整齐地放着几本书，外面虽然很冷，但他的董事长办公室里面却一片春意盎然的景象。看着四个塑料大棚里的草莓欢乐地成长，他吹着口哨释放着自己兴奋的情绪。天气好的时候他就在董事长办公室外面晒晒太阳，回忆一下和钟灵在一起的快乐时光。经过一段时间的整理，他的董事长办公室里面已经基本做到了井井有条，很明显地划分成了卧室书房、客厅厨房两大区域。张继来看过后竖着大拇指啧啧称赞："这真是青出于蓝而胜于蓝，长江后浪推前浪，一浪更比一浪强。"

凌云喜欢看书，但上高中的时候却一直没有时间，高中毕业后，他到清平镇的地摊上买了很多书籍，除了学习如何种草莓、种樱桃，他一直在坚持看书。高中毕业到现在，他先后看完了《平凡的世界》《白鹿原》《穆斯林的葬礼》三本书，还在一直坚持写日记。尤其是住进这个野外的董事长办公室后，看书更成了他每晚的必修课，在夜深人静的时候，他的思想随着作者的思想一起飞扬，他的情绪随着书中主人公的情绪一起起伏，看书看得深入了，竟然会久久沉浸在书中的故事情节里。

用了七个晚上的时间，凌云看完了贾平凹的《废都》，庄之蝶、牛月清、唐婉儿、柳月等人物都给他留下了深刻的印象，尤其是里面的一些性描写让他感觉有些不可思议。凌云看完最后一页，在他的董事长办公室里走来走去，他想不明白，难道《废都》里的故事就是我们的现实世界？难道知识分子也会堕落到这个地步？难道社会上的女人都这么开放？凌云走到办公桌前拿起《废都》又盯着看了一会儿。贾平凹的《废都》和他先前看的三本书不一样，让人感觉有些颓废，堕落，给人一种很渺茫的感觉。凌云躺在床上，久久不能睡去。

星期五晚上，凌云煮了一碗面条，加上两个鸡蛋。他把面条盛在碗里吹着热气，刚要吃第一口，就看到门口有个身影，紧接着这个身影就闪进了他的董事长办公室。

"凌云哥哥，九奶奶叫你回家吃饭。"吉吉笑着说。

"我不回去，不闯出一番事业来我无脸见江东父老。"凌云吃了一口面条说，"来，你也吃一口。"

"我才不吃呢！里面都有你的口水。"吉吉撇着嘴说，"快回去吧！我妈也在九奶奶家里，都做好饭了。"吉吉说着就去拉凌云的胳膊。

"那好吧！不是我非要回家吃饭，是你强迫我回家吃饭。"凌云笑着说。

"你说话怎么越来越像那个张继来了。"吉吉说完就走了出来，她在两个塑料大棚之间走了一圈，斜着身子朝大棚里面看了看。

凌云急忙吃了个鸡蛋，擦了擦嘴就出来了，他锁好董事长办公室的门，跟在吉吉后面朝九奶奶家走去。路上，凌云走得很慢，吉吉就过来拉他，他挣脱了吉吉的手。吉吉不再理他，气呼呼地往前走，快到九奶奶家的时候，吉吉问起了凌云种草莓的事情，凌云绕着弯子转移话题，吉吉又生气了，就说："不就是种草莓吗，有什么了不起的？"

到了九奶奶家里，凌云看到九奶奶、刘阿姨正准备吃饭，就笑着打招呼，主动坐了下来。这一段时间一直吃面条鸡蛋，看到这一桌子的菜，凌云的口水都流了出来，他拿起筷子就去夹菜。

"小凌子，你刘爷爷还没到。"九奶奶说。

"哦！"凌云放下了筷子。他知道刘爷爷现在已经调到市里工作了，但他不知道具体干什么工作。

"小凌子，今晚叫你刘爷爷过来，是商量一下你的终身大事。"刘阿姨说。

"终身大事？要给我找个媳妇？"凌云嬉皮笑脸地说，"可是，我已经有喜欢的人……"那个了字还没说出来，凌云就知道自己说错话了，他扭头看了看吉吉，吉吉正死死地盯着自己。

九奶奶和刘阿姨相互看了看,九奶奶知道凌云喜欢钟灵,刘阿姨以为凌云说的是吉吉,她们同时看了看凌云,凌云窘迫得抬不起头来。吉吉突然说:"有喜欢的人就有喜欢的人,谁还没有喜欢的人?"

刘阿姨以为吉吉害羞了,就说:"吉吉,去看看你爷爷来了没有?"

吉吉白了凌云一眼,转身出去了,刘阿姨对凌云说:"小凌子,你不知道吉吉喜欢你?"

"我知道,可是我……我……"凌云有些紧张,不知道该如何回答。

"你别理解错了,刚才提到的你的终身大事不是给你找对象,是给你找工作。"刘阿姨说。

凌云叹了口气,说:"九奶奶,刘阿姨,我知道你们都对我好,刘爷爷对我也很好,可我还是想自己先锻炼一下,哪怕失败我也认了。我要靠自己的本事来养活自己,养活九奶奶。"

"说得好!"刘爷爷的声音突然在身后响起,凌云急忙站了起来。以前刘爷爷在镇上工作的时候,哪怕是个镇长,凌云也不害怕,自从刘爷爷到市里工作以后,凌云突然对刘爷爷产生了敬畏之心。

"刘爷爷……"凌云有些紧张地说。

"坐,大家都坐下,先吃饭,先吃饭。"刘爷爷笑着招呼大家说,"我同意小凌子的意见,年轻人就要闯一闯,就要有干劲。"

见大家都开始吃饭了,凌云和吉吉也动起了筷子,吉吉夹起一块鱼肉放在凌云的碗里,凌云抬头看了她一眼,夹起那块鱼肉吃了起来。这一切都被刘阿姨看在眼里,她看了吉吉一眼,吉吉害羞地低下了头,凌云看了刘阿姨一眼,不好意思地低下了头。刘爷爷和九奶奶聊着工作上的事情,从他们的谈话中,凌云知道了刘爷爷是在市文化部门工作。吃过晚饭,九奶奶一直没有提凌云的终身大事,她对刘爷爷说:"我说,小凌子现在在家创业,我当然希望他能创业成功,能养活我,能给我养老送终,但万一……所以,你也要为他留条后路。"

"九奶奶,你得祝福我成功才行,我不会失败的。"凌云拍着胸脯信誓旦旦地说,"我吃饱了,先出去了。"凌云刚走出去,吉吉也跟了出去。

刘爷爷摇了摇头,说:"这个小凌子还是个情种,像我年轻的时候,想当年,我也是……"

"别吹牛了。"九奶奶打断了他的话,"你别转移话题,说正事呢!你不要忘了……"

"不会的，我怎么会忘了呢！"刘爷爷叹了口气说，"小凌子很懂事，他这个孩子……你别看他外表一副大大咧咧、满不在乎的样子，其实他的内心很脆弱。"

"如果小凌子种草莓失败了，我怕他受不了打击。"九奶奶有些担心地说。

"你和月娥要多帮帮他。"刘爷爷说。

九奶奶点了点头，说："月娥，你看，吉吉喜欢小凌子，可是小凌子喜欢那个钟灵，就是以前我跟你说起的那个，而且钟灵也喜欢凌云，我怕吉吉会……"

"这个我早就看出来了，可吉吉在这方面脾气很拗，这个小凌子对她是没有一点那方面的意思。"刘月娥开始收拾桌子上的残局。

凌云和吉吉出来后，慢悠悠地往草莓种植基地走去，凌云想着刚才九奶奶要刘爷爷给自己找工作的事情，又想着自己种草莓的事情，想起了种草莓就想起了钟灵，想起了钟灵突然发现吉吉就在自己的身边，他说："吉吉，我要去创业了，你快回家吧！"

"我要去你的董事长办公室看看。"吉吉说。

"那是以前小来子的董事长办公室。"凌云说。

"我不管，反正现在是你的董事长办公室。"吉吉说。

"那就去吧！一会儿我还要把你送回来。"凌云故意装作很无奈地说。

"我不怕，我自己能回来。"吉吉刚说完，一只野兔突然从路边跑了过去，她急忙抱住凌云的胳膊，紧张地说，"还是你送我回去吧！"

凌云笑了，他拉着吉吉的手朝他的草莓种植基地走去，快到他董事长办公室的时候，借着朦胧月光，他看到门口有个人在走来走去，从身形上能够看得出来这个人是谁。凌云松开了吉吉的手，吉吉有些失落。凌云快走几步，大声说："何方妖孽，竟敢在此造次。"

"什么在此造次？我就在这里等你。"张继来有些不耐烦地说，他看到凌云身后还有个人，但没看出是谁。

凌云从口袋里拿出钥匙，摸黑开了锁，进屋后他打开了临时照明灯。张继来进屋后，吉吉也跟着进来了。张继来一看是吉吉，刚才不耐烦的情绪一下子没有了，他对吉吉说："吉吉，我说这几天我的左眼一直跳，原来是你要出现在我眼前了。"

吉吉没有搭理张继来，张继来转身对凌云说："小凌子，我要和你商量一件我的终身大事。"

"你找女朋友了?!"凌云故意说。

"谁说终身大事就是找女朋友，太俗，俗不可耐……"张继来本来想继续说，他看了一眼吉吉，没有说出来。吉吉白了一眼张继来，转身出了凌云的董事长办公室，刚出去发现外面很黑又进来了。张继来刚要说，看到吉吉进来了，又把话憋了回去。

"张董事长，刚才凌云哥哥也是回家商量他的终身大事了。"吉吉用有些挑衅的语气说。

"小凌子，你女朋友不是在上大学吗？你和谁商量终身大事？"张继来满脸疑惑地说。

还没等凌云开口，吉吉又转身出去了，这一次她不害怕外面黑了。张继来看到吉吉出去后，知道自己说错话了，他拍了拍脑袋，说："小凌子，你快把吉吉送回去，抓紧回来，我要跟你商量一下我的终身大事。"

"这是多好的机会，你为什么不去？"凌云说。

"我是喜欢她，但我只会光明正大地追，不会死皮赖脸地追。"张继来满不在乎地说。

他们说的话，吉吉在外面听得清清楚楚，她大声说："你们谁也不用送，我自己回去。"说完后，她就转身往回走。凌云和张继来相互看了看，还在谦让着谁去送，谦让了几个来回后，张继来突然跑了出去，还扭过头来丢下一句话："为了爱情，光明正大和死皮赖脸一个意思。"

今儿晚上张继来来找凌云，本来是想和他商量一下在清平镇租沿街房开饭店的事情。他爷爷拿出全部积蓄支持他，他了解了一下去银行贷款的手续，还可以贷一部分款，还有他的得力干将鲍光头也愿意拿出全部积蓄支持他，再加上他自己的一些存款，明年在清平镇沿街房开饭店不成问题，就是规模有点小。张继来也给鲍光头承诺，他的钱算是入股，赢了分红，赔了颗粒无收，这让鲍光头很无奈，也很感动。

三十三、一场大风吹走了一个梦想

为了保温，凌云在他的四个大棚外面盖上了一层毛毡，白天的时候把毛毡揭开吸收太阳的热量，晚上的时候把毛毡盖上防止热量散失。一开始的时候，一个人干这个活没那么简单，都是要靠九奶奶或刘阿姨来帮忙。操作几次之后，凌云就想出了一个主意，他将三根竹竿连接起来，把毛毡的一边固定在竹竿上，需要揭开、盖上毛毡的时候，两个人在塑料大棚的两端转动竹竿即可。这样一来，既提高了工作效率，也降低了劳动强度，再后来，凌云一个人也可以两侧交替着揭开、盖上毛毡了。张继来来视察并不把凌云的发明看在眼里，他非常鄙视地说："我张继来用脚丫子也能想出这个主意。"

"这主意是我用脚指甲盖子想出来的。"凌云说。

张继来没有立即接凌云的话茬，这一段时间，他一直在跑银行贷款的事情，只要有进展，他就跑过来向凌云汇报工作，还在凌云的董事长办公室回忆峥嵘岁月，畅谈美好未来。张继来对凌云说："你就是用脚指甲和脚指甲盖子之间的污泥想出来的我也不管，我要说的是，我用脑袋想出了明年进军清平镇的计划。"

凌云对张继来的魄力深感佩服，他敢想、敢说、敢做，不怕失败，也没有那么多后顾之忧，有些事情甚至八字还没一撇，他就敢去做。可是自己做事情却总是考虑太多，前怕狼后怕虎。就说种草莓这件事情吧！他前前后后犹豫了很长时间，虽然已经储备了足够的理论知识，却还是不敢贸然行动。

这天晚上，凌云梦见自己种草莓失败了，自己一个人在塑料大棚里哭，哭着哭着就醒了，他听到外面的风声呼呼作响，就坐了起来，突然，他感觉外面的风声不对劲，风声怎么会夹杂着塑料布清脆的响声。凌云意识到了什么，急忙穿衣到外面去看，这一看，凌云的心就像这西北风一样哇凉哇凉的，他看到四个塑料大棚被吹走了两个，还剩下两个大棚的塑料布在风中摆来摆去。

凌云一屁股坐在地上，竟然忘了去拉在风中摇摆的塑料布，当塑料布那清脆的声音突然消失的时候，凌云才缓过神来，他看着在寒风中摇曳的草莓，脑海中一片空白。凌云在草莓中间来回走着，竟然感觉不到寒冷。今天气温零下十几度，四个塑料大棚的草莓就这样被冻死了，他感觉自己的心也被冻死了。凌云步伐僵硬地回到他的董事长办公室，好长一段时间才缓过神来，他清晰地知道，自己这次创业失败了，他不知道该如何面对这次失败，甚至不想面对这次失败，他想逃避，可事实就是如此，就是这样残酷。

凌云在他的董事长办公室里坐着，蜂窝煤炉子里已经没有了红色，烟囱也慢慢凉了下来，他就这样心灰意冷地坐到天亮，甚至流下了伤心的泪水。当清晨的第一缕阳光照进他的董事长办公室的时候，凌云听到有人敲门，他揉了揉红肿的双眼，起身去开门。

"今天夜里好大的风，我就担心你的塑料大棚，今天早上一起来我就来了，果然，我的担心不是多余的。"张继来丝毫不顾及凌云的心情，满不在乎地说，"我总结一下，一场大风吹走了一个梦想。"

凌云没有说话，回到床上继续躺着，张继来看到蜂窝煤炉子没火了，费了九牛二虎之力才把炉子点着，他把门窗打开散了会儿烟，然后走到床边说："小凌子，没什么大不了的，草莓随时可以种，不像我，养大白鹅还有季节要求。退一万步讲，你可以到我小来子养殖公司打工啊，当然，也可以到我的饭店打工，你随便选。"

凌云躺在床上不说话，两眼呆呆地望着房顶，心里也不知道在想些什么，张继来瞪了他一眼，大声说："你这样半死不活算什么意思啊？我当时养大白鹅的时候也犯过错误，后来我也总结经验进行改正了。俗话说，吃一堑长一智，失败是成功之母，不经历风雨怎能见彩虹，不就是四个塑料大棚吗？明年春天我们从头开始。"

凌云还是躺在床上不说话，张继来把门窗关上，说："我给你点着炉子了，给你送了一点温暖，也算仁至义尽了。我先回去了，你好好反思一下，但时间不要太长，下次见到你，你要振作起来。"

张继来走到镇上才想起自己还没有吃早饭，就买了几个韭菜馅的肉包子吃，还喝了一碗稀饭，在付钱的时候突然想起凌云也没有吃早饭，就又买了几个包子，小跑着给凌云送了过去。他看到凌云在办公室门口坐着，眼睛呆滞无光，面无表情，就说："凌董事长，我给你送包子来了，韭菜馅的，吃了韭菜包子，希望你能振作起来，我去银行办理贷款手续了。"

凌云伸手接过张继来递过来的韭菜包子，慢慢吃了起来，他最喜欢吃韭菜包子，可现在这韭菜包子在他嘴里却没有任何滋味，就像咀嚼干草一样，是那么难以下咽。才吃了一个，凌云感觉已经饱了，他把剩下的两个包子挂在蜂窝煤炉子烟囱上的一根铁丝上，又蹲在门口看着眼前耷拉着脑袋的草莓发呆。一阵风吹了过来，凌云彻底醒了过来，他起身在草莓地里走来走去，不时蹲下身子抚摸一下昨天还春意盎然，现在却没有一丝生机的草莓，还有几颗草莓已长出了匍匐茎，他正在做试验进行育苗工作，如果不是夜里的这场大风，再次见到钟灵的时候，就可以让她吃上自己种的草莓了。

凌云在他的草莓地里来来回回走了几圈，从惊慌中惊醒了过来，他进了办公室，感觉有些饿了，又吃了一个包子，这一次，他吃出是韭菜馅的了。当他刚要吃最后一个包子的时候，九奶奶突然进来了，进来之前，她看到四个塑料大棚没有了，进来后她看到凌云一副失魂落魄的样子，说："我的小凌子是打不倒的，吃韭菜包子还是吃得那么香。"

"九奶奶，我的草莓……"凌云欲言又止，心里又增加了一些自责。

"没事，天塌下来也得吃饭，该吃韭菜包子还得吃韭菜包子。"九奶奶说，"别灰心，这又不是一件大事。"

凌云知道九奶奶在安慰他，在种草莓之前他信心满满，踌躇满志，现在，他不知道该如何面对九奶奶，就像做错了事的孩子，不知道该说些什么，他又把最后一个包子挂在了蜂窝煤炉子烟囱上的铁丝上。

"总结经验，查找不足比唉声叹气管用，不要整些没用的东西，好好分析一下，草莓还是可以种的，中午回家吃饭吧！"九奶奶说完就转身走了。

凌云思考着九奶奶说的话，又想起了张继来说的那些不着调的话，认真分析了一下自己这次失败的原因，一个是塑料大棚的骨架做得不结实，另一个是塑料大棚埋地深度不够，只要被风撕开一个口子，塑料大棚就会被风掀起，只要一掀起，塑料布就会在风中摇摆，只要塑料布一摇摆，就会把塑料布连根拔起。凌云使劲摇了摇头，又清醒了许多，也坦然接受了现实，刚才还有种想哭的感觉，现在竟然有一种想笑的感觉。他拿起最后一个韭菜包子吃了起来，这一次，韭菜包子的味道有些鲜美。

张继来从凌云的草莓种植基地离开后，怕他想不开，就跑到九奶奶家里，让九奶奶去看看他，还告诉九奶奶不要说是自己说的。从九奶奶家里出来后，张继来来到了小来子养殖公司抓了几只大白鹅和它们比了比谁的脖子长。下午的时候，他骑上摩托车，带着鲍光头到镇上询问办理贷款的事情。他是第一次贷款，不知道要准备哪些东西，也不知道要走哪些手续，只能边走边问，问一步走一步。

从银行回来的路上，张继来把凌云的事告诉了鲍光头，鲍光头学着张继来的样子拍了拍脑袋，说："那今大晚上我们要请他吃饭，给他压压惊。"

"压什么惊？屁大的事还压惊，我们要祝贺他在种植草莓的道路上学到了新的知识，就当交了学费。或者你应该这样说，小凌子，你有什么不开心的事情说出来，让我们开心一下。"张继来一边骑摩托车一边说。

"张董事长就是会说话，你讲话的水平像黄老邪的武功一样高深莫测。"鲍光头笑着说。

"对了，你下来走回去吧！从镇上的饭店炒上几个菜，我去看看小凌子怎么样了，别真的顶不过去。"张继来突然一个急刹车，鲍光头使劲撞了张继来一下。

鲍光头下了摩托车后，张继来轰了轰油门，就向凌云的草莓种植基地奔去。凌云正在清理冻死的草莓，看到张继来来了，就说："你又来刺激我了?! 是不是又给我买了韭菜包子?!"

张继来停好摩托车，开始帮着凌云干活，他抱起一大把冻死的草莓，扔在路边的沟里，说："我怕你心态调整不过来，来看看你，顺便请你到我的小来子养殖公司吃个饭，你也顺便讲讲你的伤心事，让我高兴一下。"

"你贷款的事情怎么样了？我可是没钱借给你。"凌云把最后一把冻死的草莓扔在路边的沟里说。

"程序都了解清楚了，这种小事交给鲍光头干就行了，我是负责制定公司发展战略和规划的，具体执行交给鲍光头这个执行董事干就行了。"张继来走进了凌云的董事长办公室。

凌云进屋之后蹲在蜂窝煤炉子边上取暖，他说："小来子，你说得对，一场大风吹走了一个梦想，我还得加上一句，一场大风吹醒了一个头脑。"

晚上，凌云在张继来的厂子里吃饭，和张继来、鲍光头他们喝了几瓶啤酒。张继来和鲍光头都喝多了，倒头就睡，另外几个人也东倒西歪地回家了。凌云也有些醉意，肚子有些胀，从张继来的厂子里出来后，寒风一吹，感觉有些冷，他没有回九奶奶家里，而是晃晃悠悠地朝他那光秃秃的草莓种植基地走去。

三十四、吉吉实习

天气逐渐变暖，校园里到处洋溢着春天的气息，吉吉在省城的医学院已经学习了两年半多一点的时间，现在的她已经活脱脱一个大美女了。上午班主任刚开完会，再有一周的时间，她就要开始实习了，能不能找到实习单位倒不是她担心的问题。

下午的时候，吉吉一个人在学校的花园里坐着发呆，春风轻轻地吹着，偶尔传来几声鸟叫，池塘里的金鱼愉快地游着，这是一个多么美好的季节。可是，在这样一个美好的季节里，吉吉竟然感到莫名的恐慌，可这恐慌来自哪里她却搞不清楚。来自即将告别的校园生活？来自即将实习的医院生活？来自对凌云的感情？来自对张继来的厌恶？还是来自对钟灵的嫉妒？吉吉无奈地摇了摇头，起身在花园里慢慢走着。

同学们叫吉吉去外面玩，她笑着拒绝了，晚上的时候，吉吉在宿舍里坐了会儿，感觉有些烦躁，就起身向学校的操场走去。她漫无目的地围着操场一遍又一遍地走着，回忆着进学校第一天发生的事情，回忆着凌云和张继来来找她的事情，回忆着凌云故意装作不明白她心思的事情。回忆着张继来把她气哭的事情，实在没有事情可以回忆了，她就回忆自己小时候的事情，但对于自己的未来，她却不知道该如何面对，虽然她不必为自己的生计担忧。

参加完王登峰婚礼后的好长一段时间，张继来都对爱情提不起兴趣，也有好长时间不再想他的吉吉了，而是忙着筹集资金和贷款的事情，用他自己的话说就是，他现在万事俱备，只欠金钱。这个时候，吉吉正在忙着准备实习的事情，刘月娥通过找关系，安排吉吉在县医院实习，可吉吉不同意，非要在清平镇医院实习，刘月娥知道吉吉是想能天天看到凌云，她拗不过吉吉，就同意吉吉在清平镇上的医院实习，她告诫吉吉说："你在镇上实习，张继来会天天来找你的。"

"找就找，我又不喜欢她。"吉吉噘着嘴说。

从心里讲，刘月娥并不讨厌张继来，张继来说话做事虽然有些不着调，但他对吉吉没有坏心眼，他虽然喜欢吉吉，但他从来没有死皮赖脸地黏着吉吉，也从来没有做过什么出格的事情。听说张继来准备在镇上开饭店时，刘月娥感到很诧异，这个张继来真是敢说敢做，真有一股闯劲。她和九奶奶在一起聊天的时候，九奶奶说："月娥，我看张继来这个小伙子不错，他虽然学历不高，但为人行事仗义，不怕失败，现在正是清平镇快速发展的时候，他还真有可能闯出一番事业来。"

"那你的意思是劝劝吉吉？"刘月娥说。

"吉吉的脾气你也知道，劝是没有用的，看造化吧！"九奶奶说。

"明天吉吉就回来了，我本想让她在县医院实习，以后能在县医院工作，可这个丫头非要在镇上实习。"刘月娥有些无奈地说。

"随她去吧！在镇上实习也未必不是好事。"九奶奶说。

"小凌子还在他的草莓种植基地？"刘月娥问。

"是啊！去年失败了一次，对他的打击不小，他不服输，又种上了草莓，就让他锻炼去吧！"九奶奶说。

"那我去找他，让他明天去学校接一下吉吉。"刘月娥说。

九奶奶微微点了点头，说："去吧！"

凌云正在他的草莓种植基地进行二次创业，他深刻接受了上次种植草莓失败的经验教训。这一次，他又向张继来借了一千元钱，又从刘月娥那里拿了点钱，购买了塑料布、竹子等东西，他把支撑塑料布的竹子和塑料布埋得很深，里外两侧进行了夯实，还找来张继来和鲍光头验收。现在，四个塑料大棚里的草莓在凌云的悉心照料下正铆足了劲发育着，好像将来谁长草莓少了，就对不住凌云一样。凌云还是像去年一样，吃住在他的草莓种植基地，不过，张继来来的次数明显少了，现在的他正在忙着开饭店的事情。

刘月娥骑着自行车到了凌云的草莓种植基地，到他的董事长办公室看了看，凌云不在里面，就到塑料大棚里面寻找。凌云正光着脚丫子蹲在地面上一棵一棵地检查草莓的长势，没有发现刘月娥的到来。刘月娥站在凌云身后看了一会儿，变着嗓音说："小凌子，我来买草莓了。"

"不卖，这是我种给初恋情人吃的……"凌云还要继续往下说，突然感觉声音有些熟悉，就起身站了起来，回头一看是刘阿姨，就挠着头皮不好意思地说，"刘阿姨，你怎么来了？"

"我来看看你的草莓怎么样了，看来不错嘛！"刘月娥笑着说，"来，到外面来，我和你说个事。"

"好，就到我的董事长办公室去吧！"凌云笑着说，他来到塑料大棚外面，把脚上的泥巴踢了踢，穿上了鞋子，跟在刘月娥后面来到了他的董事长办公室。

凌云给刘月娥拿了一个板凳，倒上一杯水，笑着说："刘阿姨，什么事啊？"

刘月娥盯着凌云看了会儿，说："小凌子，吉吉马上要实习了，明天就回来，你去学校接她吧！"

"明天就回来？我还计划等她回来的时候给她草莓吃呢！"凌云笑着说。

"你种草莓不是……"后面的话刘月娥没有说出来，凌云明白刘月娥的意思，不好意思地笑了笑。

"好，明天我去学校接吉吉。"凌云说。

"那好，明天中午到敬老院吃饭，我给你们做顿好吃的。"刘月娥说。

刘月娥走后，凌云又到塑料大棚里检查草莓的长势，他想自己繁殖草莓，得积累经验，他在课本上学到了草莓繁殖有匍匐茎繁殖、新茎分株繁殖、种子繁殖、组织培养繁殖四种方法。以他目前的能力，组织培养繁殖法还不敢想象，种子繁殖法时间太长，只能进行匍匐茎繁殖和新茎分株繁殖，他比较倾向于匍匐茎繁殖，因为这种方法是无性繁殖，幼苗是从母体上发育来的，可以完全保持原品种的特征，而且该方法非常简单，繁殖系数高，苗木质量好，一棵草莓每年能产生一百多匍匐茎。张继来就不着调地说过："匍匐茎就像我们家里种的吊兰、地里长的关节草一样，只要关节的地方长根了，可以离开母亲独立生活，就能移植了。"

凌云在他的塑料大棚里自言自语："一株草莓能产生许多匍匐茎，在匍匐茎偶数关节上又可以产生次生匍匐茎，次生匍匐茎上还可以发出三次匍匐茎……匍匐茎偶数关节……为什么是匍匐茎偶数节呢？"他趴下身子一棵棵进行检查，想找出在匍匐茎的奇数关节上产生匍匐茎的个例，可是没有找到，他不死心，就撅着屁股更加认真地寻找。

"找到了！找到了！"凌云大声叫喊，仿佛从草莓地里找到了金子，兴奋得不得了。

"找到啥了？这么兴奋！"张继来的声音突然在身后响起。

"找到了在匍匐茎的奇数关节上产生匍匐茎的草莓，书上说草莓匍匐茎是在偶数关节上产生次生匍匐茎。"凌云兴奋地说。

"这你兴奋个屁，你小时候算数有没有算错过。"张继来非常鄙视地说。

"算错过，怎么了？"凌云放下了刚才的兴奋，不解地问。

"这棵草莓在计算关节数的时候算错了，它脑袋出了问题。"张继来非常严肃地说。

"哦，说得有道理。"凌云瞪了一眼张继来说，"你又跑过来干啥？"

"哦，明天我的饭店开业，过来邀请你参加。"张继来很自豪地说。

"明天我没空，我要去省城接吉吉，她要开始实习了。"凌云故意蹲下不看张继来的表情。

"哦，刚才我开玩笑的，钱的问题还没解决呢！"一听说吉吉要实习了，张继来立马改变了语气，"小凌子，明天我有时间，我去吧！"

凌云当然明白张继来的意思，他站起来看着张继来笑着说："我知道你喜欢吉吉，但你要采取欲擒故纵的策略。"

　　明天张继来的饭店真的要开业，他让鲍光头带着几个人在饭店里忙活着，自己跑过来找凌云去参加他"小来子饭店"的开业大典，顺便视察一下小凌子的草莓种植基地，再给他指手画脚一下。一周前他就听说吉吉要实习的事情，没想到这么快，当时他就想，以后自己可以没病装病到县城的医院去看病了，听说吉吉要在镇上的医院实习，他又改变了想法，自己可以有病没病地去医院看病了。

　　凌云也知道张继来的饭店明天正式对外营业，这是前几天鲍光头来他这里玩的时候告诉他的，张继来竟然能够为了去接吉吉而取消明天的开业大典，吉吉在他心中的地位是多么重要。凌云背着手走出了塑料大棚，张继来跟在他后面焦急地等着，凌云说："吉吉点名要我去的，我不好意思拒绝啊！"

　　"没什么不好意思，你可以说自己病了，自己的脚扭了，自己脑袋有问题发神经了，可以说钟灵来了你脱不开身，你要和钟灵去领结婚证了……反正只要想，理由一大堆。"为了去接吉吉，张继来说话又开始不着调。

　　凌云走进了他的董事长办公室，张继来跟在后面也走了进来，凌云说："你知道草莓为什么有的会在奇数关节上长出匍匐茎吗？"

　　"为什么？"张继来不解地问。

　　"因为它和旁边的草莓谈恋爱，被胜利冲昏了头脑。"凌云笑着说。

　　张继来突然明白了什么意思，就去打凌云，凌云从他的董事长办公室里跑了出来，大声说："明天你的小来子饭店开业大典正常进行，我带着吉吉去参加你的开业大典，明天我们双喜临门。"

　　"双喜临门……对，双喜临门。"张继来若有所思地说。

　　第二天，凌云早早地就起床了，在敬老院里吃过早饭，到九奶奶杂货铺和九奶奶打了个招呼，就坐上了去省城的公共汽车，昨天晚上他没有睡好，竟然在公共汽车上睡了过去。他梦见在学校门口吉吉向他表白了，他并不感到意外，可他不知道该如何面对吉吉，也不知道该如何面对钟灵。正在他不知道该如何拒绝的时候，钟灵突然出现了，吉吉看到钟灵后，气急败坏地看着她。他知道吉吉对他的态度，他不想伤害吉吉，可他也知道自己对钟灵的感情，也不想伤害钟灵。凌云本以为钟灵的出现会让吉吉知难而退，可吉吉偏偏伸手去拉自己的左手，钟灵看到后又伸手去拉自己的右手，这下他意识到了，钟灵的出现不是雪中送炭，而是火上浇油，这让他更加不知所措。凌云被钟灵和吉吉拉过来、拉过去，他的身体就这样晃过来晃过去。

　　"你们别拉了！"凌云突然说，醒来后的凌云发现自己两边正坐着两个和自己年龄差不多的女孩，正随着汽车的颠簸来回挤着自己，他扭头看了看这两个女孩，分别给她们道歉："不好意思，做梦了，梦见两个女朋友抢我呢！"那两个女孩分别把头扭向两边。凌云仔细回忆了一下梦里的情景，竟然和现在的情景差不多。这一路上，他都在回忆梦中的情景，直到汽车到站，凌云才强迫收回凌乱的思绪。

　　下了公共汽车后，凌云乘坐公交车来到了吉吉的学校，在传达室做好登记后就直接朝吉吉的教室走去，吉吉不在教室，他就朝吉吉的宿舍走去，在去宿舍的路上，正好迎面遇到吉吉。吉吉低头走路没有看到凌云，在吉吉走过去后，凌云从后面拍了一下吉吉的肩膀，变着嗓音说："我是张继来，来接你回家了。"

　　吉吉一听就是凌云的声音，她继续往前走，假装生气地说："小来子，你回去吧！我要等凌云哥哥来接我。"

　　"好，那我就来个孙悟空七十二变，变成小凌子。"凌云说着跳到了吉吉的面前，挡住了她的去路，嬉皮笑脸地说，"刘喆同学，恭喜你毕业了。"

　　"对了，以后要叫我刘喆，不要再叫我吉吉了，好像我永远长不大一样。"吉吉停下脚步说，"我去教室拿点东西，宿舍里的东西已经收拾好了，一会儿就可以走了。"

　　刘喆向教室走去，凌云在路边树下的石凳上坐着等她，他看着来来去去的学生，不自觉想起了自己高中三年的生活，自己自从高中毕业到现在一直碌碌无为。他突然想起了王登峰，不知道这个家伙现在怎么样，他们这几个人，只有王登峰还在上学，这个书呆子都结婚了还在上学，张继来和自己都不上学了还没结婚，这是不是人生差距？是不是起点不一样？就像张继来说的那样，我们每个人的人生起点都一样，终点也一样，只有过程不一样，说得也好像很有哲理。

　　凌云眼睛望着天空，看到一只鸟儿掠过天际，它是那样的无拘无束，可是自己却不得不为不确定的前途考虑。他突然又想到了钟灵，是啊，自己已经好长时间没有见到钟灵了，还真有些想她，看来下次相见，钟灵就可以吃上自己种的草莓了。凌云看到刘喆从教室的方向快乐地走来，起身站了起来，伸了下懒腰，他估算了一下时间，再和刘喆到宿舍收拾一下，中午之前肯定能赶回清平镇，肯定能参加小来子饭店的开业大典。不知道张继来的小来子饭店开业大典会叫哪些人，会不会叫上王登峰？叫他的话张芳会不会和他一起来？钟灵会不会从别的渠道听说张继来的小来子饭店要开业，突然出现在小来子饭店的开业大典上？如果出现了，刘喆是不是又会和她争风吃醋一番？想到这里，凌云无奈地摇了摇头。

"想什么呢？走吧！宿舍里的东西已经收拾好了，你帮我搬出来就行。"刘喆边走边说。

"我在想你是不是找男朋友了，怎么这么高兴？"凌云故意逗她说。

"对啊！见到男朋友当然高兴了。"刘喆笑着说。

凌云伸了伸舌头，用双手揉了揉自己的腮帮子，后悔刚才自己说的话，他跟在刘喆后面来到了女生宿舍。刘喆先进了宿舍，让还没有起床的舍友穿好了衣服，才把凌云喊了进来。

"刘喆，你男朋友够帅的。"一个舍友笑着说。

"是啊！我们换了男朋友吧！"另一个舍友也笑着说。

"我不是她的男朋友！"凌云不好意思地说。

"哦，那做我的男朋友吧！"两个舍友同时笑着说。

"他就是我男朋友，叫凌云，你们没希望了。"刘喆很自豪地说，说完后她瞟了一眼凌云的表情。

凌云没有再接话茬，他背起刘喆已经准备好的被褥走出了宿舍，听到刘喆说："姐妹们，再见，到清平镇去找我啊！"

"好，去清平镇找你的男朋友！"一个舍友说。

"跟你开玩笑的，我们不抢你的男朋友。"另一个舍友说。

刘喆背着一个背包，手里提着两个小包，一个舍友抱着被子，另一个舍友背着一个大背包。他们四个人来到了学校门口，两个舍友放下东西后分别和刘喆拥抱，她们准备和凌云拥抱时，刘喆挡在了凌云前面，笑着说："要拥抱找自己的男朋友去！"

公交车来了，两个舍友和刘喆再次拥抱后便离开了。凌云和刘喆对视了一下，又把头低下了，各自想着自己的心事。

三十五、小来子饭店开业大典

在张继来和鲍光头大刀阔斧的安排指挥下，小来子饭店里里外外一尘不染，上上下下干干净净，一切准备工作就绪。张继来背着手在饭店门口走来走去，有些焦急，有些心神不定。鲍光头他们几个看着张继来这副心事重重的样子，以为还有什么工作没有做好。鲍光头安排他们两个又把所有的工作从头到尾重新梳理了一下，从现场布置到台词设置，从时间安排到嘉宾入场，没发现有什么遗漏的地方，他们三个相互看了看，又摇了摇头。

鲍光头走到门外，盯着张继来看了一会儿，眼睛突然一转，一拍大腿，看了看手腕上的电子表，转过身来对屋里的两个人说："你们两个一个人去买束鲜花，一个人去把靠近路边的那个单间再布置一下，要浪漫一点。"他们两个不知道鲍光头要干什么，站在那里大眼瞪小眼。

"愣着干啥？还不快去，耽误了张董事长表白你们担待得起？"鲍光头大声说。

张继来转身朝里看了看，那两个人小跑着出去了。鲍光头走到张继来身边，说："张董，你里面坐会儿，休息一下，别累坏了身体。"

张继来瞪了鲍光头一眼，说："我的身体还能累坏了？我去前面的路口看看。"

鲍光头望着张继来的背影，笑着摇了摇头，他知道张继来是去看看凌云有没有把刘喆带回来。昨天晚上，张继来对他说，今天有一位他人生中最尊贵的人要参加小来子饭店的开业大典，这个开业大典谁不来都可以，只要她来了，那就是一次百分之一百二十五成功的开业大典，这次开业大典就有意义。鲍光头就故意说："明天是不是镇长要参加？"

张继来气急败坏地说："镇长能是我生命中最尊贵的人？"

鲍光头知道张继来和刘喆的关系，看到张继来这般焦急地去前面的路口等待，他知道，张继来说的那位尊贵的客人就是刘喆。鲍光头又看了看时间，已经十一点了，按照张继来说的时间，凌云和刘喆早就应该到了，怪不得张继来这么失魂落魄。鲍光头转身看了看，这次开业大典所请的客人第一批已经来到了，是他干建筑的时候认识的两个包工头，还有一个专门给他提供沙石水泥等建筑材料的。鲍光头笑着过去和他们打招呼，把他们请进了小来子饭店，开玩笑说："以后吃饭来小来子饭店，九点九折优惠。"

张继来修炼多年的"伸脖功"这次派上了用场，他在路口处把脖子左转了三圈，又右转了三圈，使劲伸长脖子往远处望了望，但依然没有看到凌云和刘喆的身影，他看了看手腕上的电子表，已经十一点半了，其他客人都陆续来了。张继来跳着往远处看了看，无奈地摇了摇头，使劲吐了口痰，转身往小来子饭店走去。

这次小来子饭店开业大典，除了鲍光头请的三个人，张继来请了九奶奶、刘阿姨、张家村的村长、书记，还有他的几个初中同学，他们已经陆续到达。十一点半的时候，小来子养殖公司的其他几个人也过来了。十一点四十的时候，过来了一个手持公文包的公务人员，张继来看着这个人面熟，可又想不起在哪里见过，但来者是客，就要伸手把她请进去。

"不记得我了？你的小来子养殖公司挂牌成立……"那个女的微笑着说。

"哦……你是……你是……"张继来想了起来，拍着脑袋说，"里面请，你可是我的贵客啊！"

"张董，你的贵客不是刘喆吗，怎么变人了？"鲍光头故意说。

张继来扭头狠狠地瞪了鲍光头一眼，朝着里面喊："把准备的礼炮和鞭炮搬出来，小来子饭店开业大典准备开始。"

"张董，再等等吧！你人生的贵客还没来。"鲍光头跑过来说。

"我是说准备开始，没有说马上开始。"张继来没好气地说。

"哦！"鲍光头带着他们几个把六箱礼炮一字排开，自己爬上树把鞭炮挂在了树上，又从树上跳了下来，大声说："小来子饭店开业大典准备开始，是准备开始，不是马上开始，先不要点，等我通知再点。"

张继来不再理会鲍光头，他调整了一下情绪，信步走进饭店，满面春风地说："谢谢各位来参加我小来子饭店的开业大典，我张继来从养大白鹅起家，我采取的是农村包围小镇的做法，如今进军清平镇，在清平镇开饭店，希望大家以后多多照顾。"

鲍光头安排上菜，把喜庆的音乐调低了点，对张继来说："张董，再讲点，小来子养殖公司挂牌成立你面对一群大白鹅都能够口若悬河，今天怎么就讲了这么一点？"

"你小子故意找碴是吧？哪壶不开提哪壶，快去照顾客人。"张继来气不打一处来。凌云和刘喆没有按时来参加他小来子饭店的开业大典，他心里就很不舒服，这个鲍光头还总是在刺激他。

张继来招呼着大家吃饭，他面带笑容，可心里有心事，没有充分发挥不着调的特长。当他给刘阿姨敬酒时，竟然有些不好意思，九奶奶夸奖他时他也只是应付公事般龇牙笑笑。鲍光头知道张继来的心事，就走出饭店到路口看凌云和刘喆有没有到，这样一有消息他可以马上汇报。

凌云和刘喆坐公共汽车来清平镇的路上，汽车抛锚，在路上修了一个多小时，到清平镇的时候已经十二点了。鲍光头看到他们后没有去接他们，而是转身跑向小来子饭店。张继来在饭店里魂不守舍，敬完酒后就出来了，留下他爷爷一个人在照顾客人。鲍光头看到张继来后，气喘吁吁地说："来了，来了！"

"谁来了？"张继来不解地问。

"凌云来了。"鲍光头还是气喘吁吁。

"来就来了，你这么激动干啥？"张继来没反应过来就要转身往里走，突然，他又转过身来问，"刘喆是不是也来了？"

"来了，来了！"鲍光头没有刚才那样气喘吁吁了。

"以后汇报工作要说重点，直接切入主题！"张继来心情一下子变好了，笑着说，"让他们准备放礼炮，放鞭炮！"

"他们东西很多，你最好领个人去接一下。"鲍光头说，"就让那个谁……"

鲍光头还没说完，张继来就从他身边跑了过去。鲍光头摸了摸脑袋，自言自语："张董事长平时速度没有这么快啊！"

当张继来、凌云和刘喆刚转过弯来走向小来子饭店的时候，鲍光头带着几个人准备点礼炮，张继来朝他摆了摆手，鲍光头点了点头。昨天张继来就跟他说过，当刘喆的第一只脚踏上清平镇大地的时候，就点礼炮欢迎，就点鞭炮欢迎，就让他带着几个人使劲地鼓掌。刘喆低头走路，没看到小来子饭店门口的情况，被突然响起的礼炮声和鞭炮声吓了一跳，她停在原地不向前走了，张继来和凌云继续迎着响彻清平镇的礼炮声和鞭炮声往前走。

鲍光头朝张继来摆了摆手，张继来和凌云也朝鲍光头摆了摆手，鲍光头指了指他们身后，张继来扭头一看，竟然把刘喆落在后面了，他把手里的被子和背包放在路边，用手指了指鲍光头，又指了指被子和背包，就转身朝刘喆走去。

"刘喆，吓到你了！"张继来走到刘喆面前不好意思地说。

对于这个称呼，刘喆感觉有些不适应，她用不解的目光看着张继来。张继来继续说："今天我小来子饭店开业，九奶奶和刘阿姨都在里面，走吧！"

刘喆把手里的东西递给张继来，等礼炮和鞭炮响完了才跟在张继来后面往前走。进了小来子饭店后，刘喆和九奶奶、刘阿姨坐在一起，凌云和他的高中同学朱敏坐在一起。张继来来到凌云身边，拍了拍凌云的肩膀说："你们认识啊？"

"认识，朱敏，我高中同学，她不就是给你办小来子养殖公司营业执照的那个美女吗！"凌云一边吃一边漫不经心地说。

张继来笑着说："朱领导，以后多多关照啊！我今天是试营业，没有正式开业。"

"你这是做贼心虚，这是此处无银三百两，这是做了亏心事，就怕鬼叫门……"凌云继续刺激张继来。

"朱领导，你别听这个小凌子瞎扯淡，我的营业执照是现在进行时，正在办理中，请你吃饭，你要加快速度啊！"张继来开玩笑说，没有丝毫的担心。

"今天我就是来吃饭的，不谈工作。"朱敏笑着说。

"就是，不谈工作，吃好喝好。"张继来瞪了凌云一眼，在心里说，"你怎么把她请来了？"

张继来不知道，朱敏已经调到了清平镇政府工作，凌云知道张继来的营业执照还没办下来，故意不告诉张继来就是想给他个突然袭击，好让他们认识一下，营业执照也能尽快办理。当然，这是凌云的想法，而张继来却以为是凌云故意让朱领导来找碴的呢！上高中的时候，凌云就经常给朱敏讲张继来的事情，朱敏早就对张继来有了一个详细的了解，没想到才几年的时间，这个张继来就有了更好的发展。

十二点半左右，客人们已经走了一桌，还有一桌在划拳喝酒，鲍光头正在和他们一决雌雄，他一只脚踩在地上，一只脚踩在椅子上说："划拳谁怕谁？喝酒谁怕谁？我要和你们一决雌雄。"

张继来看到刘喆在一旁看得全神贯注，想离开却又迈不开脚步，就拍了拍她的肩膀，让她进了靠近路边的那个单间，凌云看到后也跟了过来。张继来站在门口用一只手扶着门框，一只脚蹬着门框不让他进来，凌云笑着说："张董事长，你这造型挺独特啊！"

"我跟刘喆有重要的话要说，请你回避一下。"张继来一本正经地说。

"你不让他进来我就出去。"刘喆在里面说。

张继来一看这架势不对，就把手脚放了下来，转身向刘喆走去，凌云跟在后面走了过去。刘喆抬头仔细看了看这个房间的布置，淡黄色的窗帘上别着很多彩色的蝴蝶，很漂亮，很温馨，外面虽然酒气冲天，但这个房间里却有一股淡淡的清香。她看到桌子上还放着一束鲜花，不过是塑料花，在上面喷了一些香水。她突然明白了什么意思，就转身对张继来说："张继来，你不用白费心思了，我是不会做你女朋友的。"

"刘喆……"凌云说。

"凌云，你啥意思？不喜欢我就把我推给张继来，是不是怕我没人要？"刘喆打断了凌云的话，有些生气地说。

"刘喆……"张继来说。

"张继来，你不要自作多情了。"刘喆打断了张继来的话，转身头也不回地走了。

"小来子，你别……慢慢来……"凌云安慰张继来说。

"是不是我叫张继来就得慢慢来，明天我就改名叫张继快，快点来。"张继来说话又开始不着调，停了一会儿，他又说，"快去看看刘喆，别出什么事。"

"你别往心里去啊！"凌云说着就走了出去。

张继来一个人站在这个有些浪漫、有些温馨的房间里发呆，外面划拳喝酒的喧闹似乎与他无关。他一屁股坐在沙发上，情感很空虚，内心很迷茫，这个结果在他意料之中，可他还是无法接受。他本以为刘喆中专毕业了自己就有机会了，她就会回心转意了……不对，不应该是回心转意，应该是移情别恋，也不对，张继来没有想出一个合适的词语，使劲用双手揉着自己的光头，指甲在光亮的头皮上留下一道道印痕。

三十六、鲍光头情窦初开

张继来的小来子饭店营业执照还没有办下来就开始营业了，几个熟人拿这件事情寻他开心，说他是未婚先孕，他就反驳说："男人怎么会怀孕？我这是非常规、跨越式发展！"为了吸引顾客，小来子饭店推出了第一周菜价五折，第二周啤酒免费的优惠政策。两周后，小来子饭店的营业执照办下来了，凌云和朱敏一起来给张继来送营业执照。晚上，张继来请他们吃饭，这个朱敏倒是很欣赏张继来，她笑着对张继来说："你身上还是有很多优点的，乐观、开朗、豁达、不拘小节。"

"这么说你是有点喜欢我了?!"张继来喝了一杯啤酒说。

"朱敏同志，你别在意，小来子理解能力差，经常理解跑偏。"凌云喝了一杯啤酒说。

"张董事长火眼金睛，判断力非常准确，不会看走眼。"鲍光头也喝了一杯啤酒说。

朱敏挨个看了他们三个一眼，没有再说话。和凌云三年高中同学，凌云斗嘴的水平她知道，和张继来接触了两次之后，对他也有了一定的了解，那个在酒场上咋咋呼呼的鲍光头也是个嘴皮子。朱敏知道，沉默是对付他们最好的方式，便低下头自顾自地吃饭。张继来见朱敏不再说话，就聊起了刘喆，凌云见张继来聊起了刘喆，就聊起了钟灵，鲍光头见凌云聊起了钟灵，却不知道自己该聊谁，他瞥了朱敏一眼，正要起个头聊朱敏，朱敏却站起身来说："我吃饱了，要回去了。"

今天晚上，张继来、凌云、鲍光头都喝大了，都抢着要送朱敏回去，朱敏说："你们继续喝，我就住在政府大院的宿舍，一会儿就到。"

朱敏走后，鲍光头就开始聊朱敏，问这问那，一开始凌云和张继来抢着回答，后来变成了轮着回答，再后来变成了凌云一个人回答。当鲍光头问朱敏有没有男朋友时，凌云和张继来同时看着他说："没有你也没戏。"

"你们都有女朋友了，我为什么就没戏?"鲍光头不服地说。

"你不知道她喜欢我吗?"张继来非常严肃地说。

"你不是喜欢刘喆吗?"鲍光头非常严肃地说。

"不管谁喜欢谁，我们今天晚上的任务就是喝酒，来，喝一个。"凌云和他们两个把酒杯碰得咔咔响。

张继来喝完后又独自斟满了一杯啤酒，自言自语："不知道刘喆上班了没有? 好长时间没有见到她了。"

刘喆在家里休息了一周就到清平镇中心医院上班了，当张继来想起她的时候，她已经在清平镇医院上班一周了。清平镇医院本来就不大，这一周的时间里，她基本熟悉了医院的规章制度，基本熟悉了身边的男女同事，基本熟悉了各项工作流程。刘喆不喜欢在医院的食堂吃饭，每天中午，她打好饭后就带回值班室吃，她还没有适应医院的生活和工作，经常想起上学时的一些事情。

窗外正下着毛毛细雨，已经过完了春雨贵如油的季节，气温逐渐升高，刘喆脱下护士装，拢了拢头发，一个人在值班室慢慢地吃饭。她看着窗外的毛毛细雨发呆，一不小心竟然把米饭碰在了鼻子上，她回过神来后笑了笑，把粘在鼻子上的米饭擦掉。当她再抬头看窗外的时候，看到了凌云那张玩世不恭却又略带忧伤的脸，她刚要起身打招呼，又看到了张继来那张无所畏惧、满不在乎的脸，就一屁股坐了下来。

凌云没有敲门直接推门进来了，张继来也紧跟着进来了，刘喆故意装作没看到他们的样子继续低头吃饭。凌云把手中的饭盒放在刘喆面前的桌子上，笑着说："给你改善改善生活，补充补充营养。"

刘喆用疑惑的目光看着凌云，凌云冲张继来吹了个口哨，说："我说不让你来吧，你非得来！本来是我在九奶奶家里炒的菜，你看，因为你来了……"

"你们两个到底要干什么啊？不管是谁给我送的饭我都不吃，医院食堂的饭挺好的。"刘喆不再理会凌云。

张继来走到刘喆的身边，说："刘喆，再有一个多月凌云的草莓就要熟了，到时候我请你吃草莓。"

"不去，你们吃吧！"刘喆没好气地说。

"我们就是想来看看你工作的地方，你慢慢吃吧！我们走了。"凌云说完就推着张继来走了出去。

刘喆看着凌云送过来的盒饭，又朝窗外看了看，凌云和张继来已经走出了医院的大门。吃了一周食堂的午饭，刘喆已经有些吃腻了，她把凌云送来的那份午饭打开一看，是自己最喜欢吃的西红柿炒鸡蛋和红烧茄子，感觉口水都要流出来了，就津津有味地吃了起来。

凌云和张继来从清平镇医院出来后，没有吃午饭就来到了凌云的草莓种植基地，在凌云的董事长办公室里，张继来看到了放在桌子上的方便面，就笑着说："吃了半个月油腻的东西了，今天中午我们吃方便面吧！"还没等凌云回答，张继来就开始自己泡面，还不停地说："吃大鱼大肉，吃温水泡面，就是吃个心情。"

"怎么这么文雅了？我还以为你要说，最终都是肥料呢。"凌云开玩笑说。

"你多长时间没见到钟灵了？想不想她？"张继来笑着问。

"下个月就可以见到她了，不知道她在大学里过得怎么样？"凌云像是在自言自语。

"你们闹矛盾了？"张继来不解地问。

"我们的感情坚不可摧。"凌云笑着说。

"那就好，不要打刘喆的主意。"张继来开始吃泡面，"你应该去学校看看钟灵，要不，我陪你一起去？"

"不了，她会来看我的。"凌云突然变得有些忧伤，他调整了一下情绪说，"吃完饭去欣赏一下我的草莓，顺便给你普及一下种草莓的知识。"

第一次种草莓失败后，凌云重整旗鼓，他和张继来挨个巡视了一下四个塑料大棚，张继来一会儿背着手像个领导，一会儿指指点点像个专家，还装模作样地和凌云交流了一下种草莓的心得，结合他养大白鹅的经历给凌云传授了一些经验。张继来说："不管是养大白鹅还是种草莓，其实都差不多，区别就是一个会跑，一个不会跑，一个会叫，一个不会叫，一个是下蛋，一个是结果。只要你用心付出，就会像我张继来一样成功。"

凌云推着张继来走出了最后一个塑料大棚，再和他交流，还不知道他又要整出什么不着调的话来。张继来在凌云的董事长办公室喝了口水，就躺在床上睡了过去。凌云一个人坐在门口发呆，这个时候，他突然觉得自己有些想钟灵了，这个钟灵也是，自己不去看她，她就不会来看看自己吗？马上就要一年的时间了，这个钟灵就不知道自己想她了吗？自己是说过不混个人模人样出来就不去见她，可她就不会主动来看看自己吗？

张继来的呼噜声高低起伏、抑扬顿挫地从他的董事长办公室传出，凌云扭头看了看张继来那一只脚在床上，一只脚在地上，歪着脖子，扭曲着身子的独特睡姿，不禁摇头笑了笑。这个和自己从小一起光着屁股长大的张继来，竟凭着一股敢闯敢拼的劲头，养大白鹅、开饭店，用他自己的话说就是要成为清平镇首富。他喜欢刘喆，但不会死皮赖脸地去追，也不会采用什么过激的行为，说实话，他从心里佩服这个张继来。凌云知道，自己的心态无法达到张继来的境界，他低下头无奈地笑了笑。

"在笑什么呢？"鲍光头的声音突然响起。

凌云抬头看了一眼鲍光头，做了个嘘的动作，小声说："小点声，张董事长在休息。"

鲍光头踮着脚往里看了看，没看到张继来的身影，仔细听了听，听到了张继来的呼噜声，他故意张大嘴巴做出大声说话的样子，却声音很小地说："我过来找你，你再给我讲讲朱敏的情况。"

"从饭店到镇政府要比到这里近吧！你这是南辕北辙、舍近求远。"凌云说。

"不是，我这是知己知彼、百战不殆的迂回战术。我上过初中，知道两点间直线距离最短，但两个人心之间的距离，却不能用直线来测量，要用熟悉，用温度，用感知来测量。"鲍光头仿佛是在朗诵情诗，凌云惊讶得张大嘴巴说不出话来。鲍光头不好意思地摸了摸头，又说："昨天晚上刚学的，我也要向张董事长学习，做一个喜欢读书的人。"

上次是因为自己喝酒了，才稀里糊涂地说了很多关于朱敏的事情，这次鲍光头莫名其妙地跑过来问朱敏的事情，凌云就说："人家朱敏家庭条件那么好，又在镇政府上班，她会喜欢上你？"

"这个不一定，萝卜白菜，各有所爱，张董事长可以喜欢刘喆，我就可以喜欢朱敏，你可以喜欢钟灵，我就可以喜欢朱敏……"鲍光头不依不饶地说。

鲍光头的逻辑让凌云感到有些凌乱，还没开始谈恋爱，他就已经被冲晕了头脑，如果开始谈恋爱了，还不得被冲得晕死过去。凌云看了看鲍光头，笑着说："和张继来在一起的时间长了，越来越像张继来了。"

鲍光头走进凌云的董事长办公室，看了一下张继来又出来了，他说："兄弟，你考虑一下，饭店里还忙着呢！我先走了。我也得向董事长学习，先成就一番事业。"

鲍光头刚走，张继来就醒了，他双手搓了搓脸，又摸了摸光头，笑着说："小凌子，我梦见钟灵了，她说你种的草莓很好吃，她很喜欢你。"

"你是梦见刘喆了吧！我不会和你抢刘喆的。"凌云说，"对了，刚才鲍光头来了，我看他是情窦初开了。"

"情窦初开？这个鲍光头还有情窦？不是只有少女才有情窦吗？"张继来突然笑着说。

"我们每个人不一定都有青春痘，但一定都有情窦，也一定会初开。"凌云笑着说。

"嗯，豆蔻年华，情窦初开，我喜欢。"张继来若有所悟地说，"鲍光头的情窦要从小来子饭店开到镇政府啦！"

三十七、钟灵吃到了爱情的草莓

张继来走后，凌云就考虑着去省城找钟灵的事情，晚上，他一个人在办公室随便做了点饭，一边吃饭一边看书。他的草莓一周前就开始开花，现在已经结果了，再有二十多天的时间就要成熟了，他想象着钟灵吃上草莓那高兴的样子，不禁笑了出来。突然，他意识到一个问题，自己种草莓不是只给钟灵一个人吃，他要去卖，去把成本收回来。凌云想了想，四个塑料大棚的草莓基本上同时成熟，如果一个人去卖的话肯定来不及，想到这里，他不再去想他的钟灵了，而是认真考虑起来如何卖草莓的事情。

凌云知道，张继来刚开始养大白鹅的时候是赶集去卖鹅蛋，如果自己赶集去卖草莓，能卖掉还可以，如果卖不掉，只有看着草莓腐烂了。他想了想，想到了在九奶奶杂货铺让九奶奶帮忙给卖草莓，想到了让刘阿姨赶集帮忙给卖草莓，甚至想到了让朱敏在镇政府卖草莓，让刘喆带去医院卖草莓，可最后，他还是摇着头否定了这几个方案，不就是四个塑料大棚的草莓吗？自己有必要去麻烦这么些人吗？这不是自讨没趣吗？凌云分析了一下，按照书上说的如果管理好的话亩产量能达到三千斤，他算了一下，一共是二亩地的草莓，按照现在塑料大棚里草莓的长势，亩产两千斤应该没有问题，最少也得亩产一千五百斤，二亩地就是三千斤到四千斤，凌云被这个数字吓了一跳，这么多的草莓可怎么卖啊？如果能全卖了的话还能挣不少钱呢！还能给自己喜欢的人买件衣服呢！

想到给自己喜欢的人买衣服，凌云又想到了钟灵，又想起来自己情窦初开的事情，思绪又回到了去省城看钟灵的道路上。凌云就这样稀里糊涂地想着，后来就斜躺在床上睡了过去，醒来的时候已经是凌晨一点了，他起身后才发现腿脚有些麻木，单腿跳了跳，又使劲跺了跺脚，锁好门后继续睡觉，他希望钟灵能到他的梦中来。

第二天早上，凌云没吃早饭就跑到小来子饭店，在饭店门口碰到了张继来，就跟他商量如何卖草莓的事情。没想到张继来对他的担心嗤之以鼻，他说："我用鼻子笑话你问的这个问题，这个根本不是问题，问题是你种的草莓品质如何？口感如何？好酒还怕巷子深？你可以……"

"哦，我知道了，再见。"凌云说完就转身跑了，把张继来一个人晾在那里。张继来望着凌云的背影哈哈笑了两声，自言自语地说："我还没说你就知道了?! 你知道什么了? 你种草莓不就是想让钟灵吃吗? 还说什么是爱情的草莓，说得实在一点就是为了泡妞你才种草莓。"

张继来边说边往镇医院走去，他手里提着自己亲自做的早餐，他已经不记得这是第几次给刘喆送早餐了，也已经数不清刘喆拒绝了他多少次。他每次去医院，只要刘喆不要，他就放在刘喆的办公室，便宜了办公室里的两个小姑娘。有一个小姑娘因不喜欢吃早饭营养不良，竟然因为长期吃张继来送来的早餐变得满面红光，人也精神多了。想着想着，张继来就来到了医院门口，门口传达室的大爷和张继来已经非常熟悉了，他拉开窗户探出脑袋说："不着调，又来给刘喆送早餐了！"

张继来没有搭理传达室的大爷，径直走了进去，传达室的大爷把窗户拉上，说："不就是谈个恋爱，追个女孩，有必要这么拽吗?"

张继来刚走到刘喆办公室的门口，刘喆就出来了，她伸手接过张继来手里的早饭，说："从今天开始，你给我送，我就吃，但并不代表我喜欢你。"

张继来跟着刘喆进了办公室，刘喆坐下后开始吃早饭，那个小姑娘看着刘喆吃得津津有味，口水都要流出来了。她吃张继来送来的早餐吃习惯了，自己也就不买早餐了，她看了看张继来，张继来说："明天我送两份过来。"

刘喆抬起头看着张继来说："我吃一份就能吃饱。"

张继来明白刘喆的意思，就转移话题说："刘喆，凌云的草莓马上就要熟了，到时候我们一起去吃草莓吧！"

"他是给钟灵种的草莓，那是爱情的草莓，我吃不起。"刘喆边吃边说，"我再声明一下，我吃你送来的早饭，与爱情没有关系。"

张继来从医院回来后，到饭店和鲍光头一起吃了早饭，就溜达着去凌云的草莓种植基地，但凌云不在那里，只有九奶奶一个人在他的董事长办公室闲坐着。

"九奶奶，小凌子呢?"张继来笑着问。

"去找钟灵了。"九奶奶很自豪地说。

钟灵和小凌子约定好的这一年里，她不去找凌云，就在学校里盼着凌云能来找她，可凌云就是不来找她。她知道凌云在家里种草莓，可不知道凌云已经失败了一次，她知道自己想去找凌云，可不知道为什么自己要赌气不去找他。大学的节奏远远没有高中的时候紧凑，而且也是允许谈恋爱的，看着自己身边的同学一个个开始成双成对，钟灵不禁想起来自己和凌云高中时候的事情。突然，钟灵想起了有一次凌云抱了自己，回忆的感觉竟然这般美妙，她半闭着眼睛，双手抱了抱自己，努力找回当时的感觉，自言自语："这个小凌子真没良心，也不来看看我？"

"是谁在说我的坏话？"钟灵的身后突然响起一个熟悉的声音，她故意不回头。

"谁说我不来看看你？"凌云笑着说，"背后说人坏话可不是好孩子。"

"是你在我的背后，又不是我在你的背后。"钟灵赌气地说，"你转身也没有用，我不承认。"

"女人永远是最佳辩手，我输了。"凌云从后面抱住了钟灵，这把钟灵吓了一跳，她刚才一直在回忆高中时候的事情，以为自己是在上高中呢！她紧张地说："快松开，学校不让谈恋爱。"

"我知道，大学生可以谈恋爱。"凌云抱得更紧了。

钟灵从回忆里回来了，象征性地反抗了几下就不再挣扎了，她再次闭上眼睛回忆上高中时凌云抱自己的感觉，这次，她感觉特别真实。

"你怎么知道我在这里？"钟灵睁开眼睛说。

"我们心有灵犀。"凌云笑着说，"我是无意中发现你在这里的，你说这是不是缘分？"

"什么缘分，你找我还不知道找了多长时间呢？"钟灵不认同凌云的说法。

"可我最终还是找到了你。"凌云松开钟灵说。

钟灵转过身来，看到凌云的脸有些憔悴，担心地问："是不是有什么事情？"

"没有，我就是来通知你参加我的草莓采摘武林大会，到时候各路英雄都会去的。"凌云夸大其词地说。

"你说话怎么开始不着调了？被感染了？"钟灵笑着说。

"走吧！带我到学校各个地方转一下，炫耀一下你的爱情。"凌云故意装作非常认真地说。

"是炫耀一下你的爱情好不好？"钟灵不同意凌云的说法。

"对，是炫耀一下我们的爱情。"凌云笑着说。

钟灵带着凌云从学校的公园转到操场，从操场转到图书馆，从图书馆转到食堂，就在食堂里开始吃午饭了。凌云清楚地记得上一次来这里吃饭的情景，不免有些怀旧。吃饭的时候，凌云用脚踢了踢钟灵，说："这次在这里吃饭没有上一次那么刺激了。"

"你什么意思啊?"钟灵不明白凌云的意思。

"上一次我在这里吃饭引起了轩然大波,这次怎么这么平静?"凌云笑着说。

"激情过后始终要归于平淡的。"钟灵边吃边说。

"我们还没激情呢!"凌云笑着说。

"你再胡说就不理你了。"钟灵故作生气地说。

从学校回来后,凌云又跑到小来子饭店炫耀了一番,张继来也把刘喆开始吃他送的早饭的事情夸大其词地讲述了一遍,然后,他们两个相互恭维了一番。一周后,钟灵利用周末的时间来看凌云,为了迎接钟灵的到来,凌云特地在道路两边各放了十盆盆栽的草莓,又把他董事长办公室里里外外彻底清理了一下。为了捧场,张继来安排让鲍光头专门炒了几个菜带了过来,还从饭店带来了桌子和椅子。

钟灵下车后,不见凌云来接她,有些纳闷,就生着闷气往凌云的草莓种植基地走去。她手里拿着上次凌云在学校里给她画的那张从车站到他的草莓种植基地的地图,一边看一边走。到了凌云的草莓种植基地,看到道路两边的盆栽草莓,她的气一下子消了。钟灵嘴里嘟囔着:"这个马上就要不着调的人,还挺有浪漫情怀。"

凌云早就在他的董事长办公室看到钟灵来了,当钟灵走到道路两边的盆栽草莓跟前时,凌云出来了,他大声说:"欢迎钟灵大美女来吃爱情的草莓。"

"这么俗气,应该是品尝。"钟灵纠正说。

"一个样,反正都是到嘴里去。"凌云笑着说。

凌云带着钟灵到四个塑料大棚里看了看,从最后一个塑料大棚里摘了一个即将成熟的草莓递给钟灵,说:"这是我摘下的第一个草莓,也是爱情的草莓,你吃。"

"这么俗气,应该是品尝。"钟灵纠正说。

"什么味道?"看到钟灵仔细地品尝,凌云歪着脑袋问。

"酸酸的,甜甜的。"钟灵说,"好像是……好像是爱情的味道。"

"就是爱情的味道,我都闻到了。"凌云一本正经地说。

就这样,凌云辛辛苦苦种的草莓,第一颗给了钟灵吃,钟灵吃到了爱情的草莓。

三十八、保护费

接下来的一段时间，小来子饭店推出了吃饭送草莓活动，凌云心里明白张继来这是在帮助自己，可张继来还满不在乎地说："我不是在帮你，我是在招揽顾客，提高我的销售收入，等我成了清平镇首富以后再帮你吧！"

通过第一批草莓，凌云挣了三千多块钱，他到小来子饭店找张继来还钱，张继来不要，凌云就说："你不要就相当于入股了，我还不想让你入股。"张继来咧着嘴笑了笑，把钱收下了，当天晚上，他就到敬老院，把这些钱给了刘月娥，说是无偿捐赠给敬老院的。刘月娥要给他写个字据，张继来说不需要，就跑到医院去找刘喆了。

这天晚上刘喆值班，她一个人百无聊赖地在值班室里打着哈欠，看到张继来来了，她突然变得精神了。近一段时间，她一直吃着张继来给她做的早餐，可后来这几天她感觉味道有些变了，就问："小……张继来，这几天早餐的味道怎么变了？"

张继来关好门后，随便找了一张椅子坐了下来，他朝窗外看了看，说："这几天我一直在忙小来子养殖公司的事情，还有草莓的事情，早餐是鲍光头做的。我都跟他说怎么做了，他还是做不出你喜欢的味道，回去我严厉批评他，考核他。"

"哦……"刘喆低着头说，"那……凌云的草莓卖得怎么样啊？"这一段时间，刘喆一直没去找凌云，她知道凌云的草莓熟了，知道凌云在忙着卖草莓的事情，她想去凌云的草莓种植基地看看，可总感觉心里有什么东西牵住她一样，最终她还是没有去。再说了，凌云的草莓熟了，都不给自己送点过来，这让她有些伤心。

"还行，挣了几千块钱，下一步他计划扩大规模，还要种葡萄、樱桃，他计划开个综合性的采摘园，再下一步还要种植反季节蔬菜。我还以为这个小凌子只会谈恋爱呢！原来这个小凌子头脑也很灵活，不过，比我小来子还差一点，就差这么一点点。"张继来边说边用手比画着。

听着张继来这不着调的演讲，刘喆以为他是信口开河，没有接他的话茬，她看了看时间，说："我在值班，你快回去吧！"

"我回去也没事，大白鹅都睡觉了，鲍光头也快要睡觉了，我在这里陪你说说话吧！"张继来没话找话说，"今年我的大白鹅能让我成为万元户，离清平镇首富的距离越来越近了。"

"你不是还有饭店吗？"刘喆说。

"饭店刚开始干，挣不了多少钱，如果干得好的话，也差不多，我离清平镇首富的距离越来越近了。"张继来笑着说。

"不和你说了，我要去查房，你坐会儿吧！"刘喆说完就出去查房了，张继来看着刘喆的背影浮想联翩，他擦了擦嘴角的口水，摸了摸光头，突然想起凌云跟他说过，明天王登峰和张芳要过来找他们，就冲着刘喆的背影说："我先回去了，明天再来看你。"

在回去的路上，张继来回想着王登峰结婚时的情景，不禁摇了摇头，不知道这个书呆子的婚后生活怎么样，又使劲摇了摇头。张继来想，张芳死心塌地地跟着这个书呆子王登峰，不知道这个家伙哪辈子修来的福分，要是我小来子也有这个福分，还用得着养大白鹅，用得着开饭店吗？天天在家里看着蚂蚁上树就行了，天天在大街上看大姑娘的美腿就行了，可是，自己没有那个福分，一个人一个命啊！

"我张继来就是拼搏的命，就是清平镇首富的命。"张继来在心里对自己说，"我张继来就是喜欢刘喆的命，就是人生不着调的命。"

张继来又想了想凌云和钟灵的事情，还想了想鲍光头和朱敏的事情，这个鲍光头对朱敏发动了攻势，大有不把她拿下不罢休的架势。张继来又想了想自己和刘喆的事情，这样想着，他就看到了自己的饭店，同时，还看到有几个人在他饭店门口闹事，鲍光头在给他们赔不是。张继来是明白人，知道上次他们来收保护费，自己没有给他们，这次他们来找碴了。

"说吧，你们几个想要多少钱？"张继来在他们身后说。

那几个黄毛小子同时转过身来，看到是张继来，为首的那个说："你就是张继来？！"

"知道我是张继来还来收我的保护费？"张继来满不在乎地说。

"知道你是张继来才来收你的保护费！"那个为首的说。

"多少？"张继来说。

"我们是一收收一年的，这个数。"那个为首的伸出一只手。

张继来看了看鲍光头，说："今天我心情好，把钱给他们吧！"

鲍光头也是在社会上混了多年的人物，他倒不把这几个黄毛小子看在眼里，虽然他们手里都拿着木棍，但鲍光头从小也是打架长大的。他看了看张继来，不想给那几个黄毛小子拿钱，张继来又说："去吧！"就转身朝他的小来子养殖公司走去。

那几个黄毛小子拿了钱，咋咋呼呼、吆五喝六地走了，鲍光头心里憋着一肚子火，一个人在饭店里喝闷酒。他不知道一向天不怕、地不怕，为人行事不着调的张继来张董事长为什么要怕那几个黄毛小子？

张继来到他的小来子养殖公司看了一下，和看守的几个工人聊了会儿天，交代他们要注意安全。自从上个月开始，他就在门口养了一条大狼狗，每天晚上安排两个人值班，也给那几个工人涨了工资，他这次去，也算是进行一次突击查岗，他对值班情况感到满意。今天晚上，他就住在他董事长办公室里的简易床上，听着偶尔传来的大白鹅的叫声，这叫声是那么亲切。

第二天早上，凌云、鲍光头、朱敏心急火燎地跑来小来子养殖公司，看大门的说张董事长正在他的办公室睡觉，他们才放心了。看到有生人来，门口的那条大狼狗狂叫不止，张继来被吵醒了，就揉着眼睛出来了，走出他董事长办公室的门，才发现自己只穿着一条内裤，还支起了一个高高的蒙古包。朱敏看见了，红着脸把身子转了过去。

"张董事长，注意形象。"凌云大声说。

"怎么说你也是将来的清平镇首富啊！"鲍光头说，"怎么能以这副形象现身？"

张继来朝门口看了看，又低头看了看，转身进了他的董事长办公室，再出来的时候，终于有了一个董事长的样子。自从开了小来子饭店，张继来基本上都是睡在饭店的小卧室里，今天早上，鲍光头到了小来子饭店一看，张继来不在，担心昨天晚上他是不是和那几个黄毛小子决斗去了，就跑到凌云的草莓种植基地叫上凌云，又跑到镇政府叫上朱敏，早饭都没吃就跑来了张继来的小来子养殖公司。

鲍光头去叫朱敏，除了汇报昨天晚上的事情，还有一个私心，就是找机会接近朱敏。其实，鲍光头知道昨天晚上的事情应该向派出所汇报，不应该向在政府工作的朱敏汇报，但这件事情和张继来有关系，就和凌云有关系，和凌云有关系，就和朱敏有关系。朱敏一看凌云和鲍光头一起来找她，没有多想，就跟着他们来到了小来子养殖公司，看到了不该看到的一幕。

"朱大美女，不用害羞了。"张继来大大咧咧地说。

朱敏用手捂着眼睛转过身来，从指缝里看了看，确认不用害羞后才把手放了下来。鲍光头把来的目的说了一下，张继来大笑两声，说："我以为什么事情呢！我不是怕他们，是不想给政府添麻烦，他们要你就给，早晚让他们连本带利还回来。"

凌云看了看鲍光头，鲍光头看了看朱敏，朱敏看了看张继来，张继来又大笑两声，说："能欺负我张继来的人还没出生呢！"

鲍光头一直盯着朱敏看，当朱敏看他的时候，他说："朱敏同志，既然张董事长没事，那我送你回去吧！"

"小凌子，陪我视察一下小来子养殖公司。"张继来给凌云使了个颜色，转身朝里走去。

凌云看了朱敏一眼，不好意思地说："朱大美女，不好意思啊，我就不送你了。"

鲍光头瞪了凌云一眼，凌云朝鲍光头吹了个口哨，转身去追张继来了。朱敏知道鲍光头的意思，没搭理他，转身朝清平镇方向走去，鲍光头紧紧地跟在后面。

张继来和凌云认真地视察了小来子养殖公司，大白鹅见到他们兴奋得嘎嘎直叫。张继来和凌云有种故地重游的感觉，大白鹅有种见到亲人格外亲的感觉。

"小凌子，我在社会上混了四年，感觉有些迷茫，虽然能自己养活自己，但我总感觉这个社会与我们想要的社会有很大差别。你看，我们上学的时候多好啊！你，我，王登峰，还有吉吉，那时的我们多么单纯，现在我感觉有点复杂。"张继来边走边说。

"你是不是受什么刺激了？"凌云笑着说。

"不是，我在想，那时我们的世界就像一股清泉，清澈见底。随着这几年我在社会上混，也明白了一些道理，你接触社会时间不长，不会明白的。"张继来有些深沉地说。

凌云停下脚步，思考了一会儿，说："你说的或许是对的，我们要面对的世界或许不是我们想要的世界，但不管是个什么样的世界，都是我们必须要面对的。"

大白鹅突然变得安静了，它们仿佛在思考张继来和凌云说的话，张继来和凌云看着安静的大白鹅，思考着对方说的话。

三十九、烂尾房

张继来的小来子饭店在清平镇营业了三年，磕磕绊绊，还时不时地交着保护费，但坚持了下来，还在其他镇上开了两家分店。凌云的草莓种植基地也由二亩地发展到了二十亩地，发展成了综合性的集种植、采摘、亲子活动等为一体的基地，规模还在不断扩大，他的董事长办公室光荣退役，取而代之的是三间宽大的瓦房。刘喆还在清平镇医院里当护士，每天吃着张继来送来的早餐，拒绝着张继来的感情，想象着和凌云在一起的快乐生活。鲍光头虽然对朱敏发动了强烈攻势，但收效甚微，一直没有实质性进展，朱敏一直把他当作大哥看待，这让鲍光头有些迷茫。钟灵工作的事情有着落了，天天腻在凌云的草莓种植基地。

二〇〇四年八月份的傍晚，一场大雨过后，清平镇褪去了夏天的炎热，张继来光着膀子，穿着拖鞋，沿着清平镇的镇中街呱嗒呱嗒地走着。鲍光头在后面低着头跟着，他看了看手机，心里想着晚上请朱敏吃饭的事情。张继来突然停了下来，鲍光头没有刹住车撞在了张继来身上，张继来瞪了鲍光头一眼，说："还在想着请朱大美女吃饭的事情？"

鲍光头没有说话，他想给朱敏打电话，又怕朱敏拒绝他，自从他正式向朱敏表白后，朱敏总是找理由故意躲着他。

"想打就打呗！扭扭捏捏干啥？再说了，你现在也是清平镇有头有脸的人物，谈恋爱、追女人又不是什么丢人的事情。"张继来转身继续往前走。

"对，不就是追女人吗？我这就去找朱敏。"鲍光头说完就超过张继来小跑着去找朱敏了。

张继来看着鲍光头的背影，回想着朱敏拒绝他后他大醉的情景，又想了想自己和刘喆的事情，无奈地摇了摇头。这三年来，他每天早上都早起亲自给刘喆做早饭，要不是刘喆不同意自己给她做午饭，张继来也会给她做午饭。三年时间过去了，刘喆还是不肯接受自己。但张继来并不为这伤心，也没有情绪低落，在经营好三家饭店的同时，他还考虑着开超市、开商场的事情。

关于开超市、开商场的事情，张继来和凌云商量过，凌云不建议张继来如此快地扩大规模，要他先稳一稳，先把基础打得扎实一点。可张继来并不这么认为，他想像当年进军清平镇一样，说做就做。他对凌云说："没事，大不了要饭，再说了，你也是我坚实的后盾。"

张继来拿出手机给凌云打了过去，凌云正和钟灵在采摘园里卿卿我我，看到是张继来打来的，就说："这个张继来没完没了，一天给我打八十个电话，不就是刚换部手机吗，也不能这么显摆。"

"小凌子，我不管你现在在干什么，抓紧到镇中街和文化街的路口来，清平镇要发生大事了，要变天了。"张继来说完后就把电话挂了。

凌云看了看钟灵，说："走吧！一起去吧！"

凌云的草莓种植基地规模扩大以后，张继来就把小来子养殖公司的赵建业调了过来，这个赵师傅是个热心人，也是个闲不住的人，他在凌云的草莓种植基地忙前忙后。看到凌云领着钟灵往外走，就说："凌董事长，带着女朋友去民政局啊！"

凌云没理会他，钟灵的脸羞得通红，紧紧地跟在凌云的后面。刚下过一场雨，路面不好走，凌云就背着钟灵走，快到镇中街的时候，钟灵还没有要下来的意思。凌云就说："再往前走一步就是沥青路面了，还不想下来？"钟灵正沉浸在美好的幻想之中，经凌云一提醒，挣脱着下来了。她整理一下略微有些凌乱的头发，回忆着刚才在凌云背上的感觉，不敢看凌云的目光。

凌云故意盯着钟灵看了一会儿，看得钟灵浑身不自在，他说："我们也算是有肌肤之亲了，要在古代，你就得非我不嫁。"

"你再胡说，不和你说话了。"钟灵说出了三岁小孩的语言，心里却慌乱得一塌糊涂。

凌云抬头看了看天，又往远处看了看，他看到张继来正伸长脖子往这边看，就拉起钟灵的手，没想到钟灵使劲挣脱了。凌云看了一眼钟灵，转身朝张继来走去。

这半年多来，张继来一直在打着道路两边这些商品房的主意，两年多了，道路两边的商品房大部分还没有卖出去，虽说是商品房，但和烂尾房没什么差别，有的甚至还没有装窗户玻璃，里面也没有刮大白。听说是开发商携款逃跑了，有的还说是开发商被小姨子骗了，承受不住情感的打击自尽了，张继来从心里看不起这些开发商，芝麻大小的事情都担待不起，简直没有社会责任感。

张继来心里盘算过，通过自己这三年的养大白鹅和开饭店挣的钱，买下几间商品房不成问题。他就琢磨着拉着凌云和鲍光头入伙，但这两个家伙都是保守派，都怕竹篮打水一场空。看到凌云和钟灵过来后，张继来和钟灵打了个招呼，看都没看凌云一眼。

"张董事长，钟灵姑娘是有主的人了，再说了，你可不能用情不专啊！"凌云故意阴阳怪气地说。

"你不用刺激我，我马上就是清平镇首富了，到时候追我的小姑娘排队能排上老长老长，从九奶奶杂货铺排到敬老院，从敬老院排到镇政府，再从镇政府排到小来子饭店，说不定还能从小来子饭店排到小来子养殖公司。我还怕找不到女朋友？"张继来开始和凌云打招呼，"走，我们去这间商品房里面看看。"

凌云突然明白了张继来叫自己来的意思，他示意钟灵在外面等一会儿，转身跟着张继来朝路边的沿街房走去。张继来跳过一个水坑，险些跌倒，站稳后他把一间沿街房门口的木板拿掉，伸脑袋朝里看了看，转过头来说："看样子没有人住。"

凌云走远道绕过了这个水坑，把张继来拉了出来，也伸脑袋朝里看了看，转过头来说："嗯，没有人住。"

钟灵在一旁被他们两个的一唱一和逗笑了，张继来冲钟灵笑了笑，就开始爬楼，他边爬边说："这些道路两边的沿街房从开始建我就重点关注，没想到把开发商关注跑了，把它关注成了烂尾房，我再使劲关注关注，它就成为我的囊中之物了。"

"看来你已经决定了。"凌云笑着说，"那你还把我叫过来？耽误我和钟灵姑娘的独处时间！"

张继来非常鄙视地笑了笑，说："男人，就要有远大的抱负，宏伟的理想，天天和小姑娘谈恋爱，没意思。"

"其实，被情所困有很多种形式，转移精力，奋发图强就是其中的一种。"凌云笑着说。

张继来当然明白凌云的意思，他不想解释，也没有必要解释，更何况他认为凌云这是在夸他呢！他们来到了二楼，张继来在二楼的几个房间转了一圈，站在一个靠近路边的窗口，凝视了镇中街一会儿，说："凌云，我要干票大的，以前我养大白鹅、开饭店，都是小打小闹，成不了大气候。我做了一个梦，未来将是清平镇快速发展的三年，我得抓住这个机会，能成功就成功，不能成功就去你的草莓种植基地打工。"

凌云站在张继来的旁边，看着窗外的景色，深深地吸了一口气，说："我在精神上支持你……的同时，也会在经济上支持你。"

听到凌云说前半句话，张继来刚要开口骂凌云没有良心，听完后半句话，张继来开心地笑了，他说："不是支持，是入股，以后可以分红。"

凌云不再理会张继来，他盯着路边的钟灵看了会儿，看到钟灵朝前面摆手，以为是在跟自己打招呼，刚要开口说话，感觉不对劲，就扭头看了看，正好看到朱敏朝钟灵这边走来，后面还跟着鲍光头。凌云拍了拍张继来的肩膀说："张董事长，朱大美女过来了，你的得力干将鲍光头同志跟在朱大美女的屁股后面。"

张继来不屑地说："这个鲍光头工作上没得说，可说起追女孩，离我张继来差远了，事事还得我教他。"

凌云刚要说他和刘喆的事情，感觉会伤害到张继来，就转变话题说："钟灵和朱敏好长时间没见面了，今晚上一起去吃饭吧！我请客。"

"好，顺便探探风声，看看政府准备怎么处理这些烂尾楼。"张继来还在思考着烂尾楼的事情，"还是我请吧！我请朱大美女吃饭，你们几个作陪就行。我张继来真是不着调，到现在还不知道朱敏在哪个部门工作。"

张继来一边自责一边往楼下走去，嘴里自言自语："三楼就不去了，早晚是我的，又跑不了。"

凌云朝窗户外看了看，和朱敏打了个招呼，朱敏朝他摆了摆手，鲍光头朝他吹了个口哨，快走了两步追上朱敏。凌云也转身朝楼下走去，走到朱敏跟前，他和朱敏寒暄了一番。张继来大大咧咧地说："今天难得大家都在，我做东，小来子饭店，你们先去，我去叫刘喆。"

四十、鲍光头表白失败

凌云、鲍光头、钟灵和朱敏朝张继来的小来子饭店走去，钟灵和朱敏在前面，凌云和鲍光头在后面。张继来不关心凌云和钟灵的事情，也不关心鲍光头和朱敏的事情，他抬头看了看天边的白云，伸长脖子转了转脑袋，就快步朝镇医院走去。这三年的时间，张继来早就和传达室大爷混熟了，张继来告诉传达室的大爷，只要有关于刘喆的消息就第一时间告诉他，奖励一盒香烟。自从刘喆来到医院后，传达室大爷的烟就没怎么买过。

到了刘喆的办公室，张继来说要请她吃饭，还说凌云、鲍光头他们几个都在，钟灵和朱敏也在。刘喆以自己正在值班为理由拒绝了，张继来没有强求她，丢下句"做好了饭我给你送过来"，就转身往外走去。

刘喆看着张继来的背影发呆，其实，在她心里并不讨厌张继来了，可她找不到一个让自己喜欢张继来的理由。这三年来，张继来坚持给自己送早饭，风雨无阻，也算得上非常痴情了，可自己不能因为张继来给自己送了三年早饭就喜欢他，就把自己的情感给了他，把自己的人生给了他。有时候她感觉张继来一直给自己送早饭也不是个事，就委婉地提醒他不要送了，可张继来丝毫不在乎，依旧继续给她送早饭……刘喆心里乱七八糟地想着，这三年来，凌云偶尔来看看自己，还总是和自己说一些无关紧要的话，她心里放不下凌云，又拒绝不了张继来，这个时候的刘喆，情感开始有些凌乱了，直到同事叫她去查房，她才从慌乱的情感中回过神来。

张继来来到饭店的时候，鲍光头正在厨房里忙活着，通过这几年的磨炼，他的厨艺突飞猛进，凌云也装模作样地在厨房里帮忙，却是越帮越忙。鲍光头就对凌云说："我说，你还是出去陪陪两位大美女吧！你在这里影响我高超厨艺水平的发挥。"

凌云兴奋地笑着从厨房里跑了出来，在单间里和他的两位高中同学快乐地聊天。从今年三月份开始，鲍光头就很少下厨炒菜了，他一直给张继来忙着招兵买马，继续扩大规模，进行转型升级的事情，不仅抽空去另外两家小来子饭店分店检查指导工作，还得代表张继来经常去小来子养殖公司慰问一下，凌云那边需要人手了，他还得去大显身手一番。鲍光头现在也是大忙人了，用他自己的话说就是："你看，我现在是小来子集团的副董事长啦！"

张继来就刺激他："你这是想谋朝篡位啊！等我在其他地方开了分公司，就把你贬去干区域经理，让你驻守边关。"

鲍光头摇着脑袋傻乐，他不想去驻守边关，因为朱敏还在清平镇，鲍光头心里有了朱敏，也就有了牵挂。鲍光头在厨房里忙活了将近一个小时的时间，炒了八个菜，凌云用手点着桌子上的菜一个个报菜名："酸辣土豆丝、干煸芸豆、鱼香肉丝、宫保鸡丁、风味茄子、虾酱窝头、家常豆腐、老醋花生，咦，怎么没有那个什么？就是钟灵最喜欢吃的那个。"

"那个什么我不会做。"鲍光头说着就坐了下来。

"也是朱敏最喜欢吃的那个什么。"凌云又说。

"我这就去做……你说的那个什么是什么？"鲍光头站起来问。

张继来和凌云捧腹大笑，钟灵捂着嘴笑，朱敏瞪了凌云一眼，不好意思地低下了头。鲍光头反应了过来，用手摸了摸自己的光头，竟有些害羞地说："初恋中的男人都这样，都这样……"

"你和谁初恋了？"张继来问，还没等鲍光头回答，他就从桌子上端起干煸芸豆和家常豆腐说，"我去给刘喆送过去，她是我的初恋。"

凌云几个看着张继来提着送菜的篮子走了出去，说了句："不拼一把，不努力一把，怎么知道她会不会是你喜欢的人？"

"好有道理，你们先吃，我再去炒两个菜。"鲍光头说完就去炒菜了。

凌云看了看朱敏，说："朱大美女，你对鲍光头是什么感觉？"

"没有感觉，都是他一厢情愿。"朱敏斩钉截铁地说。"可是，我似乎有些喜欢张继来，总感觉他身上有一种不一样的气质。"朱敏有些害羞地补充道。

"这不是件好事情，你这样会破坏张继来和鲍光头的关系，小来子的事业正处在快速发展期，鲍光头是他的得力助手，如果他们为了爱情……"还没开始喝酒，凌云就开始了他那不着调的见解。

"小凌子，你瞎说什么呢？"钟灵看不下去了，就打断了凌云的话。

"他们两个光头，以后有的是事情做喽！"凌云开始动筷子吃饭，钟灵气呼呼地看着凌云，朱敏却认为凌云分析得有道理，无奈地摇了摇头，开始低头吃饭。

鲍光头在厨房里炒着菜，心里却在想着如何向朱敏表白的事情。认识朱敏三年多了，从他第一眼看到朱敏开始，就对她产生了好感，这股好感一直在刺激着他的情感，让他有一种想去照顾她、保护她的冲动。一开始的时候，他还不知道这就是爱情，和朱敏几次接触之后，他似乎知道这就是爱情了，就一下子陷了进去。鲍光头在厨房里炒菜的时候想着朱敏，给张继来跑业务的时候想着朱敏，在小来子分店给几个厨师培训的时候想着朱敏，在小来子养殖公司核查账单的时候想着朱敏，回家看望老父亲的时候想着朱敏……鲍光头无时无刻不在想着朱敏，朱敏占据了他的全部感情，朱敏让这个毛头小子懵懵懂懂地体验到了暗恋一个人的美好感觉，让这个愣头青慌慌张张地走进了初恋……

"啊呀……"鲍光头大叫了一声。

凌云迅速跑了过来，看到鲍光头双手握在一起，弯着腰嗷嗷直叫，有鲜血不断从手指间滴下来。看到凌云来了，鲍光头直起腰来，强作欢颜地说："没肉了，切点肉吃。"

钟灵和朱敏也走了进来，看到鲍光头的表情，她们吓得尖叫了起来。鲍光头给凌云使了个眼色，凌云拉着她们两个出去了，鲍光头用水龙头冲了冲手指上的鲜血，用手按住了出血的部位，走到前台找了个创可贴包住，又继续走进厨房准备炒菜。朱敏看到鲍光头的样子，说："你坐下准备吃饭吧！剩下的菜我去炒吧！"

鲍光头就像士兵得到命令一样，使劲点了点头，想说"是"却没有说出来，他来到桌子边坐了下来，仔细审视着受伤的左手食指。这伤口就像他们爱情的见证一样，光鲜而伟大，他把左手食指放在嘴边亲吻了一下，仿佛在亲吻自己的爱情。

"张董事长怎么还没回来？不会……"鲍光头没话找话说。

"你还是关心一下你自己的事情吧！"凌云一言点中了鲍光头的死穴。

"我有什么事情？不就是喜欢朱敏，正在热恋中吗？"鲍光头给自己打气。

"不会是剃头挑子一头热吧？"凌云故意刺激鲍光头。

钟灵用脚踢了一下凌云，凌云看了钟灵一眼，发现她正气呼呼地看着自己，就说："你要是真心喜欢朱敏，就要义无反顾地表白，不管她是否喜欢你。"

"小凌子，你说得有道理，我今天就向朱敏表白，正式表白，不管她喜不喜欢我，我都要毫不留情地表白。"鲍光头开始用词不当。

"那我们先吃饭，吃完饭才有力气表白。"凌云说完就不管不顾地吃了起来。钟灵白了凌云一眼，又看了一眼鲍光头，给了他一个安慰的眼神，也开始吃饭。

鲍光头若有所思地点了点头，却没有动筷子，他扭头朝厨房的方向看了看，厨房里传来噼里啪啦的声音，这声音在他听来是那么悦耳。如果和朱敏结婚后自己吃着朱敏炒的菜，喝着幸福的小酒，那会是一种多么美好的生活，鲍光头又开始想入非非。

朱敏把鲍光头准备炒的两个菜炒好了端了出来，笑着说："见笑，第一次在饭店炒菜，将就着吃吧！"

鲍光头看着朱敏上菜的样子，又开始想入非非，他目不转睛地盯着朱敏，朱敏看了一眼鲍光头，急忙避开了他的目光，来到钟灵身边坐下。凌云用脚踢了一下鲍光头，鲍光头才回过神来，傻傻地说："刚才我以为就我和朱敏两个人呢！没想到还有你们两个。"

凌云明白鲍光头的意思，却不点破，他也傻傻地说："这一桌子菜真香啊！钟灵姑娘，快吃吧！"

钟灵看了一眼凌云，凌云给她使了个眼色，她明白了凌云和鲍光头的意思，就低头吃了起来。鲍光头和朱敏对视了一下，也开始低头吃菜，各自想着自己的心事。十分钟后，钟灵说："小凌子，我有点闷得慌，想去外面走走。"

"我陪你去吧！"朱敏抢着说。

"不用，我去吧！"凌云说。

朱敏刚站起来又坐下了，她心里有些慌乱，不知道凌云和钟灵走后，鲍光头会和她说些什么，又会对她做些什么。她看了一眼鲍光头，又开始低头吃饭。鲍光头故意装作没事人一样自顾自地低头吃饭，心里却在想着如何向朱敏表白的事情。

凌云和钟灵在镇中街走着，遇到了从医院回来的张继来，凌云拦住张继来告诉他，鲍光头和朱敏在吃饭，要给他们一点独处时间，让鲍光头表白。张继来给刘喆送完饭后，又到镇中街两边的烂尾房里转了一圈，正想回去吃饭，顺便喝点小酒，没想到被凌云拦了下来。他说："也好，让初恋的鲍光头表白去吧！我去买两个包子吧！"

这是鲍光头第一次单独和朱敏在一起吃饭，包间里的气氛有些不同寻常，他抬头看了一眼朱敏，心里想着是委婉地表白还是疯狂地表白？是用语言表白还是用身体表白？认识朱敏这么长时间了，她一直在躲着自己，现在她没处躲了，就坐在自己面前，鲍光头从来没有这么矛盾过，这可是最好的机会啊！他又抬头看了一眼朱敏，嘴巴动了动，不知道说什么，却咽下了一口唾沫，就赶紧吃了一口菜。

"你……你有什么话就说吧，别吞吞吐吐的。"朱敏抬起头来说。

"我……我喜欢你。"鲍光头终于说了出来，心里感觉舒服多了。

鲍光头看着朱敏，朱敏也在看着他，鲍光头又咽了口唾沫，说："朱敏，我第一眼见到你就喜欢上你了，我天天想着你，想象着和你谈恋爱的情景，想象着和你结婚的情景，睡觉的时候就想象着和你一起睡觉，洗澡的时候就想象着和你一起洗澡……"

朱敏越听越紧张，越听脸越红，越听心跳得越快，她不知道鲍光头会用这样的表白方式，她气得说不出话来，突然，她站起来说："鲍光头，你表白失败。"

鲍光头不敢看朱敏，朱敏浑身颤抖，又说了句："鲍光头，你表白失败。"就转身跑了出去。

今天晚上，张继来想让朱敏给打听一下镇中街两边烂尾房的事情，他正吃着包子往回走，还没到路口转弯处，就看到朱敏从路对面哭着跑了过来。他急忙咽下了嘴里的包子，大喊："朱敏，我在这里。"

朱敏仿佛没有听见张继来喊她，依旧往前跑，张继来想起来刚才凌云对他说的话，突然明白了什么，他目送着朱敏跑进了镇政府大院，就转身急忙往小来子饭店跑去。跑到小来子饭店，看到鲍光头一个人坐在那里低着头，证实了自己的猜测。

"鲍光头，低着头干什么？"张继来问。

"我向朱敏表白了，可表白失败！"鲍光头无精打采地说。

"这有什么，你得向我学习，表白失败不意味着人生失败，也不意味着世界末日，有什么大不了的。"张继来安慰鲍光头说。

鲍光头慢慢地抬起头，说："难道我的初恋就这样结束了?!"

"我给凌云打个电话，他肯定也没吃饱，我们喝酒，庆祝你表白失败，庆祝你初恋结束。"张继来丝毫不顾及鲍光头的感受，掏出手机给凌云打了过去。

四十一、张继来修缮烂尾楼

凌云接了电话，张继来把刚才的情况夸大其词地给他描述了一番，还夸他是恋爱高手，自己和鲍光头要向他请教恋爱经验，最后说："抓紧过来喝酒，每人六瓶。"

挂掉电话，凌云刚要向钟灵传达张董事长的意思，钟灵瞪了他一眼，说："以后打电话不用免提，你去吧！我去看看朱敏。"

凌云轻轻抱了一下钟灵就转身走了，钟灵看着凌云的背影，笑了笑，就朝镇政府大院走去。到了镇政府大院门口，钟灵给朱敏打了个电话，朱敏出来接她，钟灵看到朱敏眼睛有些红肿，就安慰她说："他们三个都不着调，不用放在心上。"

现在的镇政府大院已经焕然一新，原来的四排平房已经换成了两幢三层楼房，整个大院里面有鱼池，有绿化带，有正式停车场，还有两间小亭子，钟灵跟在朱敏身后，摇着脑袋看来看去。朱敏的办公室在后面那幢楼房的二楼，进了办公室后，朱敏说："钟大美女，随便坐吧！"

"你快说，鲍光头那个家伙怎么向你表白的？"钟灵刚坐下就迫不及待地问。

"什么表白？他那就是耍流氓！"朱敏气急败坏地说，"不要说我本来就对他没感觉，就是有感觉，我也会拒绝他。"

"那他是怎么说的？"钟灵又问。

朱敏盯着钟灵看了一会儿，突然笑了，说："无所谓，已经过去了，告诉你也无妨。鲍光头说，睡觉的时候想着我，洗澡的时候想着我，你说，这不就是赤裸裸地耍流氓吗？"

"嗯，是有些耍流氓！"钟灵说。

"你出去不要乱说，丢死人了。对了，凌云是怎么向你表白的？"朱敏转变了话题。

钟灵歪着脑袋想了会儿，又盯着朱敏看了会儿，笑着说："这个以后再告诉你。"

"那你工作的事情准备得怎么样了？"朱敏问。

"在镇上的初中教书，教英语。"钟灵说。

"多好的职业，不像我在政府里混日子。"朱敏叹了口气说。

"怎么能是混日子？努力一把说不定你能干上镇长呢！"钟灵鼓励她说。

朱敏白了一眼钟灵，说："今晚别回去了，楼上就是宿舍，陪陪我吧！"

钟灵点了点头，好长时间没跟朱敏聊天了，今天夜里要好好聊聊，她知道朱敏在宣传办工作，可以顺便了解一些学校的事情。还有十多天就要开学了，钟灵正在积极做着思想准备，她还是比较喜欢教师这个行业的，在镇上工作，离家很近，离凌云也很近。

凌云、张继来、鲍光头每人喝了六瓶啤酒，凌云给钟灵打电话，钟灵说今天晚上要跟朱敏一起睡觉，张继来给刘喆打电话，刘喆说今天晚上要值班，鲍光头给朱敏打电话，朱敏直接挂了他的电话，鲍光头再打，朱敏就关机了。鲍光头突然伤心地哭了起来，凌云就安慰他："钟灵陪着朱敏，没事的。"张继来也安慰他："我们基本上是同病相怜。"

鲍光头低着头不说话，过了一分钟，他抬起头来说："你们都走吧！今晚我看店。"

近一段时间，张继来一直对镇中街两边的烂尾房念念不忘，他张口烂尾房，闭口烂尾房，做梦的时候梦见烂尾房，说梦话的时候说着烂尾房，他对凌云说："靠这些烂尾房，说不定我真能成为清平镇首富。"又对鲍光头说："靠这些烂尾房，说不定我真能成为清平镇首富。"可张继来不认识镇政府的人，不知道该联系谁，就打电话问朱敏，偏偏朱敏又请了半个月假。

张继来让鲍光头每天给朱敏打个电话问她什么时候回来，一开始的时候，朱敏还接他的电话，三天后，朱敏开始不接他的电话，鲍光头就用张继来的手机打，又过了三天，朱敏又开始不接电话，鲍光头又用凌云的手机打，又过了三天，朱敏关机了。这下，鲍光头联系不上朱敏了。

张继来实在沉不住气了，就想去镇政府问问，他在网上查了查这些烂尾房可能由哪个部门负责，排除了一些党群办、组织办、计生办、民政办、人事办、武装部等部门，锁定了可能负责烂尾房的几个部门，就和鲍光头跑到了镇政府。到了镇政府后，他们从公共服务中心问到社会服务中心，从城建办问到城管办，都说不负责烂尾房的事情。从城管办出来后，张继来摸了摸光头，鲍光头摸了摸光头，他们相互看了看，把目光同时转向了身旁的信访维稳办。

"去信访维稳办问这个事情合适不？"鲍光头说。

"不知道，我倒有个方法可以试一下。"张继来说。

"那就先不去了。"鲍光头说。

张继来点了点头，说："打道回府，要变主动为被动。"

鲍光头不明白张继来的意思，他知道张继来鬼点子多，这次不知道又要整出什么幺蛾子来，他也知道张继来做什么事情都不会乱来，这么多年了，张继来虽然总是说自己不着调，但在鲍光头看来却没有真的不着调。从镇政府出来后，张继来骑着摩托车带着鲍光头朝小来子养殖公司呼啸而去。

接下来一周时间，张继来找了几个人把镇中街东侧烂尾房一楼的两间房子进行了简单的修缮，又把卫生彻底清理了一遍，最后又把镇中街和烂尾房之间的部分垫高了，铺上了石子就算进行了硬化。张继来安排买的几张小方桌和小马扎送过来后，鲍光头指挥他们按照张继来的意思摆好，最后，来了一辆汽车拉来了冰柜、单人床、烧烤炉、啤酒等。鲍光头一边看着他们干活一边佩服张继来鬼点子多，他说的是变主动为被动，实际上是变被动为主动啊！

一切准备就绪之后，张继来的小来子烧烤就开始营业了，他雇了三个人，早上卖早点，晚上卖烧烤，生意竟好得不得了。张继来吃着烧烤，喝着啤酒，对鲍光头和凌云说："我就等着镇政府的人来找我！"

"你这叫光脚的不怕穿鞋的。"鲍光头说。

"你这叫法无禁止即可为。"凌云说。

"还是小凌子学历高，说话好听，鲍光头，你得提升学历，我的小来子集团发展壮大了之后，要招聘一些大学生，甚至还要招聘一些研究生，我怕你学历低，管不了他们。"张继来对他的未来充满了希望。

"学历不代表能力，你学历不是和我一样吗？"鲍光头不服气地说。

张继来瞪了他一眼，喝下一杯啤酒，接着说："我说，我不想让刘喆在医院上班了，小凌子你也不要让钟灵教书了，鲍光头也不要让朱敏在镇政府工作了，都到我的小来子集团上班吧！"

凌云和鲍光头鄙视地看着张继来，笑话他和刘喆的事情八字还没一撇，就在这里大吹特吹。张继来扭头看了看周围吃烧烤的人，又看了看路对面的那些烂尾房，在心里盘算着得需要多少钱才能把这些烂尾房买下来。

张继来的小来子烧烤一直开到十月底，天气逐渐变冷后就只卖早餐，效益便没有以前那么好了，但他必须得坚持营业，这样才能引起镇政府的注意。张继来每天都从小来子饭店跑过去问有没有镇政府的人来过，现场人员就说："没有，真的没有，有的话我们会打电话向你汇报。"

又过了一个月，还是没有镇政府的人来问他为什么没有经过批准就使用这些烂尾房。政府不管也就算了，到现在都三个月的时间了，这么多人看到了为什么也没有人举报？如果举报了政府还不过问的话，那政府到底是什么意思？张继来就这样寻思着、琢磨着，他打电话问过朱敏，朱敏说她也不知道怎么回事。他想直接去问问镇长，但没敢去，难道自己就这么一直用着这没人管的烂尾楼？

张继来在镇中街慢悠悠地走着，他对道路两边的这些烂尾房是真的动了心，但在没有正式办理手续之前，他不能把所有的烂尾房都进行简单装修，那样不符合程序，有可能竹篮打水一场空。张继来眼珠一转，打电话把凌云叫了过来，神神秘秘地说："给你安排一个神秘而艰巨的任务。"

"你又要整什么幺蛾子?"凌云笑着说。

"你去镇政府举报我,就说我无证经营,私自使用道路两边这些烂尾房,我就不信没有人管这些烂尾房。"张继来指着这些烂尾房说。

"你这不是让我出卖兄弟吗?"凌云开玩笑说。

"靠,别扯淡,我这叫谋略,叫战略战术,叫舍不得孩子套不住狼……反正你去举报我就行了。"张继来说。

"为什么是我?"凌云说,不再理会他的歪门邪理。

"你认为让鲍光头去合适吗?"张继来说。

"也是,好,那我就牺牲一回。"凌云说。

"牺牲个毛?又不是让你去打仗,明天就去,去那个信访维稳办举报我,提高我小来子的知名度。"张继来大大咧咧地说。

"好,那我就做一回恶人吧!"凌云故意装作极不情愿地说。

四十二、镇政府来了个书呆子

第二天早上,凌云在他的草莓种植基地巡视了一圈,给钟灵打了个电话,就早早地来到了镇政府大门口等着。在镇政府大门口,他回忆着自己小时候在这里的童年时光,心中不免感慨万千,这个镇政府大院里面存储了他和刘喆多少幸福往事,可是现在,里面已经没有了往日的景象。

"小伙子,你在这里鬼鬼祟祟地干什么?"看大门的大爷走出来问。

"我……我要找人,找朱敏,大爷,我这不是鬼鬼祟祟,是光明正大。"凌云给看大门的大爷解释说。

"在我眼里都一个样。"看大门的大爷说。

凌云感觉这看大门的大爷说话好有哲理,就笑着问:"大爷,你是学哲学的吧?"

"你别管我是学什么的,我的职责就是不让恶人进入这个镇政府大院。"看大门的大爷说。

听到恶人两个字,凌云突然想起昨天他和张继来的对话,不禁笑了起来,他正要和看大门的大爷解释,突然看到朱敏骑着电动车过来了,就指着朱敏对看大门的大爷说："大爷，朱敏来了，我找她。朱敏，朱敏。"

朱敏扭头一看是凌云，就停了下来，对看大门的大爷说："他是我同学，让他进去吧！"

看大门的大爷似乎不相信朱敏的话，又盯着凌云看了一会儿才摆了摆手，做了个放行的动作。朱敏指了指后面那座楼，示意凌云先过去等着。朱敏去车棚停好车后，从车筐里拿出手提包，朝自己的办公室走去。凌云跟在朱敏的屁股后面来到了她的办公室，朱敏说："找我干什么？不要给鲍光头说情，我和他不可能。"

凌云坐下后笑着说："我找你有别的事情，我要举报……我要举报张继来。"

朱敏刚坐下又立马站了起来，吃惊地说："什么？你要举报张继来？你们……"

凌云伸手做了个让朱敏坐下的手势，把来龙去脉和朱敏说了一下，朱敏不可思议地说："这个张继来，就是鬼点子多，要不我怎么会喜欢他？"

"张继来知道吗？"凌云说。

"还没告诉他，这几天我准备告诉他。"朱敏丝毫不掩饰自己的感情。

"先说正事吧！"凌云不想再讨论这个话题，就说，"一会儿我就去信访维稳办，举报不着调，这个不着调太幸福了！"

"张继来这一段时间怎么样？"朱敏还是想讨论张继来这个话题。

凌云站起来走到朱敏面前，语重心长地说："朱敏，喜欢张继来可不是一件简单的事情，他和刘喆的事情你知道吧！"

"我知道，可我不在乎。"朱敏说。

"张继来这个人虽然为人行事有些不着调，可他的感情非常专一，喜欢他，你可能会吃苦头的。"凌云又说。

"没事，我可以等。"朱敏异常平静地说。

凌云在朱敏的办公室又坐了会儿，聊了会儿上高中的事情，聊了会儿张继来办理小来子养殖公司营业执照的事情，还聊了会儿小来子饭店开张营业的事情，他看了看手机，已经九点半了，信访维稳办的工作人员应该上班了，就说："我要去办正事了，做一个清平镇人尽皆知的恶人，张继来是幕后黑手。"

朱敏把凌云送到楼下，用手指了指前面的那座楼，说："就在一楼大厅里面，祝你举报成功。"

凌云思考着怎样组织语言来举报张继来，这种事情既不能太过严重，也不能轻描淡写，既要引起政府部门的重视，又不能把张继来一棒子打死，想着想着，凌云就走进了办公大厅。他在大厅里面转了一圈，把墙上的规章制度、工作流程等都看了一遍，就来到一个柜台前面。办公人员问他有什么事情，他整理了一下思绪，咽了口唾沫，说："同志，我要举报，有人在镇中街路边那些没卖出去的商品房里面进行无证经营，好长时间了，现在还在无证经营，你们得管管。"

那个工作人员用诧异的目光看着凌云，仿佛在看一个怪物一样，把凌云看得很不舒服。凌云抬头看了看周围，发现其他工作人员也都扭着头看他，他不知道怎么回事，不好意思地低下了头，这个恶人真不好做啊！

"好，我先登记一下，我们会保证你的个人隐私。"那名工作人员说着开始进行登记，登记好后说，"你去门口等一会儿，我安排人去和你查一下。"

"那我的隐私怎么保障？被举报的人报复我怎么办？"凌云故意装作非常认真地说，"我这是在为政府部门做好事，你们得保护我。"

那名工作人员抬头盯着凌云看了一会儿，被气笑了，就说："你先回去吧！今天上午我安排人去了解一下情况。"

凌云心想，你们了解情况？这个情况这么长时间了你们怎么可能不知道？他心里很郁闷，但还是很客气地说："谢谢！谢谢！"

凌云走后，信访维稳办里开始窃窃私语，那名工作人员安排两名工作人员去了解情况，小声对他们说："例行公事，这些烂尾房的事情不要揽过来。"

凌云来到了小来子饭店，张继来不在那里，工作人员告诉他张董事长和鲍副董事长去乡下的小来子养殖公司了。凌云思索着工作人员的话，禁不住笑了笑，他看见门口有一辆自行车，就骑着自行车找张继来去了。张继来正在他的小来子养殖公司和大白鹅进行交流，他亲自养大白鹅的时候经常自豪地跟别人说："我小来子虽然不会俄语，但我会鹅语，我可以和大白鹅交流。"

张继来在前面走着，鲍光头和几个工作人员在后面跟着，张继来边走边说，要安排工作人员做好冬季鹅舍的防寒防冻工作，要做好整个公司的防盗工作，他重点强调："关于防盗工作，不能只用增加狼狗的方式，要通过提高防范意识、防范能力、加强巡逻、完善公司与外界的隔离等措施来实现。"他一边说工作人员一边记，还不住地点头。鲍光头憋着不笑，他知道这一段时间张董事长一直在看管理方面的书籍，这次是来理论联系实际了。

张继来正给他们几个讲得起劲，手机突然响了，他一看是负责烂尾房早餐烧烤项目的工作人员打过来的，就迫不及待地接了。

"张董事长，不好了，政府的人员来查了，你快过来吧！"烂尾房早餐烧烤项目的工作人员紧张地说。

张继来对鲍光头说："你再和他们几个强调一下，完了后再去其他两家小来子饭店看看，我的烂尾房项目有希望了，这个小凌子办事效率还挺高。"

到了小来子养殖公司后，凌云在他的董事长办公室里等着，看到张继来朝这边走了过来，就出去迎接，说："我做恶人成功了。"

张继来骑上他刚换的新摩托车，对凌云说："走，上我的专车，我们去烂尾房早餐烧烤项目，会一会政府的人。"

鲍光头带着小来子养殖公司的几个工人目送张继来和凌云扬长而去，又返回公司内部继续对张继来安排的几个工作重新进行部署。鲍光头对他们几个说："跟着张董事长好好干，大有前途！"他们几个人说笑着点头。

烂尾房门口，两个政府部门的人正在调查着什么，一个人问，一个人记，被询问的人点头哈腰，赔着笑脸，不住地点头。那个被询问的人听到摩托车响声后，扭头看了看，指着张继来说："我们的董事长来了，有什么事情你们问他吧！"

凌云下了摩托车，张继来把摩托车停好后笑着走了过来，伸手就要和两位政府工作人员寒暄，就在他的手刚要接触到那个政府工作人员手的时候，张继来吃惊地说："小峰子……怎么是你？"

凌云也快步走了过来，确认是王登峰后，兴奋地说："真的是你！"就伸出双手和王登峰抱了抱，张继来也伸出双手和王登峰抱了抱，王登峰应付公事似的笑了笑，说："怎么是你们两个？"

另外一个政府工作人员一看王登峰和他们认识，就说："王登峰，既然你们认识，那你和他们好好聊一下吧！我去处理点私事。"

张继来和凌云相互看了看，又同时把目光转向王登峰，张继来想了想，又数了一下手指头，说："对啊！小峰子，你今年毕业。"

凌云也看着王登峰说："小峰子，你进政府部门工作了?！"

王登峰笑了笑，但笑得有些勉强，他抬头看了看张继来开店的这间烂尾房，又看了看张继来，说："小来子，你厉害，把这些烂尾房当成自己的房产了?！"

"我这不是看着一直没有人用，资源浪费吗？就先下手为强，如果政府部门要收回我绝无二言。不过……"

"没有不过……"张继来还没说完就被王登峰打断了。

"对，没有不过，今天我们三个重逢，我们先不谈这个，中午我们一起找个地方吃饭。"凌云说。

"我就是开饭店的，还找什么地方？"张继来瞪了一眼凌云说。

"中午我得回办公室……"张继来还没说完就被王登峰打断了。

"那就晚上吧！顺便喝点，我让鲍光头炒几个好菜。"张继来大声说。

"那好吧！"王登峰有些为难地说。

王登峰问道路两边的这些烂尾房怎么回事，张继来一五一十地跟他说了，还说自己早就开始打这些烂尾房的主意了，只是不知道政府里哪个部门管这些烂尾房的事情，就让王登峰给帮忙问问。王登峰就说："我刚参加工作半个月，人生地不熟，不过，我可以帮你了解一下情况。"

"什么人生地不熟？我和小凌子你不认识？你不是在清平镇长大的？"张继来笑着说。

王登峰第一次被安排来调查工作，他本不想来，情绪很低落，但没想到在这里遇到了张继来和凌云，低落的情绪暂时没有了。王登峰故意拿出一副政府工作人员的样子，挺了挺腰杆，在张继来和凌云的陪同下，对道路两边的烂尾房逐个视察了一遍。

临近中午的时候，王登峰要回办公室，张继来和凌云挽留了一番，但王登峰坚持自己的意见。看着王登峰远去的背影，张继来摇了摇头，说："镇政府来了个书呆子。"

"走，我们吃饭去。"凌云说。

四十三、刘喆移情别恋

晚上，张继来安排鲍光头做了一桌子菜，鲍光头本想着一会儿把朱敏也叫上在一起聚一聚，所以这桌子菜他做得非常认真。想象着朱敏来吃饭的样子，他心里乐呵呵的，口水都滴到菜板上了，他急忙用水冲了冲。张继来和凌云在包间里商量着把刘喆和钟灵叫过来的事情，抱怨着上午没有要王登峰手机号码。

鲍光头端着最后一个菜过来了，他笑着说："我的水平怎么样？我……我去把朱敏叫过来。"

鲍光头去叫朱敏的时候，发现朱敏生病了，正在吃药，他就打电话给张继来："张董事长，朱敏生病了，晚上我要照顾她。"

张继来挂掉电话后，骂了一句："净扯淡！八字还没一撇就照顾？还晚上照顾，心怀不轨吧！"

凌云打电话让钟灵过来吃饭，钟灵说校长请几个女老师吃饭，过不来了。凌云挂掉电话后说："幸亏校长是个女的，要不然我就过去吃饭了。"

张继来埋怨凌云不应该打电话叫钟灵过来吃饭，这样显得不正规，应该向鲍光头学习，亲自跑过去以示诚意。也应该向自己学习，喜欢一个人要用自己的实际行动，而不是只动动嘴巴。张继来边说往外走，出门的时候差点被绊倒，被迎面走来的王登峰扶住了，张继来站稳后说："你这一扶，扶的是清平镇首富。凌云在里面，你先进去吧！我去叫刘喆。"

"打个电话不就行了？"王登峰说。

"让凌云去给你解释。"张继来说完就转身走了。

张继来去请刘喆来小来子饭店吃饭，刘喆已经拒绝了无数次，但每次张继来都不生气，不气馁，用他自己的话说就是从哪里跌倒从哪里爬起来。直到现在，张继来还是每天早上给刘喆送早饭，风雨无阻，从未停止。张继来哼着小调，一路小跑着来到了镇医院，跑到医院门口刚要进去的时候，才想起来这个时候刘喆已经下班了，如果没有下班那就是在值班，如果是在值班那她肯定不会出来吃饭。张继来刚要掉头回去，看大门的大爷拉开窗户探出脑袋大声说："刘喆还没走，在里面加班呢！"

"这是这些年来你告诉我的最有意义的一个消息。"张继来兴奋地跑到了刘喆办公室，看到刘喆正在收拾东西准备回家。

"刘喆，一会儿去我那吃饭吧！"张继来靠在门框上说，"凌云在，还有那个书呆子王登峰也在。"

刘喆本来想拒绝，想到自己还没有吃晚饭，也好多年没有见到那个书呆子王登峰了，就点了点头，说："好吧！"

张继来和刘喆肩并着肩走出了医院的大门，在医院门口传达室大爷惊讶的目光中，张继来找到了初恋的感觉。天气虽然有些寒冷，但他的心里却是暖暖的。张继来挺了挺胸，扭头看了一眼刘喆，发现她跟自己一样高了，又低头看了看刘喆的脚，发现她今天穿了一双高跟鞋。

王登峰进了饭店后，看了一眼满桌子的菜，就在凌云身边坐了下来，和凌云聊着过去的一些事情，当谈到他和张芳的事情的时候，王登峰只是摇头，却不多说什么。张继来大笑着进来了，刘喆低着头跟在他后面也进来了，凌云吃惊地看着张继来，他本以为张继来的实际行动会和自己的动动嘴巴一样无功而返，没想到刘喆真的来了。

刘喆进来后看到了文质彬彬、戴着眼镜的王登峰，他身上的这股书生气质越来越浓郁了，脸上还挂着淡淡的忧伤，刘喆看着王登峰说："小峰子，真的是你！"

"嗯，真的是我。"王登峰看了一眼刘喆说。

"好，今天算是我们清平镇四位有志青年的聚会，我们要好好回忆一下快乐的童年。小凌子、小峰子、吉吉，我们今晚一醉方休。"张继来说着就坐了下来。

王登峰看了一眼刘喆，发现刘喆正在看着自己，就急忙把头低下了。凌云急忙启开了三瓶啤酒，刘喆看到没有自己的啤酒，就吵着让凌云给自己启开一瓶，凌云盯着刘喆看了一会儿，给她启开了一瓶啤酒。张继来扭头看了看刘喆，大声说："好，我们四个人先干一个，我先干为敬。"说完后，张继来一仰头干了。

凌云和王登峰也一仰头干了，刘喆环视了他们三个人一眼，低头抿了一小口，感觉还可以，就一仰头干了。

"今天是我第一次喝酒，我也想尝尝喝醉的滋味。"刘喆慢悠悠、有些幽怨地说。

张继来和凌云不解地看着刘喆，不明白她这句话是什么意思，他们相互看了看，又同时把目光转向刘喆。王登峰对这句话没有任何反应，他在想着自己的事情。刘喆谁也不看，自顾自倒了一杯啤酒，张继来刚要去劝阻，凌云打了个手势阻止了。张继来、凌云、王登峰也是自己给自己倒酒，还没有开始吃菜，每人先喝了三杯啤酒。

凌云知道刘喆心里难受，她故意喝酒就是喝给自己看的，可他又不能去劝刘喆，那样她会更难受。张继来看到刘喆不停地喝酒，想劝她可又不知道该如何劝。王登峰不知道刘喆现在的情况，以为刘喆喜欢喝啤酒，就说："我们四个人里，就数我不能喝啤酒，一瓶就倒，还差一杯就一瓶了。"

"我们四个人里，数你最幸福，找了个小富婆，少奋斗多少年？"张继来笑着说。

"对了，你和张芳怎么样了？"刘喆突然来了精神。

"你们先聊着，我开始吃菜了。"凌云说。

王登峰吃了口菜，把瓶子里剩下的啤酒倒进了杯子，摇了摇头，仿佛是在自言自语："是啊！我和张芳怎么样了？憋在心里好几年了，喝了这杯啤酒，我就给你们讲讲。"王登峰说完就端起了酒杯。

"好，我陪你。"刘喆端起酒杯和王登峰隔空碰了一下干了。

王登峰放下酒杯后，就讲起了他和张芳的事情，凌云看着有些醉意的王登峰，刚才问他和张芳的事情，他还支支吾吾地不说，现在喝酒了，就有诉说的欲望了。王登峰和张芳的婚礼，他们三个都参加过，在他们心里，那就是小孩子过家家，不能算是真正的婚礼。结婚后的王登峰就继续上大学了，张芳在家里照顾他父亲，这让他感觉亏欠张芳很多。王登峰看了他们三个一眼，最后把目光聚焦在刘喆的脸上，他和张芳的事情就像放电影一样一幕幕在眼前闪过。

吃了一晚上的饭，王登峰讲述了一晚上他和张芳的事情，张继来和凌云没怎么听，他们一杯杯地喝啤酒，可刘喆竟然被王登峰这股文质彬彬的书呆子气吸引了，她发现王登峰变了很多，以前的书呆子气似乎没有了，也似乎变得成熟稳重了，不免多看了他几眼。

刘喆第一次喝啤酒就喝了三瓶，而且没有一点醉意，王登峰平时只能喝一瓶啤酒，今天竟然喝了两瓶，已经趴在桌子上不省人事。张继来和凌云每人喝了五瓶啤酒，也没有一点醉意，张继来看了看趴在桌子上的王登峰，又看了看还没有醉意的刘喆，说："小凌子，你负责把小峰子送回去，我去送刘喆。"

张继来说着就去拉刘喆，刘喆站起来挣脱掉，便独自向门外走去，还回头看了一眼凌云，凌云急忙把头低下了。张继来跟着刘喆走了出去，凌云去扶王登峰，但王登峰一点反应都没有。要把王登峰送回镇政府的宿舍是不可能了，凌云把包间里的沙发展开，扶着王登峰躺下，并给他盖上一床被子，然后打开空调。从王登峰今晚的状态来看，他并没有想象中那样幸福，凌云看着不省人事的王登峰，回想着他说的和张芳之间的一些事情，记忆又回到了四年前王登峰的那场婚礼上。

刘喆不想回家，就回了医院的宿舍，张继来把她送下后就哼着小调往回走，这么多年了，这是他第一次接刘喆吃饭，吃完饭又送刘喆回去，他感觉很幸福。

在送刘喆回去的时候，他想伸手去拉刘喆的手，手刚要伸出就收了回来，他想，自己喝酒了，不能给刘喆留下酒后乱性的印象；他想从后面抱住刘喆，但也被自己的理智压了下去，刘喆也喝酒了，自己不能做这种乘人之危的事情。

张继来抬头看了看满天的星星，他看到一颗星星是自己，一颗星星是刘喆，两颗星星紧紧地靠在一起，还不停地眨着眼睛。一阵寒风吹来，张继来深吸了一口气吐了出来，迈着轻快的步伐快步朝小来子饭店走去。可张继来哪里知道，他朝思暮想的刘喆在看到书呆子王登峰后竟然对他产生了莫名其妙的好感，刘喆一个人在宿舍的床上躺着，没有一点醉意，也没有一点睡意，她想着今天晚上王登峰酒后说的那些话，竟然有一种心痛的感觉。

刘喆使劲摇了摇头，确定自己没有醉意、没有睡意后，确定自己对王登峰确实有了好感，但她不知道这种好感来自哪里，来自对凌云情感的转移？来自对张继来情感的报复？她说不清楚，就使劲去想，但却越想越凌乱，越想越糊涂，就用被子盖住头呜呜地哭了起来。刘喆就这样稀里糊涂地睡了过去，她梦见凌云同意做她的男朋友了，她梦见张继来不再追她了，她梦见她和王登峰谈恋爱了，她就这样颠三倒四地梦着一些乱七八糟的事情，整整一晚上都没有睡好。

张继来刚回到小来子饭店，也就前后脚的工夫，鲍光头也回来了，凌云和他们两个打了声招呼，就去找钟灵。鲍光头安排人员清理战场，张继来和鲍光头说着刘喆的事情，鲍光头和张继来说着朱敏的事情，他们相互鼓励，相互安慰，相互吹捧，相互刺激，他们对生活充满信心，对爱情充满激情。已经晚上十一点了，他们看了看熟睡的王登峰，又沉默了。

四十四、谁敢在我的饭店吃霸王餐

接下来的半个月，镇政府开始调查烂尾房事件。张继来逢人就说自己是这次事件的始作俑者，要对这次事件负责，要对烂尾房负责。王登峰作为此次事件的负责人，感觉压力很大，刚参加工作就接手了这么一个大活，他感到无从下手，力不从心，但又没有理由拒绝。王登峰开始搜集资料，调查烂尾房事件的前因后果，但在搜集资料、调查的过程中处处碰壁，除了张继来、朱敏配合他外，其他人员都是在敷衍他。

"小峰子，他们是不是看你刚参加工作，都在欺负你？"张继来提醒王登峰说。

"也不能这么说，或许他们是重用我，才把这个艰巨的任务交给我。"王登峰不同意张继来的说法。

"那你先忙着，我去看看刘喆，对了，提前给你打个预防针，刘喆是我的，我警告你，你不能乱来。"张继来说完就从王登峰的办公室里走了出来。

王登峰呆呆地坐在椅子上，一脸懵懂，这一段时间刘喆是来找过他几次，但就是聊聊天而已，他不明白张继来说这话是什么意思，也不明白刘喆为什么来找他。王登峰刚要起身去找信访维稳办主任汇报工作，手机响了，他一看是张芳打过来的，皱了皱眉头，接了后按了免提。

"我这几天去镇上住，顺便陪陪你。"张芳迫不及待地说。

"我比较忙，过几天再说吧！"王登峰说。

"没事，你忙你的，我找钟灵也行。"张芳说完，就把电话挂了。

王登峰看着手机发了会儿呆，就找信访维稳办主任汇报工作去了。

马上就要元旦了，钟灵作为学校里的文艺骨干，正为元旦文艺演出的事情忙碌着，知道张芳要来镇上住一段时间后，她高兴得不得了。仔细想想，这个和她从小一起长大、无话不谈的闺密已经三年多没有见面了。钟灵不知道王登峰在镇政府工作，以为张芳是专程来看她的，就热情地问她怎么过来？需要不需要自己去接，来了后住在哪里，等等。

张芳在电话里和钟灵聊了会儿后，就问钟灵和凌云的事情怎么样了，钟灵装傻充愣，反过来问她和王登峰婚后生活怎么样。张芳叹了口气，有些幽怨地说："我是独守空房啊！"钟灵不知道发生了什么，再往下问，张芳没有回答，叹了口气就把电话挂了。

两天后的傍晚，张芳开着一辆帕萨特来到了学校门口，一个急刹车停了下来，轮胎在水泥地面上擦出两条痕迹，一声尖锐的刹车声把看大门的大爷吓了一跳。张芳打开车窗，给钟灵打了个电话。钟灵出来接她，看到她换车了，就笑着说："我们温饱问题还没解决呢，你就已经换车了。"

"国家允许一部分人先富起来……"张芳开玩笑说。

"得了吧！你富起来了，住上了楼房，开上了汽车，就把一起长大的闺密忘了。咱也坐坐高级小轿车。"钟灵边说边给传达室的大爷打了个招呼，就打开副驾驶的车门上了车。

张芳开车进了学校，问停车场在哪里，钟灵就刺激她说，你以为是在你们城里啊，随便停就行。张芳把车开到办公楼前停下，从后备厢里拿了一些水果和零食，就和钟灵一起进了她的办公室。这个时候，办公室里的人都走了，钟灵说学校里有个小厨房，可以做饭，要给张芳做饭吃，张芳说自己不饿，她洗了两个苹果，递给钟灵一个，说："先不用吃饭，你陪我说说话吧！"

"说什么话啊？问你为什么你又不说。"钟灵盯着张芳的眼睛，故作生气地说，"我们之间还有什么不能说的。"

张芳把刚递到嘴边的苹果拿开，故作生气地说："你这个小妮子，哪壶不开提哪壶啊！不过……你让我怎么说啊？"

"结婚的感觉怎么样？你和他晚上有没有……那个……什么啊？"钟灵故意逗张芳开心。

"你再胡说，小心我撕烂你的嘴。"张芳说着就把苹果放在桌子上朝钟灵走去，钟灵一看情况不妙，就跑了出去。

张芳追到门口就不追了，钟灵围着张芳的帕萨特转了一圈，又回到办公室，她靠在门框上说："走吧！到镇上的大街上走走，你好长时间没来了吧！顺便吃个饭，给你找个宾馆住下。"

张芳点了点头，拿起桌子上的苹果，和钟灵并着肩走出了学校的大门。她们在清平镇的大街上溜达了半个多小时，张芳说饿了，要找家饭店吃饭。钟灵就说镇上有家小来子饭店，味道还可以，价格也实惠，张芳点头同意了，她感觉这家饭店的名字有些耳熟。

钟灵和张芳来到小来子饭店点了几个小菜，钟灵问喝饮料还是啤酒，张芳建议喝红酒，就要了一瓶红酒。她们边吃边喝，边喝边说，钟灵主动讲起了她和凌云的事情，还把凌云抱她的事情说了，张芳主动说起了她和王登峰的事情，还把王登峰压在她身上的事情说了。两个女人借着酒劲尽情地宣泄着自己的情感，一对闺密毫不保留地诉说着内心的秘密，窗外的北风呼呼作响，两个女人却热血沸腾。

两个人一瓶红酒过后，张芳吵着要再喝一瓶，被钟灵拦住了，钟灵说要去给张芳找个宾馆，张芳说今天晚上不住宾馆，就要和她住在一起。钟灵和张芳看了看桌子上的空盘子，看了看空的红酒瓶子，又相互看了看，一起说："走吧！"

钟灵和张芳同时起身抢着去柜台付钱，到了柜台才发现都没有带钱包，钟灵的钱包忘在了办公室里，张芳的钱包忘在了车里，她们你看我，我看你，又同时看了看柜台后的工作人员。

"我就在镇上的中学上班，这顿饭先记上账，明天我把钱送过来。"钟灵不好意思地说。

"你们是想吃霸王餐吧！我一看你们两个就不是……"柜台后的工作人员说。

"你什么意思？我们两个怎么了？不就是一顿饭吗？有什么了不起的？"张芳脾气本来就有些暴躁，借着酒劲突然就发泄了出来。

"你吵什么？吃饭不给钱还有理了？"柜台后的工作人员没有服软的迹象。

"有你们这么做生意的吗？有你们这么开饭店的吗？你们要这么干……"张芳越说越激动。

"你说这么多有什么用？有本事把钱付了。"柜台后的工作人员伸长脖子说。

"张芳，你别急，要不，你在这里等着，我回去拿钱。"钟灵安慰张芳说。

"这个饭店不是那个什么小……小来子开的吗？你打电话把他叫过来不就行了。"张芳给钟灵出主意。

"不用你们打，我现在就打。"柜台后的工作人员说完就掏出手机给张继来打了过去。

今天下午，张继来刚给小来子养殖公司、小来子饭店和一家刚开的娱乐场所的负责人开了会，并要求各个负责人迅速传达会议精神。张继来非常严肃地说，从现在开始不交保护费了，不让任何人吃霸王餐了，如果有人敢顶风作案，就直接打电话向他汇报。

张继来和鲍光头正在请人吃饭，几杯白酒下肚，就开始吆五喝六，就开始掏心掏肺，就在张继来正说得起劲的时候，他的手机响了，他接了后按了免提。

"张董事长，有人在饭店里吃霸王餐，就是吃饭不给钱。"饭店里的工作人员说。

"你不用名词解释，哪个饭店？"张继来不耐烦地说。

"就是镇上的饭店。"饭店里的工作人员说。

"我马上过去。"张继来说完就挂了电话，他看了一眼大家又说，"今天下午我刚给各个项目公司开了会，晚上就有不长眼的往枪口上撞，鲍光头，你陪几位朋友吃好喝好，我去去就来。"

张继来风风火火地往小来子饭店赶去，还在半路上捡了一块半头砖，刚进了饭店，他就大大咧咧地说："谁……谁敢在我的饭店吃霸王餐。"

柜台后的那名工作人员点头哈腰地小跑了过来，说："张董事长，就是她们两个。"

张继来在原地转了一圈，就看见两个美女在窗台边的椅子上面朝外坐着，他把拿着半头砖的右手放在身后，朝两位美女走去。他走到两位美女身后，清了清嗓子说："现在世道变了，女人都出来吃霸王餐了。"

钟灵听出来是张继来的声音，就站了起来，张芳喝得有点多，趴在窗台上迷迷糊糊地睡了过去。

钟灵转过身来的时候，张继来用拿着半头砖的手背擦了擦眼睛，又使劲眨了眨，说："怎么是你?"

"你手里拿个砖头干什么啊?"钟灵看着张继来手里的砖头问。

"哦……有张桌子四根腿不一样长，我垫一下。"张继来说着就把手里的砖头转递给了那名工作人员，使了个眼色说，"去厨房里垫一下。"

那名工作人员倒也灵活，接过张继来手里的半头砖后就去厨房了。钟灵指了指趴着的张芳，把事情的来龙去脉说了一下，张继来也把今天下午他开会的事情说了一下，拍着脑袋说："都怪我太教条主义，安排工作一刀切，没想到这个伙计这么负责。"

钟灵把张芳叫了起来，扶着她往外走去，张继来走到门口扭过头来大声说："两位美女来吃饭不给钱不能算是吃霸王餐。"张继来做了一次护花使者，把钟灵和张芳送到了镇中学。回饭店的路上，张继来给凌云发了个短信："小凌子，你老婆学厉害了，来我饭店里吃霸王餐了。"

这个时候，他的手机又响了，他接后按了免提。

"张董事长，又有人来吃霸王餐。"饭店里的工作人员说。

"这次还名词解释不?"张继来没好气地问。

"不了……你快回来吧!"饭店里的工作人员说。

"我马上到。"张继来说完后就把电话挂了。

张继来一边走一边想，钟灵和张芳到自己的饭店吃霸王餐也就算了，谁让钟灵是凌云的老婆呢? 谁让张芳是王登峰的老婆呢? 这次是哪个不长眼的非要跟自己对着干? 张继来又从路边捡了一块半头砖，气冲冲地来到了小来子饭店。

　　刚迈进饭店的门，张继来就看见刘喆坐在那里，刘喆站起来说："张继来，你手里拿块半头砖干什么？"

　　"刘喆，你怎么在这里？"张继来说。

　　"我晚上加班没饭吃了，就过来吃个饭。"刘喆说。

　　"哦，我找吃霸王餐的。"张继来说。

　　柜台后的那名工作人员又点头哈腰地小跑了过来，说："张董事长，就是她吃霸王餐。"

　　张继来一听，差点气晕过去，他把手里的半头砖递给那名工作人员，说："去，去把厨房里的桌子垫一下。"

　　"不是刚垫过吗？"那名工作人员嘟囔着说，转身走了。

　　"把另一根腿弄断了再垫。"张继来大声说，"我不是说过吗？两位美女来吃饭不给钱不能算是吃霸王餐。"

　　"她是一个人来的。"那名工作人员转过身来说。

　　张继来伸手做了个要打他的样子，那名工作人员一看情况不妙，灰溜溜地跑了。张继来转身对刘喆说："吃饱了没有？我送你回去吧！"

　　"你招的人责任心很强啊！我都说认识你了，他还不让我走。"刘喆有些委屈地说。

　　"你有没有说你是我女朋友？"张继来开玩笑说。

　　"我要回去了。"刘喆说。

　　张继来把刘喆送到了医院门口，又做了一次护花使者，他看着刘喆远走的背影对自己说："我媳妇也学厉害了，也敢到我的饭店吃霸王餐了。"停了一会儿，张继来又说："她要是每天都来该多好啊！"

四十五、纠结的婚姻

　　两人回到学校的宿舍后，钟灵把舍友的床铺收拾了一下，她这个舍友基本是不住宿舍的，只是放了一套被褥，加班晚了才偶尔住一晚上。钟灵让张芳在自己的床上睡，自己睡舍友的床，可张芳不愿意，非要和钟灵在一张床上睡，钟灵没办法，就把两张床并了起来，还找来绳子把床腿绑在一起。

钟灵锁好门，把空调打开，温度调得高一些，穿着秋衣秋裤就钻进了被窝。张芳侧身躺在床上目不转睛地盯着钟灵，笑着说："你睡觉不脱衣服啊？"

"脱啊！穿着衣服睡多不舒服！"

"那你穿着秋衣秋裤干什么？"

"你来了，不是不好意思嘛！"

"我喜欢裸睡，今晚上我们都裸睡吧！"

"我没裸睡过，那多不好意思。"

张芳坐了起来，在房间内走了一圈，就开始慢慢地脱衣服。钟灵看到张芳一件件把衣服脱得精光，感觉自己的脸有些发热。钟灵和张芳是从小一起长大的，上小学的时候她还经常住在张芳家里，不记得张芳有裸睡的习惯啊！张芳双手抱在胸前，低头看了一会儿自己，有些幽怨地说："你说，我这么好的身材，他怎么会不行呢？"

钟灵不知道张芳什么意思，就问："张芳，你在说什么呢？"

张芳光着身子在床边坐了下来，钟灵怕她冻着，急忙找了件毛毯围在她身上，说："你说……你是说王登峰……他……"

张芳点了点头，突然就哭了，说："他没有让我尝到做女人的滋味，一开始的时候还行，可受到三次刺激之后，他就不行了，第一次还是你造成的，你得赔偿我。"

钟灵想起了刚才吃饭的时候张芳说的话，又想起了有一次她去找张芳，王登峰在客厅的沙发上坐着，气氛怪怪的，她突然明白了什么。钟灵拍了拍张芳的肩膀，说："这方面我也没经验，不知道怎么帮你。"

张芳看了一眼钟灵，叹了口气说："你的身材这么好，皮肤这么白，凌云那个家伙看到过没有啊？"

"你胡说什么呢？我可不是随便的人。"钟灵说着就钻进了被窝。

张芳颠三倒四地说着她和王登峰的事情。钟灵静静地听着，偶尔插上一句话，大多是缓缓地点头。张芳一会儿笑，一会儿哭，钟灵就眨眨眼睛，算是安慰她了。从张芳前不着村、后不着店的讲述里，钟灵知道了她和王登峰婚后生活的很多事情，她没有想象中的那么幸福。

张芳高中毕业后一直没找工作，以她的家庭条件，一辈子不找工作都可以衣食无忧，可张芳说她生活得并不开心，有时候会感觉很空虚，她就开着车到处疯玩，还时不时地跑到王登峰的学校里去看他，给他送吃的，送穿的。但王登峰对这并不领情，还在同学们羡慕嫉妒恨的目光和唏嘘中要她不要来看自己，张芳不以为然，依旧时不时地去学校看王登峰。

张芳说，王登峰的父亲前年春天去世了，他哭得很厉害，他不想再打扰凌云和张继来，就没有通知他们。她知道王登峰是个孝子，就很长一段时间没去打扰王登峰。王登峰的母亲一个人住一套房子，张芳一个人住一套房子，她不止一次地劝王登峰的母亲搬过去和自己一起住，但王登峰的母亲一直不同意，张芳没办法，就隔三岔五地陪着王登峰的母亲睡一晚上。王登峰的母亲就对张芳说："芳芳，如果你觉得不舒服，可以离开王登峰的，阿姨不怪你。"

王登峰的母亲一直让张芳叫她阿姨，张芳说自己已经和王登峰结婚了就应该叫妈，但王登峰的母亲坚决不同意，说最起码要等到王登峰大学毕业后再补办一场婚礼，到那个时候再改口叫妈。张芳就说，在她心里自己已经结过婚了，王登峰就是她的丈夫。王登峰的母亲就问张芳为什么喜欢王登峰，张芳没有回答，她也不知道自己为什么这么喜欢王登峰，为了王登峰她可以什么都不要，什么都不顾。

张芳在被窝里缓缓地说："这就是一个人的命，我的爱情命中注定就是这样，王登峰就是我的命。"

王登峰周末的时候会回家，但都是和他母亲住在一起，他的母亲又不好意思劝他去陪张芳。张芳还为此生气，和王登峰吵过几次架，但每次吵架都是张芳一个人发脾气，王登峰从来不说话。张芳有时候直接开车去学校把王登峰接到自己的家里，但王登峰每次都不行，都不能给她快乐。

"他应该是压力太大了，你给他的压力太大了。"钟灵蜷缩在被窝里说。

"我也不知道为什么，我就是单纯地喜欢一个人，怎么就给了他这么大的压力呢？"张芳叹了口气说。

两个女人就这样躺在被窝里，一个有说的欲望，一个有听的欲望，一个说，一个听，说的充满了幽怨，听的满心同情，说的时笑时哭，听的不停安慰。空调吹出来的热风让张芳有些头脑发热，让钟灵有些忘乎所以，她们不关灯，就在明亮的环境中谈着女人心中的话题。张芳说："我就想尝尝做女人的感觉，怎么这么难呢？"

钟灵眨了眨眼睛，盯着张芳说："我也不知道做女人到底是什么感觉？"

"凌云有没有抱过你？有没有亲过你？"张芳说。

"抱过我，但没亲过我。"钟灵回忆着往事说。

"你还是挺保守的。"张芳笑着说。

"新婚之夜才能做那事，早做了就没意思了。"钟灵一边想一边说。

张芳看着钟灵不再说话，就稀里糊涂地睡着了。

钟灵本来想去关灯，但懒得动弹，就翻过身子，一会儿想凌云，一会儿想张芳，不知不觉也睡了过去。第二天起床后，她们一起到镇中街吃早饭，吃过早饭，张芳说要去镇政府找王登峰。

"他在政府上班？我怎么不知道！"钟灵吃惊地说。

"你也没问我啊！"张芳笑着说。

张芳走后，钟灵望着张芳的背影，想象着她和王登峰的婚后生活，竟对她产生了一种怜悯。

四十六、二次创业

烂尾房的事情一直拖到春节也没有进展，这一届领导班子说是上一届领导班子留下的问题，开发商也跑了，没人知道怎么办，没有人建议该怎么办，也没有领导拍板该怎么办，只有张继来一个人东跑西颠，把政府的每个部门都跑遍了，每个部门有几盆鲜花，有几个鱼缸，哪个部门的哪个职工喜欢吹牛皮，上班总迟到，他都一清二楚，可是，却没有一个人关心烂尾房的事情。用张继来的话说就是，我拿下烂尾房的进度就和鲍光头追朱敏的进度一样，总是原地踏步。

张继来在凌云的草莓种植基地办公室里围着炉子发牢骚，他摸了摸光头说："为官不为民做主，不如回家种红薯，我要是镇长，就拍板说，张继来，这路两边的烂尾房就给你了，你要好好发展清平镇的经济。"

鲍光头就说："我是镇长的话也这么说，你呢，凌云同志？"

凌云坐在办公椅上悠闲地说："我是看热闹的不嫌事大，对了，你和朱敏的事怎么样了？"

鲍光头也摸了摸光头，拍着胸脯说："等今年春暖花开的时候，我就能把朱敏拿下。"

"但愿如此。"张继来摸着光头说，"你要能把她拿下，那烂尾房的事情也有着落了。"

　　鲍光头不好意思地笑了笑，他知道张继来是在刺激他，可他也知道，自己在追朱敏的事情上费了九牛二虎之力，却没有实质性的进展。前几天他们几个在一起吃饭，鲍光头喝得有点多了，就吵着要送朱敏回去，在镇政府大门口附近，鲍光头借着酒劲要亲朱敏，朱敏奋力挣扎，最后还给了他一个耳光，这个耳光把他扇醒了，他一个劲地向朱敏道歉。这件事后，鲍光头一直没敢去找朱敏，他一直在反省自己的过激行为，一直在心里对朱敏说对不起。

　　"张董事长，你和烂尾房的事情先放一放，鲍副董事长，你和朱敏的事情先放一放，等开春的时候，我计划二次创业，就像当年张董事长进军清平镇一样。"凌云看了看他们两个人说。

　　张继来和鲍光头相互看了看，又同时扭头看着凌云，异口同声地说："二次创业?!"

　　"我以为你被现在悠闲的小日子冲昏了头脑，不思进取了呢!"张继来说。

　　"我以为你被钟灵的爱情绑架了人生，安于现状了呢!"鲍光头说。

　　"唉，燕雀安知鸿鹄之志哉!"凌云挨个看了他们一下，叹了口气，语重心长地说，然后他又变了一种语气继续说，"哥几个给提提意见，我先说说我的想法。"

　　凌云走过来在他们两个面前坐了下来，伸手在炉火上取了会儿暖，又用双手干洗了一下脸，说："你看，自从我高中毕业步入社会，就一直跟在张董事长屁股后面混，也没混出个所以然来，只能靠这二十亩薄田养家糊口。虽然我的爱情比你们两个强，但我的事业却一直被你们远远地落在了后面，我学历比你们两个高，总要体现学历高的价值吧!"

　　"说正事。"张继来摸了一下光头，有些着急地说，鲍光头也瞪着眼睛看着凌云。

　　凌云又伸手在炉火上取了会儿暖，接着说："我也要向张董事长学习，进行二次创业，具体来说就是扩大规模，多元化经营，比如说立体种植、无土栽培、阳台菜园、盆栽生鲜，等等，说这些专业术语你们搞不明白，简单说我就是想搞点花样。"

　　张继来和鲍光头相互看了看，同时摇了摇头，又同时转过头去盯着凌云，凌云看着他们两个摇了摇头，故作深沉地说："孺子不可教也!我也是突然有了这些想法，还没有具体的实施方案，我还在查阅相关书籍和案例。但我想，我们玩就玩大的，玩就玩特殊的，玩就玩跟别人不一样的。"

"不明白。"张继来和鲍光头异口同声地说。

"比如说这个立体种植吧！它能够充分利用大棚内的空间，改变单一的地面种植方式，简单一点说就是一亩地可以当二亩地用；这个无土栽培就是用专门的营养液进行种植，不用在地上种植，立体种植就可以采取这种方式；阳台菜园主要是针对城里人来说的，你们看，城里人每家每户都有一个阳台，这个阳台菜园就是让城里人可以在阳台上种植蔬菜，关键是能够体验到丰收的喜悦；还有那个盆栽生鲜，就是在花盆内种植蔬菜，如韭菜、菜花、辣椒等，简单来说就是花盆原来用来种花，现在用来种菜。"凌云一口气说完后盯着张继来，但张继来没有一点反应，他又看了看鲍光头，鲍光头也一点反应都没有。

"你们两个听明白了没有？"凌云说。

"明白了。"张继来和鲍光头异口同声地说。

"我也只是从书上看到了这些，具体的技术细节还没认真研究，但我个人觉得，往这个方向发展很有必要。"凌云又补充说。

"嗯，可以发展，成功了我为你骄傲。"张继来说。

"嗯，可以发展，失败了我为你悲伤。"鲍光头说。

腊月二十一傍晚，他们三个在凌云的董事长办公室里闲聊，张继来一直想着烂尾房的事情，鲍光头一直想着朱敏，凌云一直考虑着明年二次创业的事情。凌云把自己的想法说了一遍，发现他们两个心不在焉，就说："大过年的我们不讨论这个话题了，都把自己的女朋友叫来，我们去小来子饭店吃一顿，借着酒讨论一下人生。"

张继来和鲍光头只是点头，却没有要走的意思，因为他们没有把握能把刘喆和朱敏叫出来。凌云知道他们心里在想什么，却故意说："走吧！我去找钟灵了，她在学校里还没有回家。"

凌云起身走到门口停了下来，转过头来说："刘喆和朱敏我负责去叫，可我不负责出钱。"

张继来和鲍光头同时站了起来，又同时瞪了一眼凌云，穿上外套就和凌云一起朝外走去。走到小来子饭店门口，张继来对凌云说："一定要把刘喆叫过来！"鲍光头对凌云说："一定要把朱敏叫过来！"

凌云去学校找钟灵，钟灵责怪凌云没有必要亲自过来，打个电话就行了。张芳说这次凌云很有必要过来，吵着说自己也要去，还要把王登峰带上。凌云考虑了一下，反正都认识，就让张芳去镇政府叫王登峰和朱敏，自己和钟灵溜达着朝小来子饭店走去。

天气没有那么寒冷了，凌云拉着钟灵的手，笑着说："灵儿姑娘，我要二次创业了，失败了你养活我啊！"

钟灵白了凌云一眼，使劲甩开凌云的手，说："那成功了呢？"

"成功了我再找一个。"凌云不假思索地说，"但你在我心中的地位丝毫不会动摇。"

"你想得美，我就喜欢一个人生活。"钟灵和凌云并肩走着，慢悠悠地说。

"对了，张芳怎么和你在一起？"凌云说。

"她经常来的，有时候找王登峰，有时候找我，有时候还和我睡在一起。"钟灵说。

"张芳和你睡在一起，那她有没有欺负你？"凌云开玩笑说。

凌云的话让钟灵有些难为情，她不敢看凌云的眼睛，结结巴巴地说："什么……什么欺负……什么意思……"

"就是这样啊！"凌云说完转身就把钟灵抱住了，钟灵象征性地挣扎了几下，就不再挣扎了。凌云要吻她，她就不停地边摇着头边往后退，当钟灵的背接触到一棵大树的时候，她知道自己这次是逃不过了。

凌云的手在钟灵的后背胡乱摸着，还在她的屁股上扭了几把，钟灵不由自主地抱住了凌云，但由于两个人都穿着厚厚的衣服，似乎都找不到那种激情的感觉。这个时候天刚微微黑，钟灵担心地扭头看着两边，故作紧张地说："有人来了！"

这一招果然管用，凌云立即停止了欺负她的动作，装作若无其事地整理了一下衣服。钟灵看着凌云紧张的样子，突然咯咯笑了起来，反应过来的凌云又要欺负钟灵，钟灵却一溜烟地小跑了起来。凌云追上钟灵后，从后面抱住了她，钟灵说："晚上吃完饭去我宿舍欺负我吧！"

凌云松开钟灵，说："我欺负了你，如果二次创业失败，你也得养活我。"

钟灵郑重其事地点了点头，便和凌云朝小来子饭店走去。快走到小来子饭店门口的时候，凌云才想起张继来安排的重要工作还没有完成，就让钟灵进去等着，自己叫刘喆去了。钟灵嘴里嘟囔着："打个电话还不行吗？非要……"还没有说完，她就看到刘喆在大厅的沙发上坐着，她给凌云发了个短信，说刘喆在小来子饭店。凌云看到钟灵的短信，扭头笑了笑，继续朝镇中心医院走去。

　　十分钟后，王登峰、张芳、朱敏来到了小来子饭店，二十分钟后凌云来到了小来子饭店，鲍光头充分发挥自己的高超厨艺，用他自己的话说就是这次他把自己的厨艺发挥到了有史以来的最高水平。凌云就问他什么时候开始有的历史，鲍光头红着脸说自从认识了朱敏之后。

　　这天晚上，凌云、张继来、王登峰、鲍光头、钟灵、刘喆、张芳、朱敏在小来子饭店齐聚一堂，每个人都想着自己的心事，凌云想着吃完饭后如何去欺负钟灵，是多喝点酒借酒壮胆还是不喝酒真情表白？张继来想着吃饭后是送刘喆回去还是留下她再聊会儿天？王登峰想着手头上的工作还没完成，是今天晚上加班还是明天再干？鲍光头想着上次被朱敏拒绝的事情，还在想着吃完饭应该如何送她回去？钟灵和张芳关系不错，坐在了一起，刘喆和朱敏坐在她们两边，凌云他们坐在四个女人的对面。

　　凌云看了看钟灵她们，又看了看张继来他们，笑着说："我说，我们这么坐不好吧？应该……"

　　"我才不和你坐在一起呢！"钟灵抢着说。

　　"我也不和王登峰坐在一起！"张芳接着说。

　　"难道你们两个……"凌云还没说完，看到她们两个正气冲冲地看着自己，就把后面的话憋了回去。

　　张继来看着刘喆，希望她能说点什么，鲍光头看着朱敏，希望她能说点什么，可刘喆和朱敏什么都没说。凌云看着刘喆坐在鲍光头身边，朱敏坐在张继来身边，就笑着说："你们两个可以了，最起码身边有个女人。好了，开始吃饭。"

　　张继来本来想跟刘喆挨着，鲍光头本来想跟朱敏挨着，可她们两个不愿意，他们也没有再强求。张继来站起来，摸了摸光头，清了清嗓子，说："今天晚上我们祝贺凌云同志计划二次创业，有想法毕竟是好的，有梦想谁都了不起！"

　　"对，我们都是有梦想的人，我也很了不起！"鲍光头也摸了摸光头，不好意思地说。

　　"张继来的梦想是当上清平镇的首富。"凌云笑着说。

　　"我的梦想是……"王登峰还没说完就被张芳打断了，她抢着说："找个好媳妇！"

　　"我饿了，我要吃饭。"刘喆小声说。

　　"好，开始吃饭。"张继来大声说。

接下来的两个小时里，凌云他们喝得七荤八素，也不知道喝了多少，就连平时不喝酒的王登峰都喝了不少，钟灵她们只是喝了点红酒，还都保持着清醒的头脑。这天晚上，凌云不知道他有没有欺负钟灵，反正醒来的时候他发现自己躺在钟灵的床上；张继来不知道刘喆有没有留下来跟自己聊天，醒来的时候，他发现自己睡在包间的沙发上；王登峰不知道自己是怎么回去的，醒来的时候他发现自己和张芳睡在一个被窝里；鲍光头不知道这次酒后有没有强行亲吻朱敏，朱敏有没有打自己耳光，他摸了摸自己的脸，感觉有些发热。

凌云躺在床上，皱着眉头，用手揉着自己的太阳穴，故意说："我怎么在这里？"

"你不是说要来欺负我吗？"钟灵站在窗户跟前说。

"那我到底有没有欺负你啊？"凌云用双手干洗了一下脸说。

"祝你二次创业成功。"钟灵笑着说。

凌云掀开被子看了一下，自己赤身裸体，可他实在想不起自己到底有没有欺负钟灵，他又看了看钟灵，钟灵害羞地笑了。

四十七、误解

就在凌云考虑着如何二次创业的时候，就在鲍光头对朱敏一筹莫展的时候，就在王登峰在信访维稳办按部就班的时候，二〇〇五年春天，张继来在镇上开了一家大型超市。前一段时间，他还纳闷那些小混混怎么不收保护费了，这几天他更纳闷了，那些小混混竟然把以前收的保护费给送了回来。张继来正在自己新开的一家KTV——夜来香里视察，为头的那个小混混嬉皮笑脸地说："张哥，以前是我们有眼无珠，你大人不记小人过，请您收下这些钱。"

"这是什么钱？"张继来在夜来香的前台头也不抬地说。

"就是那些……前几年收的……"为头的那个小混混不知道该如何回答，说话有些紧张。

"哦，那利息呢？"张继来抬头看了一下那个小混混，非常平静地说。

"张哥，以前都是我们的错，利息我们明天给您送过来。"为头的那个小混混小心翼翼地说。

“利息就不用了，你们算算一共多少钱，明天送到敬老院去吧！少一分……”张继来站了起来，看着他们说。

“不会的，不会的。”为头的那个小混混说。

“以后不要在我的地盘上闹事……”

张继来还没说完就被为头的那个小混混打断了：“不会的，不会的，借我们个胆也不敢啊！”

几个小混混走后，前台的那个美女笑着说：“张哥，你人格魅力真大，把几个小混混给征服了。”

“他们是看我发展壮大了，不敢欺负我了，还算他们识时务。有句话怎么说来着，发展才是硬道理，只有自己强大了，别人才会尊重你。”张继来又坐了下来，看了一眼那位前台美女说：“这一段时间经营情况怎么样？你有没有公饱私囊？”

“我就知道张哥对我不放心，来查账了。”那位前台美女噘着嘴，故作生气地说。

“我自己开的歌厅我还不能来看看啊？再说了，你这么漂亮，我怕有人欺负你啊！”张继来笑着说。

“在清平镇，只有张哥敢欺负我。”前台那位美女说，“你虽然不让说这家歌厅是你开的，但纸包不住火，一开始的时候还有来捣乱的，但慢慢地就少了，这是张哥你的魅力所在！”

“你拉倒吧！我要去超市看看，你陪我一起去吧！”张继来说。

“好，你稍等，我去化一下妆。”前台那位美女说着就快步走了出去。

张继来看着她的背影，盯着她一扭一扭的屁股，嘴里嘟囔着：“又不是新媳妇上花轿，化什么妆？”

一周前，张继来的小来子超市开业，这次他没有搞开业大典，只是在当天中午放了六箱礼炮，在超市上面挂了一条横幅，上面写着“小来子超市开业大吉”，他让鲍光头找了几个人钻进充气娃娃里面给路过的行人发宣传册和纪念品。张继来在超市的收银处走来走去，他看着进进出出的人群，不停地点头微笑。

“小凌子，你看这门庭若市的情景，有什么感想啊？”张继来笑着说。

“我的感想就是你用词不当，你这本来就是超市，还什么门庭若市？”凌云故意刺激他。

"钟灵姑娘，你说呢？"张继来还是笑着说。

"我同意凌云的意见。"钟灵笑着说。

"你们这是夫唱妇随，狼狈为奸啊！以后结了婚那还了得？"张继来开玩笑说，"不问你们了，还是问问朱敏姑娘吧！你说呢，朱敏姑娘？"

"我还是挺喜欢你的……这种敢想敢做的精神。"朱敏竟然有些不好意思地说。

张继来满足地笑了笑，问朱敏："那个书呆子怎么没来啊？"

"他在加班呢！他那边永远有做不完的工作。"朱敏说。

凌云和钟灵在超市里转了一圈，买了两瓶矿泉水，回来后凌云对张继来说："买你两瓶矿泉水，算是对你的支持了。对了，你这次为什么这么低调啊？这可是你向刘喆证明自己的机会。"

"对了，刘喆怎么没来？"张继来仿佛在自言自语，他虽然没有正式通知她，可他一周前就开始发宣传单，整个清平镇的人应该都看到了啊！超市里来了那么多老头老太太就是最好的证明，还有那么些会走的和不会走的小孩。张继来摸了一把光头，说："鲍光头，你给我照顾一下贵宾，我要去医院看看。"

张继来来到医院门口，看大门的大爷拉开窗户探出脑袋，说："张董事长，我也可以这么称呼你吧！开超市了，我去买烟是不是不用花钱？"张继来没理他，继续往前走，刚走了两步又转回身来，把口袋里的半盒香烟从窗户口给他扔了进去。看大门的大爷看了看香烟，歪着脑袋说："都当董事长了，还不换烟？"

张继来边朝刘喆的值班室走边想："我差不多也是一个董事长了，虽然还不是清平镇的首富，但离清平镇首富的距离也不远了，可怎么感觉刘喆对我的感情却越来越远了。她现在还是吃着我给她送的早饭，可她怎么总是一副冰冷的面孔？她既然吃着我送给她的早饭，说明她不讨厌我，可她心里到底有没有我啊？我知道她心里有凌云，可凌云和钟灵都到了谈婚论嫁的地步……对了，如果凌云和钟灵结婚了，她是不是就会转移感情？那我要抓紧撮合一下凌云和钟灵。"张继来就这么想着，不知不觉就来到了值班室门口，可屋里空无一人，他就在医院的办公区一个屋一个屋地挨着寻找。他在楼道里走来走去，走到每个科室门口都停下来向里探望，可来回走了三遍都没有找到刘喆。

就在张继来认为刘喆今天可能没上班的时候，一个中年妇女从办公室里走了出来，她盯着张继来看了好长一段时间，用夸张的语气说："你就是那个……

那个什么……张……小来子！又过来找刘喆了？！"

"她没有上班吗？"张继来非常客气地问。

"她上班了，中午还在食堂吃饭呢！和一个不认识的人。"那个中年妇女说。

"男的还是女的？"张继来笑着问。

"一个男的，不是我们医院的，医院的男的我都认识，住院的我也都认识。"那个中年妇女说。

张继来头脑一热，感觉有些发晕，他努力克制住自己的情绪，微笑着说："谢谢，谢谢。"

"对了，如果你追上了刘喆，记得请我吃喜糖啊！"那个中年妇女边走边说，"刘喆可是个好姑娘。"

张继来没有再理会那个中年妇女，他心里琢磨着刘喆可能会和谁在一起吃饭，自己是不是要教训一下那个家伙？他突然想起了刘喆在上学的时候自己差点教训了她的老师，又告诉自己在处理这件事情的时候一定要谨慎，在没有搞清楚之前一定不要乱来，免得刘喆又生自己的气。张继来一边想一边走，不由自主地走进了刘喆的值班室，他就在刘喆的座位上坐了下来。张继来有意无意地看着刘喆办公桌上的文件，无意间扭头看了看窗外，却看见了刘喆和一个男人的身影从医院门口一闪而过。张继来急忙站起来朝医院门口走去，左右张望了几下，大街上一个人也没有。他问门口的大爷："刚才有没有看见刘喆从门口出去。"

看大门的大爷说："刚才在闭着眼睛吸烟，没有看见啊！"

张继来气急败坏地说："我要是医院院长，早就把你开除了。"

"你不知道我是医院院长他爹啊！他还把我开除了？"看大门的大爷毫不在乎地说。

张继来以为他在开玩笑，就没有再理会他，他又从口袋里掏出一整盒香烟，扔给了看大门的大爷，就快速朝小来子超市走去。

晚上，张继来在夜来香要了个大包间，请凌云、王登峰、鲍光头、钟灵、刘喆、朱敏他们唱歌。凌云和鲍光头在小来子超市待了一天，吃过晚饭就早早地来到了夜来香，在包间里五音不全地吼着。钟灵和朱敏进来的时候，差点被吓着，以为到了世界末日。凌云起哄让朱敏唱一首歌，鲍光头起哄让钟灵唱一首歌，钟灵没有唱，朱敏唱了一首邓丽君的《月亮代表我的心》，把他们几个惊到了，朱敏的歌声简直是天籁之音。鲍光头拍了拍光头，非常惭愧又自作多情地说："我要是学音乐的就好了。"

"你要是能学好音乐，那猪都会唱邓丽君的歌。"张继来刺激他说。

"先别刺激他了，王登峰和刘喆怎么还没来？"凌云冲张继来说。

"朱敏，你先培训着他们几个，我到楼下等一下他们。"张继来说完就来到了一楼的前台处，坐在大厅的沙发上和前台的美女没大没小地开着玩笑。

"张哥……"那位美女说。

"叫张董事长！"张继来打了个哈欠说。

"现在不是没人吗！"那位美女嗲声嗲气地说。

"他们几个都在楼上，一会儿还有人要来，你要积极主动地维护我的形象。"张继来故作严肃地说。

"张哥……张董事长，给我介绍个男朋友吧！"那位美女说。

"你这么漂亮，还担心找不到男朋友？对了，你看我怎么样？"张继来开玩笑说。

那位美女叹了口气，说："你是我的老板，我哪敢奢望啊！"

"谈恋爱与是不是老板没有关系，现在恋爱自由。"张继来继续说，"我有些困，先打个盹，有人来了你叫我。"

张继来斜躺在大厅的沙发上迷迷糊糊地睡了过去，就短短十几分钟时间，他梦见了上小学、初中时和刘喆在一起的事情，梦见了自己去省城的学校、镇上的医院找刘喆的事情，梦见了刘喆同意做自己的女朋友了，梦见了刘喆又移情别恋了，他还梦见了今天中午刘喆和那个男人的背影，梦见了刘喆和那个男人牵着手有说有笑地从门外走了进来……梦到这里，张继来一个激灵醒了过来。那位美女正走过来准备给他盖毛毯，被张继来的这一激灵吓了一跳。

"我怕你冷，给你拿了一条毛毯。"那位美女说。

"好，谢谢，给我吧！"张继来感觉有些冷，就伸手去接毛毯。

那个美女继续朝张继来走去，脚下一滑，毛毯和自己都盖在了张继来身上。这个时候，刘喆正好推门进来，在门口呆呆地看着这一幕，那个美女好像没有要起来的意思，张继来推了一下她，她还是不起来，张继来扭头看到了刘喆，一下子把那位美女推开了。刘喆本来很生气，但一想到自己又不喜欢张继来，他和谁在一起与自己又有什么关系呢？想到这里，她调整了一下情绪，说："张继来，他们几个呢？"

"在楼上呢！就等你了……还有那个书呆子没来。"张继来走到刘喆面前说。

"那我先上去找他们了！"刘喆说完就朝二楼走去。

那个美女看着张继来不好意思地说："对……对不起啊！"

张继来盯着那个美女，气呼呼地说："以后把地面的水拖干净。"

张继来本以为刘喆看到这一幕后会生气，会大骂自己，可她却像没事人一样走了，这让张继来很不理解，他用手摸了摸光头，在大厅里走来走去，分析着刘喆为什么不生气，为什么不大骂自己，那样的话自己心里还能接受，可她却表现得如此平静，是她还没有回心转意，还是她移情别恋？想到这里，张继来突然想到了中午他看到的那个背影，身体猛烈地哆嗦了一下。

四十八、张芳开店

为了方便和王登峰在一起，张芳在镇上租了一套两室一厅的房子，周一到周五，就和王登峰住在租的房子里，周末的时候就回县城去住。为了打发无聊的时间，张芳又在镇上租了一间沿街房，做起了化妆品生意。钟灵下班后经常去她那里聊天，讨论美容的事情，通过钟灵介绍，朱敏下班后也经常去她那里聊天，顺便买一些化妆品。王登峰跟刘喆说过很多次了，要她到张芳的化妆品店去看看，店里的东西货真价实，可刘喆就是不去，她下了班就回敬老院，陪着刘月娥一起处理敬老院的事情。

凌云心里一直想着改变经营模式的事情，想进行立体种植，却又担心失败，想进行无土栽培，却又没这方面的经验，想进行阳台菜园，却又担心市场前景不好，想进行盆栽生鲜，却又担心不能规模化种植，就这样，凌云有着美好的向往，有着丰富的计划，却一直没有付诸行动。就这样，凌云的计划一拖拖到夏天，错过了最好的种植季节。凌云心里非常苦恼，情绪异常烦躁，张继来刺激他敢说不敢干，光说不练假把式，鲍光头刺激他只是说说而已，君子动嘴不动手，王登峰刺激他只是说书而已，梦里走了很多路，醒来发现在床底下，甚至钟灵都说他："你这样犹犹豫豫的，什么事情也干不好！"

"我还不是担心失败，怕养活不起你吗？"凌云有些生气地说。

"你不要乱找理由，我自己能养活自己。"钟灵也有些生气地说。

凌云知道张芳在镇上开化妆品店的事情，钟灵经常去她的化妆品店他也知道，他心想，只要钟灵不乱买东西就行了。可近一段时间，他发现钟灵脸上的皮肤变白了，身上也总是散发着浓郁的香水味。当钟灵把包里的化妆品拿出来的时候，凌云忍不住了，他说："又去张芳那里买化妆品了？"

"这次是她送我的。"钟灵丝毫没注意到凌云情绪的变化，开始在手上、脸上涂抹化妆品。

"你身上的香水气味很难闻的，还有，我们不能和张芳比，她家里的钱花不完，我们才刚解决温饱问题。"凌云用低沉的声音说。

没想到凌云会这么说，钟灵呆呆地站在那里有些不知所措，她不解地看着凌云，嘴唇动了动，想说什么却没有说出来。钟灵想不明白，自己和张芳在一起有什么不行？用自己的钱买化妆品有什么不行？她把化妆品放回包里，说："我要回去了，你近一段时间情绪不稳定，我不和你吵架。"

钟灵今天下午来凌云这里，是计划在他这里住下的，但没想到凌云会因为化妆品的事情生气，她不会和一个情绪不稳的人吵架，那没有任何意义。钟灵看了一眼凌云就走了出去，凌云没有去送她，一个人在办公室里生闷气。他也不知道近一段时间是怎么回事，总感觉心里有火，却发泄不出来，他本不想这么说钟灵的，可不知道为什么自己还是这么说了。

张芳开的这个化妆品店，平时也没多少顾客，里面冷冷清清的，房租肯定是挣不回来的，但张芳并不关心这个。王登峰也劝她说："你租个房子我们能在一起住也就算了，为什么还要干这个赔本的买卖？"张芳对此不管不顾，白天就在化妆品店里待着，等着王登峰下班，然后和他回租的房子里过二人生活。这让王登峰的同事刮目相看，他们都搞不清楚，这个呆头呆脑的王登峰是怎么追上这个富二代的，而且她还长得这么漂亮。王登峰没法给他们解释，就挠着头皮笑笑，敷衍过去了。

鲍光头听张继来说张芳在镇上开了一家化妆品店，他没有在意这个，当他听说朱敏经常去张芳的化妆品店的时候，对这个提起了兴趣。鲍光头笑着对张继来说："你说这是不是个机会？"

"什么机会？你要使用化妆品了？"张继来开玩笑说。

"我追朱敏的机会。"鲍光头非常认真地说。

"你说是就是，谈恋爱可以，别耽误超市的工作。别想歪点子啊！追女人就要光明正大。"张继来说。

鲍光头想了想张继来和刘喆的事情，不好意思地点了点头，否定了自己的想法。他从小来子超市出来后，骑上摩托车来到凌云这里，大声对凌云说："小凌子，我要去给朱敏买化妆品了，你去不去？"

凌云正在办公室思考下一步何去何从的事情，钟灵刚走，他刚因为化妆品的事情和钟灵闹了别扭，听到鲍光头大喊，就没好气地说："我不给朱敏买化妆品。"

"不是……我是说你给不给钟灵买化妆品？要不，我给你捎过来？张董事长刚给我发了工资。"鲍光头继续说。

"我喜欢清水出芙蓉的女人。"凌云从办公室里走出来说。

"那你就去喜欢天然去雕饰的女人去吧！我走了。"鲍光头本来就没下摩托车，右手一拧油门，一溜烟跑了。

张芳正在她的化妆品店和一个女人聊天，给她介绍使用化妆品的好处，还把钟灵使用化妆品前后的变化一五一十地讲给她听，最后，她还是没有买，张芳笑着把她送了出去，刚好看到鲍光头停下摩托车。

鲍光头进来之后，问起了朱敏来这里的事情，张芳就告诉他，朱敏来过好几次了，只是询问使用化妆品的好处，有没有副作用，但一次都没有买，按进价卖给她她都不买，钟灵还买过两次呢！鲍光头找了张椅子坐下，环视了一下张芳的这个化妆品店，笑着说："张芳，那你不会送给她啊？"

"我说要送给钟灵的，可她不同意。"张芳在柜台里面坐了下来说。

"那朱敏呢？"鲍光头说。

"我主要是怕伤她们自尊……"张芳微笑着说，"你也知道，我开这个店不是为了挣钱，因为开这个店，我还和王登峰吵了好几次呢！"

"朱敏是不是想买？"鲍光头又说。

"看样子是想买。"张芳说。

鲍光头让张芳给他介绍了几款化妆品，最后，鲍光头又让张芳给他介绍了两款适合朱敏使用的化妆品，付了三千多块钱，提着化妆品就走了出来。鲍光头把化妆品挂在摩托车把上，却为如何送给朱敏犯了愁，他知道，如果自己直接给朱敏送过去，她肯定不会要。鲍光头想来想去也想不出个合适的办法来，他右脚一踹，右手轰了轰油门，又返回了小来子超市。

　　王登峰和刘喆交往已经有半年多的时间了，近两个月更是逐渐频繁了起来。他们的交往都是秘密进行的，王登峰不敢让张芳知道，但刘喆却不怕张继来知道，她甚至都想让张继来早早地知道，这样，他就不会一直缠着自己了。

　　王登峰给刘喆说过好多次了，让她到张芳的化妆品店去看看，买一些化妆品用，那样皮肤会变得更好，但刘喆一次也没有去，她对王登峰说："你就不能送我化妆品吗？怪不得他们说你是书呆子呢！"

　　听到书呆子三个字，王登峰本来想发火，但这是从刘喆嘴里说出来的，他就把火憋了回去。王登峰想着张芳的化妆品店里的化妆品那么多，她又是个大大咧咧的人，自己拿个一瓶两瓶的她应该看不出来。王登峰这么想着，又找了几个其他的理由给自己壮胆，最后，他心想，张芳是自己的媳妇，她的店就是自己的店，有了这个充足的理由，他就趁张芳不在的时候偷偷拿了两瓶，店里虽然没有别人，但仍有些做贼心虚，他还是朝四周看了看。

　　王登峰把从店里拿来的化妆品送给刘喆的时候，她欣然接受了，接下来的一段时间，她吃着张继来给她做的早饭，用着王登峰送给她的化妆品，皮肤一天比一天白。王登峰第一次从店里拿化妆品给刘喆，心里感觉对不起张芳，但当他看到刘喆高兴的表情时，他对张芳的愧疚就渐渐没有了。

　　张芳在租的房子里准备晚饭，她本来是不会做饭的，但为了打发无聊的时间，她开始学着做各种美食，现在也基本是个美食专家了。王登峰下班后吹着口哨回来了，看到张芳围着围裙在厨房里忙活着，俨然一个家庭主妇的样子，心里又突然产生了愧意。张芳把炒好的菜端了出来，笑着说："这几天这么高兴，是不是有什么好事啊？"

　　"没……没有啊！主要是前一段时间工作上的事情有些杂乱，现在好了，找到头绪了。"王登峰不敢看张芳的眼睛，故作镇定地说。

　　"是不是还在为我开店的事情生气？"张芳走到王登峰背后说。

　　"没有……我饿了，吃完饭我们……"王登峰主动提出了要求，就要去抱张芳，这把她吓了一跳。自从经历了三次失败的刺激之后，王登峰就一直不行，每次都是张芳主动，但王登峰依然像霜打的茄子一样，抬不起头来。

　　张芳推开了王登峰，说："要不，我们先不吃饭了，先……"

　　"好！"王登峰说着就推着张芳进了卧室，他试着亲吻张芳，手忙脚乱地褪去张芳身上的衣服。张芳微笑着，眼睛里含着泪水，心里有些激动，有些兴奋，她不知道王登峰今天是怎么了，行为有些反常，但她顾不了这么多了，她明显地感觉到王登峰的下身有了反应，就伸手去摸。这一摸，真的让王登峰受了刺激，他把张芳推倒在床上，重重地压在了她的身上。

"王登峰，你今天是怎么了？有些不正常啊！"张芳盯着王登峰的眼睛说。

"没有……我就是想你了。"王登峰边说边喘粗气。

"你是不是把我想象成了别的女人啊？"张芳说。

通过和刘喆这一段时间的交往，王登峰发现自己离不开她了，有时候他想着刘喆脱光衣服的样子，竟然有了生理反应。今天下班前，王登峰接了刘喆一个电话，他就开始了漫无目的的想象，回到家里后，他看到张芳穿着短衣短裤，还围着个围裙，不知道从哪里来的勇气，就把张芳压在了床上。

经张芳这么一说，王登峰又像受了刺激一样，一下子就软了下来，他努力把张芳想象成刘喆，但还是没有效果。张芳一下子把他从身上推开，说："看来，你真的把我当成了别的女人。"

王登峰呆呆地坐在床边，像做错了事的孩子一样不知所措，大脑一片空白，他甚至不知道自己刚才做了什么，他使劲摇了摇头，又低下了头。

四十九、争吵

鲍光头买了化妆品却一直没有送给朱敏，自己搂着化妆品睡了两晚上，第一个晚上梦见朱敏接受了自己的化妆品，第二个晚上梦见朱敏拒绝了自己的化妆品，早上醒来他就让张继来把化妆品给朱敏送了过去，还不让张继来说是自己给她买的。他对张继来说："她只要肯接受，谁给她送过去都无所谓。"

就这样，张继来来了一次借花献佛，他送给朱敏的时候，朱敏害羞地低下了头。

钟灵用了一段时间的化妆品后，皮肤变得越来越好，用张继来的话说就是："凌云同志，你老婆越来越有女人味了。"但凌云不喜欢钟灵使用化妆品，为此，他和钟灵吵过几次架，张继来知道后就刺激他说："凌云同志，当心你老婆跟别人跑了！"

凌云没好气地说："她一个教书的，我不让她使用化妆品，是怕对她影响不好。就算是她跑了，我还怕找不到媳妇？再说了，男子汉大丈夫，岂能被儿女情长束缚住了远大的理想……"

"你就吹吧！我们几个就你最儿女情长！"鲍光头不屑地说，"张董事长喜欢刘喆，是剃头挑子一头热，我喜欢朱敏，是……也是剃头挑子一头热，还有那个王登峰，他是被迫无奈，只有你和钟灵是儿女情长。"

二〇〇五年九月的一个傍晚，微风徐徐，凌云的种植基地内一派丰收的景象，凌云、张继来、鲍光头在凌云的种植基地喝酒聊天。这一次，凌云不想谈论钟灵的事情，张继来不想谈论刘喆的事情，鲍光头也不想谈论朱敏的事情，但男人凑在一起不谈论女人的事情，总得找个话题谈论，凌云就提议谈论烂尾房的事情，张继来就提议谈论立体种植的事情，鲍光头就提议谈论要敞开心扉敢于面对的事情。凌云和张继来对鲍光头的提议嗤之以鼻，鲍光头就说："张董事长，我跟着你干了这么多年，知道你敢闯敢干，清平镇即将迎来一次大发展。"

"为什么？"张继来不解地问。

"我听说要换镇长了，新官上任三把火，我们要抓住机会。"鲍光头不假思索地说。

"我也听说了，你抓紧去找朱敏问问，这到底是不是真的？"张继来说。

"好，我这就去！"鲍光头说完后就起身屁颠儿屁颠儿地跑了。

张继来看着他那上蹿下跳的身影，无奈地摇了摇头，说："可惜啊！朱敏对鲍光头一点儿意思也没有。"

鲍光头走后，凌云对张继来说："小来子，我让九奶奶给打听一下吧！"

张继来点了点头，说："你看，这些烂尾房闲着也是闲着，怎么就没有领导拍板呢？难道这就是我小来子要在清平镇轰轰烈烈干一番事业必须过的一道坎？"

凌云端起酒杯和张继来碰了一下，两个人一仰头干了，凌云说："你别刺激我了，你比我有魄力，你看，我的计划这一年又泡汤了，来年还不知道会发生什么事情，说不定我要跟着你混了。"

张继来低头沉思了一会儿，抬起头来说："明天你陪我到烂尾房去看看，我现在做梦都想着烂尾房的事情。"

"现在也没事，吃完饭我们就去看看。"凌云说着又喝了一杯啤酒，张继来也跟着喝了一杯。

半个小时后，凌云和张继来酒足饭饱，张继来站起来左手拍了拍肚子，右手摸了摸光头，打着酒嗝，晃晃悠悠地朝大门口走去，凌云把桌子上的残局简单收拾了一下也晃晃悠悠地跟了过来。经过小来子饭店门口的时候，张继来朝里面看了看，看到张芳正坐在里面吃饭，本想进去看看，但想到自己还有更重要的事情要做，就扭头继续朝前走去。凌云看到张芳在里面后，就跑进去和她打了个招呼，说自己要和张继来去沿街的烂尾房看看。张芳抬头看了看凌云，没有说话，凌云感觉很无趣，灰溜溜地跑了出来。

来到沿街房后，凌云和张继来沿着沿街房的背面一边走一边往里看，整个沿街房朝街的一面形象还可以，政府为了镇容镇貌不定期进行简单修缮，但背面就不堪入目了。走到一间门面还算可以的沿街房门口，张继来用手指了指，说："我们上去看看吧！"

张继来在前，凌云在后，他们两个沿着楼梯往上走，刚走到二楼转弯处，张继来突然停了下来，仔细地听着什么，凌云也仿佛听到了什么声音，歪着脑袋，皱着眉头仔细寻找声音的来源。

"你说，我们是过去看看好呢，还是在这里听听好？"张继来不怀好意地坏笑着说。

"你说，我们是搞个破坏好呢，还是成就一段激情好？"凌云也不怀好意地坏笑着说。

张继来和凌云对视微笑着，隔壁传来的声音越来越大，男的声音急促热烈，女的在刻意压制自己的声音，但无济于事。张继来摇了摇头，给凌云打了个手势，两个人便朝楼下走去。

"这些烂尾房都成了痴男怨女寻欢作乐的地方了，都成了俊男倩女男欢女爱的地方了，为什么就不能让它为人民服务呢？"来到镇中街后张继来左手摸着肚子说，"对了，刚才你进去和张芳说啥了？"

凌云一时没反应过来，反应过来后说："哦，我跟她说我们要来看烂尾房。"

"你说，张芳的父亲以前是搞房地产开发的，他会不会和这些烂尾房有关系？"张继来右手摸着光头说。

"这个不好说，得问问她。"凌云打着酒嗝说。

就在张继来和凌云讨论张芳的时候，张芳也突然想起了烂尾房的事情，她急忙吃了两口饭，摸了摸口袋，发现手机忘带了，付完钱后就急忙走了出去。在张芳的印象中，她听马叔叔说过她父亲在镇上搞房地产开发的事情，但具体怎么回事她不是很清楚，刚才经过凌云的提醒，她突然有了自己的打算。这几天王登峰外出学习了，就张芳一个人在家里，她回到家里后就给王登峰打电话，但王登峰的手机一直关机，当张芳准备第六次给他打电话的时候，王登峰回来了。张芳看着一身疲惫的王登峰，关心地说："怎么一副无精打采的样子啊？"

"出差在外，吃不好，睡不好，累坏了。"王登峰强作欢颜地说。

"抓紧洗个澡睡觉吧！明天还要上班呢！"看到王登峰疲惫的样子，张芳没有跟他说烂尾房的事情，她心想，等明天早上他休息过来了再说也不迟。

王登峰走到张芳面前，伸手抱了抱她，就去浴室洗澡了，张芳一个人坐在沙发上静静地发呆。过了一会儿，她起身走到浴室跟前打开门，说："你洗完澡我跟你说个事情。"

王登峰被吓了一跳，他伸手去拉浴室的门，张芳死死地拉着，他拗不过张芳，只得在张芳的注视下很尴尬地洗澡。

"我要跟你说烂尾房的事情。"张芳说。

"你先出去，等我洗完澡再说。"王登峰说着又伸手去拉浴室的门。

"我想镇上的这些烂尾房应该是一次机会，听凌云说，张继来也在打这些烂尾房的主意。"张芳说。

"这个我知道，可这与我有什么关系呢？"王登峰关了水龙头，扭过头来说。

"我们可以开发这些烂尾房啊！总比你领死工资强。"张芳说。

"我现在干得很好，说不定干上几年我就能干上科级了，再说了，在政府干，工作多稳定啊！"王登峰边用毛巾擦着身体边往外走。

"王登峰，你……你能不能有点出息，就以你现在的那几个死工资，你能养得起自己吗？能养得起我吗？"张芳生气地说。

"那当时你为什么让你爸爸托人安排我在镇政府工作？"王登峰赤身裸体地盯着张芳说。

"你以为在县政府给你安排个工作那么简单啊？你以为县政府是你家开的啊？能在镇政府工作就不错了。"张芳大声说。

"好了，不说了，我要去睡觉了。"王登峰说着就朝卧室走去。

张芳看着一丝不挂的王登峰，突然笑了起来，她发现生气的王登峰比不生气的王登峰具有较多荷尔蒙，尤其是他现在光着身子和自己吵架，下面那东西还一晃一晃的。张芳看着王登峰进了卧室，自己也洗了个澡，就上床抱着王登峰睡了。

第二天早上，王登峰到张继来在烂尾房开的早餐店吃早饭，跟他聊起了烂尾房的事情。张继来说："这些烂尾房再不治理，还不知道要发生多少见不得人的事情呢！到时候你的工作也不好干。"

王登峰不明白张继来的意思，就说："什么见不得人的事情？"

张继来把他和凌云昨天晚上在烂尾房遇到的事情说了一遍，末了还加了一句："不过，那女人的呻吟确实挺销魂的。"

王登峰把放在嘴边的火烧停顿了一下，又继续吃了起来，吃完早饭他就去镇政府上班了。张继来在他的早餐店门口走来走去，鲍光头跑来向他汇报昨天打听到的情况，他说："换不换镇长不知道，但朱敏还是不同意做我的女朋友。"

张继来气笑了，询问了一下歌厅的情况，安排他这几天再去小来子养鹅场、小来子饭店看看，用他自己的话说就是要时常敲打敲打他们，让他们感觉到有压力，不能实行放羊式管理。鲍光头要了两个肉火烧放在方便袋里，挂在摩托车左把手上，骑上摩托车扬长而去。

张继来感觉好长时间没有去找刘喆了，都记不清上一次见到她是什么时候了，他本来想去超市看看，转念一想，就朝镇中心医院走去。刚走出没几步，听到有人在后面喊："张继来！张继来！"他回头一看，张芳在她的帕萨特里面摇下窗户冲他摆手。

"有啥事？我现在很忙！"张继来边走边说，他了解张芳的性格，知道她找自己也没什么正事。

"没啥事！"张芳笑着说。

"要是吃早饭，我跟他们说免费就是了。"张继来回过头来继续朝前走去。

"是关于烂尾房的事情！"张芳笑着说。

一听是关于烂尾房的事情，张继来停下了脚步，他来到张芳的车跟前，双手放在驾驶座的窗户上，说："烂尾房是我的，你别想打烂尾房的主意。"

"我不打烂尾房的主意，可我可以给你出主意。"张芳说着熄了火，拔下钥匙，从车里出来了。

张继来不明白张芳的意思，他盯着张芳看了一会儿，想着说不定她父亲真的可以帮上忙，又想起了昨天晚上凌云说的话，就笑着说："张大美女，以后你来吃早饭都免费，你们几个都记好了，只要张大美女来吃饭都免费。"

张芳要了个油酥火烧，要了碗豆腐脑，坐在马扎上慢慢吃了起来。张继来找了个马扎坐在她对面，本来他已经吃过早饭了，但还是要了一个火烧，一碗豆腐脑，和张芳面对面地吃了起来。

五十、合作

吃过早饭，张芳开车去县城了，张继来去小来子超市视察了一下，就去镇医院找刘喆，这次看大门的张大爷没探出脑袋，张继来感觉好奇，就走进了传达室。他本想把手中的香烟递给张大爷，但张大爷不在，一位中年妇女坐在里面，张继来问："张大爷呢？"

"哦，他回家了。"那位中年妇女说，"昨天刚走，我是临时的。"

"回家了？"张继来不解地问。

"对啊！院长怕出事，就让他回家了。"那位中年妇女说。

"一个看大门的能出什么事？我还特意给他买了包香烟呢！"张继来把手中的香烟放进了口袋。

"你是张继来吧？他跟我说了，你要是来给他送烟，就让我给他收着。"那位中年妇女随手递给张继来一张椅子。

张继来笑了，把烟递给那位中年妇女，在椅子上坐了下来，他环视了一下传达室，看到墙上有一幅字，他盯着看了一会儿，说："荡妇！"

"什么荡妇，那是坦荡，张大爷写的，他可是山东省有名的书法家，很多人求着他写字，出钱他都不肯写。"那位中年妇女说。

"对了，刚才你说怕出事，怕出什么事啊？"张继来还在想着刚才的问题。

"听他们说怕出廉政问题，领导给自己家属安排工作不合适。"那位中年妇女盯着张继来说。

张继来突然想起以前他来镇医院的时候张大爷说过的话，难道这位张大爷真是院长他爹？他摸着脑袋，摇了摇光头笑了，心想："真是人不可貌相，没想到这位张大爷这么厉害。"

"你笑什么？就是因为张大爷是院长他爹，院长怕上面调查，就让他回家享清福去了。对了，你知不知道，听说要换镇长了？"那位中年妇女又说。

听到要换镇长，张继来一下子来了精神，他让鲍光头去打听消息，不知道这小子是真没打听到，还是一心想着和朱敏谈恋爱，找了个理由来糊弄自己，没想到在这里有了意外收获。

"你是来找刘喆的吧！她今天没上班。"那位中年妇女说。

张继来点了点头，没心思去找刘喆了，就站起来往外走，他出了镇医院大门，又跑到路两边的烂尾房看了一下，然后朝凌云的种植基地走去。他心想，路两边的烂尾房这么长时间了，新官上任三把火，新上任的镇长可能会对这些烂尾房下手。再加上刚才张芳说起烂尾房的事情，这让张继来又看到了希望。刚走了几步，张继来又改变了主意，他打电话把凌云和鲍光头叫到了小来子超市的办公室里，重新商议拿下烂尾房的事情。

张继来在办公椅上坐着，不停地用手摸着光头，把情况大体说了一下，让他们两个给提提意见。凌云坐在沙发上思考了一会儿，说："如果张芳插手烂尾房的事情，那就不好办了，毕竟她爸爸有钱有势，还是干房地产的，我们要慎重考虑。"

"小凌子说得有道理，如果她爸爸要插手的话，我们几个是争不过张芳的。"鲍光头摇着头说。

"你们两个不要说丧气的话，叫你们两个过来是来出主意的，不是来发牢骚的。"张继来站了起来，摸着脑袋走来走去。

"小来子，先沉住气，别乱了阵脚，看看张芳有什么行动。"凌云说。

"对，张芳说不定就是好奇，玩玩而已，先静观其变。"鲍光头说。

"我沉不住气，我关注这些烂尾房这么长时间了，就算砸锅卖铁也要得手，我下一步要进军房地产和商贸领域。"张继来把心里的打算说了出来。

凌云和鲍光头吃惊地看着张继来，张继来又在椅子上坐了下来，说："我分析着是张芳买下这些烂尾房，想让王登峰单挑。他们不缺钱，又比我们有优势，张芳应该是过来探探我的底细。"

"那个书呆子在政府部门干个科员还行，出来混肯定不行的，不用怕他。张董事长，干房地产，干商贸，可就不是小打小闹了。"鲍光头说。

"这需要钱，你别看这些破破烂烂的沿街房，如果真买下来需要不少钱的，再加上装修费、周转费等，我的钱根本不够。"张继来说。

"我这些年有了点积蓄，我和盘托出。"凌云看着张继来说。

张继来看了看鲍光头，鲍光头摸了摸脑袋，笑着说："我也和盘托出。"

"可那也远远不够啊!"张继来叹了口气,有些沮丧地说。过了一会儿,他又接着说:"你们说,如果我把养鹅厂、饭店、歌厅、超市都盘出去呢?"

凌云和鲍光头同时从沙发上跳了起来,异口同声地说:"你疯了?!"

"没有,俗话说'舍不得孩子套不住狼',我也要体验一把破釜沉舟,背水一战的感觉。小凌子,如果失败了,我去你的种植基地打工,中午要管饭啊!"张继来异常轻松地说。

凌云被张继来的想法震撼了,他不知道张继来哪里来的这种胆识和魄力,自己想搞个立体种植、无土栽培、盆栽生鲜都犹豫了一年的时间,没敢轻易出手,没想到这个张继来一出手就是大手笔。从张继来的超市回来后,凌云一个人走在马路上,想起了张继来初中毕业养大白鹅的事情,想起了张继来风风火火开饭店的事情,想起了张继来雷厉风行办歌厅的事情,想起了张继来顶住压力开超市的事情。以张继来现在的身份,在清平镇也算是有头有脸了,可如今,他又要在清平镇掀起一场震荡,这不得不让凌云佩服。

高中毕业后,凌云就一直搞种植业,可一直没什么大的发展,和钟灵的感情也一直平平稳稳,虽说现在钟灵和张芳走得有些近乎,但她们两个是很要好的闺密,也无所谓了。凌云就这样过着小富即安的生活,就这样浑浑噩噩地虚度人生,有时候,凌云也会觉得自己太失败了,还不如这个初中毕业的小来子呢!

整个下午,凌云都在他的办公室里看村上春树的《挪威的森林》,看累了就斜躺在床上迷糊一会儿,醒来再继续看。晚上,他心情不好,不知是受小说故事情节的影响,还是张继来的宏伟规划刺激了他虚弱的神经?他不知道自己现在为什么情绪这么低落,总有一种很孤独,很虚弱的感觉,可又说不出来由。晚上,凌云没有心思做饭,就拆开一包方便面,准备凑合一顿,今天晚上加加班,就把《挪威的森林》看完了。凌云正要往饭碗里倒热水的时候手机响了,他扭头一看是钟灵打过来的,接通后按了免提。

"在干什么呢?"钟灵非常兴奋地说。

"准备吃泡面呢!你又不给我做饭。"凌云笑着说。

"我在县城呢!这就往回赶,先别吃饭了,等着我。"钟灵说完就把电话挂了。

凌云愣愣地站在那里,不知道钟灵今天碰到了什么高兴的事情。他把暖瓶放下,揉了揉有些酸痛的眼睛,喝了口水,就坐在椅子上漫无目的地遐想。他想起来第一次见到钟灵时的情景，想起了和钟灵在学校的操场上散步时的情景，想起了钟灵第一次到九奶奶家的情景，想起了第一次抱钟灵时的情景，想起了在大学的食堂里和钟灵一起吃饭的情景，想起了那天晚上自己躺在钟灵被窝里的情景……想到这里，凌云浑身哆嗦了一下，他努力回忆那天晚上的情景，可什么也想不起来，他想不起那天夜里他到底做了什么，自己到底有没有和钟灵干那事？他不止一次地问钟灵，但钟灵都是笑而不答。

钟灵坐公共汽车从县城回到清平镇，凌云骑着摩托车去接她，钟灵侧身坐在后座上，右手环抱着凌云的腰，脸靠在凌云的背上，嘴里哼着欢快的曲子，满脸洋溢着幸福的表情。

"今天太阳从西边出来了？"凌云回过头来问钟灵。

"注意安全，回过头去。"钟灵笑着说，"我被评为优秀教师了。"

"班级的还是清平镇的？"凌云笑着问。

"小凌子，你能不能有点出息？"钟灵娇嗔道，"你怎么不猜想说是全市的呢？"

"哦，我老婆厉害了，晚上别回去了，到我那去，我奖励你一下。"凌云坏坏地说。

钟灵用右手在凌云的腰上掐来掐去，凌云扭动了一下腰肢，右手加大了油门，大声说："注意安全，注意安全。"

回到凌云的种植基地后，钟灵看到桌子上那本《挪威的森林》，就说："你怎么也开始看日本的文学作品了？"

"我是不喜欢日本人，但文学是没有国界的。"凌云说着瞅了一眼钟灵，坏坏地笑着说，"上高中的时候你就看这本书，我终于知道是为什么了！"

"为什么？"钟灵不解地问。

"因为里面有那种描写，你还说你喜欢村上春树，中国有那么多有志青年，你面前就有一个，对不对？"凌云在床上坐了下来。

"你的思想能不能高尚一点？不跟你说这个了，你休息会儿，我去做饭。"钟灵说完就到院子里的小厨房开始做饭。

凌云看着钟灵走出去的背影发了会儿呆，就起身到厨房帮着她一起做晚饭。看着这个狭小的厨房，凌云知道凭自己现在的收入不能给钟灵幸福的生活，他虽然有太多的想法，但迟迟不敢付诸行动，他怕失败。

"今天在县城我碰到张芳了。"钟灵边切黄瓜边说。

"哦……"凌云蹲在地上边扒蒜皮边说。

"她跟我说了一件事情，我觉得我们可以考虑一下。"钟灵把切好的黄瓜放进盘子里。

"让你和她一起开化妆品店？"凌云把剥好的蒜瓣放在刀板上。

"不是，我不就是用点化妆品吗，你干吗总是这样大惊小怪？"钟灵噘着嘴巴说。

"先不说这个事，张芳和你说什么了？"凌云拿起个洋葱扒了起来。

"关于烂尾房的事情。"钟灵开始切蒜瓣。

"小来子一直关注着烂尾房，甚至想将其他产业都卖了，把道路两边的这些烂尾房全买下来大干一场。"凌云把扒好的洋葱递给钟灵。

"这个我知道，你不想打这些烂尾房的主意？"钟灵把洋葱放在刀板上回过头来说。

"这个没想过。"凌云站起来说。

"可如果有机会呢？"钟灵盯着凌云说。

"我不想做对不起张继来的事情。"凌云说。

"这与张继来没关系，你怎么总想着那个张继来？"钟灵有些生气地说。

"小来子一直在打那些烂尾房的主意，还让我给他出谋划策，如果我们和张芳搞起了那些烂尾房，小来子会怎么看我？"凌云说。

"好了，我们先不说这个了，先吃饭吧！"钟灵了解凌云的性格，转身开始做饭。

凌云一个人回到办公室，思考着刚才钟灵说的话，他知道张芳和钟灵的关系非常不错，不是亲姐妹胜似亲姐妹，以张芳的家庭背景，以她们两个人的关系，她还真有可能和钟灵打这些烂尾房的主意，可如果自己再打这些烂尾房的主意，那自己是不是做了对不起张继来的事情？自己又该如何面对张继来？

这顿晚饭吃得并不开心，钟灵一直说现在的社会，要公平竞争，谁有本事谁开发，凌云却不想去伤害张继来，说自己今后另有打算。他们边吃边争论，最后都叹了口气，也没有争论出一个结果。吃过晚饭，他们在种植基地边的马路上溜达了几圈，就回来睡觉了。夜里，凌云梦见自己真的打起了烂尾房的主意，都已经准备轰轰烈烈大干一场了，张继来突然跑了过来大骂自己没有良心，大骂自己伤害了兄弟之间的感情，大骂自己心胸狭小、背后伤人，大骂自己……凌云出了一身汗突然醒了过来，他看到钟灵躺在自己身边，就抱着她又迷迷糊糊地睡了过去。

不知睡了多长时间，凌云还在稀里糊涂地梦着烂尾房的事情，他又梦见自己和张继来解释，可张继来根本不听自己的解释，还是在大骂自己，最后，张继来和自己打了起来，把自己压在身下，让自己动弹不得。凌云奋力挣扎，又突然醒了过来，他发现钟灵正一丝不挂地在自己上面，双手盘着压在自己胸部，一双大眼睛忽闪忽闪地看着自己。凌云再也忍不住了，翻身把她压在身下，进入了她的身体。

钟灵双手抱着凌云的脖子，双腿缠住他的腰，闭着眼睛尽情地享受凌云带给她的这一切……

五十一、九奶奶的指点

早上醒来后，凌云赖在床上不起，钟灵起床后洗漱打扮完毕，煮了两碗面条，每个碗里有一个溏心鸡蛋。她看了一眼睡眼惺忪的凌云，坐在椅子上独自吃了起来。凌云躺着伸了个懒腰，穿上衣服，和钟灵面对面吃了起来。

"一会儿你好好考虑一下。"钟灵边吃边说。

凌云装作没听见，埋头吃面条，他还沉浸在那种美妙的感觉中，还在努力回忆夜里的温存，他说："这样，你真的成了我的女人了。"

钟灵白了他一眼，没好气地说："我本来就是你的女人。"

吃完早饭，钟灵去学校了，凌云把锅碗洗刷完毕，就坐在椅子上发呆，他思考着昨天晚上钟灵说的话，心里有些烦躁，不知道该如何处理这件事情。凌云在种植基地里溜达了几圈，雇的几个临时工来上班后，他简单地给他们安排了一下，就骑上自行车朝九奶奶杂货铺奔去。马上就要国庆节了，道路两边被收拾得干干净净，还摆上了一些鲜花，已经有节日的气氛了。

来到九奶奶杂货铺后，凌云把自行车停到门口，大声喊："九奶奶！九奶奶！"

刘喆从九奶奶杂货铺里走了出来，说："九奶奶不在，去敬老院了。"

"哦，那我去敬老院找九奶奶。"凌云说着就要走。

"九奶奶说你好长时间没有来了，进来坐坐吧！九奶奶一会儿就回来。"刘喆说完就进去了。

凌云重新把自行车停好，进了九奶奶杂货铺，刘喆坐在沙发上看电视，电视里正在播放早间新闻，凌云看了看她，就在她身边坐了下来，他感觉氛围有些尴尬，就说："今天怎么没去上班啊？"

"昨天值班了，刚回来。"刘喆眼睛盯着电视说，"我妈找九奶奶有事，就让我先给她看一会儿。"

"哦！"凌云点着头说，可这一句说完，他却找不到话题聊了，就陪着刘喆一起默默地看电视。

刘喆扭头看了一眼凌云，说："小凌子，你挺会聊天的啊！今天怎么这么沉默啊？"

凌云尴尬地笑了笑，说："没想到你会在九奶奶这里，太突然了，我……我感觉有些意外。"

"那我走了，你替我在这里看一会儿吧！"刘喆说着就站了起来准备往外走。凌云也跟着站了起来，他想留下刘喆陪自己聊会天，可就是没有说出口。刘喆心里也是这么想着，如果凌云开口要自己留下来陪他聊会天，她就会留下来。可凌云没有说话，刘喆有些失落，有些伤心地走出了九奶奶杂货铺。

凌云看着刘喆的背影，感觉和她一下子疏远了很多，他不知道这种疏远是从什么时候开始的，也不知道为什么会有这种疏远。凌云一阵恍惚，到里面的院子溜达了一圈，整个院子的布局倒没有很大的变化，这个院子存储着他天真无邪的童年记忆，他想起了自己的童年，想起了王登峰，想起了张继来，想起了这次来找九奶奶的目的……凌云深深吸了一口气，缓缓吐了出来，又进屋在沙发上坐着看电视，但心里在想着如何向九奶奶开口的事情。

九奶奶在回来的路上碰到了刘喆，刘喆告诉九奶奶凌云在店里等她，九奶奶心想，这个小凌子肯定又遇到什么想不开的事情了。九奶奶是看着凌云长大的，她太了解这个小凌子了，平时看着一副乐观开朗、无所畏惧的样子，其实，他内心还是比较脆弱的，甚至是有些自卑，不敢面对生活。九奶奶快步来到店里，看到凌云竟然在沙发上睡了过去，就拿来一条毛毯盖在他身上。

不知睡了多长时间，凌云一个哆嗦醒了过来，看到九奶奶在旁边的椅子上坐着，就站了起来，说："九奶奶，我来看你了。"

"来看我？是不是又遇到什么想不开的事情了？"九奶奶笑着说。

被九奶奶看穿心思后，凌云伸手摸了摸鼻子，把烂尾房的事情和九奶奶说了一遍，就在沙发上坐了下来。

"你是怎么想的？"九奶奶说。

"我不知道该怎么做才来找你的，我心里有些乱。"凌云低着头说，不敢看九奶奶的眼睛。

"我的小凌子啊！你和小来子是一起光着屁股长大的，你了解小来子不？他这个人表面上一副凶巴巴的样子，但他心地善良。你看，他那么喜欢吉吉，但他从来没有做过什么出格的事情。你再看，从养大白鹅到开饭店，从开歌厅到开超市，小来子有没有做过什么伤天害理的事？没有，他反倒还给敬老院捐款，还让镇上的那些不学无术的小混混收敛了许多。以他现在的能力，在清平镇做这些小混混的老大没有问题，但他没有这么做。这一切都说明小来子是一个光明磊落的人，再说了……"九奶奶一口气说了很多。

"九奶奶，你说的这些我都知道，我是怕伤害了和小来子之间的感情，他打那些烂尾房的主意都好几年了，我不想……"凌云说。

"这不是你的真实想法吧！你是怕别人笑话你吃软饭吧！"九奶奶说。

凌云又用手摸了摸鼻子，笑着说："这也是一方面的原因。"

"光明磊落地去干，去竞争就是，没有必要想这么多。前怕狼后怕虎，什么也做不成，现在社会发展这么快，这些烂尾房如果让别人抢去了，张继来会怎么想？你放心，张继来不是那种心胸狭小的人，要不然，他也不会在镇上混得风生水起。"九奶奶又说。

"那我明白了。"凌云说，"就算是竞争，也要和张继来明着竞争，这样才是对对手的一种尊重。"

九奶奶点了点头，说："你先回去吧！刘喆一会儿过来，今天我准备到你的种植基地去看看。"

凌云告别九奶奶后，就骑着自行车往回走，刚到镇中街的路口处，就听到有人使劲地按喇叭，他往路对面看去，车窗摇下后，他看到了一个锃亮的光头。

"小凌子，我买车了，但是还没有驾照，你考个驾照当我的司机吧！"张继来大声说。

"不去看你的烂尾房，在这里显摆啥？"凌云故意刺激他。

"我去医院找刘喆，她不在，漂亮的小护士们说她值班休息了，我去找她，你要是不当我的司机，我让刘喆当我的司机了。"张继来说完把玻璃摇了上去，一踩油门蹿了出去。

"好一个张继来，不声不响就开上帕萨特了，等我有了钱，我买两辆，开一辆，拉一辆。"凌云说完右脚使劲一蹬，但没有像张继来的帕萨特那样蹿出去。

张继来开车经过九奶奶杂货铺门口的时候，看到九奶奶坐在门口，就停下车来和九奶奶打招呼。九奶奶一看是张继来开着车，就笑着说："小来子厉害了，真的成了清平镇首富了。"

"哪有，九奶奶，你又笑话我了！"张继来摸了摸光头说，"要不，上来坐坐？"

九奶奶一想，自己要去凌云的种植基地去看看，正好可以让张继来送过去，她站起来朝敬老院的方向看去。

"九奶奶，你在看什么呢？"张继来下车，很潇洒地把车门一推，他很满意自己这关车门的动作和关车门发出的声响。

"刘喆一会儿要过来，我看看她来了没有？"九奶奶说着又坐下了。

张继来光想着显摆自己的帕萨特了，这才突然想起自己要去找刘喆，他摸了摸光头，笑着说："九奶奶，我去敬老院把刘喆接过来吧！"

"不用了，我刚给她打过电话，她马上就要过来了。"九奶奶说。

张继来又摸了摸光头，笑着说："九奶奶，要不今天先不拉你了，改天再拉你吧！"

九奶奶知道张继来心里怎么想的，就说："小来子，以你现在在清平镇的地位，找个媳妇应该不成问题吧？"

"那是，可我心里不是……不是……有刘喆吗？"张继来不好意思地说。

"喜欢刘喆你可就要吃苦头了。"九奶奶说着看了一眼张继来的脸色，又说，"听小凌子说，你准备进军房地产了？"

"没有，我就是看着路边的那些烂尾房不错，想把它搞下来。"张继来知道这肯定是凌云告诉九奶奶的。

"你知道这些烂尾房的历史吧？"九奶奶说。

"这个……这个不清楚，我只知道那个房地产开发商卷款跑了，留下了一堆烂摊子，农民工因为工资的事情，差点闹出人命，现在都经历两任镇长了，还一直没有解决。"张继来说。

"干房地产可不是小打小闹，要有充分的打算，这个要慎重考虑。"九奶奶说。

"嗯，这个我知道。"张继来非常诚恳地说。

九奶奶又起身朝敬老院的方向看去，说："刘喆来了，给你一次机会，送我去小凌子的种植基地吧！"

张继来转身看到刘喆已经走了过来，就说："你来啦！我正要去找你呢！"

刘喆没有搭理张继来，径直走到九奶奶杂货铺里面，张继来朝里面看了看，他知道刘喆是来给九奶奶照看杂货铺的，心想，先把九奶奶送到凌云的种植基地，再过来找刘喆也不迟。

张继来打开副驾驶的车门，让九奶奶先上车，然后开着车朝凌云的种植基地驶去。张继来和凌云同时到达了种植基地门口，九奶奶下车后，张继来把车掉个头，一踩油门蹿了出去。

"小来子，刚考了驾照，慢点开。"九奶奶大喊。

"他根本没有驾照。"凌云一只脚踩着自行车踏板一只脚着地说，"又去找刘喆了。"

五十二、朱敏表白张继来

镇政府领导班子要换届是板上钉钉的事情了，朱敏跟张继来说过，王登峰也跟张继来说过，但他们传递给张继来的信息不一样。朱敏告诉张继来新来的镇长是个开放派，喜欢大刀阔斧地搞改革，还听说清平镇下一步要重点发展，但具体的情节不清楚，要张继来抓住这个机会，说不定能成就一番事业。王登峰告诉张继来新来的镇长是个保守派，不想有功，只想无过，只要不犯错误，在清平镇镀镀金，下一步有可能要调到市里当领导了。

当朱敏把消息告诉张继来的时候，张继来用手摸着脑袋问："消息可靠不？"

"不知道，身边的同事都这么说。"朱敏说。

当王登峰把消息告诉张继来的时候，张继来还是用手摸着脑袋问："消息可靠不？"

"不知道，身边的同事都这么说。"王登峰说。

二〇〇五年底，清平镇政府所有部门都在搞年终总结、报告、评比，但今年的年终总结、报告、评比却没有往年热烈。每个部门、每个人都在心不在焉地搞着，走走过程，搞个形式，看似按部就班、风平浪静，其实每个部门，每个人都有自己的分析和判断。原因大家都知道，不知道谁走漏了风声，在搞政府换届的同时，还要进行部门的整合，合并一些部门，取消一些部门，听说还要成立新的部门，也就是说每个人的工作岗位都有可能发生变化。在这种形势下，有的人充满了希望，有的人充满了恐慌，有的人信心满满，有的人担惊受怕，而只有一个人就像无事人一样，这个人就是王登峰。

现任镇长发现了这种不正常的苗头，和书记商量了一下，及时组织召开了一次稳定军心的思想统一大会，不能在这个节骨眼上出问题。在会上，镇长说："各位，我知道大家心里在想什么，但你们漫无目的、毫无根据地瞎想、乱想有意义吗？不管领导班子怎么换，不管谁来做这个镇长，我们的初衷不能忘，那就是为人民服务，所以，我希望大家回去召开部门内部会议，传达会议精神，做好各自的本职工作。"

书记喝了口水，咳嗽了几声，又清了清嗓子，说："同志们，在正式文件下发之前，请大家不要猜测，不要自乱阵脚，各项工作该开展还要开展，评先选优工作该做还要做，各位回去之后一定要稳定军心，调整好心态，不要再讨论换届的事情。"

张继来今天去镇政府打听烂尾房和政府换届的事情，正好碰到他们在开会，会议室里的声音很大，他站在楼道里听了一会儿，确定了朱敏和王登峰给自己的消息是正确的，还要继续听的时候，被保安撵走了。张继来笑着和保安说再见，就小跑了出来。他来到朱敏的办公室，看到朱敏正在写年终总结，门开着，他就蹑手蹑脚地进来了，站在朱敏身后静静地看着。

朱敏趴在桌子上冥思苦想，想一会儿写一会儿，写一会儿歇一会儿，嘴里还嘟囔着："天天写总结，天天写报告，什么时候是个头？"

张继来在后面偷着笑，他拿出手机给她发短信："朱大美女，在干什么呢？"

听到手机响后，朱敏打开一看是张继来发来的，就回复："写年终总结呢！你过来给我写吧！"

张继来没有把手机调整到静音状态，手机响了两声，朱敏感觉不对，扭头往后一看，发现张继来正在笑着看她，就大声说："你是鬼啊！一点动静都没有。"

　　张继来找了张椅子坐了下来，把这次来的目的和刚才在会议室外面听到的说给朱敏听，末了还不忘加上一句："看来，我小来子要迎来人生的第二春了。"

　　朱敏把刚开始写的工作报告撕下来，用手揉了揉扔在废纸篓里，笑着说："你张总现在是夜夜笙歌，每天都是人生的第二春，还要一个怎么样的春天？"

　　"我这只是小打小闹而已，对了，你和鲍光头怎么了？这一段时间他情绪一直比较低落。"张继来转移话题说。

　　"他情绪低落和我有什么关系？"朱敏盯着张继来说。

　　"他不是在追你吗？"张继来盯着朱敏说。

　　"我还在追你呢！我情绪也很低落！"朱敏很认真地说。

　　"咱不开这种玩笑。"张继来也很认真地说。

　　"我没有开玩笑。"朱敏的认真已经变成了严肃。

　　"你不知道我喜欢刘喆？"张继来的认真也变成了严肃。

　　"我还知道刘喆不喜欢你。"朱敏走到张继来面前，张继来急忙站了起来，朱敏又说："刘喆不喜欢你，你这又是何必？何必这么为难自己？"

　　张继来被朱敏的话吓了一跳，他不知道朱敏今天这是怎么了，为什么会说这些莫名其妙的话，他不敢看朱敏的眼睛。近一段时间，鲍光头情绪有些低落，还说朱敏的情绪有些反常。为此，张继来还经常给他出谋划策，但鲍光头却一直攻城不下，如果自己和朱敏……想到这里，张继来猛烈地哆嗦了一下，他说："我……我还有事，先走了。"说完就跑出了朱敏的办公室。

　　朱敏一个人在办公室里低头不语，她回忆着上高中的时候凌云给她讲张继来养大白鹅的事情，回忆着张继来去办营业执照的事情，回忆着张继来饭店开张、KTV开张、超市开张的事情，她又想起了张继来整治镇上那些小混混的事情，还想起了张继来给敬老院捐款的事情，还有从镇上道听途说的人们对张继来的评价，这完全不像一个不着调的人能做的事情……

　　张继来出了镇政府的大门，开着自己的帕萨特来到了村里的养鹅厂。工作人员一看是张继来，工作效率竟然提高了很多，还一个劲地跟他套近乎。来到小来子养殖公司后，张继来把车停在门口的路边，径直走了进去，现场负责人一看张继来来了，就要召集人员，陪着他视察工作，张继来说："我今天就是来随便看看，你们忙你们的，不用陪我。"

　　"哦，对了，张董事长，老爷子来了，在里面看大白鹅呢！"现场负责人说。

"好，你们去忙吧！"张继来说着继续朝前走去，不远处，他看到爷爷正坐在栅栏外面注视着这些大白鹅。

张继来悄悄地走到爷爷身后，默默地注视着他，这时，他突然发现爷爷苍老了许多，头发白了，背也驼了，张继来内心一阵愧疚，自己好长时间没有去家里看爷爷了。看着爷爷苍老的背影，张继来刚要开口说话，就听到爷爷说："大白鹅啊大白鹅，小来子是靠养你们发家致富的，如今，他不愁吃，不愁穿，还开上了小轿车，在村里混得不错，在镇上也混得不错，可怎么就找不上个媳妇呢？"

张继来无奈地笑了笑，刚要开口解释，又听爷爷说："事业干得再大，也得成家啊！成家立业，成家立业，先成家才能再立业。大白鹅，你们说一下，我这把老骨头还能不能活到小来子结婚的那一天？还能不能抱上孙子？"

大白鹅没有反应，依旧在悠闲地散步，张继来伸开双手做了个轰赶的动作，大白鹅有反应了，伸开翅膀跑了起来。看着眼前的情景，爷爷激动地站了起来，可能是因为坐的时间长了，竟然没有站稳，张继来急忙上前扶了一把，说："爷爷，小心！小心！"

爷爷一听是小来子的声音，明白了过来，站稳后说："我说大白鹅怎么有反应了啊？原来是你小子在后面捣鬼！"

张继来摸着爷爷的手有些发凉，急忙脱下外套给爷爷披上，说："爷爷，我找女朋友的事情你不用操心！"

爷爷慢慢地向前走着，张继来就在旁边紧跟着。爷爷点了一根旱烟，说："小来子，全镇的人都知道你喜欢刘喆，全镇的人都知道刘喆不喜欢你，这是为啥啊？你为什么这么喜欢刘喆，以你现在的身份，追你的人应该也有吧？"

张继来刚要说没有，想起了朱敏对自己说的话，就说："有是有，但是不合适。"

爷爷停下了脚步，转过身来说："你和刘喆就合适了？人家又不喜欢你，你这是为什么？从前年到现在，到家里找我给你提媒的人都十七八家了，你总是说这说那，那你给我找个媳妇来看看。"

"会找的，会找的，我还会让你抱上大孙子的。"张继来打马虎眼，在说这话的时候，他心里想的竟不是刘喆，而是朱敏。

爷爷转身继续往前走，突然，他停下了脚步说："我得回去了，门口的几个老家伙约我打麻将呢！差点忘了。"

张继来心想，爷爷操劳了大半辈子，也该享享清福了，就说要开车送爷爷回去。爷爷把衣服递给张继来，说："我这么近，你还是看看你的大白鹅吧！做人别忘了本！"

送爷爷出了大门后，张继来穿上外衣，继续在养鹅厂里面溜达，他看到一只大白鹅在栅栏外面独自散步，一副悠然自得的样子，他朝那只大白鹅吹了吹口哨，大白鹅就慢悠悠地朝他走来。张继来在路边坐了下来，大白鹅就围着他一圈圈地转，转了两圈后，大白鹅扇了扇翅膀，摇摇晃晃地朝西走去。

张继来看着大白鹅的背影，回想着自己刚开始养大白鹅时的情景。那个时候，大白鹅是他最好的朋友，他搂着大白鹅睡觉，和大白鹅一起游泳，还伸长脖子学习鹅语，想到这里，他不禁笑了起来。张继来摇了摇头，想想自己现在的情况，早已经实现了经济自由，也从万元户到了十万元户，现在又到了百万元户，一切都似乎不可思议，却又顺理成章。张继来笑了笑，又想到了自己的爱情，自己的爱情在哪里呢？爷爷一直盼着自己结婚，盼着抱上孙子，可自己什么时候才能满足他这个愿望呢？是刘喆能满足爷爷的这个愿望，还是朱敏能满足爷爷的这个愿望？

一阵风吹来，张继来又摇着脑袋笑了，刚才走了的那只大白鹅来到了他面前，站稳脚步后歪着脑袋看着他，嘎嘎叫了两声，似乎看透了他的心思，在安慰他说："真正的高手都是孤独的，你看我，一只鹅在外面也挺孤独的。"

张继来站了起来，说："我一个人不孤独，我还有很多事情要做，等拿下了烂尾房，就把你放在烂尾房里。"

大白鹅又嘎嘎叫了两声，扑扇着翅膀朝西跑去了。张继来在养鹅厂的小道上慢慢走着，回忆着自己追刘喆的事情，回想着朱敏跟自己说的话，有些迷茫。

五十三、换届风波

从养鹅厂出来后，小来子开车去村里看了看，爷爷正在和几个年迈的人下象棋，他停好车，从车里出来给大家分烟，看到不够分了，就从车里拿了几盒直接放在象棋桌上。爷爷笑着骂小来子败家，抽这么好的烟，其他几个人都说小来子有出息，现在是镇上的名人了。张继来笑着跟他们打招呼，坐在他们旁边看了一会儿他们下象棋，就开车去敬老院了。刘阿姨正在院子里洗衣服，看到张继来来了，急忙站起来说："小来子，你又来了！"

"是啊！我又来了！刘阿姨你不欢迎啊？"张继来笑着说。

在院子里晒太阳的爷爷奶奶们也争着和张继来打招呼，张继来笑着朝他们摆手。敬老院里的这些老人他都认识，去年爷爷还说要到敬老院，张继来没同意，就把家里的房子重新盖了一下，这样，爷爷就不再吵着来敬老院了。

"没有，你来了我们都欢迎，只要你一来，我们就能改善生活。"刘阿姨用毛巾擦干手，把张继来让进办公室里。

进了办公室后，张继来放下了三千元钱，刘阿姨还是要登记，她说："小来子，你有没有算过，你给敬老院捐过多少钱了？"

张继来在刘阿姨对面坐了下来，用手摸了摸脑袋，不好意思地说："这个……这个还真没算过，应该不多吧！"

"不多？"刘阿姨吃惊地说，"都有六万多了，不少了，这些我都给你记着。"

"哦，这些大部分是镇上的小混混们捐的。"张继来平静地说。

"小来子，你现在是镇上的名人了，也是大善人，镇政府在办公会议上都讨论过你的事情。"刘阿姨登记好后，把本子收了起来。

"讨论我的事情？"张继来不解地说，"讨论我什么事情啊？"

"这个以后再说吧！先说说你女朋友的事情吧！"刘阿姨给张继来倒了一杯热水，叹了口气说，"我知道你喜欢吉吉，我也劝过刘喆几次，可她就是不同意……你也知道，刘喆这个孩子从小娇生惯养，脾气特别拗，现在长大了，就更不听我的话了。"

听到刘阿姨这么说，张继来喝了口水，低头思考了会儿，说："刘阿姨，谢谢你！走吧，我们去他们的房间看看吧！"

刘阿姨和张继来挨个房间看了看，张继来陪两个躺在床上不能起来的爷爷聊了会儿天，又到院子里和大家聊了会儿天，就告别了刘阿姨，开车去了小来子超市。

刘阿姨站在敬老院门口，看着张继来开车走了，心里很不是滋味，她是看着张继来长大的，很了解他的性格，在她心里，她是希望刘喆能和张继来在一起的，可这个刘喆偏偏喜欢凌云，凌云又和钟灵在一起了……刘阿姨越想越头痛，就慢慢摇了摇头，回院子里继续洗衣服去了。

　　回到小来子超市后，张继来在刚刚装修好的办公室里走来走去，思考着烂尾房的事情，他的心里从来没有这么乱过。在张芳的家里，张芳在和王登峰讨论着烂尾房的事情，在钟灵的宿舍里，凌云也在和钟灵在讨论着烂尾房的事情，鲍光头也在借打听烂尾房的幌子约朱敏出来，每次都被朱敏无情地拒绝……一时间，烂尾房成了大家关注的焦点，这一切都是因为镇政府马上就要换届了，清平镇的发展即将迎来又一次春天。

　　二〇〇六年三月份，刚刚下过一阵春雨，在春雨的滋润下，清平镇愈发生机勃勃，早晚虽有些寒意，但无法掩盖春的气息。张继来的固定办公室在小来子超市，他经常去歌厅和饭店看看，偶尔也去一趟养鹅厂；凌云在考虑着继续扩大种植规模的事情，又因烂尾房的事情迟迟不能决定；鲍光头费了九牛二虎之力考下了驾照，作为张继来的司机，他喝酒的次数就少了；王登峰像往常一样下班回到家，一屁股坐在沙发上，今天，镇领导刚开了会议，下一周新的镇长就要上任了，他对烂尾房不感兴趣，对政府换届不感兴趣，每天就想安安稳稳、一本正经地干好手上的工作，但张芳一个劲地给他灌输买下烂尾房、开发房地产的观念，搞得他一直没有心情静下心来做好自己的本职工作。

　　王登峰看见桌子上饭菜已经做好，就起身在桌子边坐了下来，张芳从厨房里端出最后一个菜放在桌子上，她看王登峰无精打采的样子，问道："怎么了？谁欺负你了？"

　　"没有，吃饭吧！"王登峰调整了一下情绪说。

　　张芳坐下来开始吃饭，她一边吃一边给王登峰讲述烂尾房的事情，她说："你看，去年我就找过我爸爸，他是在县城里搞房地产的，镇上的领导大多他都认识，就是换了届他也认识。我爸爸答应我了，同意我们搞房地产，他还会派人来协助我们，你还担心什么？张继来他是野路子出身，没什么实力，你别看他天天惦记烂尾房，一天去烂尾房八遍，那些都没用，没有钱，没有关系，你凭什么拿下烂尾房？你凭什么搞房地产？我们各方面条件都具备，你为什么就不能好好考虑一下呢？"

　　王登峰把夹起来的鸡肉放回盘子里，把筷子放下，低着头说："我对房地产没兴趣，不想掺和那些不熟悉的领域。"

　　张芳看着提不起精神的王登峰，没有继续说下去，她在思考着拉钟灵入伙的事情，想了一会儿，说："那好吧！你上你的班，我吃过饭就去找钟灵，和她商量一下。"

　　以前，张芳不止一次地说过要和钟灵联手开发房地产的事情，他想反对，可又没有理由，如果自己同意辞去镇政府的工作和张芳一起开发房地产，她就不会去找钟灵了。王登峰低头吃饭，不再说话，不再抬头看张芳。吃过晚饭，张芳给钟灵打电话说要过去找她，钟灵说自己和凌云在种植基地，要张芳明晚去找自己。

　　挂掉电话后，钟灵对凌云说："你考虑得怎么样啊？这么好的机会，比我教书，比你搞种植业强多了，别再犹豫了。听说这次不仅仅是政府换届这么简单，清平镇又要有大的动作了。"

　　"大动作，什么大动作？"凌云坐在椅子上说。

　　"这个还不好说，我也是听同事们说的，都说是有大动作，却又都不知道是什么大动作，消息还不一定准确。张芳找过我很多次了，凭我和她的关系，我们入股一起干没有问题的。"钟灵坐在床沿上说。

　　"我心中还是过不去张继来这道坎，他是我最好的兄弟，在这最关键的时候，我却在背后插他一刀，这不合适。"凌云有些担心地说。

　　"那就跟他说开，亲兄弟明算账。"钟灵说。

　　"这个我也想过，可我怕伤了张继来的心。"凌云说着站了起来，"我也征求过九奶奶的意见，她支持我和张继来说开了明着干，感情是感情，生意是生意。"

　　"这不就对了，张继来也不是那种小气的人。"钟灵说，"张芳说了，王登峰不想搞房地产，就算你不参与，我也会参与的。"

　　凌云突然停下了脚步，他不解地看着钟灵，感觉钟灵好像变了一个人似的，这才半年多的时间，钟灵变得他都快要不认识了。凌云知道钟灵是个很要强的人，做事也很有自己的主见，但没想到她竟然会为了和张芳搞房地产而辞掉教师这份工作，这也太离谱了吧！这也太疯狂了吧！凌云刚要开口说话，就被钟灵打断了："我知道你要说什么，可我已经决定了，不会再改变了。"

　　"那好吧！我尊重你的选择。"凌云从牙缝里挤出了几个字，但心里有种说不出来的滋味。

　　凌云不想做饭，钟灵也不饿，凌云和钟灵的意见又统一不起来，他们各自想着自己的心事，谁都不想再开口说话，谁都不知道该开口说什么，空气仿佛凝固了一般。钟灵抬头看了一眼凌云，凌云刚要说什么，就被一声响亮的汽车鸣笛声打断了，紧接着就听到有人在外面大喊："小凌子，小凌子，在不在啊？

去小来子饭店吃饭。"

凌云摇着头笑了，钟灵也笑了，凌云说："真是说曹操，曹操就到，走吧，去吃饭吧！"

凌云关好办公室的门，关好种植基地的门，和钟灵坐在后排座位上，张继来坐在副驾驶上，鲍光头嘴里吹着口哨，说："张董事长，我们去哪？"

"小来子饭店！"张继来一本正经地说。

"好的！"鲍光头说完就调转车头，朝小来子饭店驶去。

张继来扭过头来对凌云说："小凌子，今天我爷爷给我打电话说上午有人到我们村子里了解情况，还打听我的事情。"

"你害怕了？"凌云笑着说。

"我怕什么？我又没做什么亏心事，我身正不怕影子歪，我爷爷还说，那人还到我的养殖公司周围看了看。"张继来满脸轻松地说。

"我听说近期环保工作查得严，不会有什么事吧？"钟灵插嘴说。

"我小来子养殖公司又没什么固体污染、液体污染、气体污染，我那都是农家肥，不能算是污染。"张继来抢着说。

"不管了，先去吃饭！"凌云笑着说。

钟灵见他们不说话了，就故意找话，她看了看鲍光头，笑着说："司机师傅，你和朱敏的事怎么样了？"

"我说钟大美女，你不要哪壶不开提哪壶，要不，你学历高，给我讲讲你们的恋爱经验吧！"鲍光头边开车边说。

"大学里没有恋爱这门课程。"钟灵说。

"对，高中也没有。"凌云又说。

"你们两个故意刺激我们学历低吧！"张继来又扭过头来说，"等我买下了烂尾房，进军房地产，你们都得给我打工去。"

张继来一提到烂尾房，凌云和钟灵相互看了看，都不说话了，也突然觉得不饿了。张继来自言自语地说："哎呀，张芳要插手烂尾房，我又多了一个劲敌啊！我给你们讲个笑话吧！昨天，小来子超市里面有台液晶电视坏了，经检查是一个电气元器件故障，但这个电气元器件不好买，负责电气维护的人就买了台新的液晶电视，拆下那个电气元器件，把损坏的电气元器件换了下来。听到现场负责人这么跟我汇报时，我竟然被气笑了，这可不是一般的思维能想到的方法，买个新设备，拆下零件来当备件用，这是什么样的思维方式？更可气的是，那台液晶电视还在保质期内，当时我就把那个负责电气维修的开除了。其实，老板也不好当啊！"

凌云和钟灵不明白张继来是什么意思，相互看了看，还是没有说话，凌云感觉今天晚上张继来怪怪的，总是在暗示他们什么。

张继来没有注意到凌云和钟灵的表情，继续自言自语地说："这个不好笑，我再给你们讲一个，前几天，我夜探镇政府……"

"什么夜探，你不是上午去的吗？"鲍光头打断了张继来的话。

"我是找了块黑布蒙住头去的。"张继来说。

"别人都是蒙住脸，你是蒙住眼，眼睛一蒙住，整个世界就变黑了。"鲍光头突然说出这么一句有哲理的话，把他们几个给镇住了。

"鲍光头，到了，刹车，我们吃饭去！"张继来大声说。

鲍光头一个急刹车，把车停在小来子饭店门口，饭店里的服务员一看是张继来的车，急忙跑出来打开车门。他们几个下了车，各自想着心事，吃了一顿五味杂陈的晚餐。吃饭的时候，张继来高调宣布，他将作为清平镇工商界代表，参加新镇长上任后召开的第一次大会，张继来又小声说，这是朱敏告诉他的。

鲍光头听到这里，心里也不是滋味，以前都是张继来安排自己去夜探镇政府，他和朱敏才逐渐熟悉了起来，现在虽然张继来还安排自己夜探镇政府，但朱敏却总是自己把消息告诉张继来。鲍光头隐约感觉到了什么，可又感觉是自己多虑了，张继来那么喜欢刘喆，怎么会移情别恋呢？他看了看张继来那轻描淡写的样子，否定了自己的想法。

清平镇政府换届本是一件很正常的事情，可谁都没有想到，这换届风波竟然延伸到了政府大院外，把凌云、张继来他们几个的心情搅乱了……

五十四、企业家大会

一周后的一个下午，朱敏利用外出办公事的时间直接来到了张继来的办公室门口，刚要进去，就听到张继来在里面大声说："你这个保安队长怎么当的？怎么都是找一些傻子来工作？如果再发生类似的事情，你就收拾东西滚蛋吧！"

等那个保安队长出来后，朱敏敲了敲门，刚要进去，又听到张继来大声说：

"不是让你滚蛋吗？怎么又回来了？"

"是我，朱敏。"朱敏笑着说。

一听是朱敏的声音，张继来的心情大好，刚要跟她嬉皮笑脸一下，又突然想到前一段时间她对自己说的话，就一本正经了起来说："哦，进来吧！以后来我这里不用敲门。"

进了张继来的办公室，朱敏环视了一下，这比她的办公室气派多了，上一次她来的时候正在装修，看不出什么效果，这一次与上一次简直有天壤之别。朱敏把手提包放在张继来的办公桌上，在他对面坐了下来，说："张继来，今天新来的镇长第一天上任，他叫王造极。"

"王造极？王造极怎么会当上镇长呢？"张继来突然站起来说。刚说完又感觉不对，缓缓坐了下来，自言自语地说："叫王造极叫习惯了，我以为是王登峰呢？"

"什么王造极？什么王登峰？乱七八糟的！我过来是想告诉你一件事，下周要召开第一届清平镇企业家大会，上次跟你说你要去参加，那只是提案，现在已经确定了，你要好好准备准备。"

"打个电话说一下不就行了，还非要跑过来说。"张继来刚说完就后悔了，他抬头看了看朱敏，朱敏也正在看着他，张继来竟然不好意思地低下了头。

朱敏走后，张继来一个人在办公室里走来走去，他从张芳那里得知，钟灵也要搅和烂尾房的事情，他认为，一个张芳不会成为他的对手，可张芳家里有权有势，又不缺钱，如果张芳的父亲派人插手烂尾房的事情，那就真的难办了。张继来用手使劲摸了摸光头，就给鲍光头打电话，可鲍光头在养鹅厂检查工作，张继来就骑着刚买的山地车去找凌云了。

在路上，张继来心想，钟灵教书教得好好的，为什么非要跟着张芳插手烂尾房的事情？是不是被张芳这个狐狸精给洗脑了？这个凌云连自己的媳妇都管不了，以后还怎么做大事？如果凌云也插手烂尾房的事情那该怎么办？他倒不是不想自己的兄弟能够飞黄腾达，只是不想看着自己的兄弟站在自己的对立面，不知道上一次在车里说的那些话凌云能不能听得出弦外之音？还有那个张芳，你给王登峰洗洗脑也就算了，还要给自己兄弟的媳妇洗脑，你到底是什么意思啊？你这不是明摆着让我们兄弟两个反目成仇吗？这样想着，张继来就来到了凌云的种植基地，他直接骑到办公室门前，停好山地车后大声说："小凌子，小凌子，你在不在？"

办公室里没有反应，张继来推门看了看，凌云不在里面，就转身骑上自行车到种植基地里面去找他了。张继来看到一个塑料大棚掀开了一条缝隙，就停了下来，大声说："小凌子，你给我出来！小凌子，你给我出来！小凌子，你给我出来！"

没多长时间，凌云懒懒散散地走了出来，笑着说："叫魂呢！我又没掉魂。"

"什么叫魂？我这是重要的事情说三遍。"张继来说。

"你不去操心你的烂尾房的事情，给我叫魂？"凌云说完又要钻进塑料大棚里。

"找你就是因为烂尾房的事情，先别进去了，我们聊聊。"张继来伸手拉住了凌云。

凌云心里明白，张继来肯定是知道钟灵插手烂尾房的事情了，这件事情肯定是那个口无遮拦的张芳告诉他的。凌云不想掩盖，也不想逃避，心想，该来的总会来，逃也逃不掉，那就坦然面对吧！凌云把塑料大棚的缝隙遮掩好，转过身来说："走吧！边走边说。"

张继来推着自行车在右边，凌云在左边，沿着种植基地的小路走了起来。张继来看了一眼凌云，说："小凌子，我明人不说暗话，也没有弯弯肠子，你得管管你媳妇，她书教得好好的，为什么非要跟着张芳那个比我还不着调的女人搅和烂尾房的事情？当老师多好啊！张芳她家里有钱，玩得起，我们玩不起！"

其实，凌云心里也不愿意钟灵辞掉教师的工作和张芳一起创业，但听到张继来这么说，他突然改变了心思，就说："她还年轻，有挥霍的资本，让她闯一闯吧！"

张继来停了下来，吃惊地看着凌云，他不知道凌云为什么会这么说，刚才想好的思路一下子被打乱了，他说："幸亏是你媳妇，如果是你，那我该怎么办？"

"是我也没事，我们是兄弟也是对手，兄弟之间光明磊落地干一场，也不枉这一生啊！"凌云笑着说。

"小凌子，我希望你是在开玩笑。"张继来吃惊地说。

"没有，我是认真的。"凌云非常认真地说。

张继来这次来找凌云本来是让他劝劝他媳妇别再搅和烂尾房的事情，可没想到凌云会这么说，从凌云的话里，他倒是听出了弦外之音，看来，这个小凌子也想搅和烂尾房的事情。如果这样的话，要如何处理兄弟之间的感情呢？张继来一只手推着山地车，一只手摸了摸头，皱着眉头说："小凌子，我是好心好意来劝你的，我倒不是怕你成为我的对手，房地产涉水太深了，不好搞，我张继来也担心会竹篮打水一场空，你再好好考虑一下。"

张继来骑着山地车走后，凌云一个人在种植基地站了好久，想了很多。他非常清楚张继来的为人，张继来不会欺骗自己，可看着张继来在镇上混得风生水起，再看看自己就守着这二十亩种植基地，富不了也饿不死，凌云的心里很不是滋味。回到自己的办公室后，凌云给钟灵打了个电话，要和钟灵好好地谈一次。

下午，张继来和凌云都收到了镇政府发的通知，要他们参加下周一召开的清平镇企业家大会，凌云心想，说张继来是个企业家也就算了，他有养鹅厂、饭店、歌厅，还有超市，身价上百万，自己就种了二十亩的地，每天面朝黄土背朝天，温饱问题才刚刚解决，怎么也成企业家了？就在凌云纳闷的时候，钟灵推门进来了，凌云把自己要参加企业家大会的事情告诉了钟灵，钟灵听后微微一笑，说："那就去吧！不用管为什么让你去，看看清平镇下一步有什么动静，我们好抓住机遇，挣他一千万。"

虽然凌云也有了进军烂尾房的想法，但还是犹犹豫豫，不敢确定下来，直到参加完了清平镇企业家大会，凌云内心受到了激发，才决定进军烂尾房，轰轰烈烈地干一番事业。

清平镇第一届企业家大会按时召开，张继来和凌云早早地来到了会议室，找了靠前的位置坐下，这是他们两个第一次参加镇政府组织的会议，不免有些激动。张继来对凌云说："听说新来的镇长叫王造极，我还以为是王登峰呢！仔细一想，不对，那个书呆子在信访维稳办工作。"

"我听说王登峰也准备下海经商，你又多了一个强有力的对手啊！"凌云笑着说。

"没事，对手越多，越能激发我的战斗力。"张继来哈哈一笑。

会议室里的人越来越多，你一言我一句，越来越嘈杂，当会议室突然安静下来的时候，张继来和凌云抬头一看，朱敏带着几个人走上了主席台。一切安排就绪后，会议主持宣布了会议安排和进程，并强调了会议注意事项。会议开始后，先由会务人员宣读王造极镇长的任命文件，并表示对王镇长的热烈欢迎，再由镇领导班子逐个汇报各部门工作开展情况，最后才是王造极镇长讲话。

王镇长清了清嗓子，环视了一下整个会议室，整个会议室鸦雀无声，这让张继来和凌云感受到了什么叫气场，他们两个本来已经昏昏欲睡，突然一下子来了精神。

"各位，我是新来的镇长，我叫王造极，上任后，我没有直接来报到，而是利用五天的时间到清平镇四周看了一下，每个村庄我都去过，与村民进行了交流，也有针对性地找了一些人了解情况，当然，他们不知道我的身份。通过走访，我对清平镇的情况也有了一个大体的认识。这是我上任后召开的第一次会议，邀请了镇上、村里各行各业的代表。现在，每个村经济发展比较单一，没有形成规模，每个村的经济情况也各不相同，甚至有较大的差距。从环保方面来说，现在我们镇很多村庄都有散落的家庭作坊，造成了一定的环境污染，还有一些养殖场，也没有装设环保设施……"王镇长说着喝了一口水。

听到这里，张继来打了个激灵，环保这个问题他还真没有考虑过，他听到王镇长继续说："我来到清平镇，首先要做的事情就是抓经济发展，但前提是环保。在座的各位有的可能听说了，清平镇作为省政府批准的新生小城镇，后续将迎来更大的发展，红头文件近期就会下发……"

说到这里，王镇长故意停了一下，整个会议室里鸦雀无声，不知谁带头鼓掌，会议室里突然就响起了热烈的掌声，张继来和凌云也使劲地鼓掌，他们鼓掌的节奏一致，却各自想着心事。会议室逐渐安静了下来，王镇长又接着说："我听说很多人在打烂尾房的主意，这些烂尾房在镇上好多年了，一直没有解决，我可以明确地告诉大家，今年上半年烂尾房的事情必须解决，我已经查清了烂尾房的来龙去脉，也请示了上级，计划实行公开招标，你们谁有本事谁上……"

张继来被王镇长的话刺激得热血沸腾，他惦记烂尾房这么多年，终于要大显身手了。王镇长后面讲了什么话他没有听清楚，这次会议他听得最清楚的就是烂尾房这三个字。凌云的内心也受到了激发，蠢蠢欲动，他突然觉得钟灵说的话有道理了，她不想再当老师也是理所当然的了，她和张芳的闺密情是多么地难能可贵。想到张芳，凌云回头看了看，没有看到张芳的影子，但看到王登峰在边上的座位上坐着。

张继来回去后，把会议精神传达给了鲍光头，开始考虑筹钱的事情。他把清平镇几个可能参与烂尾房项目的老板想了几遍，感觉自己把握很大。凌云回去后，把会议精神传达给了钟灵，开始考虑和张芳合作的事情，他知道自己的实力，只好把希望寄托在张芳身上。王登峰虽然对烂尾房的事情不感兴趣，但他回去后，还是把会议精神传达给了张芳，还说他在会议现场看到了张继来和凌云，第二天，张芳就低价转让了她的化妆品店。

五十五、红头文件

下了一场春雨，春风就呼呼地刮了起来，路边的柳树开始抽芽，地上的小草开始探出脑袋，天气又突然变暖了许多。随着春风一起来的还有一张红头文件，这张红头文件让清平镇人们的心里暖了许多，在张继来、凌云、王登峰、鲍光头、张芳的心里埋下了希望的种子，也埋下了体验人生百味、人情冷暖的种子。

二〇〇六年三月二十四日，省政府下发文件，确定清平镇作为第一批省级新生小城市建设乡镇，打造"产业强、百姓富、生态美"的新生小城市。这张红头文件被贴在墙上，贴在树上，贴在桥上，贴在电线杆上。在清平镇的大街小巷里，人们奔走相告、欢呼雀跃，心里比过年还高兴，心里比吃了蜜还要甜，人们逢人就说："我们不用在城里买房，就过上城里人的生活了！"逢人就说："成了小城市，我们是不是就不是农民了？"逢人就说："我的房子如果拆迁，是不是就能成为百万富翁了？"

于是，很多人做着过城里人生活的美梦，做着不再是农民的美梦，做着百万富翁的美梦。但张继来不敢做这样的美梦，他拿着几张朱敏送给他的红头文件在办公室里一遍一遍地看，一遍一遍地琢磨，如何才能在这一轮的发展浪潮中让自己成为清平镇的首富？这一段时间，他又没有时间去想他的刘喆了，也不再考虑朱敏向他表白的事情，他心里想的全是烂尾房的事情。在想烂尾房事情的还有凌云和钟灵，他们在种植基地办公室里认真地研究这份文件，凌云说："这是一次机遇，也是一次挑战，可我总有一种寄人篱下的感觉。"

钟灵白了一眼凌云，说："张芳是看在我的面子上才让你参加的，就是寄，你是寄在我的篱下，不丢人。"

凌云叹了口气，说："说白了，我还是间接地寄在张芳的篱下，还不如那个书呆子王登峰呢！"

听到凌云说王登峰，钟灵就说："这个王登峰也真是的，和张芳一起搞烂尾房多好啊，非要在政府部门待着。"

凌云瞪了一眼钟灵，说："你傻啊！如果王登峰掺和烂尾房的事情了，你还有机会吗？我还能寄在你的篱下吗？"

钟灵若有所思地点了点头，她看着桌子上的红头文件，开始思考自己离职和张芳合伙的事情，过了一会儿，她说："在我看来，张芳还是有优势的，她家里不缺钱，父亲又是搞房地产的，再说她父亲是不会把家产交给她那个傻子哥哥的。那个王登峰以后就是她父亲的半个儿子，除了和张芳处好关系外，你也要和王登峰处好关系。"

凌云稀里糊涂地点了点头，这个时候，他不再考虑什么寄人篱下了，不再考虑寄在谁的篱下了，也不再考虑会不会和张继来闹翻脸了。政府给提供了这么好的机会，张芳又这么想和钟灵一起合作，自己为什么就不能转变一下思想呢？几乎没有过多的考虑，凌云就想通了，他也想在这张红头文件带来的春风里拼搏一次，也想在短暂的人生里成就一番事业。

"明天我去找张芳谈谈，她下决心倒是挺快的，立马就把她的化妆品店卖了，看来是一刻也等不及啊！"钟灵又说，"不知道这个张芳现在在干什么呢？"

"还能干什么呢？也在考虑烂尾房的事情呗！"凌云笑着说。

张芳正在家里给王登峰灌输下海经商的思想，但王登峰还是坚持自己的意见，这让张芳很无奈。张芳已经记不清楚这是她第几次给王登峰灌输下海经商的思想了，但每一次都是以失败告终。她今天刚从县城她父亲的公司回来，这次又有了新的进展，她父亲派个人协助她搞烂尾房的事情，后续会根据实际情况给她增加人手，还在原来拨款的基础上又给她增加了五十万。张芳知道，在搞烂尾房方面，钱不是问题，关键是找个靠谱的人和自己一起搞，所以，她就想到了她的好闺密钟灵。

王登峰坐在沙发上看电视，他对烂尾房的事情不感兴趣，近一段时间，他和刘喆的关系又进了一步。他担心张芳会察觉出他和刘喆的事情，如果张芳知道了，他真的不知道该怎么收场，以张芳的脾气性格，他想想都有些害怕。想到这里，王登峰不由自主地哆嗦了一下。张芳从厨房里走了出来，说："我爸爸给我派了一个助手来协助我的工作，你不用担心那个张继来，他不是我们的对手。再说了，钟灵都站到我这边了，凌云肯定会站在钟灵这一边。"

王登峰知道张芳联系钟灵搞烂尾房的事情，但没想到她把凌云也拉了进来，他看了一眼张芳，用手把眼镜往上托了托，嘴唇动了动，想说什么却没有说出来。

这几天，镇中街两边的烂尾房成了参观重点，来考察的人络绎不绝，张继来白天去了晚上去，自己实在没有时间就让鲍光头去，还给他交代了三遍，如果有什么风吹草动一定要告诉他。张继来正在夜来香歌厅陪几个老板唱歌，突然接到了鲍光头的电话："张董事长，有风吹草动。"

"有没有现牛羊？"张继来大声问道。

"不清楚，张芳、钟灵、凌云正在看烂尾房。"鲍光头说。

"让他们看吧！他们不是我的对手。"张继来说完就把电话挂了，继续陪刚认识的几个老板唱歌。

鲍光头把手机装进口袋里，满脸笑容地走到张芳面前，说："张大美女，钟大美女，还有凌大帅哥，你们这是？"

"你不用猜测，我们也在打烂尾房的主意，你直接告诉张董事长就行，还有，钟灵、凌云也加入我的行列了，你也可以告诉张董事长。"张芳理直气壮地说。

鲍光头看了看凌云，走到他跟前，把他拉到一边，小声说："她说的是真的？"

凌云点了点头，鲍光头叹了口气，摇了摇脑袋，说："张董事长说得没错，这张红头文件带来的春风里面夹杂着狂风暴雨。"

张芳和钟灵停下脚步，凌云尴尬地冲鲍光头笑了笑，转身朝她们两个走来，他们三个这是第三次来看烂尾房了，张芳的父亲也给她派来了一个助手，今天晚上这个助手回县城汇报工作了，张芳就叫上钟灵和凌云，来到了烂尾房这里。

"钟灵，你看，现在道路两边的这些烂尾房，黑咕隆咚，你再想象一下，这些烂尾房经过二次施工变成了一座座漂亮的沿街房，灯火通明，那是一件多么令人兴奋的事情。"张芳兴致勃勃地说。

"就是，我们女人也能干一番事业。"钟灵笑着说。

凌云跟在她们后面低头走着，他抬头看了看这些烂尾房，又想起了他和张继来考察这些烂尾房的事情，心里有种说不出的滋味。不过，他心里更清楚，这张红头文件带来的机遇，张芳提出的条件，会给他的生活带来天翻地覆的变化，所以，他极不情愿地和自己妥协了。

两周后，政府部门发出招标公告，对沿街的烂尾房实行公开招标，出乎大家意料的是，此次烂尾房招标分为两个标段，镇中街东边的是一个标段，西边的是一个标段。张继来看到招标公告后，在小来子超市的办公室里和鲍光头认真研究着，他说："我本以为镇中街两边的烂尾房会一起招标，没想到政府里还有高手，这一招绝，不过，这也解决了我资金紧张的问题。"

鲍光头站在窗户跟前看着窗外的风景，转过身来说："不用和那些老板合作了？"

"不用，我自己就能搞定，可我要给他们赔礼道歉。"张继来有些无奈地笑着说，"不知道张芳那边有什么动静。"

"也在进行规划吧！我就担心张芳的父亲插手烂尾房，我们肯定不是他的对手。"鲍光头说。

张继来当然明白鲍光头的意思，他嘴上说不怕张芳，但心里还是非常担心的，而且凌云和钟灵还站在了张芳那边，这让他有些难以接受。

张芳看到招标公告后，把凌云和钟灵喊到自己家里，想听听他们的意见，张芳说："政府里的人是怎么想的，难道和王登峰一样都是书呆子吗？我的钱都准备好了，这下好了，只能先存银行了。"

凌云和张芳相互看了看，都低下了头。过了一会儿，钟灵抬起头来说："张芳，政府都下了文件，不会再改变了，我们还是好好规划一下吧！"

"好，那就先说说我们的合作模式吧！"张芳一本正经地说。

"合作模式？"凌云和钟灵异口同声地问。

"对啊！合作模式，你们是投资入股呢，还是在我这里上班？马叔叔已经去注册公司了，我是公司的总经理。"张芳异常平静地说。

对于投资入伙的问题，凌云和钟灵也讨论过，他们知道自己的财力，也就二十万左右，如果全部投进去，他们就身无分文了。对于合作问题，钟灵问过张芳，但张芳一直没有明确，今天张芳突然说到合作模式，他们并不感到意外，但这句话张芳说得如此轻描淡写，他们还是感觉有些意外。

"张芳……"钟灵还想说什么，却被张芳打断了。

"钟灵，我们是一起长大的闺密，你在我这里，我可以给你开你目前收入两倍的工资，后续根据经营情况再做调整，但是凌云……"张芳还没说完，就被凌云打断了。

"张芳，你什么意思？"凌云突然站起来说。

"你别激动，你可以投资入股，按比例分红。"张芳微笑着说。

钟灵听明白了张芳的意思，走到凌云跟前把他拉了过来，说："凌云，你先回去，我和张芳再商量一下。"

"不用商量了，走，我们回去。"凌云说。

"你先回去吧！我一会儿就回去。"钟灵推着凌云出了门，又说，"别多想，我一会儿就回去。"

凌云走后，就剩下张芳和钟灵两个人了，张芳说："钟灵，我们不是外人，刚才凌云在，我不好意思说。你看，你一个大学生，非要跟着一个高中毕业生受苦受累，这是何必呢?"

"张芳，你也不能这么说，毕竟我们……"钟灵还没说完就被张芳打断了。

"那些有用吗?他给不了你想要的生活，我们一起干，说不定能干出一番事业。"张芳说。

"可……可凌云怎么办?我不想失去他。"钟灵有些担心地说。

"我没说让你失去他，你干你的事业，他干他的养殖基地，这样也可以考验他对你是否忠心。你要知道，没有物质基础的爱情是不牢靠的。"张芳说。

"可你前一段时间还说……还说让凌云一起呢!"钟灵有些不解地说。

"我改变主意了，再说了，万一我们失败了，你可以看看凌云他对你是什么态度。你大学毕业，应该有更好的发展。"张芳说。

钟灵不知道该说什么，她看着张芳，感觉她好像变了个人似的，她知道张芳这个人性格有点古怪，可今天怎么变化这么大啊!钟灵低头不语，思考着张芳刚才说的话，心里迷迷瞪瞪的，也搞不明白是怎么回事。告别张芳后，她步伐沉重地回到了学校的宿舍，对于辞职下海经商这件事情，她有些犹豫了。

钟灵走后，张芳站在客厅的窗户跟前，自言自语地说："马叔叔这招管用了!这个扶不起来的王登峰，简直气死我了。"

五十六、情感危机

凌云回到他的种植基地，他看着满天的繁星，在种植基地里慢慢地走着，他把从张芳开始说要和钟灵合伙开发烂尾房的事情想了一遍，怎么想都感觉是一件不靠谱的事情。张芳有钱，不怕折腾，可自己有什么呢?除了这二十亩种植基地和银行卡里少得可怜的存款，他有什么资格和张芳合伙?今天晚上张芳就摊牌了，自己仅有的那点存款还差点被套进去，仔细想一想，他还真有些后怕，为自己头脑发热感到可笑，也为自己不着边际的想象感到无聊，为此，他还担心会和张继来翻脸，还梦见自己和张继来打架，自己真是不知天高地厚。

王镇长的话确实是刺激到了凌云创业的热情，红头文件也激发了他轰轰烈烈干一番事业的激情，可静下心来仔细想一想，空有一腔热血是不行的，没钱，没关系，没人脉，自己凭什么去开发烂尾房？在清平镇比自己有钱有势的人多得是，就是张继来也比自己强得多，自己有什么优势去开发烂尾房？想到张继来，凌云感觉自己做了对不起他的事情，也做了对不起自己的事情。

钟灵还是没有抵住诱惑，辞掉了教师的工作，为此，凌云跑到学校里和钟灵大吵一架，但于事无补。他甚至以分手为由恳求钟灵不要辞掉教师的工作，不要和张芳搅和在一起，可钟灵根本听不进去。在钟灵的宿舍里，凌云大声说："钟灵，我们和张芳不能比，她开发烂尾房不是为了挣钱，可能就是玩玩而已，我们不一样，我们还得挣钱养家糊口。"

"我了解张芳，她就是性格古怪一点，但她不会骗我的。再说了，就算我们失败了，不是还有你吗？即使没有你，我也不会饿死。"钟灵已经下定决心，不给凌云缓和的余地。

"好吧！你可以辞掉教师的工作，那我们一起创业，不要去张芳那里。"凌云又做出了让步。

"我辞掉教师的工作就是要和张芳闯一番事业，否则，我为什么要辞掉教师的工作？"钟灵还是不给凌云缓和的余地。

凌云在钟灵的宿舍里走来走去，不知道该怎么劝说钟灵，钟灵坐在床上不说话，心里盘算着和张芳一起创业的事情，听到楼道里有脚步声，钟灵便说："我的舍友回来了，你快回去吧！"

"今晚去我那住吧！想你了……"凌云说。

"不去，没心情。"钟灵没好气地说。

从钟灵宿舍走出来，凌云一个人在大街上漫无目的地走着，他感觉钟灵像变了个人似的。自从张芳来到清平镇后，钟灵和她一直走得很近。一开始的时候，张芳经常找钟灵去玩，张芳开了化妆品店后，钟灵就经常去她的化妆品店，现在张芳要做烂尾房的生意了，钟灵又吵着要辞职，这个钟灵是不是被张芳洗脑了？凌云胡乱想着，在经过医院门口的时候，看到王登峰左顾右盼地进了医院，他本来想喊住王登峰，但看到王登峰这副鬼鬼祟祟的样子，就把话憋了回去。

　　凌云这样走着，几个来回之后，竟无意识地朝九奶奶杂货铺的方向走了过去。走到九奶奶杂货铺门口后，凌云停下脚步思考了好长时间，才推门走了进去。

　　自从张继来看到招标文件后，就一直在合计着怎样才能把烂尾房的事情搞定，通过长时间地疏通关系，镇政府里面很多部门的负责人他都很熟悉了，有什么风吹草动他也能在第一时间知道。可自从换了镇长后，张继来请他们吃饭他们不去了，请他们唱歌他们拒绝了，给他们送礼还被他们狠狠地批评了一顿。张继来心里明白，这是那张红头文件在起作用。

　　但张继来就是张继来，否则他也不会在清平镇混得风生水起，他私底下还是约了几个关系不错的政府人员，下班后到县城里吃饭，一同去的还有王登峰和朱敏。在县城的高级饭店里，张继来笑着给他们满酒，嘴里不停地说："各位，慢用，我张继来只是一个粗人，照顾不周，还请各位海涵！"

　　今天晚上张继来喝得有些多了，说话有些含糊不清，走路有些东倒西歪，眼神也有些情迷意乱了。鲍光头没有喝酒，朱敏喝了一点点红酒，鲍光头看着朱敏脸上泛着红光的样子，心里有种说不出的滋味，去结账的时候，他多看了朱敏两眼。

　　酒足饭饱之后，张继来安排鲍光头把他们送回去。王登峰没有回清平镇，他给张芳打了个电话，直接去他县城的家里了，朱敏想直接回清平镇，可看到张继来这副大醉的样子，又有些担心，就说："鲍光头，你把他们送回去吧！等张继来醒醒酒，我就直接回我县城的家里。"

　　鲍光头开车走后，朱敏看着一桌子的狼藉，闻着满屋子的酒气、烟气，突然有一种想吐的感觉，她在张继来身边干呕了几声。张继来睁开双眼说："怎么了？没事吧？"

　　"没事。"朱敏强忍着恶心说。

　　"走吧！今天我不回去了，宾馆已经订好了，陪陪我吧！"张继来稀里糊涂地说。

　　朱敏看了张继来一眼，没有说话，点点头表示同意了。张继来起身摇摇晃晃地往外走，朱敏紧跟了出去，拦了辆出租车，朝张继来订好的宾馆驶去，到了宾馆后，朱敏费了好大的劲，在前台人员的帮助下，才把张继来扶进房间。

　　关好门后，朱敏来到床边静静地注视着张继来，参加工作这五六年来，她也了解到一些人情世俗，听到了一些潜规则，她知道张继来其实并不容易。朱敏弯腰给张继来脱掉鞋子，把他的两条腿抬到床上去，又跪在床上把张继来往床上拖，无奈张继来身体太重，她拖不动，就在她感到无助的时候，张继来突然醒了过来，他站在床边，身体有些晃动，朱敏急忙从床上下来，刚站在床边，就被张继来重重地压在了床上。朱敏被张继来的行为吓了一跳，她尖叫了一声，脑中一片空白。

朱敏眼睛望着房顶发呆，她不知道张继来是故意的还是无心的，但这些已经都不重要了，对她来说，如果张继来对自己……那他就要对自己负责了，想到这里，朱敏扭头看了一眼张继来，他已经打起了鼾声。

第二天早上醒来，张继来发现朱敏赤身裸体地睡在自己身边，再一看自己也是赤身裸体，他努力回忆昨天晚上发生了什么，可只能回忆到朱敏把他扶进出租车，之后的事情是真的断片了，无论他怎么去想，却一点也想不起来。张继来不敢去想发生了什么，他坐在床上面无表情。在睡梦中他感觉有人抱着自己，他以为是在做梦，还故意不愿意醒来，可醒来后发现抱着自己的竟然是朱敏，这让他无法面对。张继来像做错了事的孩子一样不知所措，他不知道朱敏醒来后会做些什么，是大发雷霆，还是号啕大哭？是骂自己流氓，还是……就在张继来思维陷入混乱的时候，朱敏也醒了过来，她看到张继来赤裸着身体坐在床上，突然坐了起来，拉起被子遮盖自己的身体。

"朱……朱敏……我……我是不是……我以为……"张继来有些语无伦次，他不知道该说些什么。

"你……你先穿上衣服……再说……"朱敏也有些语无伦次。

经朱敏提醒，张继来清醒了过来，急忙穿上衣服，他走到窗户前看着窗外，朱敏也迅速地穿上衣服，还不忘整理一下凌乱的头发。

"好了，你可以转过身来了。"朱敏有些害羞地说。

张继来转过身来，但他不敢看朱敏的眼睛，就盯着朱敏的脚尖说："朱敏……是我对不起你，昨天晚上我喝多了，真的不知道发生了什么。"

"没事，我不怪你，如果你不愿意，不用对我负责，把昨晚的事忘了就行。"朱敏盯着张继来的眼睛说。

朱敏越这么说，张继来心里越难受，他知道朱敏喜欢自己，可朱敏再喜欢自己，那是她的事情，自己也不能乘人之危做对不起人家的事啊！如果那样的话，那自己与畜生有什么两样？现在张继来的内心非常自责，他还在回忆昨天晚上自己到底有没有对朱敏做那事，可脑袋像要炸裂一样，什么也想不起来。

"朱敏，我……"张继来还要说什么，却被朱敏打断了。

"我说过了，我不怪你，你不用自责。"朱敏异常平静地说。

"可是……"张继来不知道该怎么说，只能用可是来表达自己的内心。

"张继来，你不用担心，我不会赖上你的，你可以继续追刘喆，我不会打扰你们的。"朱敏走到窗户跟前，拉开窗帘看着窗外说。她看到张继来的帕萨特就停在马路对面的停车场里，鲍光头从车里走了出来，她急忙把窗帘拉上，紧张地躲在窗帘后面。

"怎么了？"张继来有些担心地问。

"没事，鲍光头来接你了，你先走吧！我晚一会儿再走。"朱敏说。

张继来点了点头，简单地进行了洗漱，便提着皮包往外走，走到门口，又转过身来，看了朱敏一眼，说："朱敏，我……我走了。"

朱敏点了点头，张继来走后，朱敏一个人坐在床上静静地发呆，她也不知道自己这是怎么了，怎么就和张继来睡在了一张床上，朱敏知道她这次的行为过于冒失，她没有想这么多，虽然他们只是抱着睡了一晚上，张继来嘴里还一个劲地喊着刘喆的名字，但她还是原谅了他。朱敏笑了笑，突然想起了鲍光头，又无奈地摇了摇头，鲍光头这个人虽然一直在死皮赖脸地追她，但他一直没有做出格的事情，朱敏对他没有反感，却也提不起兴趣。

张继来坐在副驾驶上，鲍光头问："张董事长，昨晚朱敏怎么回去的？"

张继来故意皱了皱眉头，说："哦，她叫了辆出租车回去的。"

"出租车？应该让她在酒店里等着，我再返回去接她，遇到坏人怎么办？"鲍光头对朱敏非常关心。

"现在是和谐社会，哪有那么多坏人？"张继来说。

"遇到一个就坏了，我要内疚一辈子。"鲍光头说完叹了口气。

五十七、小来子第一次失败

因为钟灵的事情，凌云一个人在种植基地的办公室里生闷气，他不知道钟灵为什么非要和张芳混在一起，教师这么好的职业都拴不住她。自己也头脑发热地要进军烂尾房，还被张芳迎头泼了一盆冷水，简直是自作自受。因为朱敏的事情，张继来一个人在小来子超市的办公室里自责，他感觉对不起朱敏，也对不起刘喆，还有烂尾房的事情，这一切让他感到比较焦躁。再有一个星期，烂尾房就要公开招标了，张继来强迫自己暂且忘掉朱敏和刘喆的事情，可朱敏赤身裸体的样子还是会闯进他的脑海，他甚至在想，那天晚上如果是刘喆该多好啊！

张继来闭上眼睛摇了摇头，又用手摸了摸光头，大声喊："鲍光头，鲍光头，鲍……"最后一声还没喊出来，突然想起昨天晚上他安排鲍光头今天去养鹅厂检查工作，就从仓库里推出他的自行车，准备去找凌云聊聊。

已经到了四月中旬，天气变得非常暖和，燕子在空中飞舞，路边的野花静悄悄地绽放，蝴蝶也轻盈地飞来飞去，张继来骑着自行车，吹着口哨，兴致勃勃地来到了凌云的草莓种植基地门口，他还不知道凌云和钟灵闹别扭的事情，就大声喊："小凌子，小凌子，小……"第三声小凌子刚喊出第一个字，就看到刘喆从凌云的办公室里走了出来。

"刘喆，你怎么在这里？"张继来笑着问。

"今天休息，我过来看看。"刘喆说着就往外走。

"我一来你就走，再玩一会儿吧！"看到刘喆，张继来的心情突然变好了。

"不了，我要去敬老院帮忙。"刘喆说完就头也不回地走了出去。

张继来支好自行车，进了凌云的办公室，问："刘喆怎么来了？"

"来就来吧！我又不能不让她来，不过，你放心，我不会……对了，你要追她，我可以给你支个招。"凌云给张继来倒了一杯水。

"我小来子，未来清平镇的首富，追个女人还需要别人支招……"张继来喝了一口水，用手夹出嘴里的茶叶，弹在地面上，又继续说，"你有什么好招？"

"多往敬老院跑，刘阿姨对你印象还是不错的……明白了？"凌云笑着说。

"嗯，明白了，整个清平镇的人对我的印象都不错，可关键是刘喆要对我有个好印象才行。"张继来叹了口气说，"先不说这个了，下周烂尾房就要开标了，你也给我支个招吧！这个招要是有用，我聘你当我的狗头军师。"

凌云皱着眉头苦笑了一下，不好意思地说："这个事还真不好说，你是知道的，钟灵都辞掉教师的工作，跟着张芳去混了，你说我是帮你呢，还是帮钟灵？"

张继来又喝了一口水，笑着说："小凌子，你是不是有了媳妇就把兄弟给忘了，当然是帮我了，你想一想，张芳那个女人能靠得住？你可以偷偷摸摸地帮我，不让钟灵知道。"

"那你要我怎么帮你，要钱可是没有。"凌云说。

"我跟镇上其他几个老板商量过了，他们也不愿意让张芳来做烂尾房的事情，会私底下给张芳制造一点麻烦，我虽然不支持他们这么做，但也没有反对的理由。"

凌云听着张继来的话，不解地看着他，前一段时间张芳的话刺激到了凌云，今天张继来的话又刺激到了凌云，他内心很凌乱，很矛盾，不知道该说什么。张继来看了凌云一眼，又说："这个社会没有你想象的那样单纯，我要像你一样单纯，说不定现在还在光着屁股要饭，还得喊他们大爷，要不然饭都吃不上。"

凌云本来就不愿意钟灵和张芳走得太近，本来就反对钟灵辞掉教师的工作去和张芳搞烂尾房的事情，可钟灵毕竟是他未过门的媳妇，虽无夫妻之名，却有夫妻之实了，这个时候，自己去阻碍她搞烂尾房的事情，是不是有些太卑鄙了？

张继来走后，凌云一个人在办公室里思考着张继来的话，突然有了一种自己是局外人的感觉。就在他感觉有些恍惚的时候，刘喆又回来了，她看到凌云有些颓废地坐在椅子上，关心地问："怎么了？不舒服？"

"没有，张继来刚走你就来了。"凌云站起来说。

"我是来找张继来的，我妈把张继来给敬老院捐款的事给镇政府说了，政府要给张继来开个表扬大会，让张继来在会上做报告，这对他来说是个好事。"刘喆说完开始自己倒水喝。

"可张继来对这个并不关心，他正在操心烂尾房的事情呢！"凌云说。

"他一直操心烂尾房的事情，都好几年了。"刘喆喝了口水说，"对了，我听说钟灵离职了，要跟着那个张芳开发烂尾房，是不是真的？"

凌云没有说话，点了点头，刘喆又说："那以后你们怎么办啊？"

"以后啊……她干她的，我干我的，这样也挺好的。"凌云故意装作很不在意地说。过了一会儿，凌云又说："刘喆，你和张继来的事情怎么样了？"

刘喆白了一眼凌云，有些生气地说："我和张继来没有事情，那是他一厢情愿，与我没有关系，我和他不会在一起的。"

"那你是不是有喜欢的人了？"凌云开玩笑说。

说者无意，听者有心，听到凌云这么问她，她竟然有些不好意思地低下了头，凌云以为她是因为喜欢自己才这副表情的，可他不知道刘喆真的已经有了喜欢的人了。刘喆有些幽怨地看着凌云，她知道自己是喜欢凌云的，也知道凌云不喜欢自己，只是把自己当作妹妹对待。自从王登峰来清平镇参加工作后，她就和王登峰慢慢交往了起来，她不知道自己是不是真的喜欢上了王登峰，或许，这只是一种情感的转移，但随着时间的推移，刘喆竟然对王登峰产生了依赖。

"我先走了……"刘喆说完就红着脸出去了，凌云看着她的背影叹了口气。

烂尾房招标工作如期进行，参加此次竞标的有张继来、张芳，还有县城的一家企业和镇上的两家企业。对于这次竞标，张继来是信心满满，他和镇上的两家企业老板都沟通好了，也打通了镇政府相关部门的关系，他的目标很明确，拿下镇中街一侧的烂尾房，和张芳明目张胆地对着干。开标当天，张继来精心打扮了一番，还特意买了一身西服，非常潇洒地去参加竞标大会了。

竞标大会当天，张芳的父亲竟然来了，县城那家企业的老板一看张芳的父亲来了，主动放弃了竞标，张继来后来才知道县城的那家企业即将被张芳父亲的公司所收购。镇上两家企业的老板看到张芳的父亲后，急忙上前点头哈腰地献殷勤，张继来看到他们那副低三下四的样子，抬起头蔑视他们。张继来寻找着张芳的身影，但张芳一直没有出现，就在张继来纳闷的时候，张芳从远处走了过来，跟在她父亲旁边，一副势在必得的样子，张继来微微点了点头，毫不在意地笑了笑。

鲍光头跟在张继来身边，看到张芳的父亲后，他激动地说："这就是张芳的父亲啊！这就是身价过亿的人啊！"

张继来瞪了一眼鲍光头，但他心里明白，这一次他基本上没有成功的希望了，可他不甘心，仍旧陪着张芳的父亲走到了最后一步，当然，镇中街两边的烂尾房都被张芳的父亲拿下了，而且他出的价格是张继来全部资金的两倍，张继来第一次尝到了失败的滋味。

张继来失落地走出镇政府，鲍光头还想再看看身价过亿的人，一看张继来走了，就急忙跟了出来，张继来对鲍光头说："让小来子饭店炒上几个菜，我们庆祝一下，把凌云、刘喆、朱敏都叫上……王登峰就不能叫了，晚上他们也会庆祝的。"

鲍光头看着张继来状态有些不正常，急忙给凌云打了个电话，把情况大体说了一下，让他到小来子饭店去。晚上，凌云、张继来、鲍光头、刘喆、朱敏在小来子饭店吃饭，张继来把今天竞标的事情详细说了一下，凌云刚要开口安慰他，他又继续说："我张继来初中毕业就在清平镇混，也有八九年的时间了，虽然还不是清平镇的首富，但也算是清平镇有头有脸的人物，没想到今天竟然输了，输给了一个女流之辈，可悲可叹啊！今天晚上大家陪我喝酒啊！我们一醉方休，明天重新开始。"

在座的各位都知道，张芳之所以能够拿下烂尾房项目，完全是因为他父亲在背后操作，他们都担心张继来承受不了这次打击，可看着张继来，还是那副不着调的样子，也就放心了。张继来独自干了一杯啤酒，说："大家不用担心，不就是烂尾房鸡飞蛋打了，这没什么大不了的，我又没损失什么。我张继来今天是失败了，但不会一直失败，今天我把大家叫过来一起吃个饭，就是让大家放心，我张继来没有跌倒了爬不起来……其实，我也不能算是跌倒。"

凌云和鲍光头陪着张继来喝啤酒，刘喆和朱敏慢慢地喝着饮料，刘喆对张继来不再那么讨厌了，朱敏有些心疼地看着张继来。这次失败，张继来虽心有不甘，但也只能装作很坦然地面对现实。在清醒的时候，张继来说的话还有道理，五瓶啤酒过后，张继来开始胡言乱语："小凌子，钟灵怎么没来？她是不是在张芳那边参加庆祝大会啊？钟灵是你的老婆，你得管住她，否则……否则……我和你断绝兄弟关系，要么，你和她断绝夫妻关系。"

凌云本来就因为钟灵的事情很烦躁，经张继来这么一说，气也不打一处来，就说："小来子，你什么意思？她是她，我是我，你不能因为烂尾房的事情瞎说啊！"

"我没有瞎说，我现在没有媳妇，刘喆又不愿意做我的媳妇，如果我有了媳妇，我就一定好好疼她……"张继来含糊不清地说。

"张董事长，你不用担心找不上媳妇的，我都不担心了，你担心什么？"鲍光头站起来安慰张继来说。

"你都没有媳妇，还关心我？"张继来不屑地说。

"谁说我没有媳妇，朱敏就是我媳妇。"鲍光头非常严肃地说。

刘喆和朱敏低着头不说话，就静静地看着、听着。朱敏听到鲍光头说自己是她的媳妇，就大声说："鲍光头，你死心吧！我不会喜欢上你的。"

听到朱敏说话，张继来浑身一哆嗦，突然清醒了一下，他看了一眼朱敏，朱敏正在看着他，他就把头低下了。张继来把头抬起来的时候，又看到了刘喆，他说："刘喆，我会一直等你的。"

这一段时间，刘喆的母亲一直夸张继来是多么多么好，是多么多么的有爱心，镇政府都要请他做报告了，可张继来还是很谦虚地拒绝了，说自己做得不够好，都是自己应该做的。看到这几年张继来在清平镇的发展，还有清平镇老少爷们对他的评价，刘喆已经从心里不再厌恶他了，却无法接受他的感情。刘喆知道，以张继来现在的身份，想做他女朋友的人肯定很多，但他到现在一直没有女朋友，这都是因为自己。可刘喆不知道这是否与凌云有关，也不知道是否与王登峰有关，或许都有关系，或许都没有关系吧！刘喆心里很凌乱，她看了一眼张继来，说："张继来，你少喝点酒，对身体不好……我不讨厌你了，可我也不喜欢。"

听到刘喆说不讨厌自己了，张继来鼻子一酸，差点哭出来，他突然站了起来，说："我张继来决定，从今往后戒酒！"

酒足饭饱之后，鲍光头找了个司机，把刘喆和朱敏送了回去，他们三个勾肩搭背、拉拉扯扯地在清平镇的大街上走着。走到烂尾房附近的时候，张继来看了一眼烂尾房，哇的一声吐了出来。然后，他们又朝漯河大桥走去，在漯河大桥上，凌云、张继来、鲍光头扶着栏杆站着，注视着远方。

就在张继来举行这个竞标烂尾房失败的"庆功宴"的时候，张芳、王登峰、钟灵、马叔叔，还有张芳的父亲派过来的两个助手也在县城的一个饭店里举行庆功宴。结束之后，王登峰回他母亲家里了，马叔叔把张芳和钟灵送到了张芳的家里。

五十八、张继来又看到了希望

张芳和钟灵都喝了不少酒，她们相互搀扶着才回到了张芳的家里，钟灵用迷离的双眼看着张芳家里气派的装潢，她想起了自己那点可怜的工资，又想起了凌云银行卡里那少得可怜的存款，就说："张芳，我和凌云得省吃俭用多少年才能买得起县城里的房子啊？"

张芳斜躺在客厅的沙发上，把外套脱了，把鞋子踢掉，看着天花板说："你以为有房子就活得幸福吗？你以为拿下了烂尾房项目我就高兴吗？我和王登峰的事情你也知道，我之所以拿下了烂尾房的项目，还不是因为我爸爸吗？是我吵着要在清平镇干一番事业的，经不住我的软磨硬泡，我爸爸才同意了，你想，那个张继来还不恨死我了？"

"不会的，张继来是个心胸宽广的人，他不会的。"钟灵在另外一张沙发上坐了下来。

"到了这里不用这么拘束，要像到了自己家里一样，我先去洗个澡。"张芳说完起身朝浴室走去，边走边脱衣服。

钟灵起身在客厅里走来走去，看看这里，看看那里，她走到窗前，看着马路上车水马龙，看着对面的霓虹灯宣泄着县城的繁华。她眼前的一切与清平镇形成了巨大的反差，这给她的心理造成了巨大的冲击，钟灵闭上眼睛深吸了口气，突然听到一阵阵嗡嗡声，她转身走到沙发边拿起手机，一看是凌云打过来的，手一按就接了。

"钟灵，你在哪里？"手机里传来了凌云的声音。

"我在张芳县城的家里，怎么了？"钟灵说。

"想你了，给你打个电话，明天你回来吧！"凌云说。

"回去，回去我就去找你。"钟灵说。

烂尾房项目失败后，张继来利用一周的时间调整了一下心态，又恢复了不着调的状态，接下来两个多月的时间，他还是经常去烂尾房周围转转，看看烂尾房的进度，打听打听有什么新的政策，思考着自己怎样才能干一番轰轰烈烈的事业，成为清平镇的首富。在道路西侧的烂尾房前面，张继来看到了钟灵和张芳，他兴致勃勃地跑过去问好，钟灵感觉有些不好意思，低下了头，张芳只是白了张继来一眼，满脸都是蔑视的表情。看到张芳的表情后，张继来把头往上抬了抬，从她身旁淡定地走过。

离开烂尾房后，张继来一个人沿着镇中街朝漯河桥的方向走去，到了漯河桥后，他坐在桥边回忆起了小时候的事情。他记得，冬天漯河结冰的时候，他和凌云、王登峰在冰上尽情地溜冰，他还差一点把不敢溜冰、站在冰面上吓得要哭的刘喆撞倒；春天河岸野菜长出来的时候，他们三个一个人采了一朵野花送给刘喆，刘喆接过后用发卡别在头上；夏天的时候，他们几个就光着屁股在漯河里游泳，看谁在水下面憋气憋的时间长，他从水下伸出脑袋的时候感觉天旋地转；秋天的时候……张继来正在深度回忆他的童年，刚回想起他们在漯河边捉鱼的情景，就被鲍光头的话打断了。

"张董事长，不就是烂尾房竞争失败了嘛，别想不开啊！风水轮流转，总有转到我们的时候。"鲍光头笑着说。

"你认为一个游泳高手要结束自己的生命，会选择跳河的方式吗？还有，你应该说上帝在给你关上门的时候，会把窗户给你打开……反正就这个意思，说吧！什么事？"张继来突然想起不知在哪儿看到过一句类似的话，努力想了一下，但没有想起来。

"我说不过你，朱敏去找你了，她说有重要的事情要和你说，神神秘秘的不和我说，给你打电话的时候发现你的手机在办公桌的抽屉里。"鲍光头说。

张继来接过手机，看了看确实有一个朱敏打过来的未接电话，就起身和鲍光头一起朝小来子超市走去。张继来想起了那天晚上发生的事情，感觉有些惭愧。今天是星期六，朱敏应该回县城才对，他心里琢磨着朱敏来找自己干什么，有什么事情不能说给鲍光头，再让他转达给自己？是不是后悔了，来找自己兴师问罪的？是不是要当着鲍光头的面向自己表白？他看了一眼鲍光头，心里有一种慌慌的感觉。

朱敏在张继来的办公室里坐着，看到张继来和鲍光头来了后，就急忙站了起来，说："张继来，你有救了。"

张继来不明白朱敏的意思，他不解地看了看鲍光头，鲍光头也是满脸雾水，他们同时把目光转向朱敏。朱敏笑着说："我是说清平镇又要有大动作了，你可以大显身手了。"

"朱敏，你把话说明白点，不要让张董事长着急。"鲍光头急切地说。

"我听舅舅说，随着清平镇城镇化建设推进，下一步要重点开发漯河，你可以考虑往这一方面发展。"朱敏非常认真地说。

朱敏这么一说，张继来觉得有道理，刚要表现出兴奋的样子，又突然改口说："你舅舅，你舅舅是谁？"

朱敏知道自己说漏嘴了，急忙用手捂了一下嘴巴，不好意思地说："我舅舅是……是王镇长，你们要替我保守秘密，我不想公开这个事。"

听到朱敏说王镇长是她舅舅，鲍光头把刚喝到嘴里的水喷了出来，张继来瞪了他一眼，对朱敏说："这件事靠谱不？"

"应该靠谱，你想啊！清平镇作为山东省重点支持的小城镇建设试点项目，除了建工业园、生活区、医院、学校、沿街房，肯定也要发展生态文明，我们清平镇除了有一条漯河外，其他也没有什么可以开发的项目。昨天晚上我到舅舅家里吃饭，他在打电话的时候我无意中听到的，今天就跑过来告诉你了。”朱敏说。

“打个电话不就行了，还非得跑过来？”张继来说。

朱敏白了张继来一眼，噘着嘴不说话，鲍光头看着朱敏的表情，心里有些不愉快。张继来看了一眼鲍光头，转身对朱敏说：“马上要中午了，在这里吃饭吧！我让他们炒几个好菜。”

“不了，下午一点我还得参加一个学习班，这就得走了。”朱敏说着就去拿放在桌子上的手提包。

“那我让鲍光头送你吧！”张继来说。

鲍光头急忙打开抽屉拿车钥匙，这正是他求之不得的事情，拿出钥匙之后，他故意对张继来说：“张董事长，朱敏大老远跑来告诉你这事，要不，你去送她吧！”

张继来气急败坏地说：“我要有驾照我找你啊！”

张继来和鲍光头把朱敏送到楼下，朱敏上车后摇下玻璃又对张继来说：“刚才我说的你好好想想啊！”

张继来点了点头，想着刚才朱敏说的话，摸了摸头，仿佛又看到了希望。这段时间以来，他心里一直很难受，但他不能把失败的表情挂在脸上，不能让清平镇的人看到自己失败的样子，更不能让刘喆说自己没出息。张继来沿着镇中街边走边想，不知不觉间走到了九奶奶杂货铺门口，他朝里看了看，想推门进去看看，可又觉得没什么事，又转身继续朝敬老院的方向走去。

“小来子，来都来了，进来坐坐吧！”九奶奶打开窗户，探出头来说。

张继来不好意思地笑了笑，用手摸了摸头，走进了九奶奶杂货铺。九奶奶热情地给他倒水喝，笑着说：“小来子，你的事我都听说了，没什么大不了的，你心存善念，是大富大贵之人，以后还会有机会的。”

“九奶奶，我没事，你得开导一下小凌子，钟灵跟着张芳去干了，小凌子一直想不开，我怕他们之间会……”张继来说着在椅子上坐了下来。

听到张继来这么说，九奶奶心里很感动，她说：“昨天我去找过他了，看他的样子应该是没什么问题。”

“九奶奶，小凌子你还不了解吗？心比天高，就他那臭脾气，我还是挺担心他的。”张继来喝了口水说。

“你说得有道理，昨天我还跟他说都到了结婚的年龄，要不就把婚结了吧！可他死活不同意，说什么男子汉要先干一番事业，我知道这都是借口，他是怕对不起人家钟灵。"九奶奶摇着头说。

"九奶奶，那你有没有问过钟灵的意见？"张继来说。

经张继来这么一说，九奶奶突然想起来了，这件事情应该问问钟灵的意见啊！自己怎么就这么糊涂啊！如果钟灵愿意的话，那凌云这边就不会有太大的问题了。九奶奶微微点了点头，说："我抽空去问问钟灵这个丫头，对了，你那边怎么样了？"

"还是一个人，女朋友不好找啊！"张继来无奈地摇了摇头，在说这话的时候，张继来又想起和朱敏在一起的那个晚上。

"小来子，下次来九奶奶这里的时候把女朋友带上。"九奶奶笑着说。

张继来苦笑着点了点头，从九奶奶杂货铺出来后，张继来继续朝敬老院的方向走去，他今天也没什么重要的事情，就是感觉心里有些空虚，有些迷茫。烂尾房项目失败，他虽然一直表现出一副无所谓的样子，但内心还是很有挫败感的，上午朱敏的话让他又看到了希望，可他却没有把握能够把朱敏说的变成现实。就这样乱七八糟地想着，不知不觉，他就来到了敬老院门口，碰到刘阿姨正推着自行车往外走。刘阿姨看到张继来，就说："这么巧，我正准备去政府送你的材料。"

"刘阿姨，什么材料？"张继来不解地问。

"当然是好人好事了，上次你拒绝后，政府宣传办找过我好几次呢！要我劝劝你一定要把这个报告做了，这是我们清平镇社会主义精神文明建设的优秀事迹。"刘阿姨边走边说。

"刘阿姨，你跟他们说，我同意了，这几天我好好准备一下，不用讲普通话吧？"张继来开玩笑说。

"不用，他们都能听懂，如果你以后上了电视，就要说普通话了。不跟你说了，他们还在等着我呢！"刘阿姨骑上自行车，朝镇政府的方向离去。

张继来没想到自己只是给敬老院捐了点款，政府部门竟然这么重视，还要让自己去做报告，可自己这报告应该怎么写呢？张继来望着刘阿姨的背影，高兴地笑了笑。他走进敬老院里面转了一圈，兴奋地吹着口哨，几个认识他的老爷爷、老奶奶争着和他打招呼，张继来使劲挺了挺腰杆，他感觉自己现在就是清平镇的大善人，这比做报告的感觉强多了。

张继来想在敬老院会碰到刘喆，可刘喆不在，他有些失望，与敬老院的老爷爷、老奶奶告别后，就吹着口哨离开了。一出敬老院的门口，张继来就给凌云打了个电话，要他给自己写个事迹报告，还提出两点要求，一要朴实，二要感人。凌云正在给种植基地的几个工作人员布置近期的工作，挂掉电话后，他摇了摇头，说："这个小来子，怎么也这么爱慕虚荣了！"

凌云知道张继来不是个爱慕虚荣的人，以张继来的性格，他是不会参加这种没什么意思的事迹报告会的，用张继来自己的话说就是，这些都是扯淡，比他张继来还不着调。凌云不知道张继来是怎么想的，但既然他给自己安排了，自己又没有理由拒绝，就只好硬着头皮给他写一篇了。

近一段时间，凌云的种植基地形势一片大好，整个种植基地的草莓、葡萄长势旺盛，樱桃今年也开始结果了，他又开始研究立体种植、无土栽培的技术了。凌云去年研究了一年，一直没敢动手，今年又研究了半年，还是没敢动手，他拿出手机给张继来打了过去。

"怎么了？这么快就写完了！"张继来笑着说。

"这几天你有没有时间，我想出去考察一下，你陪我去吧！"凌云说。

"好啊！正好这一段时间我心里比较乱，出去散散心也不错。"张继来说。

"不是散心，是考察，你要调整好心态。那我们去潍坊吧！那里的种植业比较发达。"凌云说。

张继来想起了上午朱敏说的话，就笑着大声说："好，就去那里。"

五十九、凌云说心事

已经晚上九点了，凌云还在小来子饭店，他已经喝了五瓶啤酒了，神情开始有些恍惚。这几天，他一直在考虑去潍坊考察的事情，都和张继来商量好了，就开着他的帕萨特去，让鲍光头当司机。可张继来总是说临时有事，推脱了好几次，这让凌云很郁闷，他就说让鲍光头给他当司机，他和鲍光头两个人去，张继来又不同意，说自己也要去考察考察，学习一下。凌云没有办法，就一直在等着，都等了一个月了，张继来还是没有时间。

喝完第六瓶啤酒的时候，凌云起身晃晃悠悠地往外走，刚走到门口，就碰到鲍光头扶着张继来进来了。张继来喝得几乎站不住了，鲍光头也喝得满脸通红，凌云使劲眨了眨眼，急忙让开。鲍光头把张继来扶进一个包间，凌云把服务员喊了过来，往那个包间指了指，服务员立马明白了什么意思，急忙跑去拿枕头和被褥。鲍光头把张继来安顿好后走了出来，对凌云说："当个董事长也不容易，天天喝酒，再这样下去，身体早晚受不了的。"

"你是不是还没喝饱，我陪你喝点？"凌云含糊不清地说。

鲍光头看了看桌子上光光的盘子，知道凌云是刚喝完了要回去，就说："不了，后天吧！后天我们去潍坊，还有张董事长，我回去了。"

凌云做了个请的姿势，鲍光头目不斜视地走了出去，凌云到包间看了看已经昏睡过去的张继来，摇了摇头，转身走出了小来子饭店。凌云一个人在清平镇的大街上走着，一阵风吹来，突然有了一种想吐的感觉，他急忙朝路边的一根电线杆子跑去，右手扶着电线杆子，左手捂着肚子，哇哇地吐了起来。吐过之后，他清醒了许多，心想，以前喝这么多酒也没什么感觉，这次怎么就吐了呢？也许是心情比较郁闷的原因吧？凌云摇了摇头，继续往前走，走了一会儿，他感觉有些累，就在路边靠着墙坐了下来，没想到竟然稀里糊涂地睡了过去，还梦见他和钟灵上高中时的一些事情。

不知过了多长时间，凌云感觉有人在摇自己，在喊自己，在拍自己的脸，他以为自己是在做梦，就继续迷迷糊糊地睡觉，直到感觉喘不过气来了他才醒来，看到钟灵正在用手捏着他的鼻子。凌云伸手握住钟灵的手腕使劲掰开，急忙深呼吸了两口气，他抬头看了看钟灵，她气呼呼的脸上透露着担心的神色，就笑着说："刚才你还在我的梦里，怎么突然就出现在我的眼前了？"

钟灵挣脱开凌云的手站了起来，生气地说："我听王登峰说你一个人在喝酒，不放心，就过来看看你，看来是来对了。"

"我没事……没事……"凌云说着就站了起来，他张大嘴巴打了个喷嚏。

"走吧！我送你回去。"钟灵说着就去搀扶凌云，没想到被凌云一下子抱住了。

"钟灵，不要离开我！不要离开我！"凌云把钟灵死死地抱着，钟灵不知道发生了什么，她呆呆地站着，伸手抱住了凌云。

"没事，没事，走，我们回去吧！"钟灵轻轻地拍着凌云说。

凌云慢慢松开双手，拍了拍屁股上的灰尘，和钟灵一起朝他的种植基地走去。到了种植基地后，门口的小黄狗摇着尾巴兴奋地叫了几声，钟灵看了一眼小黄狗，不知道凌云什么时候开始养狗了。进屋后，凌云把门反锁，抱起钟灵把她放在床上，死死地压在她身上。钟灵被凌云这莫名其妙的行动吓坏了，但她也不反抗，这些天发生了太多事情，钟灵思绪万千，忍不住留下了泪水。见钟灵不反抗，凌云抬起头看了看，看到钟灵流泪后，凌云急忙坐了起来，担心地说："对……对不起，我吓到你了。"

钟灵摇了摇头，仿佛在自言自语："不怪你，不怪你。"

凌云站了起来，说："那我送你回去吧！"

钟灵坐了起来，说："小凌子，你什么意思啊？我刚把你送回来，你就要把我送回去？"

凌云明白了钟灵的意思，在得到钟灵确定的眼神后，他急忙说："我去给你倒水洗脚。"

钟灵坐在床边开始脱鞋子，脱袜子，她把裤脚往上挽起，双手支在床上，伸直双腿，等着凌云来给她洗脚。钟灵很喜欢凌云给她洗脚的感觉，每次凌云给她洗脚，她都会感觉到一股暖流沿着双腿，穿越身体直达大脑，让她有一种浑身酥麻的感觉，她甚至怀疑自己的兴奋点就在脚丫子上。

凌云在水盆里倒上凉水，又倒上热水，用手试了试温度，又倒上了一些热水，他端着水盆来到钟灵面前放了下来，又从旁边拖过一张椅子，说："钟灵，今天我想用另一种方式给你洗脚。"

钟灵不知道凌云要耍什么花样，但有些期待，可没想到凌云竟是用他的双脚给自己洗脚，她白了一眼凌云，说："你这不是给我洗脚，这是我们两个人一起洗脚。"

凌云在钟灵对面坐着，一会儿用双脚的大拇指在她的脚背上轻轻地点着，一会用脚底轻揉她的脚背，钟灵有种怪怪的感觉，她抬头看了一眼凌云，凌云正盯着她的眼睛，她又把头低下了。

"灵儿，你知道吗，我不让你跟着张芳去干烂尾房的事情，不是不支持你的事业，不是怕你发展得比我好，不是怕你挣的钱比我多，我是怕……怕你会离开我。"凌云非常认真地说。

"你怎么会有这种想法呢？"钟灵不解地问。

凌云双脚踩在钟灵的脚上，继续说："其实，以前我不让你去张芳的化妆品店，让你离张芳远一点，不是怕你花钱，也是怕会失去你。你看，现在社会发展这么快，有头脑的人都能挣着钱，张继来都是身价百万的老板了，我还在……我担心你在社会上混得时间长了，难免会有人追你的，万一你经不住诱惑，再跟哪个大老板跑了，我不就成孤家寡人了，所以……"

　　听到凌云这么说，钟灵感到可气又可笑，这一段时间凌云和自己冷战，原来是因为这个，她了解凌云的内心世界，可没想到他竟然有这种莫名其妙的担忧。钟灵双腿使劲晃着，抽出脚来踩在凌云的脚上，故作生气地说："小凌子，你就这么不相信我啊？你对自己就这么没有信心啊？我是什么样的人你不知道啊？再说了，你也可以证明自己啊！两个人相爱并不一定要天天腻在一起，要相互理解，相互支持。我知道，我辞掉教师的工作去和张芳搞烂尾房，是有些冲动，但机会就这一次，刚才你也说了，现在清平镇正在大发展，快发展，我们又没有启动资金，你又不好意思去跟张继来借钱，所以，我就只好牺牲自己了。"

　　凌云盯着钟灵说："我这一辈子非你不娶，你要有心理准备，我要打光棍了你得对我负责。"

　　钟灵被凌云的话气笑了，她不想再讨论这个话题了，就转移话题说："你以后有什么打算？"

　　凌云说："我打算……水凉了，我打算先把水倒掉。"

　　钟灵抬起双脚，凌云端走水盆后，她伸直双腿使劲地晃来晃去，好让脚上的水干得快一些。凌云倒掉水回来后，看到钟灵搞怪的动作，忍不住笑了起来，他拿起一块擦脚布给钟灵擦干脚。钟灵把裤脚放了下来，在床上斜躺着，凌云还是坐在她对面的椅子上，他说："过几天我计划和张继来外出考察，学习一下现代化瓜果蔬菜种植，搞个农业生态观光园。我说要去潍坊的时候，张继来也吵着要去，不知道他又有什么鬼点子。"

　　"张继来是个头脑灵活的人，他敢闯敢拼，你得多向他学习学习。你看，干事创业不需要多么高的学历，张继来是一步步干出来的，张芳是个富二代，就苦了我们这些人了……算了，睡觉吧！"钟灵说着开始脱衣服。

　　凌云上床后睡不着觉，他看了看钟灵，她正忽闪着大眼睛，就说："钟灵，我一定会努力，让你过上好日子的。"

　　夜里，凌云悄悄脱光了衣服钻进钟灵的被窝，紧紧地把她抱在怀里，钟灵已经醒了，但她并没有睁开眼睛，感受着凌云给她带来的感觉。在钟灵心里，凌云就是个长不大的大男孩，她说不清自己为什么会喜欢上他，或许，就是凭着一种感觉吧！从认识他的第一天起，她就知道这个大男孩需要她的照顾，需要她的温柔，或许，现在他还可以若无其事地装作很坚强，很乐观的样子，但总有一天，他会在她的怀里失声痛哭，她不希望看到凌云的这一天，但她有种预感，这一天迟早会到来。

六十、考察出车祸

太阳慢慢升了起来，凌云的种植基地笼罩在薄雾之中，清晨的农村有些安静，他还在抱着钟灵做梦的时候，张继来在外面大喊："小凌子，小凌子，快起来，有好消息了……""再叫，晚上就把你宰了吃了！"听到小黄狗叫声的时候，张继来又低头对小黄狗说。

小黄狗低头不叫了，或许是它听懂了张继来的意思，或许是它认出了张继来，它又钻进它的窝里继续睡觉。见屋里没有反应，张继来就给凌云打手机，可手机关机，他就继续在外面大喊："凌云，你老婆来了！你老婆来了！"

钟灵睁开惺忪的睡眼，迷迷糊糊地说："小凌子，你有几个老婆啊？"

凌云也睁开双眼，说："好了，快起来吧！让那个家伙看见了，又要胡说八道。"

看到凌云来开门，张继来开玩笑说："怎么这么慢？是不是抱着老婆睡觉呢？"

凌云不理会他，打开门后转身往屋里走，张继来急忙走到凌云面前，说："难不成真的在和老婆睡觉？好了，开个玩笑，别认真。我定下来了，后天我们去考察，怎么样？"

凌云点了点头，说："就这事啊！昨晚你喝多了，我还以为你上午起不来呢！"

"我心里有事就睡不着觉，你看，这是什么？"张继来说着从口袋里把驾驶证掏了出来，继续说，"驾照，后天我开车，做你的司机。"

"你这驾照是买来的吧？"凌云笑着说。

"你别管是怎么来的，我的驾驶水平你还不知道？放心就是了，刚才我就是开着车来的，你继续搂着老婆睡觉吧！我先回去了。"

张继来说完就往外走，凌云不解地看着张继来，用手摸了摸头，难道张继来过来就是为了告诉他他有驾照了？就是为了告诉我后天他要开车拉着去考察？刚才他说让我继续搂着老婆睡觉，他是不是看到什么了？凌云走到大门口，看着张继来开着他的帕萨特一溜烟地跑了，他愣了会儿神，看了看旁边的小黄狗，就转身朝屋子走去。

钟灵已经梳妆打扮完毕，刚才张继来的话她已经听到了，她还担心张继来会进屋，不知道跟他怎么解释，没想到他说完事就走了，这不着调也有不着调的好处。

昨晚只顾喝酒了，没怎么吃饭，凌云感觉有些饿，就下了两碗面条，放了两个鸡蛋，和钟灵简单地吃了早餐，钟灵抱了一下他，就去张芳那里了。

两天后，张继来开着他的帕萨特来接凌云，经过镇中街的时候，凌云从路边的包子铺买了几个包子，又从商店里买了几瓶矿泉水。上车后，张继来一踩油门，他们就踏上了人生第一次自驾考察的路程。到了清平镇的济青高速路口后，张继来跟在一辆汽车的后面准备上高速，前面的车辆过去了，他的车却被拦了下来，张继来一个急刹车，车子停了下来。张继来使劲按喇叭，工作人员听到后过来告诉他这个是 ETC 通道，他们的车子没有装 ETC 设备，需要走旁边的人工通道。

"美女，不好意思啊！我不认识字……字母。"张继来说着把车子退了回来。

"清平镇的张继来还不认识字……字母？"那位工作人员笑着说，还学着张继来的语气。

从人工通道上高速后，张继来说："怎么样？"

"什么怎么样？连个字……字母都不认识！连个 ETC 都不装！"凌云刺激他说。

"不是，我是说我的知名度怎么样？连高速路口的收费员小妹妹都认识我，厉害吧！不过，你说得有道理，回去我就让鲍光头装上 ETC，不过，这样就体现不了我的知名度了。"张继来有些得意忘形地说。

张继来一脚油门踩到底，要不是凌云一个劲地提醒他，不知道要被拍到多少次超速，张继来边开车边说："小凌子，你和钟灵怎么样了？还不准备结婚？"

"我的事就不用你操心了，你得考虑一下你的终身大事。"凌云边吃包子边说。

"我的终身大事？我这一生就认定刘喆一个人，我虽是个粗人，但我的爱情是比较纯粹的。"张继来说着咬了一口包子，又接着说，"不知道刘喆现在在干什么，好长时间没过去找她了，还真有些想她。"

这天，刘喆正在办公室里坐着发呆，钟灵跟着张芳搞烂尾房的事情她知道了，和凌云闹冷战的事情她也听说了，她甚至幻想着凌云和钟灵分手了，那样她就有机会和凌云在一起了，她一想到凌云和钟灵在一起的样子，就开始生凌云的气，就开始恨钟灵。刘喆托着脑袋想入非非，想了一会儿凌云，又开始想王登峰，通过长时间的秘密接触，她发现王登峰也没有他们说的那样书呆子气，和他在一起的时候，她甚至有了一种恋爱的感觉。

刚想到王登峰，王登峰的电话打过来了。他在电话里说自己有点感冒，要过来拿点药，刘喆挂掉电话后就开始回忆和王登峰偷偷在一起的情景，这样一想，她竟然感觉很满足，甚至有些兴奋。现在的刘喆搞不清楚她对于王登峰到底是一种什么样的情感，或许是一种情感的转移，或许是真的有些喜欢王登峰，也或许是在寻求刺激，或许都有吧！

刘喆在办公室里等着王登峰来找自己，可直到下午下班，王登峰也没有过来，她想打电话过去问问，犹豫了一下，没有打。离下班还有半个小时，刘喆拿上一些感冒药，骑着自行车去镇政府给王登峰送药，走到镇政府门口的时候，正好看见王登峰往外走，就说："不用去了，我给你送过来了。"

王登峰抬头一看是刘喆，就说："我不是去拿药，张继来出车祸了，我得去看看，你去不去？"

刘喆把药塞给王登峰，噘着嘴说："他出车祸了，与我有什么关系？我才不去呢！"

"凌云也在车上。"王登峰接过药后装在了口袋里。

"王登峰，你这个人说话的顺序不对，你是不是故意气我？"刘喆生气地说。

"是鲍光头打来电话来说的，他先说的张继来，我就先说他了，走吧！他们就在镇医院里。"王登峰说着继续往外走。

刘喆把自行车推到王登峰面前，王登峰看了一眼刘喆，没有多想，就骑上自行车，带着刘喆去镇医院了。到了医院，刘喆找了个熟人问了一下，就和王登峰急忙朝手术室走去，鲍光头正在门口焦急地等着，王登峰担心地问："他们怎么样？"

"不知道，还在抢救……"鲍光头说。

"抢救？我们医院的水平行不行啊？"刘喆着急地说。

"就在快要下高速的时候出的车祸，离镇医院最近，就先送这里了。"鲍光头解释说。

"张继来不是没有驾照吗？"王登峰问。

"上周刚通过关系买了一个驾照，就非要逞能，我说给他们当司机张继来还不同意。"鲍光头有些埋怨地说。

"钱够不够啊？我去取钱。"刘喆说着就要往外走。

"钱够的。"鲍光头说着就拉住了刘喆。

王登峰、鲍光头、刘喆在抢救室外焦急地等着，看到抢救室的门打开了，就一起围了上去，抢救医生摘下口罩说："没什么大碍，受到剧烈撞击，两个人晕了过去，现在已经醒了，但需要住院观察几天。"

"刘医生，谢谢你！"刘喆看着刚出来的医生说。

刘医生认识刘喆，看了一眼她，点了点头就离开了，他们三个都松了一口气。不一会儿，张继来和凌云就被一前一后推了出来。他们已经醒了过来，被安排在同一间病房，刘喆看到他们没有什么大碍就要离开，被鲍光头叫住了："刘喆，你陪他们说会儿话，我出去买点吃的。王登峰，你陪我一起去吧！"

鲍光头和王登峰走后，刘喆站在他们两个中间不知所措。张继来笑着说："刘喆，谢谢你来看我。"

"我不是来看你的。"刘喆急忙说。

"刘喆是来看我的。"凌云说。

"我也不是来看你的。"刘喆又急忙说。

张继来和凌云相互看了看，都微微一笑，刘喆低着头说："你们都没事，那我先走了。"

刘喆说着就往外走，刚走到门口，凌云突然哎哟了一声，刘喆立马转身走了过来，担心地问："怎么了？哪里疼？我去叫医生。"

凌云咬着嘴唇，用胳膊支撑着身体坐了起来，故意表现出一副非常痛苦的样子说："没事，就是感觉心口有些疼。"

"那我还是去叫一声吧！再给你检查一下，那个医生我认识的。"刘喆说着就要往外走，却被凌云拉住了。

"不用，你陪我们说说话就行，可能是刚才吓着了，一直缓不过神来。"凌云说。

刘喆在凌云的床边坐了下来，凌云慢慢地躺下来，开始给刘喆讲述他们今天外出考察的事情，还把自己今后的规划也讲了出来。刘喆耐心地听着，不时看凌云一眼，心里乱七八糟地想着一些事情，她抬头看了一眼张继来，张继来看了她一眼，就转过身去了。凌云碰了碰刘喆的胳膊，用手做了个你过来的动作，刘喆低下头去，凌云小声说："你去跟张继来说说话，我们这次去考察……他给你买了好多东西。"

刘喆摇了摇头，凌云又说："张继来又不是别人，去吧！"

刘喆不情愿地走到张继来的床边，站着说："小来子，你没事吧？"

张继来缓缓地转过身来，看着刘喆说："还能没事？差点把命搭进去。刘喆，你就那么讨厌我，凌云不让你过来，你就不过来跟我说说话，安慰一下我？"

"不是，我是……我也挺担心你的，你们两个没事就好了。"刘喆感觉夹在凌云和张继来之间很别扭，不知道该说些什么，她继续低着头说，"我就在医院上班，我明天再来看你吧！"

刘喆走到门口的时候，张继来也突然哎哟了一声，刘喆扭头看了他一眼，继续走了出去。刘喆走后，凌云看了一眼张继来，说："我们真是出师不利啊！"

张继来说："怎么能是出师不利？这次考察对我触动很深，虽然只有短短一天的时间，但我已经下了决心，明年我就要轰轰烈烈地开始我的宏伟计划了……哎哟，我的腰怎么了，这么疼！"

张继来说着朝门口看了看，凌云顺着张继来的目光朝门口看去，看到门口有个身影，明白了张继来的意思，就说："那你可得在医院多待上几天，腰这个关键的部位，可别留下什么后遗症。"

张继来瞪了一眼凌云，后悔刚才说自己腰疼了，他又对凌云小声说："我胸口疼，胸口疼。"

六十一、发现商机

接下来的几天，刘喆每天都去张继来和凌云的病房两三趟。三天后，凌云出院了，张继来总是说自己胸口疼，要多在医院观察几天。刘喆以为张继来真的胸口疼，还是每天去看他，只要刘喆一来，张继来就夸张地表现出一副胸口疼的样子，刘喆有些怀疑，但是不敢确定，就打电话问凌云，凌云一看张继来表演得有些过了，就对刘喆说："明天你就不要过去看他了，看看他有什么反应。"

第二天，刘喆没有去看张继来，下午快下班的时候，张继来跑来问刘喆今天怎么没有去看自己？刘喆头也不抬地说自己今天工作忙，张继来摸了摸头回到了自己的病房，心想，刘喆明天应该会来看我吧？到了明天，刘喆依旧没有来看他，他就去找刘喆，可刘喆不在，另外一个小护士说她今天休息。张继来又摸着头回到了病房，又连续过了两天，刘喆还是没有来看自己，张继来明白了，就办了出院手续。

张继来出院后，鲍光头把他的帕萨特修好了，还劝张继来换个车，张继来当然知道他心里是怎么想的，就坚持不换车。鲍光头没有办法，就从二手车市场买了辆桑塔纳，好方便去找朱敏。张继来用了一周的时间练习开车，当他感觉自己水平还可以的时候，就开着车去镇政府找朱敏。在镇政府大院的停车场，张继来和鲍光头相遇，鲍光头摸了摸脑袋说："我来打听一下烂尾房的事情。"

张继来知道鲍光头也是来找朱敏的，就笑着说："烂尾房已经是过去式了，你英语学得不好。"

"那我买车的目的你也知道了?!"鲍光头不好意思地说。

张继来点了点头，转身朝朱敏的办公室走去，鲍光头紧紧地跟在他后面。这几天，张继来除了练习开车，就是考虑漯河湿地公园开发的事情，他知道王镇长是朱敏的舅舅，朱敏又对他有意思，不对，何止是有意思，应该是死心塌地、以身相许，他完全可以从朱敏的口中得到一些消息。上次烂尾房的事情，让鲍光头去找朱敏打探消息，是想给鲍光头一个机会，可朱敏还因为这个生闷气。现在张继来也有些进退两难，他心里头喜欢刘喆，甚至非刘喆不娶，可朱敏又这样对待自己。烂尾房的项目自己失败了，朱敏主动把漯河湿地公园项目的事情告诉了自己，这已经是帮了自己很大的忙了。此时的张继来也有些迷茫，他不知道如何面对自己对刘喆的感情，也不知道如何面对朱敏对自己的感情。

走到朱敏办公室门口的时候，张继来的手机响了，他一看是凌云打过来的，手一按就接了。凌云非常着急地说："抓紧过来吧，我想到新的发展方向了！"

张继来正在发愁和鲍光头见到朱敏后该如何面对，这下凌云救了自己，他朝朱敏的办公室看了看，她正一个人坐在那里办公，就对鲍光头说："小凌子找我有事，我先回去了。"

鲍光头看着张继来远去的背影，低头摸了摸脑袋，敲了敲门，就进了朱敏的办公室。朱敏抬头一看是鲍光头，又低下头继续工作，鲍光头在她的对面坐了下来，嬉皮笑脸地说："朱大美女，在忙什么呢？晚上一起吃个饭吧！"

"不去，这几天比较忙，天天加班，你自己吃吧！"朱敏头也不抬地说。

"那我买了饭给你送过来吧！"鲍光头说。

朱敏停下了手中的工作，抬起头来看着鲍光头说："鲍光头，你别枉费心机了，我们不可能的，再说……"朱敏没有再继续说下去。

"再说什么？"鲍光头着急地问。

"我已经有喜欢的人了，你别剃头挑子一头热了。"朱敏非常认真地说。

"不可能，不可能……你就是有了喜欢的人也不能阻止我喜欢你。"鲍光头心想，就算是剃头挑子一头热，我也要把热量传递到另一头。

"你快走吧！我同事一会儿就回来了，让她们看见就不好了。"朱敏说。

"看见就看见吧！喜欢一个人又不是什么丢人的事情，被人喜欢又不是什么见不得人的事情，我就是要让大家知道我喜欢你！"鲍光头大声说。

朱敏急忙站起来把门关掉，转过身来说："鲍光头，你能不能小声点，你要让整个楼里的人都知道啊？我答应你，晚上陪你一起去吃饭。"

鲍光头知道自己刚才情绪有些激动，就站起来说："朱敏，对不起，刚才我太激动了，那我先回去了，一会儿我短信告诉你地点。"

朱敏把门打开，鲍光头急忙往外走，差点与朱敏的同事撞个满怀，鲍光头连忙道歉，嬉皮笑脸地走了。那个同事看着鲍光头走后，回过头来看着朱敏笑着说："大白天的怎么还关门？领导不是说不能关门吗？"朱敏低着头不说话，感觉有些不好意思，但也没有解释。

张继来开车到了凌云的种植基地，按了两下喇叭，小黄狗叫了两声，一看下车的是张继来，就不叫了。在里面打工的大爷小跑着过来开门，他一看是张继来，就笑着说："张董事长，我们凌董事长在办公室等你呢！"

张继来认识这个帮忙的大爷，他在自己的养鹅厂打过工，他心想，这个大爷怎么喊凌云凌董事长，就瞪了他一眼，说："小凌子就小凌子，还什么凌董事长？连个公司都没注册喊什么董事长？"

"张董事长，我这也是给你撑撑门面，你看看，你现在身份不同了，和你一起交往的人身份也需要提高。"那个大爷解释说。

张继来一听他说得有理，随手递给他一包香烟，他点头哈腰表示感谢，高兴地转身走了。张继来走到凌云的办公室门口，大声喊："凌董事长，凌董事长……怎么这么别扭？小凌子，我来了！"

　　见里面没有反应，张继来就推门走了进去，凌云刚要开门，险些被门碰到额头，张继来往里面瞅了瞅，坏笑着说："是不是又干什么坏事了？喊你也不答应。"

　　"钟灵不在，她一直在张芳那里，不管她了，我有重大发现。"凌云说着把门关上，又把张继来推到他的办公桌前坐下说，"我们这次考察，你有什么收获？"

　　"没什么收获，就是出了车祸，受了伤，刘喆照顾了我几天。"张继来大大咧咧地说。

　　"那我们的收获一样，她也照顾了我几天。"凌云在对面坐了下来。

　　"我开玩笑的，你有什么收获？"不着调的张继来开始一本正经。

　　"你看啊！我们在那待的时间虽然不长，但是他们现代农业园区的整体规划对我影响很大，他们种的是蔬菜，我种的是水果，果蔬不分家，和他们比起来，我这个就是小打小闹，甚至连小打小闹都算不上，简直是小巫见大巫。从去年的时候，我就考虑着扩大规模，搞现代农业种植或者是生态农业观光园，但一拖再拖，一直没有付诸行动，这次考察，对我触动很深，我也想大干一场……"凌云越说越激动。

　　"小凌子，你是不是受什么刺激了？"张继来打断凌云的话说。

　　凌云低头思考了一会儿，抬起头来说："也可以这么说，不过，我并不是心血来潮，我要证明给钟灵看，没有张芳的帮助，我一样可以成功。"

　　张继来明白凌云的意思，他了解凌云的性格，知道钟灵跟着张芳去搞烂尾房的项目给了凌云不小的刺激，就说："说说你的打算吧！"

　　"我的想法也是来源于这次考察，但在这次考察的基础上，我想再增加点项目，一个是搞生态观光园，一个是搞太阳能发电。生态观光园就不用说了，这是我一直在考虑的，关于太阳能发电，也是个比较好的项目，你看，现在我们清平镇在轰轰烈烈地搞城市建设，工业园、生活区、商业区、医院、学校等明年春天就会大规模动工，很适合搞分布式能源。"凌云一口气说了出来。

　　"小凌子，你什么时候开始研究分布式能源了？这思想也太超前了吧！"张继来吃惊地看着凌云，脸上的表情格外夸张。

　　"我这是被逼的，被刺激的，你马上就要成为清平镇首富了，我还在穷困潦倒的边缘挣扎，再不努力，都没有资格去你那里要饭了。从高中一毕业，我就在学习、研究太阳能发电的事情，在做知识和理论储备。"凌云笑着说。

"你的想法我支持，不但声援你，在资金上也支持你，希望我们兄弟两个齐心协力，在清平镇轰轰烈烈干一番事业。我也有我的想法，跟你的第一个项目差不多，我想……"张继来非常认真地说，但还没有说完，就被桌子上的手机铃声打断了，他一看是朱敏打过来的，竟然有些紧张，就说，"我……我出去接个电话。"

"朱敏打过来的，你还出去接？"凌云疑惑地问。

张继来一想也是，自己为什么要做贼心虚，接通电话后就按了免提，手机里传来了朱敏的声音："张继来，今天晚上我要到你的小来子大酒店吃饭，你也来。"

"嗯，我过去……你……"张继来还没有说完，朱敏就把电话挂了，张继来看着手机发呆，抬头对凌云说，"晚上你也去吧！"

"我看你接朱敏的电话有些紧张，你是不是做了什么亏心事啊？"凌云笑着说。

"哪有！我就是做了亏心事，也不怕鬼叫门。朱敏去我的饭店吃饭为什么要叫上我啊？"张继来仿佛在自言自语。

"管他呢！去了不就知道了。"凌云说。

张继来不知所措地点了点头。

六十二、鲍光头怒骂张继来

张继来出来在凌云的种植基地转了一圈，跟现场的工作人员聊了会儿天，给他们每个人分了支烟，给他开门的那个大爷笑着说："张董事长，你也是百万富翁了，我们什么时候能吃你的喜糖啊？"

"快了，到时候你们都给我捧场去！"张继来笑着说，"你们好好干，小凌子马上要扩大规模，你们前程似锦。"

在凌云种植基地工作的几个人都是在张继来的养鹅厂工作过的，张继来说话虽然有些不着调，但是他们还是愿意相信张继来的话。

在小来子大酒店里，鲍光头在大厅里焦急地等着，从镇政府回来后，他早早地订好了房间，安排服务员把里面的卫生彻底清理了一遍，还喷洒了一遍香水，他仔细闻了一下，感觉有些浓，又打开窗户通了通风。他本来想点好菜等着，但又想应该让朱敏点菜，就把菜单放下了。来到大厅后，他感觉时间仿佛停止了一样，不停地看手表，可越看时间过得越慢。这是鲍光头第一次正式约朱敏吃饭，她答应了，这让鲍光头心花怒放。鲍光头站起来在大厅里走来走去，他想打电话给朱敏，说自己要开车去接她，可又怕朱敏会临时改变主意，就没有打，只好在大厅里一会儿坐，一会儿站，一会儿走，一会儿到门口去张望。

"鲍大哥，你是不是恋爱了？"前台的小姑娘看着鲍光头一副魂不守舍的样子忍不住说。

"嗯……嗯……你怎么知道？"鲍光头机械地点了点头，抬起头来不解地说。

"看你平时一副大大咧咧的样子，这都两个小时了，你像丢了魂一样，男人若不是恋爱了，是不会出现这种状态的。"前台那个小姑娘说。

鲍光头又到门口张望了一下，转身走到前台，说："妹子，你谈过恋爱？"

"没有，我看琼瑶的言情小说看多了，总结出来的。"前台那个小姑娘说。

鲍光头若有所悟地点了点头，前台那个小姑娘又说："鲍大哥，你不用这么紧张，要放松，要不然可能会弄巧成拙。要不，你把我当成你的女朋友练习一下？"

鲍光头看着前台那位小姑娘，她正在直勾勾地看着自己，就急忙低下了头，那位小姑娘咯咯笑了起来，说："我开玩笑的，你别当真。"

这一幕正好被走进来的张继来和凌云看见，张继来瞪了鲍光头一眼，凌云笑着说："鲍光头，都有女朋友了，前台的小姑娘你也不放过？"这让鲍光头的脸更红了，他又看了一眼前台那个小姑娘，就低头走到大厅一边的沙发上坐了下来。

张继来和凌云来到了他的办公室，凌云在沙发上坐了下来，张继来站在窗户前看着外面的街道，大约十分钟后，张继来看到朱敏骑着电动车来了，说："来了！我们下去！"就和凌云朝楼下走去。鲍光头在沙发上坐着，感觉时间真的停止了，忍不住又朝门外走去。

鲍光头低着头往外走，和开门进来的朱敏撞在了一起，鲍光头一看是朱敏，紧张地说："朱……朱……敏，你来了！"

朱敏看了一眼鲍光头，正要埋怨他，看见张继来和凌云刚好从二楼下来，就说："走吧！我们吃饭去！"

鲍光头不知道今天晚上朱敏还约了张继来吃饭，以为就自己和朱敏两个人，朱敏不知道张继来把凌云也叫上了。鲍光头在前面带路，朱敏跟在后面，凌云对张继来说："要不，我们走吧！你看……是他们约会吃饭。"

张继来也明白了过来，就对朱敏说："朱大美女，我和小凌子还有事，你们先吃吧！"

朱敏转过身来大声说："你们两个谁都不能走，都上来！"

张继来和凌云相互看了看，知道这是朱敏在找救兵，就乖乖地跟在朱敏后面。听到朱敏说的话后，鲍光头知道是怎么回事了，可他们人都已经来了，也不能把他们撵走，他虽然心里不愿意，但还不能表现出来，他心里想着，等吃到一半把他们两个支走就是，再说了，他们两个又不是看不出来，也会提前走的。进了包间后，朱敏坐在张继来和凌云之间，鲍光头坐在朱敏对面，这让鲍光头有些怪怪的感觉。凌云刚要站起来和鲍光头换位置，被朱敏拉住了，鲍光头刚站起来，又尴尬地坐下了。

鲍光头起身把空调的温度调高了一些，把菜单递给朱敏让她点菜，朱敏不点，就让张继来点，张继来点了两个菜，又让凌云点，凌云点了两个菜，又让鲍光头点，鲍光头点了两个很贵的菜，还要了两瓶红酒，就让服务员去准备了。

"你什么时候开始学得高雅了？还喝上红酒了？"凌云笑着说。

鲍光头没有接凌云的话茬，看了一眼朱敏，发现朱敏正在直直地看着自己，他又把头低下了，朱敏说："鲍光头，今天晚上我要喝酒，你得陪我喝！"

鲍光头不明白什么意思，机械地点了点头，凌云看了一眼朱敏，笑着说："朱同学，今天晚上你们约会，叫上我们干什么啊？"

"我没有叫你，是张继来叫的你。"朱敏好像有些生气，她嘴上虽然这么说，但心里却庆幸凌云也来了，否则，自己和张继来、鲍光头在一起，气氛会更尴尬。

凌云知道朱敏说的是违心话，他和朱敏高中三年，太了解她的性格了，凌云看了一眼朱敏，没有再说话。张继来坐在朱敏身边，感觉很别扭，也不知道说什么好，就一直尴尬地坐在那里。上菜后，鲍光头把一瓶红酒打开，每个人倒了半杯，为了缓和尴尬的气氛，他笑着说："今天我请朱大美女吃饭，顺便请你们两个吃饭，都不要客气啊！我干了，你们随意。"鲍光头说完后一仰头干了。

朱敏看了看鲍光头，又看了看张继来和凌云，忍不住笑了，说："鲍光头，你以为你喝的是啤酒啊?"

"第一次喝,没有经验,没有经验。"鲍光头笑着说。

朱敏和张继来、凌云轻轻碰了一下酒杯,浅浅地喝了一口,张继来和凌云相互看了看,也都浅浅地喝了一口。鲍光头又给自己倒了半杯红酒,笑着说:"学会了,学会了,来,吃菜。"

菜上齐了,鲍光头又开始招呼着大家喝酒,他转身把另一瓶红酒拿了过来准备打开,朱敏说:"鲍光头,先不要打开,我有话要说。"

鲍光头把手中的红酒放在桌子上,在椅子上坐了下来,他不知道朱敏要说什么,他怕朱敏说出自己不愿听到的话,也期待着朱敏说出让自己激动的话。

朱敏端起酒杯,把杯里的红酒喝掉,看了一眼鲍光头,深吸了一口气,说:"鲍光头,趁现在没有喝多,有些话我要说明白。我知道你为人正直、乐观,在清平镇也算是小有名气,我知道这几年你一直在追我,虽然我一直在委婉地拒绝你,但你一直没有放弃,其实,我对你也没有反感,但没有反感不代表我喜欢你。这次你约我出来吃饭,我同意了,我把张继来叫来了,就是想把这件事情说开,鲍光头,请你以后不要再追我了,如果你同意,那我们以后还是朋友,如果不同意……"

"我不同意!我就要追你!为什么?是我哪里做错了?还是……"鲍光头打断了朱敏,说话有些激动。

"不是,感情是要讲究缘分的,我们不合适。"朱敏打断了鲍光头的话。

"为什么不合适?哪里不合适?就因为我是光头?就因为我学历低?就因为……"鲍光头有些语无伦次。

朱敏被鲍光头的话逗笑了,她摇着头笑着说:"不是,都不是,你为什么非要在我这棵树上吊死呢?"

"张继来都可以在刘喆那棵树上吊死,我为什么不能在你这棵树上吊死?"鲍光头用举例子的方式来表达自己的观念。

朱敏又被逗笑了,她看了一眼张继来,张继来也被逗笑了,他咧着嘴说:"你们两个人约会,你们两个谈恋爱,不要把我给牵扯进去!"

"你再看看凌云,他也要在钟灵那棵树上吊死,还有王登峰,他也要在张芳那棵树……不对,他是被动地吊死在张芳那棵树上。"鲍光头本想继续举例子,可没想到举错例子了。

"我和钟灵是相互吊死,心甘情愿的……"凌云笑着说。

"你别臭美了，听鲍光头说。"朱敏打断了凌云的话。

鲍光头看了看朱敏，又看了看凌云和张继来，知道自己刚才情绪有些失控，举的例子不太恰当，不好意思地笑了笑，说："反正就这个意思，就当我对你表白了！"

朱敏又被鲍光头逗笑了，和鲍光头认识这几年来，他一直大大咧咧、风风火火，只要和自己在一起，他的语言中枢就会出问题，他的行为举止就会失常，不过，他倒没有对自己做过什么出格的事情。朱敏看着鲍光头，不知道该怎么拒绝他，如果说自己喜欢张继来，鲍光头会不会失控？会不会和张继来大打一场？会不会和张继来断绝关系？因为这些顾虑，自己喜欢张继来的事情鲍光头一直不知道，朱敏欲言又止，她说："鲍光头，其实，我……我喜欢……"

"她喜欢张继来！"凌云吃了一口菜开玩笑说，朱敏和张继来的事情他不知道，要是知道了，也不会这么说。

"对，凌云说得对，我喜欢张继来，我们都已经……"朱敏没有往下说，她扭头看了看张继来。

张继来不敢看朱敏，而是把目光转向鲍光头，发现鲍光头正死死地盯着自己，就低下了头。

鲍光头说："你们已经怎么了？"

"我们没什么，你别听朱敏瞎说……"张继来抬起头来说。

"我们都已经……都已经好了好几年了。"朱敏说完就盯着鲍光头看，张继来以为她要说那天晚上和自己在县城宾馆的事情，心都提到嗓子眼了。听到朱敏这样说，他才知道是自己多虑了，哪个女孩子会主动说跟男人上床的事情，真是做贼心虚啊！

鲍光头猛地一下站了起来，他大喊："张继来，朱敏说的是真的?！"

凌云一看场面有些失控，就站起来说："她说的是假的，找了个拒绝你的理由。"

"不用你说，我要张继来说。"鲍光头情绪有些失控。

"鲍光头，你先坐下，其实我跟朱敏……"张继来站起来说。

"那你是承认了？"鲍光头抢着说。

"没有，我们就是……"张继来本来想说自己和朱敏就是一般的朋友关系，却被朱敏打断了。

"我们就是在一起了，你就不要多想了。"朱敏说，她想尽早断了鲍光头的念想。

鲍光头一屁股坐在椅子上，朱敏和张继来在一起的一幕幕在他脑海里迅速闪过……鲍光头使劲摇了摇头，努力否定自己的分析，这几年来，张继来一直在追刘喆，他那么喜欢喜欢刘喆，怎么还会去喜欢朱敏？再说了，自己也从来没听说过他在追朱敏，难道朱敏真的是在……想到这里，鲍光头又站起来说："我知道了，你们两个合起伙来骗我！"

听到这句话从鲍光头的嘴里出来，朱敏站起来对张继来说："张继来，你告诉鲍光头，我是不是喜欢你？"

张继来看了鲍光头一眼，点了点头。

"那你再告诉鲍光头，你是不是喜欢我？"朱敏说。

张继来又看了鲍光头一眼，他不知道该点头还是摇头，想了一会儿，刚要摇头，就听鲍光头说："张继来，你太没有良心了，你兄弟的女朋友你都要抢，这些年来我一直把你当大哥，你太不地道了，这么龌龊的事情你都能做出来，还有没有底线？还有没有原则？我一直以你为榜样，一直以跟着你打拼为荣，可没想到你竟然……竟然做出这样的事情，你太……太……你不是一直喜欢刘喆吗？你不是非刘喆不娶吗？我……我鲍光头要和你一刀两断，我要另立门户，我要另开山头，我不想成为像你一样的人。"

张继来低头不说话，凌云和朱敏相互看了看，都不知道该说什么。鲍光头打开另外一瓶红酒，像喝啤酒一样一口气吹完，把酒瓶重重地往桌上一放，转身走了出去。张继来了解鲍光头的性格，怕鲍光头想不开，给凌云使了个眼色，凌云急忙走了出去。张继来看了一眼朱敏，缓缓地说："你把事情搞大了！"

"事情本来就是这样，长痛不如短痛，再说了……我们……"朱敏没有继续说下去。

张继来知道朱敏要说什么，这也正是他感觉亏欠朱敏的地方，他叹了口气，说："我有什么好？我就是清平镇的一个小混混，顶多稍微有一点名气，你为什么非要喜欢我？"

朱敏用幽怨的眼神盯着张继来不说话，张继来慢慢地低下了头。

六十三、陷入迷茫

张继来本以为鲍光头是意气用事，又是酒后说的，过一段时间应该就没事了，没想到三天后鲍光头来办公室找自己，说不想跟着自己混了。张继来看鲍光头的表情，不像是开玩笑的样子，他本想把事情说明白了，让他再好好想想，嘴唇动了动，却没有说出话来。鲍光头走后，张继来给凌云打电话，让他去劝劝鲍光头。晚上的时候，凌云去找鲍光头，劝他再好好考虑一下，但鲍光头还是婉言拒绝了。张继来心里明白，鲍光头是自己的左膀右臂，这两年来，很多事情都是交给他打理的，基本上没出现什么大的差错，自己还没成为清平镇真正的首富，还在清平镇继续拼搏创业，如果鲍光头真的走了，会给自己造成巨大的损失。

第二天，张继来来到鲍光头家里，他正在照顾他的父亲，打过招呼之后，鲍光头跟着张继来来到院子里，他知道张继来来的目的，也就没有转弯抹角，直截了当地表明了自己的想法。张继来本想再继续劝他，看到鲍光头如此决绝，也就没有再劝他，他从皮包里拿出两万元钱，说："你我兄弟一场，钱不多，收下吧！自己出去打拼不容易，我会经常来看老爷子的。"

鲍光头也感觉现在离开张继来有些不好意思，他知道张继来今后的规划，也知道他需要自己的帮助，就说："张哥，谢谢你的心意，这些年跟着你混，我也攒了不少钱。我不想在清平镇待了，我无法面对朱敏，无法面对自己的感情，所以，我要离开清平镇，我想出去闯一闯。"

张继来没有再说什么，他拍了拍鲍光头的肩膀，点了点头，转身走了。半个月后，鲍光头走了，带着他的父亲走了，没有人知道他去了哪里。张继来给他打电话他不接，凌云给他打电话他也不接，没有办法，张继来就用朱敏的手机给他打过去，却显示是空号了。朱敏听着手机里传来的声音，自言自语："我是不是做错了什么？我是不是做得有些过分了？"

看着张芳的烂尾房项目如火如荼地进行，张继来心里有些着急，按照现在的进度，这些烂尾房明年春天就可以装修完毕，不管她出租、出售，还是自己开店，都是挣钱的生意。

从朱敏嘴里，张继来得到确定的消息，镇政府计划明年春天开始招标漯河湿地公园项目，现在他有些担心，烂尾房项目被张芳的父亲抢去了，如果漯河湿地公园项目再被他抢去，那自己在清平镇可就没有什么大的发展了。前几年的时候，他一直在关注烂尾房项目，自从听说镇政府要开发漯河湿地公园项目后，他就开始关注这个项目，但所有的消息都来自朱敏那里。张继来心里明白，如果张芳的父亲出手的话，自己是没有什么优势的，俗话说吃一堑长一智，张继来现在就开始担忧了。

张继来开车来到爷爷家里，爷爷正在门口坐着，抽着旱烟晒太阳，看到张继来来了，他急忙把旱烟灭了，藏了起来，但还是被张继来看到了。张继来埋怨了他几句，要他以后不要再抽旱烟，要抽就抽自己给他买的香烟，爷爷笑着答应了。随着张继来在清平镇事业的逐步发展，他爷爷的心里乐开了花，逢人就夸张继来有本事，人们就笑着应付上几句，然后就问，什么时候能吃上他的喜糖啊？现在张继来也是我们清平镇有头有脸的人物了，到时候一定要风风光光地大办特办，爷爷就笑着点头答应。张继来打开后备厢，拿出一些米面、食用油和猪肉，爷爷急忙伸手去帮忙，嘴里说着："家里的东西够吃的，不要再送了。"

来到家里后，张继来说今天晚上在家里吃饭，爷爷就开始忙活着给他做饭，吃过晚饭后，张继来把鲍光头的事情说了，但没有说朱敏喜欢自己的事情。爷爷从口袋里掏出一包香烟，点上一支慢慢抽着，他慢慢地说："小来子，你怎么想的？"

张继来看了爷爷一眼，说："鲍光头跟着我干了这么多年，人还是不错的，从养鹅厂开始，一直到小来子大酒店，他帮了我不少忙，当然，我给他的待遇也是不错的。可不知道为什么，他竟然为了朱敏……朱敏不同意做他的女朋友，他就要离家出走，这有点不好理解。"

爷爷深吸了一口香烟，缓缓地吐了出来，说："小来子，你就是太简单、太单纯了，幸亏你赶上了这个好时代，你现在取得的成就里有不少运气的成分。今年，我们清平镇成了省里重点支持发展的地方，不知道有多少人盯着这块香饽饽呢？我知道在烂尾房项目上，你被人骗了，输给了张芳的父亲，但你也要知道，张芳的父亲可不是一般人物，这次输了不丢人，要考虑下一步如何办。还有就是鲍光头的事情，你也不要一直耿耿于怀，每个人有每个人的想法。"

　　张继来低头不说话，他正在思考漯河湿地公园的事情，想到漯河湿地公园，他就想到了朱敏，想到朱敏，他又想到了刘喆，想到刘喆，他就感觉心里有一种很难受的感觉。张继来抬起头看了爷爷一眼，爷爷刚要开口说话，他就抢着说："爷爷，我知道你又要问我和刘喆的事情，我现在还没有结婚的打算，我还要在清平镇继续轰轰烈烈地干一番事业。"

　　"你干什么事业我不管，再说了，你干事业干到多大算大啊？挣多少钱算多啊？我在街上走着，乡里乡亲问我，那个小来子怎么还不结婚啊？问的次数多了，我的脸上挂不住啊！还有那个刘喆，人家不愿意就算了，清平镇那么多黄花大闺女，找谁不行啊？你也不小了，今年二十七了吧！像你这个年龄，没结婚的有几个？你别跟我说小凌子，你怎么不看看人家小峰子？小来子……"爷爷还想继续往下说，张继来的手机响了。

　　张继来一看是朱敏打过来的，就起身走到院子里接了，挂掉电话后，他进了屋子，爷爷盯着他问："你跟我说实话，是不是谈恋爱了？"

　　"没有，一个朋友打过来的。"张继来解释说。

　　"是女的吧？"爷爷问道。

　　"爷爷，你就别问了，我小来子还愁找不到媳妇？我还有事，先走了。"张继来从口袋里摸出一个手机，递给爷爷，说，"我给你买了个手机，有什么紧急的事情打电话给我。"

　　爷爷没有再说什么，接过张继来递过来的手机，深深地叹了口气，又点了支烟，慢慢地吸着。

　　从家里出来后，张继来开车来到漯河桥上，他把车停在路边，一个人沿着漯河慢慢走着。他想起了小时候在漯河里摸鱼捉虾，想起了小时候在漯河里溜冰玩耍，想起了在漯河里抱着大白鹅游泳……是啊！那个时候刚刚能够吃饱，可那个时候自己是多么快乐，可是现在，他突然感觉有些累，就像爷爷说的，他们现在不缺钱了，可怎么没有以前快乐了呢？张继来停下脚步，凝望着漯河里的水缓缓地流着，他有些迷茫。张继来心里明白，如果自己现在找个媳妇，日子肯定过得红红火火，他想放弃这些年来自己对刘喆的感情，可是无法做到，他知道刘喆喜欢凌云，可凌云已经有了钟灵……难道自己就这样一直稀里糊涂地坚持下去吗？

　　张继来继续沿着漯河往前走，这些年来，通过自己的打拼，也算是在清平镇闯出了一番事业，可自己的未来在哪里？他知道，清平镇明年就要大发展了，

自己该如何抓住机会发展一次？难道还要像烂尾房项目一样失败吗？走在漯河
边上，他就想起了漯河湿地公园的项目，他和镇长也就是认识而已，如果自己
竞争漯河湿地公园项目，成功的概率很低，自己怎么才能提高中标的概率？他
突然想到了朱敏，朱敏不是喜欢自己吗？镇长又是她舅舅，自己可以……想到
这里，张继来突然否定了自己的想法，这种想法太龌龊了，他不同意自己这么
龌龊的想法，就使劲摇了摇头……

　　张继来感觉身后有人跟着自己，就转身去看，没想到脚下一滑，掉进了漯
河里，他自己往上爬，可冻僵了的双手根本不听使唤。他抬头往上看，看到几
个人打着手电跑了过来，一个人说："我刚才就看见他一个人在河边走着，好像
是要寻短见，还真被我猜准了，幸亏把你叫了过来。"

　　"这人也是，这么冷了，跳河寻短见，不是活受罪吗？"另一个人说。

　　"不管了，先救人，你看这个破手电，该亮的时候不亮。"刚开始说话的那
个人又说。

　　张继来抓住他们递过来的一根长木杆，使劲爬了上来，上岸后，他不停地
打着喷嚏。这两个救他的人是镇上的巡逻队员，他们都认识张继来，看到他身
上的衣服湿透了，冻得直哆嗦，就急忙把自己的外套脱下来给张继来披上。张
继来哆嗦着从口袋里掏出车钥匙，说："你们谁过去把车开过来，冻……冻死
了……"还没说完，又连续打了两个喷嚏。

　　"张继来，你以为我们都和你一样啊！我们只会骑摩托车。"第一个发现他
的那个人说。

　　"你都过上了我们羡慕的生活，有什么想不开的啊？"另一个人说。

　　张继来不知道该怎么跟他们说，他小跑着来到自己的车跟前，哆嗦着开到
小来子酒店，换了一身干净的衣服，这个时候，他才突然想起，自己在清平镇
还没有一套属于自己的房子，如果自己真的有了女朋友，如果自己真的结婚了，
应该住在哪里啊？

　　第二天，张继来让人买了两个强光手电，给救他的那两个人送了过去，还
给了他们每人五百元钱以示感谢。本想这件事情就这样过去了，可到了下午，
张继来跳河寻短见的事情就流传开了，有人说他是被情所困，有人说他是被兄
弟所伤，有人说他是钱多了不知道该怎么花急的，有人说他是成不了真正的清
平镇首富想一死了之，反正，说什么的都有，这些风言风语传到张继来耳朵里，
他微微一笑，摇了摇头。

凌云听到他跳河的消息后来看他，劝他要想开，不要在一棵树上吊死；王登峰听到张继来跳河的消息后来看他，还以自己的切身经历告诉他结婚也不一定是件好事，要慎重考虑；张芳和钟灵听到张继来跳河的消息后来看他，劝他失败只是暂时的，要他调整好心态，在清平镇大干一场；朱敏听到张继来跳河的消息后来看他，说自己不是一时冲动，如果张继来愿意，自己会和他在一起的，张继来竟然莫名其妙地点了点头。

当张继来打电话告诉凌云，自己不会再追刘喆，要和朱敏在一起的时候，凌云笑着刺激他："怎么？这一跳河还跳得开窍了？"

六十四、宾馆开业

二〇〇七年春天，张芳的烂尾房项目已经部分竣工，她本来是要先开一家大型的服装超市，可后来听取了马叔叔的意见，就计划先做宾馆和商贸的生意。钟灵把这个消息告诉了凌云，凌云又把这个消息告诉了张继来，张继来听后，就开着他的帕萨特来到了张芳这里。他从车里出来，抬头看了看焕然一新的沿街房，心里就像刀割一样痛，他看着进进出出、忙忙碌碌的人群，不免叹了口气。

张继来走进了张芳计划开宾馆的沿街房，张芳和钟灵正坐在前台休息，他主动跟张芳打招呼："张老板，我过来参观学习一下，不会不欢迎吧！"

"不会，随便参观，开业的时候还要去你的小来子大酒店请客呢！哦，对了，开业的时候来参加啊！请帖就不给你发了。"张芳从柜台后走了出来，钟灵跟在她后面也走了出来。

张继来抬头看了看整个大厅的装饰，转过身来对张芳说："张老板，女孩子家应该开个服装超市、美容店之类的，开宾馆很累的。"

"没事，有钟灵帮忙呢！如果需要，我给你留一间房间，你可以常住，你又不是差钱的人，给你八折优惠。"张芳笑着说。

张继来到楼上转了一圈，告别张芳和钟灵后，就开车走了。张芳对钟灵说："这个小来子还是不死心，别以为我不知道，如果他中标了烂尾房项目，他就要开宾馆，甚至要搞房地产项目，今天竟然跑到这里指手画脚，还不让我开宾馆，我偏偏就要先开宾馆，还要和他竞争漯河湿地公园项目，我就不信斗不过他。"

　　自从去年春天清平镇下发红头文件以来，各项整体规划、招商引资、拆迁方案等前期准备工作就一直在紧锣密鼓地进行，再有一个月的时间，工业区、商业区、医院、学校的地基就要开挖，只要项目施工开始了，外来人员就要增加，各类建筑材料、装饰装修材料、电线电缆照明等就会大量增加，到目前为止，还没有一家像模像样的宾馆，还没有一家规模稍大一点的商贸公司。张芳的爸爸就是看到了这一点，才让马叔叔告诉张芳，可以先开宾馆和商贸公司，他是做房地产生意的，在这一方面他有资源。

　　一开始的时候，张芳还不愿意听取马叔叔的意见，还是想先开一个大型的服装超市，开个美容店，可当马叔叔说如果张继来中标了烂尾房项目，也会先搞宾馆和商贸公司生意的时候，张芳就同意了。

　　张继来开车来到镇政府门口，他想进去找王镇长商量一下漯河湿地公园的事情。他把车停在镇政府门口的路边，思考着应该怎么跟王镇长说。张继来和王镇长没见过几次面，但他能感觉出来，王镇长对他印象不错，因为现在漯河湿地公园项目还没有正式对外公开，他还不好意思贸然去问。就在张继来纠结的时候，有人敲窗户，他把车窗户摇了下来。

　　"张继来，你在这里干什么？找我的吗？"朱敏笑着说。

　　"不是，我……我找王镇长。"张继来有些结巴地说。

　　"王镇长今天不在，他去市里开会了。"朱敏说。

　　"哦，那我走了。"张继来说着就开始往上摇车玻璃，差点把朱敏的手给夹住。和朱敏一起出来办事的高洁使劲用手拍了一下车屁股，大声说："你要把我们朱大美女的手给夹下来啊！"

　　朱敏看着张继来远去的方向发了会儿呆，就和高洁走进了镇政府大院。

　　为了能够把宾馆的开业典礼开好，张芳组织钟灵、两个助手张宁、刘滨，还有刚招聘的三个服务员在她的办公室里开会，她把相关情况和自己的想法说了一下，让大家踊跃发言，多提建议。钟灵想了一会儿，说："张芳，我们不用搞这么大的场面吧？能省就省一点，后面用钱的地方还多着呢！"

　　"就是，场面太大了！"张宁说。

　　"场面大才能一炮打响，这是我们在清平镇的第一个项目，就应该搞出点动静来。"刘滨同意张芳的看法。

　　张芳看了大家一眼，说："我强调一下，在开会的时候、在公共场合大家要叫我张总，私底下我们可以以兄弟姐妹相称。开业典礼就按我说的做，我就是要搞出一点动静来，这样才能在清平镇立足，时间就定在四月二十四日那天。"

散会后，张芳对钟灵说："钟灵，宾馆马上就要营业了，给你留出一个房间，你就住那里吧！让王登峰一直睡在镇政府里也不合适。"

钟灵知道张芳和王登峰过着有其名无其实的夫妻生活，王登峰只有在周末的时候才回家睡觉，还不是每个周末都回去，她觉得自己再睡在张芳家里不合适，就点头同意了。

晚上回到家里，张芳坐在沙发上休息，王登峰下班后，张芳就跟他说起自己宾馆开业的事情，要王登峰喊上几个同事来参加，最好能叫上几个领导来撑撑场面。王登峰不同意，说自己还只是一个科员，叫几个同事来还可以，去叫领导来他有些不好意思，也叫不动。张芳看着王登峰叹了口气，说："王登峰，你就不能硬气一回，男人一回？你去叫他们，他们也是看在我爸爸的面子上才来的……算了，我还是给他们发请帖吧！你给他们送过去总行了吧！"

王登峰点头不再说话，参加工作这两年多的时间，他的性格一直没有改变，还是那么不喜欢说话，性格还是那么内向。

一切准备工作结束后，清平宾馆如期开业，这一天，张芳穿了一身职业装，显得特别精神，她带着钟灵忙前忙后，在宾馆的门口兴奋地走来走去。按照事先安排，工人们在门口用氢气球吊起了镇上其他几个企业送来的横幅，令张芳没有想到的是，张继来也送了一条横幅，张宁问她挂不挂，张芳说挂，张宁就安排工作人员用氢气球把张继来送来的横幅吊了起来。刘斌安排工作人员把宾馆门口的地面又打扫了一遍，张芳嫌不干净，又让工作人员用拖把拖了一遍。预定的鲜花到了以后，钟灵指挥工作人员在宾馆门口两边沿着东西方向放了两排，从宾馆门口一直放到马路边，又从马路边分别向南向北转弯各放了十米的鲜花。

张芳从宾馆里推门出来，在鲜花簇拥的道路里来回走了两遍，低头想了一会儿，说："刘斌，让他们再送过一些鲜花来，摆上两列，还有，在宾馆大厅里面的墙边也摆上一些。"

刘斌点了点头去安排了，钟灵和张宁相互看了看，没有说话，他们知道这个会拍马屁的刘斌在张芳眼里是个得力干将，却不知道这个刘斌是个人前一套、背后一套的家伙，就是租赁这些鲜花，他都有可能从中捞点好处。钟灵转身去看摆放在路边的鲜花，却看到了四个黄毛小子朝这边走了过来，她感觉要出事，就急忙走到张芳身边，说："有几个人过来了，我看他们不怀好意。"

张芳扭头看了看，说："不用怕，谅他们也不敢怎么样。"

钟灵心里还是有些紧张，说："要不，我们打电话让王登峰、凌云、张继来他们早点过来吧，一看他们几个就不像是正经人。"

张芳拍了拍钟灵的肩膀，微笑着说："不用，在清平镇还没有人敢把我怎么样。"

那四个黄毛有说有笑地来到了宾馆门口，他们早就听说开宾馆的是个女的，想趁宾馆开业的时候给她个下马威，顺便收点保护费，为首的那个黄毛说："要开业了，开业大吉啊！"

张芳没有正眼看他们，没好气地说："如果你们是来祝贺的，那欢迎你们，如果没什么事，那请你们离开。"

"你一个小姑娘好大的口气，不知道我们清平镇的规矩，就是那个张……什么来开店的时候都得给我们交保护费，你是第一次在我们清平镇开店吧！"为首的那个黄毛说。

"我是第二次，不是第一次。"张芳想了想说。

"第二次？那你第一次开店我怎么不知道，你们几个知道吗？"为首的那个黄毛扭头问他们三个。

他们三个都摇了摇头，说不知道，过了一会儿，一个黄毛抢着说："哦，我知道了，你以前开过化妆品店。老大，当时她那个店太小了……"

"我知道了，那这就是你第一次正式开店。在我们清平镇开店，就得按我们清平镇的规矩来。"为首的那个黄毛说。

"什么规矩？"张芳说。

"每个月交保护费，我保证你们顺利开店，否则，我保证你们麻烦不断。"刚才抢着说活的那个黄毛说。

"我选择不交。"张芳说。

"那后果……后果就像这鲜花一样。"为首的那个黄毛用脚把一盆鲜花踢倒了。

"那我还是选择不交。"张芳说。

"兄弟们，给我踢！"为首的那个黄毛一声令下，那三个黄毛开始行动，把摆在宾馆门口两侧的鲜花全部踢倒了。

钟灵吓得不敢说话，张宁去拉他们，被他们推倒在地，刘斌和其他工作人员躲在宾馆里不敢出来，张芳静静地看着他们，不生气也不激动，脸上的表情让人捉摸不透。为首的那个黄毛看到宾馆门口两边的鲜花都被踢倒了，转过身来对张芳说："现在说一下你的选择吧！"

"我选择不变。"张芳异常平静地说。

"兄弟们，给我继续！"为首的那个黄毛大声说。

这次，三个黄毛没有继续踢，他们都乖乖地站在那里，为首的那个黄毛见他们不动，大声说："你们聋了？给我继续踢！"

刚才抢着说话的那个黄毛给为首的这个黄毛使了个眼色，他转身看了看，立马低三下四起来，说："张哥，你怎么来了？"

张继来看了为首的那个黄毛一眼，说："这几年你们不是消失了吗？怎么又突然冒出来了？"

"张哥，我们没有消失，我知道你一直惦记着烂尾房的生意，今天抢你生意的烂尾房项目要开业了，我们要给他们点颜色看看。"为首的那个黄毛低着头对张继来说，完全没有了刚才嚣张的气焰。

"我告诉你们，烂尾房项目虽然成了别人的项目，但也容不得你们使一些下三滥的手段，从今往后，你们不能打这家宾馆的主意，抓紧走人。"张继来说完来到张芳身边。

那几个黄毛刚走了几步，张继来又说："你们数一下一共踢坏了几盆鲜花，十点以前给换成新的。"

为首的那个黄毛一边点头，一边清点着歪倒的鲜花盆数。这几个黄毛走后，张继来抬头看了看高高飘扬的氢气球，又看了看送横幅的几个企业，他心里就明白了。张芳白了张继来一眼，就去忙活别的事情了，把张继来晾在那里，张继来看着张芳的背影说："你也不说声谢谢啊！"

刘斌电话预定的鲜花送了过来，还一起送来了黄毛预定的鲜花，刘斌安排工作人员把鲜花重新摆了一次，这一次比上一次漂亮多了。半个小时后，礼炮也送了过来，不一会儿，凌云、王登峰、朱敏也来了，来者是客，张芳让他们在宾馆大厅临时布置的椅子上就座，自己和工作人员站在门口迎接客人。

张继来猜测的没错，上次欺骗他的那几个厂家老板也来了，他们看到了张继来，就走过来和他打招呼，张继来也是满脸笑容，急忙站起来一阵寒暄。张芳没看到镇政府的领导过来，就把王登峰叫了出来问怎么回事，王登峰说请帖都发给他们了，镇长是肯定不来，信访维稳办的李主任说来参加，其他的领导就不好说了。张芳正要埋怨王登峰，突然看到李主任带着办公室的几个成员一起来了，就急忙走过去笑面相迎，李主任说："张芳，不容易啊！一个女孩子在镇上干这么大的事业！镇长和其他领导都不来了，我就代表了。"

张芳忙着感谢李主任，把他们几个请进了宾馆的大厅里。钟灵看了看手表，对张芳说："时间差不多了，准备开始吧！"

张芳似乎还在期待什么人，却接到了爸爸的电话，电话接通后，爸爸说："张芳，镇政府那边我都打过招呼了，他们去太多的人不合适，我今天有点急事，赶不过去了，别担心，不要害怕，放手干就是。"

挂掉电话后，张芳带着他们几个走进大厅，按照程序，先放礼炮，放完礼炮后，张芳对来宾表示感谢，最后是答谢宴，就设在小来子大酒店。在答谢宴上，大家都喝了不少酒，几个老板都跑到张芳跟前恭维一番，张继来看着张芳春风满面的样子，心里感觉有了压力，看来，他这个竞争对手实力很强啊！张继来记得当时他的养鹅厂开业的时候，没有请到一个有头有脸的人，没有办法，最后请来了一群大白鹅，不过，那个场面要比张芳这个清平宾馆开业的场面壮观。张继来正在回忆自己当年的英雄事迹，被朱敏的话打断了思绪："你不去敬张芳一个？"

"去，为什么不去？"张继来说着就端着酒杯来到张芳面前。

张芳和张继来轻轻碰了碰酒杯，都浅浅地喝了一口，张芳趴在张继来的耳朵边说："张继来，你别以为我不知道那几个黄毛是怎么回事！"

张继来端着酒杯呆呆地站在那里，思考着张芳说的话，久久没有缓过神来，他知道张芳误解自己了，但他不想解释。

六十五、漯河湿地公园

自从鲍光头走了后，张继来感觉有些力不从心，小来子超市和小来子饭店在财务上也发生了几次问题，他虽然重重处罚了相关人员，但效果不明显。现在对张继来来说，最重要的是要物色几个得力干将，让他们分别管理小来子养鹅厂、小来子超市和小来子大酒店。关于那家夜来香歌厅，现在由前台的那个美女管理着，维持正常运营没有任何问题，他也正考虑着给那个美女涨工资的事情。还有小来子饭店，他直接交给了本村的一个自家叔叔全权负责，倒也放心。

气温逐渐回升，人们心里暖洋洋的，马上就要五月份了，漯河湿地公园项目还没有动静，张继来有些沉不住气了，他问过几次朱敏，朱敏说一有动静就跟他说。按照清平镇的整体规划，各处的土建工程已全面动工，到处一片热火朝天的景象，张继来骑着自行车到工业区看看，到居民区看看，到商业区看看，最后，他来到了漯河桥上，把自行车停在路边，看着静静的漯河，想象着漯河湿地公园建成后的美丽画面，心里一阵阵激动。他盘算过手里的资金，远远不够，还需要贷一部分款，但不管怎么，只要能拿下漯河湿地公园项目，自己愿意义无反顾地拼搏一回。

张继来在桥上坐了一会儿，起身正要离开，看到有两辆汽车从南边开了过来，到了桥头的位置就停下了。张继来看到王镇长和两位镇政府工作人员从前面这辆车里出来，又看到后面那辆车里出来了几个人，就急忙迎了上去，笑着说："王镇长，你好！"

王镇长一看是张继来，就说："张继来，正好你在这里，他们几位是设计院的人员，给我们出了一份漯河湿地公园的规划图，你从小是在漯河边长大的，看看有什么意见？"

一听是关于漯河湿地公园的项目，张继来心里一阵激动，但他还是表现出一副很平静的样子，微笑着跟其他人员打招呼。另外两位政府工作人员都认识张继来，就给张继来介绍了一下设计院的两位工作人员，张继来笑着同他们握手。设计院的工作人员把图纸打开，开始对照着图纸给王镇长介绍他们的设计方案："王镇长，我们根据你们的要求，通过现场实地考察，结合其他湿地公园的成功案例，绘制了这张漯河湿地公园规划图。你看，这里是垂钓区，这里是儿童乐园，这里是老年人休闲区，可以拉拉二胡，唱唱京剧，在漯河东边这个部位，我们可以挖一个人工湖，在湖中心建一个人工岛，另外，我们还可以在漯河旁边建设一些活动场所，方便人们进行健身活动，还有……"

设计院的人员还要继续介绍，被王镇长打断了，他说："张继来，这是他们设计的初稿，你有什么看法？"

张继来看了看设计院的两个人，摸了摸头，一副欲言又止的样子，他又看了看图纸，说："王镇长，这个不好说。"

王镇长明白张继来的意思，他让设计院的人先回镇政府的会议室等着，让另外两名工作人员把车钥匙留下，坐着设计院的车回去。他们走后，王镇长说："你从小是在漯河边长大的，走，我们一起沿着漯河走走。"

这是张继来第一次单独和王镇长在一起，他有些紧张，王镇长在前面走着，他在后面跟着，王镇长说："别总是在后面跟着。"张继来急走两步和王镇长并肩走着，王镇长又说："张继来，我听说过很多你的事情，也知道你一直在争取烂尾房的项目，可最后还是被张芳的爸爸抢去了。你不要因为这件事情一直耿耿于怀。"

张继来点了点头，王镇长继续说："你现在在清平镇干得也不错，有养鹅厂，有饭店，有超市，还有酒店，对了，那个夜来香歌厅也是你的吧？"

从王镇长嘴里说出夜来香歌厅，张继来始料未及，他急忙说："王镇长，这个歌厅是我的，但我们做的是正经生意，没有干那些乱七八糟的事情。"

王镇长停下脚步，看了看张继来，说："对了，朱敏早就跟你说了漯河湿地公园项目了吧！说说你的看法。"

张继来不知道王镇长从哪里得来的消息，朱敏应该不会告诉王镇长她和自己的事情，一个女孩子喜欢一个男孩子，怎么会好意思告诉自己的长辈呢？张继来心想，肯定是有什么风吹草动，传到了王镇长耳朵里。张继来看着缓缓流淌的漯河，心情慢慢平静了下来，他说："王镇长，你什么事情都知道啊！漯河是我们清平镇的母亲河，我对漯河最熟悉不过了，也早就听说了要对漯河进行开发，那我就说说我的想法了。"

王镇长没有停下脚步，也没有说话，他背着手继续往前走，张继来就继续说："王镇长，你看，漯河就在清平镇东面静静地守护着我们的平安，我们没有必要对漯河大动干戈，我们就顺势而修，尽量保持漯河的自然面貌，当然，可以对水域面积进行适当的扩充，在河岸两侧进行统一规划的同时，最好能与居民区、生活区建设融为一体，我们开发漯河的目的不就是为人民服务吗？再有就是，我们在考虑漯河湿地公园各个功能区的同时，也要考虑人与自然的和谐发展，在里面融入一些人文要素……"

王镇长突然停下了脚步，张继来也急忙停下了脚步，他以为自己说错了，不敢再继续往下说，王镇长说："你继续说。"

张继来继续说："去年我和凌云去潍坊考察，看到他们的生态农业，深受启发，我们也可以在漯河两侧大力发展生态农业，发展观光农业，发展现代农业种植。你看，我们清平镇是一个新生小城市，工业区、生活区、商业区、医院、学校都在建设，但唯独没有考虑生态文明这一块，其实，我们可以……"

张继来越说越激动，走得也就越快，他感觉不对，就急忙停下脚步，自己已经落下王镇长十几米了。王镇长正在低头思考着什么，张继来小跑着来到他身边，说："王镇长，我学历不高，就是瞎说的，要是不对，你别介意啊！"

王镇长拍了拍张继来的肩膀，说："张继来，你的一番话，我深受启发，我得好好考虑一下，我们往回走吧！"

知道自己没有说错，张继来放心了，来到桥上后，王镇长开车回镇政府了，张继来把自己刚才说的话从头到尾捋了一下，也搞不清楚自己说得有没有错。他摇了摇头，王镇长说他深受启发，他说深受启发的神态跟自己说深受启发的神态基本一样啊！那自己是不是就有戏了？张继来心里这么想着，就骑上自行车，吹着口哨去他的夜来香歌厅了。

现在太阳还没有落下山，夜来香歌厅门口冷冷清清，孙倩倩闲来无事，正在歌厅的门口坐着，看到张继来来了，急忙站起来上前迎接，她笑着说："张哥，今天怎么这么早来了？"

张继来把自行车支好停在门口，直接走了进去，笑着说："过来看看你有没有想我啊？"

"我才不想你呢，你又不给我涨工资。"孙倩倩噘着嘴故作不高兴地说。

"你这个没良心的，掉到钱眼里去了。"张继来说着就在沙发上坐了下来，又非常严肃地说，"近期怎么样？有没有人来捣乱？"

"张哥，你都问过多少次了，没有人来捣乱。"孙倩倩说。

张继来看着孙倩倩，一脸严肃地说："我来有几个事情，第一，从下个月开始给你涨工资，工资翻番；第二，现在清平镇开始进入大量的外来人员，来娱乐的肯定会增加，也有可能是来捣乱的，要加强管理；第三，对歌厅进行整顿，杜绝乱七八糟的事情发生。"

这个孙倩倩一直是负责前台的，性格豪爽，经过一段时间的观察，张继来感觉她可以独当一面，就让她自己锻炼一段时间，没想到这一年来她没让张继来失望。孙倩倩是个人精，知道张继来肯定是听到了什么，就非常认真地点了点头。走出歌厅的门后，张继来又说："人不够的话再找上几个人吧！歌厅的治安问题你不用操心，我会安排的，你负责正常经营就行。"

张继来走后，孙倩倩站在歌厅门口，她看到张继来掏出手机，不知道给谁打了个电话。

六十六、约定

张继来心里很纠结，刘喆在省城上中专的时候，他不止一次地跑学校，刘喆毕业后，他又不止一次地跑医院，虽然每一次他都是无功而返，都是失败而归，但这并不影响他对刘喆的感情，他甚至对天发誓，这辈子就只喜欢刘喆一个女人。可是，张继来也不知道自己现在是怎么了，没想到因为漯河湿地公园的事情，改变了自己对刘喆的感情。

其实，张继来心里明白，不是漯河湿地公园的事情改变了他对刘喆的感情，而是朱敏和王镇长的关系改变了他对刘喆的感情。烂尾房项目他失败了，输给了张芳，所以，他必须争取到漯河湿地公园项目，再在清平镇轰轰烈烈地大干一场。想到王镇长是朱敏的舅舅，想到自己和朱敏确定恋爱关系后，就会和王镇长的关系更进一步，想到和朱敏结婚后，就会和王镇长成为一家人，张继来心里就有些激动，可是，他却感觉有些对不住刘喆，他甚至觉得，这样做有些玷污了他对刘喆的感情。

张继来想把心里的烦恼告诉凌云，又担心凌云说他是个不重感情的人，他想问问王登峰自己应该怎么做，又担心王登峰那个书呆子不能给自己什么建议，他想去找刘喆说一下自己心里是怎么想的，可是……有必要跟她说这些吗？想来想去，他还是拿不定主意，就拿出手机，给朱敏打了过去，说晚上想请她吃饭，朱敏说正好有事要跟他说，于是就约好今天晚上六点在小来子饭店。

在小来子饭店的厨房里，张继来亲自下厨炒菜，一个西红柿炒鸡蛋，一个酸辣土豆丝，还做了一个海鲜疙瘩汤，他往外端菜的时候，朱敏正好走进来，她笑着说："怎么，你还亲自下厨啊？"

"朱大美女来了，那是必须的。"张继来打趣说。

"就这三个菜？"朱敏坐了下来，看着桌子上三个菜不解地说。

"不在菜怎么样，关键是我亲自做的。"张继来也坐了下来。

服务员看到自己的老板和一个美女在吃饭，就急忙拿了两瓶果汁过来，打开后给朱敏倒了一杯，要给张继来倒的时候，张继来说要喝啤酒，服务员就给他拿了两瓶啤酒过来，又转身去找起子。张继来拿过一瓶啤酒，用嘴起开了，倒了一杯，朱敏喝了一口饮料，说："你找我什么事啊？"

张继来正要喝酒，又把酒杯放下了，他看着朱敏，眨了眨眼睛，摸了摸光头，就把头低下了。他不知道该怎么向朱敏开口，总不能说，朱敏，我喜欢你，我们开始谈恋爱吧！朱敏看着张继来一副魂不守舍、欲言又止的样子，心里偷着笑，她不说话，自顾自地喝饮料、吃菜，时不时地看张继来两眼。张继来抬起头来看朱敏，一碰到她的目光就立马低下了头，就是不低头，也立马把目光转向别处。朱敏吃了一口菜，故作生气地说："你这个人，有事找我过来，我过来了又不说，你什么意思啊？"

"我……我确实……有事，就是……"张继来结结巴巴地说。

"就是什么啊？"朱敏看着他说。

张继来感觉朱敏的目光落在自己的脸上，像烧红的火炭一样让自己浑身发热，也让自己浑身不自在，他也不知道自己怎么就冒出了这么一句话："你不是喜欢我……吗？"

朱敏把刚喝到嘴里的饮料喷了出来，服务员急忙跑过来擦桌子，又急忙跑进厨房，朱敏用纸巾擦了擦嘴，强忍着笑用张继来的语气说："我是喜欢你……呀！"

这让张继来更窘迫了，他不知道自己为什么会变得这么紧张，就是在面对刘喆的时候，自己也没有这么紧张，面对喜欢自己的人，怎么就这么没有定力了呢？朱敏笑了笑，又说："我发现你这个人挺有意思的，平时大大咧咧，风风火火，甚至有些不着调，今天怎么像变了一个人一样？"

张继来深吸了两口气，连喝了三杯啤酒，平息了一下心中慌乱的情绪，他抬起头来看着朱敏，这次，他没有再低下头，也没有再把目光移开。他从来没有这么认真地看过朱敏，那天在宾馆里醒来后也没有，他突然发现朱敏的脸很耐看，脸上始终洋溢着青春的气息，刘喆的脸上就没有这种气息。张继来说："朱敏，今天我得重新认识一下你。"

"我也得重新认识一下你。"朱敏说。

"你好，我叫张继来！"张继来说。

"你好，我叫朱敏！"朱敏说。

朱敏伸手和张继来握了一下手，张继来感觉一股暖流沿着自己的右臂流进了自己的身体，浑身有一种发麻的感觉。他喜欢了刘喆这么长时间，都没有摸过她的手。直到朱敏使劲往回缩手的时候，张继来才从这种美妙的感觉中苏醒过来，他不好意思地笑了笑。张继来看着桌子上的菜，正要让服务员换几个菜，一转身，就看到服务员端着两个菜来了，一个西红柿炒鸡蛋，一个酸辣土豆丝。

"真是的，你就不会换两个菜啊？"张继来笑着说。

服务员把菜放在桌子上，端走了另外两个菜，不一会儿又把海鲜疙瘩汤端走了，还说："张董事长，换个什么汤？"

"不用了，这两个菜就够。"朱敏说。

服务员看着张继来，张继来点了点头，转身走了。朱敏吃了一口土豆丝，说："你炒菜的水平下降了啊！"

张继来不好意地摸了摸头，他看着朱敏，不再紧张，不再窘迫了。朱敏边吃边说："张继来，我知道你喜欢刘喆，也知道这一段时间你一直很纠结，你叫我出来是不是想向我表白啊？"

本来张继来不紧张，不窘迫了，经朱敏这么一说，他又开始紧张，开始窘迫。朱敏又接着说："你是不是还有别的事情？比如说漯河湿地公园。"

朱敏的话让张继来彻底放弃了掩饰，这个朱敏是个明白人，什么都知道，张继来感觉她已经把自己看透了，就说："先吃饭吧！吃完饭再说。"

吃完饭后，张继来去付钱，朱敏感觉很意外，但也让朱敏了解了张继来的为人。张继来和朱敏刚出来饭店门口，碰到了要来吃饭的刘喆，张继来不知所措，有些恐慌地看着刘喆，刘喆看了看张继来，又看了看朱敏，低着头进去了。朱敏看着张继来说："要不，进去和她打个招呼！"

张继来摇了摇头，继续往前走去，朱敏跟在张继来后面。刘喆走出小来子饭店门口，看着他们两个的背影，心里有种说不出的滋味，站了一会儿后，刘喆又转身进了小来子饭店。张继来和朱敏沿着镇中街慢慢地走着，风儿轻轻地吹着，路边的柳树已经挂满了绿色，两边的商店一派欣欣向荣的景象。张继来说街上人多，建议到漯河附近走走，朱敏点头同意了。

到了漯河边，张继来伸手拉了拉朱敏的手，说："朱敏，要不……我们谈恋爱吧！"

朱敏扑哧一声笑了，把手抽了回来，说："你就是这样和女孩子谈恋爱的？这么直接？那刘喆怎么办？"

张继来呆呆地站着，这么多年了，他一直喜欢刘喆，可只能算是单相思。和刘喆在一起的时候，他从来不紧张，不窘迫，可只要一和朱敏在一起，他的心就会很慌乱。朱敏边走边说："张继来，我知道你心里怎么想的，可我们现在谈恋爱不合适。"

张继来不明白朱敏的意思，朱敏慢慢地走着，看着漯河的水缓缓流淌，有鱼儿跃出水面形成阵阵涟漪。朱敏说："没有不透风的墙，现在，镇政府里上班的人都知道王镇长是我舅舅了，如果现在我们谈恋爱，他们就会说你是看中了我和王镇长的关系，才和我谈恋爱的，也会说，你是想拿到漯河湿地公园项目才和我谈恋爱的，你明白我的意思吗？再说了，你和刘喆的事情清平镇谁不知道，如果你突然就和我谈恋爱，清平镇的人会怎么看你？刘喆会怎么看你？所以，我们的事得先等等。"

张继来万万没有想到朱敏会说出这么一番话来，他以为自己在社会上摸爬滚打了这么些年，明白了很多道理，也算是一个社会上的老油条了，可朱敏的一番话，让他有些汗颜。他心里明白，朱敏说的话有理，他没有理由去反驳，可他心里一直想着漯河湿地公园的项目，生怕再被别人抢了去，就说："那我的湿地公园项目呢？"

朱敏白了他一眼说："你是因为湿地公园项目才和我谈恋爱啊？"

"不是！不是！"张继来急忙解释说。

看到张继来紧张的样子朱敏也就不再继续逗他了，她说："你对建设漯河湿地公园项目的建议，王镇长跟我说了，夸你有远见，想得长远，他还说已经拿到镇长办公会议上进行讨论了呢！说句实在的，即使没有我，你也很有希望拿下漯河湿地公园项目。"

"那你为什么还不同意和我恋爱呢？"张继来说。

"你不要说得这么直接好不好？我们都要注意影响，我们不是怕什么，谈恋爱是两个人的事情，与别人无关，可现在是个关键时刻，先搁置一段时间，对你、对我都有好处。"朱敏解释说。

张继来仔细想了想，认为朱敏说得有道理。还有，刘喆那边自己应该怎么解释，总不能说自己突然喜欢上了朱敏，移情别恋，就不喜欢她了吧！张继来心里这么想着，也就同意了朱敏的意见，并说："朱敏，我真的得重新认识你一下。"

"刚才在饭店我们不是已经重新认识过了吗？"朱敏笑着说。

"那这算是我们之间的约定？"张继来转移话题说。

"你认为是就是吧！"朱敏仿佛在自言自语。

张继来和朱敏在漯河边溜达了将近两个小时，和朱敏在一起，让他暂且忘却了刘喆。在这将近两个小时的时间里，张继来找到了恋爱的感觉，他伸出双手，从朱敏身后慢慢地抱住了她……

六十七、联手

钟灵开始着手打理清平宾馆的事情，张芳忙着沿街房的其他项目，随着清平镇各重大项目的推进，外来人员逐渐增多，清平宾馆的生意也逐渐有了起色。钟灵本来想再找个房间作为办公室，考虑了一下以后房间可能会紧张，就在她住的房间里放了张办公桌，把自己当老师时买的笔记本电脑从凌云那里拿了过来，就算是有个办公场所了。现在的清平宾馆除了钟灵外还有四个人，两个是前台人员，实行两班倒，两个是客房服务人员，负责整理客房。钟灵白天就在前台帮忙，晚上就在她所谓的办公室里总结整理当天的工作，她感觉这一段时间的工作非常充实，每天忙得不可开交，不过，看着自己的工作成果，钟灵心里还是比较兴奋的。

已经到了五月底了，气温剧升，有了外来人员的加入，清平镇的夜晚更加繁华起来。人们光着膀子，穿着短裤，脚穿拖鞋，在道路两边吃着烧烤，喝着啤酒，咋咋呼呼，吆五喝六，一天忙碌工作带来的疲惫就这样宣泄了出来。随着外来人员的涌入，清平镇的治安整治迫在眉睫，于是，王镇长召开治安维稳专题会议，对近来发生的治安问题进行了通报，要求公安、城管、交通、信访维稳办等部门提高认识，强化责任，拿出切实有效的措施，改善清平镇的治安状况。

第二天，镇政府就下发了关于加强清平镇治安管理的通知，要求各企事业单位、酒店、宾馆、商场等加强管理，相关部门加大检查、巡逻力度，要求各外来施工单位加强人员管理，清平镇周围的几个村要加强联防联控，等等。钟灵在宾馆大厅里坐着，看到朱敏把电动车停在门口，拿着手提包走了进来，就站了起来上前迎接。朱敏推门进来后，从手提包里拿出一张文件递给钟灵，说："这是镇政府下发的文件，你看看，我还要和同事给镇上的其他单位发一下，顺便做做宣传，宾馆是关注的重点，你要上点心啊！"

钟灵接过朱敏手中的文件，送走她后，就给几个正在上班的人员传达了一下，要他们有什么问题及时汇报。

晚上的时候，钟灵在办公室里梳理一天的工作，听到有人敲门，就穿着拖鞋去开门，开门后，她看到凌云一脸坏笑地看着自己，就转身往回走。

钟灵把桌子上的文件简单整理了一下，把电脑关了，说："宾馆刚开业，事情比较多，你找我有事？"

"没事，就是来看看你。"凌云说。

"哦，那你先坐会儿，我洗个澡。"钟灵说完后看了凌云一眼，发现他正用贪婪的目光看着自己，还抿了抿嘴唇，咽了一口吐沫，又说，"我洗澡的时候你不准瞎想，不准偷看，不准偷听。"

凌云点了点头，就看到钟灵进了洗澡间，他告诉自己不能瞎想，不能偷看，不能偷听，可是，他控制不了自己，他想象着钟灵那白花花的身体，回忆着在钟灵学校的宿舍，在自己种植基地的办公室，他开始管不住自己的身体。凌云心想，你不让我瞎想我就不瞎想了？你不让我偷看，不让我偷听，那我就光明正大地看，光明正大地听，想到这里，他感觉自己身体的某个部位有了反应，就站起来脱光衣服，光着脚丫走进了浴室。钟灵感觉浴室的门开了，就转过身来，看到是凌云后，就闭着眼睛抱住了他……

第二天早上，钟灵还在睡梦中回忆着昨晚，却被一阵急促的敲门声打断了，她急忙穿上衣服，给凌云盖上一个毛毯，迅速整理了一下头发就去开门。开门后，张继来就要往里进，钟灵把他推了出去，说："张继来，你不知道女孩子的房间不能随便进啊！"

张继来摸了摸光头，说："我到小凌子的种植基地去找他，他不在，打他手机关机，就来你这里找他，前台说小凌子从昨天晚上来了后没有走，我知道他在里面，我找他有要事相商。"

钟灵知道藏不住了，就说："你先到前台坐一下，我们一会儿下去。"

张继来摇着头坏笑着转身走了，到大厅后，他左看看，右看看，就在沙发上坐了下来。没多长时间，凌云打着哈欠下来了，张继来站起来笑着说："钟灵，今天我找凌云有事，借我用一天，我们先走了。"

钟灵没好气地白了张继来一眼，直接走到前台后面准备当天的工作了。凌云看了钟灵一眼，就跟着张继来出去了。今天天气不错，凌云的心情也特别好。

这几天，张继来一直在考虑漯河湿地公园的事情，他从朱敏那里得到了很多消息，尤其是朱敏告诉他王镇长对他的评价很高后，他对漯河湿地公园项目充满了希望，只要有时间，他就会骑着自行车到漯河边走走，想象着如何做好漯河湿地公园项目，当然，他也会想起他和朱敏在漯河边上的那个夜晚。

"我请你吃早饭，火烧、豆腐脑怎么样？"张继来说。

"都身价几百万了，还这么小气！"凌云从昨晚的激情中醒了过来，感觉肚子有些饿了。

他们来到路边的火烧铺，要了两碗豆腐脑，四个酥皮火烧，坐在马扎上慢慢吃着。张继来拿起一个出炉的酥皮火烧掰成两半，用嘴使劲吹着里面的热气，说："大鱼大肉也比不上这酥皮火烧好吃，白酒啤酒也比不上这豆腐脑好喝。"

凌云不理会张继来的高谈阔论，自顾自地吃酥皮火烧，喝豆腐脑。张继来喝了一口豆腐脑，说："我今天不是要故意破坏你们的好事，我找你是有要事，有正事，男子汉大丈夫不能只顾巫山云雨。"张继来本来想继续往下说，看到身边吃饭的人不断增加，就说："算了吧！一会儿我们边走边说。"

吃过早饭，张继来和凌云来到了小来子超市门口，张继来上楼拿了车钥匙，开车拉着凌云来到漯河桥。凌云已经隐约猜到了张继来的意思，可张继来不说，他就不提。下车后，张继来和凌云沿着漯河往前走，张继来把那天和王镇长的谈话给凌云说了，把自己知道的漯河湿地公园项目的消息说了，把自己今后的宏大计划说了，最后，他说："小凌子，我们一起干吧！"

和凌云预想的一样，张继来还是想拉着自己一起干，关于这个问题，凌云也不止一次地思考过，他相信张继来的为人，以张继来现在的实力，在漯河湿地公园项目上有一定的竞争优势。凌云心想，现在钟灵跟着张芳干，自己还差点鬼使神差地跟着张芳去干，如果自己跟着张继来一起干，那自己和钟灵就是竞争对手了，他不知道该如何去面对钟灵。张继来看出了凌云的心思，就说："你是不是担心和钟灵产生误会？你不用多想，在事业上能找一个合适的对手是件很兴奋的事情，你看，在事业上你们是对手，在情感上你们是恋人，以后是夫妻，这是人与人之间多么美好的关系啊！"

凌云知道张继来又开始说话不着调，他看了一眼张继来，笑着说："和你联手的问题我也考虑过，一是考虑钟灵的事情，二是……我想单独创业……"

"从头开始创业不是件容易的事情，你看，现在整个清平镇一副欣欣向荣、热火朝天的景象，再不抓住时机，过了这个村就没这个店了。你看这样吧！你注册一个公司，我们合作，一起搞漯河湿地公园项目。哦，对了，不只是漯河湿地公园项目，还有庄园农业、旅游农业、现代农业、果蔬种植等，我们是平行关系、合作关系，怎么样？"张继来知道凌云不愿意跟着自己干，又不好意思直接拒绝自己，就主动退了一步，他看着凌云继续说，"这样，你也可以实现自己单独创业的梦想，也不会影响你和钟灵之间的感情。我已经想好了，准备卖掉养鹅厂、小来子饭店和小来子超市，只留着小来子大酒店和夜来香歌厅，我要破釜沉舟，背水一战。"

听到张继来这么说，凌云被震撼到了，他知道，张继来这个人虽然说话不着调，但在关键时刻，他还是有主见的。见凌云还在犹豫，张继来又说："别再犹豫了，再拖下去，黄花菜都凉了。在清平镇，我们一起二次创业，怕什么？"

凌云咬着嘴唇点了点头，说："好！"

六十八、刘喆的心事

一周后，张继来就把养鹅厂、小来子饭店和小来子超市卖掉了，凌云得知这个消息后，虽感觉有些仓促，但还是很佩服张继来说干就干的劲头，看来，这个张继来真的下定决心，断了自己的后路，要在清平镇城镇化进程中轰轰烈烈地干一番事业。凌云在他的种植基地散步，回忆着从高中毕业以来自己的经历，与张继来相比简直是小巫见大巫，自己一直想要干的事情，只是在想，只是在梦里奋斗过，却一直没有付诸行动。凌云知道，说到底还是自己没有说干就干的魄力，没有破釜沉舟的勇气，张继来的一番话，让他受了刺激，也幡然醒悟，怕什么？大不了从头再来！

这几天，凌云骑着自行车到清平镇各施工场地看了看，打桩机、挖掘机、土方车辆、吊车、塔吊等各类施工机械轰轰烈烈。施工人员身系安全带，在各类钢结构上来回穿梭，他还看到王镇长带着几个人在工地上视察工作，朱敏在旁边不停地拍照……看着这里，凌云被触动了，如果自己再不转变思想，再不抓紧行动，可就真的要被清平镇这股迅猛发展的洪流淹没了，不用说建功立业了，就连一杯残羹冷炙都喝不到了。

吃过晚饭，凌云在种植基地散步，几个临时工都下班了，整个基地静悄悄的，他想着自己的心事，考虑着自己今后的打算，琢磨着张继来的话，突然，他猛地转身往回走，却撞在了一个人身上，那人"哎呀"一声险些跌倒，凌云急忙扶住了她。

“你走路怎么一点声音也没有，是鬼啊！”凌云故作生气地说。

“我看你在思考问题，就没打扰你……你还说我，你怎么说掉头就掉头，没有一点前兆。”刘喆噘着嘴说。

“走吧！进屋说吧！”凌云说。

来到办公室后，凌云给刘喆倒了一杯水，笑着说：“你找我有事？”

“没事，就是来看看你！”刘喆在椅子上坐了下来。

“肯定有事，一看你状态就不对。”凌云在另一张椅子上坐了下来。

“这一段时间，张继来在忙什么？”刘喆说。

“你怎么关心起他来了？你不是一直很讨厌他吗？”凌云说。

“我不讨厌他，但也不喜欢他，可他长时间不去找我，我感觉很失落……这一段时间他在忙什么啊？”刘喆说。

“他可忙了，他把养鹅厂、小来子饭店、小来子超市都卖了，准备轰轰烈烈大干一场，我也要跟着他去混，小来子是个人才，他有可能真的会成为清平镇首富。”凌云说。

“他是不是清平镇首富与我有什么关系？”刘喆噘着嘴说。

“他是不是欺负你了？”凌云感觉刘喆情绪有些不对，关心地说，“你告诉我，我去收拾他。”

“不是……凌云哥哥，张继来……他可能喜欢上别的人了。”刘喆有些委屈地说。

“你不是不喜欢他天天缠着你吗？这样不是正好？”凌云说。

“不行……他不喜欢我，也不能喜欢别人。”刘喆仿佛在赌气。

凌云被刘喆的荒唐逻辑逗笑了，他猜得到，刘喆说的别人应该就是朱敏，不过，这个时候的凌云还不知道王镇长是朱敏的舅舅，但朱敏和张继来的事情他倒是听到一些。凌云看了一眼刘喆，说：“你说的是朱敏吧！”

“我看到他们在一起吃饭，吃完饭一起去逛街，逛完街，还一起去漯河边溜达。”那天晚上，刘喆进了小来子饭店后并没有点菜，她在后面远远地跟着张继来和朱敏，看到他们去了漯河边的时候，刘喆心里竟然萌生醋意。

“要不，我去横插一腿拆散他们？”凌云说。

“那样也不好，唉，看看再说吧！”刘喆仿佛在自言自语。

刘喆下班后到敬老院帮刘阿姨打理了一些日常事务，刘阿姨看她状态不对，问她有什么心事她也不说，说要给她做饭她说不饿，这让刘阿姨有些担心。刘喆一边整理刚刚晒干的床单被罩，一边回想着张继来到学校找自己的情景，到医院看自己的情景，给自己送早饭的情景……想着想着，她竟然搞不清自己对张继来到底是一种什么样的感情了。她不喜欢张继来，可看着他跟别的女人吃饭，她心里竟然有生气的冲动。刘喆越想心里越乱，越想越想不明白。她跟刘阿姨说了声要去找凌云，就骑着自行车来到了凌云的种植基地。

刘喆把心里的话说了出来，感觉舒服多了，她看着凌云，眼光里满是温柔，凌云躲开了刘喆的目光，走到门口看着外面，刘喆起身说自己还没有吃饭，凌云说自己肚子也有些饿，就去准备晚饭了。刘喆看着凌云在厨房忙活着，就走进厨房，要帮凌云的忙，被凌云推了出来，她就拖了把椅子坐在门口看着外面发呆。半个小时后，凌云做好了一个酸辣土豆丝，一个黄瓜炒鸡蛋，用电饭煲蒸了两碗米饭。刘喆看着桌子上的饭菜，感觉更饿了，不等凌云说话，就把椅子拖过来一屁股坐下开始吃饭。凌云也不说话，低着头开始吃饭，他给刘喆夹菜，刘喆抬起头看他，凌云又把头低下了。

吃过晚饭后，刘喆洗刷完了碗筷，说要回去，凌云一想，好长时间没去看刘阿姨和九奶奶了，就和刘喆到镇上买了点东西，一起朝九奶奶杂货铺的方向走去。和凌云在一起的时候，刘喆感觉很开心，可她心里明白，凌云只是把她当妹妹对待，更何况，他现在心里有了钟灵……可不管怎样，只要能够和凌云在一起，她心里还是感觉幸福的。他们先去的九奶奶杂货铺，后去的敬老院，从敬老院回来后，凌云想着，这个张继来在搞什么，他难道不知道这样会对刘喆造成刺激？他想着要找张继来谈谈，可转念一想，还是先找朱敏聊聊吧！

六十九、王登峰发火了

回到种植基地后，凌云给朱敏打了个电话，一开始聊一些上学时候的事情，聊一些生活上的事情，再后来，就聊到了漯河湿地公园，聊到了张继来的感情问题。朱敏就说："那个刘喆也是，人家张继来喜欢她，她不领情，人家不喜欢她了，她还不让人家喜欢别人，这对张继来来说不公平。"

"那也太突然了，他怎么说不喜欢刘喆就不喜欢刘喆了，说喜欢你就一下子喜欢上你了？"凌云不解地说。

"这有什么突然？感情这东西谁又说得清楚？"朱敏没有继续说下去。

凌云见沟通无果，就转变了话题："对了，刚才你说漯河湿地公园，有没有明确的消息啊？"

"快了，也就这几天的事情，抽空你叫上张继来，我们一起聊聊。"朱敏说。

挂掉电话后，凌云陷入了沉思，他总感觉张继来突然喜欢朱敏有些不对劲，可又想不出缘由，以他对张继来的认识，张继来不可能突然就移情别恋，他想了一会儿，没想出头绪来，回忆着刚才刘喆那奇怪的表情，叹了口气，这感情的事啊，还真就说不清楚。

一周后，张继来开着他的帕萨特拉着凌云到县城工商局注册了一个公司，有了之前的经验，提前准备好了相关资料，又让朱敏提前给工商局的同事打了声招呼，比张继来第一次去注册公司顺利多了。回到镇上后，他们把车停在路边，到各个施工场地看了看，用张继来的话说就是，这样能激发一下自己干事创业的热情，给自己加油鼓劲。在工业区的施工现场，张继来指着一排排整齐的钢结构说："你看看，明年春天肯定封顶了，到时候就会出租给镇上的小型企业。我们镇上干环保设备的小企业那么多，我听说还要成立什么环保行业协会，把镇上的环保企业绑在一起协同发展。我们清平镇发展多快，看来，我成为清平镇首富的梦想就要实现了……"

凌云正要刺激他，手机响了，是王登峰打过来的，说晚上要请他吃饭，他看了一眼张继来，说："我和张继来在一起呢！晚上我们一起过去吧！"

挂掉电话后，凌云又说："这个王登峰，怎么突然想起要请我们吃饭了？是不是又和张芳闹别扭了？"

"管他呢，他只能到小来子大酒店请我们吃饭了。挺有意思，到我的酒店请我们吃饭，你说，这钱让他出还是不让他出呢？走吧，先去我的办公室坐会儿吧！"张继来笑着说。

他们转身要走的时候，张继来看到一个熟悉的身影。他看到王镇长带着镇政府的几个部门负责人，还有一些人他不认识，应该是招商引资招来的一些人，还有朱敏在一旁不停地拍照。王镇长正在给他们介绍着什么，还不停地用手比画着，王镇长说完后，一群人大笑了起来。见张继来停下了脚步，凌云也停了下来，他也看到了王镇长和朱敏，就笑着说："怎么？看到朱敏就迈不动脚步了，刘喆看到会伤心的。"

"不是，我看到了王镇长，等等再走！"张继来看也不看凌云。

王镇长带着这群人朝张继来和凌云这边走来，看到他们两个后，王镇长给他们介绍说："对了，给你们几个介绍一下，这是我们清平镇的企业家、知名人士、慈善家，张继来。"

镇政府几个部门的负责人都认识张继来，就没有过来和他握手，另外几个人急忙走上前和张继来握手，看到他们伸出手后，张继来、凌云也急忙伸出手。临走的时候，王镇长对张继来说："张继来，抽个时间到我办公室来一趟。"

张继来不知道王镇长什么意思，隐约感觉到可能和漯河湿地公园有关，但又不敢确定。现在他满脑子都是漯河湿地公园的事情，只要王镇长找他，他不往漯河湿地公园项目上想都不行。看到张继来一副若有所思的样子，凌云猜得出他在想什么，就说："但愿是与漯河湿地公园项目有关。"

张继来回过身来，笑着说："刚才看到了朱敏，我在想她的事情。"

现在时间还早，还没到政府部门下班的时间，张继来和凌云开车来到他的办公室，商量着下一步如何干的事情。张继来知道如果要开发漯河湿地公园项目，自己的资金还有很大的缺口，要凌云支持他一下。凌云表示要钱没有，要命一条，只能声援他，紧急情况下可以救救急。张继来知道凌云的情况，这六七年来也没攒多少钱，自己的资金缺口也不是个小数字，借钱是不现实的，就和凌云考虑银行贷款的事情。最后，他们还讨论了这次王登峰请他们吃饭的原因，都一致认为他在婚姻关系上出了什么问题，要兄弟们给他出出主意。

下午五点半，张继来和凌云来到了小来子大酒店，找了个小一点的单间，就在里面喝着水等着王登峰的到来。十分钟后，王登峰给凌云打电话，说到了小来子大酒店楼下，凌云告诉王登峰房间号后，王登峰挂掉电话，把电动车停在楼下，就上楼去了。王登峰进了单间后，先是和凌云、张继来寒暄了一番，就拿起菜单让他们两个点菜，张继来就说："小来子大酒店的菜要比小来子饭店的菜贵，酒也贵。"

王登峰知道张继来在开玩笑，便不理会他，就让凌云点菜，凌云拿起菜单，点了四个家常菜，点了一箱啤酒，就递给王登峰让他看。王登峰看了一眼，就递给了身边的服务员。

王登峰坐在椅子上，拆开一包餐具，用热水烫了一下，倒了一杯茶水慢慢喝着。凌云喝了一口茶水，开玩笑说："小峰子，你请我们吃饭不会图谋不轨吧！"

张继来又接了一句："是不是婚姻关系出现裂痕了？"

"没有，你们就知道瞎说，这次我有重要的事情。"王登峰非常认真地说。

听到王登峰说有重要的事情，张继来把脚从椅子上挪下来，在另外一张椅子上坐了下来，非常严肃地说："我现在只对漯河湿地公园项目感兴趣，其他事情在我眼里都不是重要的事情。"

王登峰放下茶杯，咽下了嘴里的茶水，用纸巾擦了擦嘴，吃惊地看着张继来。张继来通过那厚厚的眼镜片，知道了王登峰要说什么，就笑着说："难不成真的是漯河湿地公园项目的事情？可在这一方面，你能给我带来什么消息呢？"

"小峰子，小来子说话就是这么不着调，你知道的，别多想啊！"凌云说，"是不是定下来了？"

"嗯，我也是无意中看到的，上午的时候，我到王镇长办公室去，看到他办公桌上有一份文件，是关于开发漯河湿地公园项目的规划书，还有一个是招标书，领导们审核后就差不多要下发了。我知道你一直在考虑漯河湿地公园项目的事情，就过来跟你说一下。"王登峰非常诚恳地说。

听到王登峰这么说，张继来心里感觉有着落了，以前他还一直担心，张芳拿下了烂尾房项目，是自己在清平镇强有力的竞争对手，如果她挑唆王登峰和自己的关系，王登峰会越来越疏远自己，现在看来，是他多虑了。张继来看了一眼王登峰，说："嗯，这是个好消息。"

"可还有一个坏消息，我听说张芳父亲……"王登峰还没说完就被张继来打断了。

"你直接说你的岳父不就得了。"张继来猜得出王登峰要说什么，这正是他担心的。

张继来刚才还感觉信心满满，现在却又突然像霜打的茄子一样没了精神，他本来就对张芳来清平镇发展颇有微词，如果没有她，自己早就拿下了烂尾房项目，在清平镇轰轰烈烈大干一场了，如今，她又要插足漯河湿地公园项目，还让不让人活了？张继来有些激动，他突然站了起来，说："王登峰，你看看你找的这个媳妇，来到清平镇后处处与我对着干，处处抢我的生意，抢了烂尾房项目后，又要抢漯河湿地公园项目，你也是，就不能管管你媳妇吗？如果是你拿下了烂尾房项目，我们作为对手也可行，可偏偏是你的媳妇……"

张继来还想继续往下说，被凌云站起来制止了，他说："小来子，小峰子也是一片好心，才来告诉我们这些的，你说这些干什么？"

"他一片好心？我看他是来刺激我们的，来看我们笑话的，连自己的老婆都管不了，还一片好心……"张继来也不知道哪里来的这么大的火气，一股脑地全发泄了出来。

"张继来，我一片好心，你什么意思啊？早知道你这样，就不跟你说这些了。"王登峰也站了起来。

包间里的气氛有些紧张，服务员端着菜进来后，看到他们三个情绪都不对，匆匆放下后急忙出去了。张继来感觉自己刚才说得有些过分，就说："不说了，吃饭吧！服务员，上酒啊！"

这顿饭他们吃得并不舒心，对于张芳拿下烂尾房项目，王登峰一直心存芥蒂，他不想让张芳再拿下漯河湿地公园项目，现在，他的同事都说他找了个厉害媳妇，还说他是吃软饭的，这让他心里很难受。可是，也有同事说，你丈人这么有钱，你媳妇又这么能干，要是我，早就回家躺着数钱了。对于这些风言风语，听得多了，王登峰也就慢慢习惯了。今天晚上，王登峰喝了两瓶啤酒，感觉有些晕乎，临走的时候，他说："小凌子、张继来，我要回去了！"

"回去抱媳妇啊！"张继来开玩笑说，"你回去告诉她，我张继来谁都不怕，尽管放马过来！"

王登峰看了张继来一眼，端起一杯啤酒，一仰头干了，说："张继来，我是我，张芳是张芳，你总是这样有意思吗？再说了，就算我辞掉政府的工作，和她一起干，你又能怎么样？"

张继来猛地一下子站了起来，用手指着王登峰，嘴唇哆嗦着，说不出话来。看到这种情况，凌云急忙站了起来，按住张继来的肩膀，让他坐下了，又转身推着王登峰出了包间的门，把他送到楼下，说："你别在意，张继来就是急脾气，别放在心上，路上慢点。"

看着王登峰走后，凌云摇了摇头，又返回了包间。张继来还在一个劲地喝闷酒，看到凌云来了，就说："我怎么感觉不对劲，王登峰像是来和我们划清界限、断绝关系的，你说，是不是张芳给他出的主意？"

七十、政府公文

　　因为王登峰的一席话，张继来一直感觉比较郁闷，都好几天了，他思来想去，夜里还经常睡不着觉，就坐起来给朱敏打电话，说明天要去找王镇长，问一问漯河湿地公园的事情。天刚刚亮，张继来就起来了，他骑着自行车沿着漯河边的马路来来回回地往返了好几次，他甚至想现在就和朱敏结婚，那样，他和王镇长就是一家人了，可是，这样做是不是有些卑鄙？想累了，他推着自行车走了一会儿，就坐在漯河边发呆。

　　张芳的烂尾房项目如火如荼地进行，先是宾馆开业，生意一片大好，钟灵忙得不亦乐乎，张芳高兴得笑开了花，下个月她的商贸公司就要开业了，清平镇发展这么迅速，现在又是各施工单位需要各种物资的时候，商贸公司生意也差不了……张芳，她不就是有个搞房地产生意的爹吗？有什么了不起的？王登峰，你不就是找了个小富婆吗？有什么了不起的？我张继来在清平镇摸爬滚打了这么多年，我怕过谁？你们等着，我张继来也不是吃素的，我张继来在清平镇也是赫赫有名，我张继来……

　　张继来一个激灵突然醒了过来，把朱敏吓了一跳，他发现自己斜躺在朱敏的怀里，有些不好意思，就急忙站了起来。朱敏也站了起来，整理了一下衣服，说："夜里我听你语气不对，早上就去你办公室找你，查了监控录像，才知道你早早地就出来了，我一猜你就来了这里。"

　　张继来也不知道自己怎么就稀里糊涂地睡了过去，现在他醒了，才知道刚才梦里的自己有多么不可思议，他说："朱敏，我需要你的帮助，我要拿下漯河湿地公园项目。"

　　朱敏被张继来的话逗笑了，她告诉张继来漯河湿地公园项目招标文件今天就下发，还说镇政府有把漯河湿地公园交给他的意向。张继来听后，长出了一口气，说："一会儿我去找找王镇长。"

　　张继来骑着自行车，朱敏骑着电动车，他们在镇中街路边的火烧铺吃了早饭，早早地来到了镇政府。还没到上班的时间，张继来就在朱敏的办公室待着，朱敏感觉不好意思，就让他去对面的会议室，可张继来不去，还嬉皮笑脸地跟她开着玩笑，直到朱敏说王镇长来了，他才急忙起身去找王镇长。

在王镇长的办公室里，张继来把自己的想法说了，王镇长听后，说："张继来，你先坐下。"

张继来在王镇长办公桌对面的沙发上坐了下来，王镇长把公文包放在文件柜里，简单看了一下桌子上的几个文件，来到张继来旁边的沙发上坐下，说："张继来，我知道你一直想拿下漯河湿地公园项目。你在清平镇的能力和为人，我们大家都有目共睹，可是，你知道吗？我们清平镇漯河湿地公园项目是公益性项目，这是在镇政府办公会议上通过的，也就是说，我们是对外招标建设，建成后由政府负责管理，免费对外开放，让大家在工作之余能有一个休闲娱乐的地方……"

王镇长还没有说完，张继来脑袋嗡的一声，他感觉脑子里一片空白，眼前一片模糊，他感觉血压开始升高，过了好长时间才回过神来。王镇长说的与自己的打算简直是背道而驰，他本来是豪情万丈、满腔热血的，虽然有张芳这个强有力的对手，可他还是信心十足，现在，他却被王镇长的话浇了一头冷水，如果这样，自己做的那么多努力，难道就这样付诸东流了吗？张继来努力调整了一下自己的情绪，坚持表现出一副很平静、无所畏惧的样子。王镇长知道张继来心里是怎么想的，又接着说："怎么？受打击了？"

"有一点，但能挺过去。"张继来有些尴尬地说。

王镇长笑了笑，给他倒了杯水，张继来急忙站起来弯着身子去接，王镇长示意他坐下，继续说："张继来，不错啊！无故加之而不怒，卒然临之而不惊，有大将风度啊！不过，你也别灰心丧气，镇政府采取了你的建议，计划在漯河两边开发现代农业、庄园农业。另外，你可以承包漯河湿地公园的建设任务，建成后交由你进行日常管理，还有，这个现代农业、庄园农业规模可比漯河湿地公园大多了。张芳的父亲是搞房地产的，对发展农业不感兴趣，这个机会要好好把握。你是土生土长的清平镇人，从小在漯河边长大，对漯河有着很深的感情，我相信你能干好这个项目，不过，这个需要很大一笔启动资金，你得好好准备一下。"

王镇长说完后，张继来突然感觉脑袋清醒了很多，眼前明亮了许多，血压也没有那么高了，虽然他还在担心资金的问题，但王镇长的一番话，让他重新看到了希望。告别王镇长后，张继来来到朱敏的办公室，和她打了声招呼，就回了自己在小来子酒店的办公室。

　　三天后，清平镇镇政府发布了关于漯河湿地公园项目建设和漯河两岸现代农业、庄园农业建设的招标公告，当朱敏把文件递给张继来的时候，他激动地把朱敏紧紧抱住，朱敏使劲挣脱，但是挣脱不开。这一幕，正好被来找张继来的刘喆看到了，她木讷地站在门口，用幽怨的眼神看着张继来，她心里失落、生气、嫉妒，甚至是无法理解，她嘴唇动了动，却没有说出话来。张继来看到刘喆后，还是抱着朱敏不放，转身的时候，朱敏看到刘喆了，才使劲挣脱了出来，她整理了一下衣服，走到窗户跟前看着窗外的风景。

　　"刘喆，你怎么来了？"张继来说。

　　"九奶奶让我来找你，说是找你有事情。"刘喆说。

　　"进来坐会儿吧！"张继来说。

　　"不了，晚上别忘了去九奶奶家吃饭。"刘喆说完就转身走了。

　　张继来看着刘喆出去的背影，又看了看朱敏，说："我去吃饭你不介意吧？"

　　"不介意，那是你的自由！"朱敏非常坦然地说。

　　张继来回到座位上，又把那个政府公文仔仔细细、认认真真地看了一遍，朱敏说要去超市逛逛，张继来就把文件放下，陪朱敏走出了办公室。中午，张继来和朱敏在他的办公室凑合着吃了顿午饭，就把她送回了镇政府的宿舍。傍晚的时候，张继来步行朝九奶奶杂货铺走去，他心里寻思着九奶奶为什么要让自己去她那里吃饭，难道是关于漯河湿地公园的事情？难道是关于小凌子的事情？难道是关于自己和刘喆的事情？好长时间没去九奶奶家里了，竟然萌生了一种生疏感。来到九奶奶杂货铺门口，张继来从窗户往里看了看，九奶奶不在里面，就直接从大门进去朝北屋走去。

　　还没走到北屋门口，张继来就看到九奶奶正在东边的厨房做饭，他笑着跟九奶奶打了声招呼，问九奶奶有没有什么需要帮忙的。九奶奶让他到北屋等着，张继来这才发现这次自己是空着手来的，心里有些不好意思，他摇了摇头，又用手摸了摸光头，进了北屋。不一会儿，九奶奶端着炒好的菜进来了，说："你先坐会儿，你刘阿姨马上过来。"

　　张继来突然明白了什么，肯定是与刘喆有关系，他一直喜欢刘喆，九奶奶和刘阿姨都知道，可自己近来和刘喆的关系，她们应该不知道吧！张继来搞不清楚到底是怎么回事，也就不敢乱猜测，就在椅子上坐着不说话。不一会儿，刘阿姨来了，九奶奶也端着最后一个菜进来了，张继来看了一眼刘阿姨，像做错了事的孩子，又立马把头低下了。

吃过饭，刘阿姨收拾完碗筷后说："小来子，你和刘喆怎么了？闹别扭了？"

张继来知道刘阿姨开始步入正题，笑着说："没有啊！我们能闹什么别扭啊？对了，她怎么没来吃饭啊？"说完，他感觉自己的问题有些幼稚，吃饭之前不问，吃饱了才问，有点吃饱了撑的没事干的感觉。

"她在敬老院看书呢！我也不知道她近一段时间怎么了，感觉她情绪总是有些不对劲，问她为什么，她也不说，有空你帮我问问她。"刘阿姨说。

"小来子，今天把你叫过来，还有一个事，你看，你那么喜欢吉吉，你年龄也不小了，也要考虑一下你的婚姻大事了。"九奶奶坐在旁边说。

"我还小，要以事业为重。"张继来突然冒出这么一句来。

"别瞎说，前几天你爷爷来找我说你的婚姻大事了，还挺着急的。他说，小来子这家伙也不小了，挣钱挣多少是多啊？也不知道找个媳妇，我还等着抱重孙子呢！他不是一直喜欢吉吉吗？吉吉是个好姑娘，在医院上班，有稳定的工作，人也长得好看，我也找过吉吉她妈了，又过来麻烦你，你给撮合一下吧！"九奶奶学着张继来爷爷的语气说，"你爷爷还说，你把养鹅厂、小来子饭店、小来子超市卖掉了，你是不是又要干别的什么啊？"

张继来用手摸了摸光头，笑了笑，说："九奶奶，我是喜欢刘喆，可是……再说了，刘喆她不喜欢我啊！"

"吉吉那边的事情我和刘阿姨去说，你就说，你愿不愿意娶吉吉？"九奶奶说。

看到张继来这副吞吞吐吐的样子，刘阿姨以为他们之间闹别扭了，就说："小来子，你和刘喆从小就认识，又是一起长大，我们都知根知底，这里又没有外人，你就跟阿姨实话实说吧！你和刘喆是不是……"

"没有……刘阿姨……怎么跟你说呢？其实，我现在……你看，我卖了养鹅厂、小来子饭店，还有小来子超市，我们镇在发展这么快，我想在清平镇大干一场……"张继来吞吞吐吐地说。

"小来子，结了婚也不耽误你大干一场啊！"九奶奶说。

"可是……"张继来支支吾吾说不出来。

就在这时，刘喆突然进来了，她满脸怒气，瞪着眼睛对张继来说："张继来，你找你的朱敏去吧！谁要嫁给你？"又转身对九奶奶和刘阿姨说："九奶奶，妈，我的事情不用你们操心！"刘喆说完就跑出去了，刘阿姨担心她会出什么事情，就急忙跟了出去。

张继来站起来跟九奶奶说："九奶奶，我也去看看。"

七十一、畅想未来

凌云公司的营业执照下来了，张芳的商贸公司也准备开业，可张继来的漯河湿地公园项目还没有开工，张继来看在眼里，急在心里。正如王镇长所说，张芳的父亲对漯河湿地公园和生态农业、庄园农业不感兴趣，张继来顺利拿下了这个项目。整个项目分三期实施，先是建设漯河湿地公园项目，生态农业和庄园农业分两期实施，整个工程跨度超过五年，用张继来自己的话说就是，这次自己揽了一个宇宙级的超级大工程。

可是，张继来也知道，对于土建工程，自己基本上是一窍不通，如果这个时候鲍光头在就好了，之前他一直跟着他父亲干建筑，这一方面有经验，可这个一根筋的鲍光头，为了爱情，为了朱敏，和自己大吵一架，之后就消失得无影无踪，到现在也杳无音信。为了拿下这个大项目，张继来又注册了一个公司，现在，他是把这个项目拿到手了，可后续该怎么干，他虽有自己的打算，可总得找个人商量一下，于是，他打电话给凌云，要具体讨论一下下一步的发展思路。

拿到营业执照后的凌云也很兴奋，他看着"凌云科技有限公司"这几个字仔细琢磨着，通过学习，凌云已经了解了太阳能发电上网电价补贴、上网手续等相关政策，对太阳能发电的原理、设备组成、系统运行等也有了一定的了解。自从清平镇要大发展、快发展，他就开始考虑分布式能源发电的项目。现在分布式能源是政府重点扶持的项目，等到清平镇的工业区、生活区、医院、学校等建成后，可以利用在这些建筑物上方的闲置空间，安装太阳能发电项目。之前，他咨询过清平镇相关部门，他们也都表示上级部门以前就有文件，会对分布式能源发电项目给予支持，这给了凌云很大的信心，他仿佛看到了分布式能源的美好未来，眼前闪现出了一片片亮光。

按照一开始的规划，凌云是想发展现代农业、庄园农业，可外出考察了一次之后，张继来又有了新的主意，经过商量之后，他们打算一起发展现代农业、庄园农业。张继来曾对他说，我是农民，当然要干农民要干的事情。凌云就说，我也是农民，也要干农民要干的事情。就这样，他们合伙干了，张继来出钱，凌云出力，当然，还得出计谋。凌云正想着和张继来今后合作发展的事情，张继来就打过电话来了："小凌子，我过去找你，有要事。"

凌云挂掉电话，抬头想了想，手机又响了，他一看是钟灵打过来的，就接了："小凌子，我这就过去找你，你等着我啊！"

这一段时间，钟灵全面负责清平宾馆的经营，可以说是尽心尽力，各项工作安排得有条不紊，可张芳到宾馆去检查的时候，总说宾馆管理不到位，这儿不行，那里有问题，房间卫生不干净，职工考勤不严谨等。她刚要解释，张芳就打断了，她不知道为什么，这一段时间，张芳像变了一个人，脾气不再是有些古怪了，而是有些暴躁，有些偏激。对于张芳，钟灵一直在忍着，路是自己选择的，就要咬牙坚持下去，她私下里问过王登峰，也没问出什么原因来。

钟灵先来到了凌云的种植基地，大门旁边的小黄狗认识钟灵，也就不叫了。进屋后，钟灵看到凌云桌子上放着营业执照，就拿起来仔细看。凌云刚到种植基地巡视了一下，看到钟灵的电动车停在门口，知道她来了，就对小黄狗说："到底谁是你的主人？有人来了怎么不叫？"小黄狗抬头看了凌云一眼，又低下头趴着了。

凌云刚要进屋，就听见汽车喇叭的声音，不用想，肯定是张继来那家伙来了，这时，小黄狗站起来，围着刚下车的张继来转来转去，汪汪直叫，张继来丢给它一根火腿肠。凌云又对着小黄狗说："你这个嫌贫爱富的家伙，大美女都不能吸引你的注意力。"

"是不是我来得不是时候啊？"张继来边说边往里走。

"没事，钟灵刚到。"凌云说。

进屋后，他们看到钟灵正在看着那张营业执照发呆，她微皱着眉头，也不知道在想些什么，凌云刚要说话，张继来就抢着说："钟大美女，凌云也是董事长了，抓紧回来当董事长夫人吧！"

钟灵把手中的营业执照放下，叹了口气，在椅子上坐了下来，说："你不用担心小凌子，你这么大的董事长都没有一个压寨夫人，得抓紧考虑一下。"

张继来把水杯拧开放在桌子上，提起暖瓶倒水，说："我张继来胸怀天下，志在四方，不着急，想当我的压寨夫人都得排队等着。"

经他们这么一说，凌云突然想起了刘喆的事情，自从上次刘喆来找过他之后，他就想找张继来问问，事情一多，竟然忘了。他给钟灵倒了一杯水，看着张继来说："对了，你和刘喆怎么了？她这一段时间不太正常，情绪不太稳定，听刘阿姨说，她经常一个人自言自语，说些莫名其妙的话，问她说的什么，她竟然不知道。我看她是受了什么刺激，你说，是不是你刺激她了？"

张继来心里一颤，站了起来，他是那么喜欢刘喆，曾经发誓非刘喆不娶，可是……张继来知道，他心里还喜欢刘喆，并没有把她忘掉，他一个劲地告诉自己，自己并没有背叛爱情，自己还是一个重感情的人，可是，告诉自己这些又有什么用呢？强迫自己接受这些毫无意义的自我安慰又有什么意义？他有时也寻找借口，如果自己就这么一直纠缠着刘喆，是不是会给她带来很大的心理负担？如果自己不再纠缠着她了，她是不是就会生活得轻松一些？

"你……你说的是真的？"张继来说。

"我骗你干什么？你是不是真的喜欢上了朱敏？"凌云说。

张继来看了看凌云，又看了看钟灵，他慢慢地坐下，喝了口水，差点烫着，急忙吐了出来，长出了口气，说："我是一直喜欢刘喆，可她一直不同意，我怕耽误她，你看，整个清平镇的人都知道我喜欢刘喆，都没有人敢喜欢她了，我再一直追她，就有些过分了，所以……我就移情别恋了，我没有对不起刘喆。"

"那你也要去看看刘喆，关心一下她。"凌云说。

张继来摇了摇头，说："不了，长痛不如短痛，当断不断，更加凌乱。不说这个了，我们说正事吧！"

凌云点了点头，接下来，他们讨论了后续如何发展的问题，张继来说了他的想法，凌云说了他的想法，他们都对彼此充满了信心，相互鼓励了一番，又陷入了沉思。张继来说："我们两个人肯定干不过来，得找上几个得力助手，两个光杆司令不行啊！"

凌云扭头看了看钟灵，钟灵明白他的意思，就说："这个我得慎重考虑一下。"

"这个还考虑啥啊？夫唱妇随呗！你跟着张芳混有什么好的？她要不是有个有本事的爹，我早就把她干趴下了。"张继来大声说。

钟灵这次来找凌云本来是想诉苦的，经他们这么一说，心里有些动摇了，张芳近一段时间虽然有些反常，总是鸡蛋里挑骨头，可想想自己和她一开始拼搏的那段时光，钟灵还是非常怀念的，而且她给自己开的工资也不低，还让自己独当一面，也算是很相信自己。现在，张芳的商贸公司马上要开业了，正是缺人的时候，自己还真不知道该怎么向张芳开口。钟灵想了一会儿，说："这个事，我想想再说吧！"

"那你和小凌子再到被窝里开个家庭会议商量一下，商量完后给我起草个招工通知，我要招兵买马，我先去看看我爷爷。"张继来说完就往外走，走到门口，还不忘回过头来补上一句，"你们两个也该结婚了。"

张继来走后，凌云和钟灵相互看了看，都认为他说得有道理，可关于结婚的事情，他们谁都没有主动提出。或许钟灵在等着凌云提出结婚，凌云在等着钟灵提出结婚，或许是他们认为只要两个人感情足够深，只要能够在一起，结不结婚都是次要的，谁知道呢？钟灵的眼神由期待变成幽怨，凌云的眼神由期待变成欲望，他说："你难道不认为小来子说得有道理？如果你不认为有道理，那我们到被窝里讨论讨论。"

凌云说完就抱起钟灵把她放在床上，钟灵着急担心地说："门还没关呢！"

凌云急忙起身出去把大门关了，回来后又把屋门关了，然后就压在钟灵身上，钟灵小声说："告诉你个秘密，我怀孕了。"

凌云像猫踩着狗屎一样跳了起来，双手挠着头皮，激动地说："你真的怀孕了？这可怎么办？怎么办？"

"你是不是不喜欢我了？是不是喜欢上刘喆了？"钟灵故意说，"那天晚上我就看到你们在一起，怪不得反应这么大。"

"不是，不是你想的那样，那天是刘喆来找我，她情绪不对，我就是关心了一下她。"凌云急忙解释说。

"她又不是你女朋友，你为什么要关心她？"钟灵又说，"我怀孕了，你都不关心我。"

"你真的怀孕了？"凌云还是不愿意相信钟灵说的话。

"我们结婚吧？"钟灵说。

"我还没想好，还没做好准备呢！"凌云说。

"是没想好结婚还是没想好当爸爸？"钟灵说。

"都没想好。"凌云脱口而出。

"那你就是不喜欢我，不想和我结婚了？"钟灵说。

"不是……我……你要相信我……"凌云有些语无伦次。

钟灵扑哧笑了出来，凌云突然明白了过来，使劲搓了搓双手，如饿虎扑食般又一次压在钟灵身上。

七十二、张芳拒绝钟灵辞职

商贸公司马上就要开业了，张芳在她的办公室走来走去，她爸爸打来电话说张望想妹妹了，要来看看她。一听到这个事，张芳就想拒绝，可没好意思开口，她心想，大不了专门找个人看着他。她这个傻子哥哥，不是让她爸爸头疼，就是让她头疼，不过，好长时间没见到哥哥了，她心里还真有点想他。她这个哥哥虽然有些傻，可对自己很好，总是尽全力保护着自己。

挂掉电话后，张芳坐在办公椅上转来转去，右手拿着钢笔轻轻敲击着自己的牙齿，发出咔咔的声音。这一段时间，清平宾馆开始盈利，商贸公司马上就要开业，其他沿街房正在加速施工，她计划全部租出去，下一步她就可以坐着数钱了。前几天，王登峰还主动提出要辞掉在镇政府那富不了也饿不着的工作，和她一起下海经商，她不知道王登峰是怎么想的，也不知道他是不是受了什么刺激，她也不想问，只要王登峰能和自己一起干，她心里还是挺高兴的。就在张芳想着王登峰的时候，王登峰突然推门进来了，张芳非常惊讶，现在是上班时间，一向中规中矩的王登峰怎么会跑出来？就算是出来办公事，如果和自己没有关系，他也不会主动跑来找自己的，在这一方面，他还不如他的那个同事曹劲军呢！这个曹劲军只要出来办公事，都会跑来找自己聊天，难道王登峰想开了？

"张芳，张继来领着一群人在漯河边指指点点，先是漯河公园，再是现代农业，后是庄园农业，对了，凌云也在，他们真的要大干一场。"王登峰着急地说。

"这些我知道，我对这个项目不感兴趣，要不然，就不是他们了。你怎么了？怎么关心起这个了？"张芳站起来说。

王登峰看着张芳，好长时间没有说话，过了一会儿才说："你说得没错，我要是早下海经商，说不定……"

"我早就劝你了，是你不听，看着他们轰轰烈烈地干，你眼热了？"张芳有些生气地说，"现在也不晚，我们一起干，我就不信干不赢那个张继来。"

王登峰点了点头，在身边的沙发上坐了下来，说："嗯，我听你的。"

　　"对了，我哥哥张望要来，可能要住上一段时间。"张芳说。

　　"来吧！"王登峰点着头说。

　　参加工作这几年，王登峰虽然很努力，但工作却一直没有起色，看到张继来这个初中生，凌云这个高中生都注册了自己的公司，准备在清平镇大发展、快发展，他感觉自己的学历受到了侮辱，张继来还不分轻重地刺激他，这让他有些无法接受。王登峰思来想去，钟灵都辞掉教师的工作，跟着自己的老婆干了，自己为什么还要死要面子活受罪地坚持着，为什么还要在单位听那些笑话自己的风言风语？

　　这一段时间，王登峰感觉张芳的脾气越来越古怪，还经常莫名其妙地发脾气，可过一会儿就恢复正常了，他想，可能是工作太累了，如果自己能在她身边帮忙，她就会轻松一些。

　　王登峰出门的时候，正好碰到钟灵来找张芳，钟灵和他打了个招呼，就进了张芳的办公室。经过几天的思考，钟灵决定回到凌云的身边，可她不知道该怎么跟张芳开口，她看着张芳说："我想跟你说个事。"

　　"什么事啊？"张芳坐在椅子上说，"不要说你想辞掉宾馆的工作，我现在正需要人呢！"

　　钟灵吃惊地看着张芳，她不知道张芳是有心的还是无心的，张芳盯着钟灵看了一会儿，说："不会被我猜中了吧？你真的想离开？"

　　"不是……不是……我是想说……"钟灵支支吾吾说不出话来。

　　"还不承认，你一说谎就说不出话来，是不是感觉压力大？我可以给你放假去休息一下，你就去旅游，散散心。"张芳站了起来，走到钟灵跟前说。

　　钟灵看着眼前的张芳，感觉她今天又特别地正常，不像前一段时间那样刻薄，像跟自己过不去一样天天找自己麻烦。钟灵心想，不管张芳刚才是随口一说还是故意这么说的，自己都有必要和她谈一谈，就说："这个我们先不说，我想和你好好谈谈。"

　　张芳走到沙发跟前坐了下来，钟灵坐在了她对面，张芳给她倒了杯水，说："谈什么啊？是不是想谈涨工资的事情？"

　　"不是，张芳……我好长时间没有这么叫你了，我们从小一起长大，亲如姐妹，无话不说，从小学到初中，再到高中都是这样。可自从宾馆开始营业，你的脾气越来越古怪，经常乱发脾气，要不是我一直安慰着宾馆的职工，她们几个早就走了，张芳，这是为什么啊？我感觉你不是以前的张芳了，不是我认识的张芳了，我不知道这是为什么，不知道你有没有感觉到?"钟灵一口气说了出来，心里舒服多了。

张芳盯着钟灵看了好长时间，这让钟灵心里发毛，张芳喝了一口水，说："王登峰也跟我说过这些，可我感觉自己很正常啊!工作忙了，事情多了，压力就大了，你别多想，我没事的。"

"可是……"钟灵还没说完就被张芳打断了。

"没有可是，没有可是，你还有完没完?说完了就抓紧出去，我还忙着呢!"张芳大声说，脸上的表情很古怪。

钟灵被张芳吓坏了，她想再说什么，可又不知道该说什么，就站起来说："那我先回宾馆了。"

钟灵走后，张芳将双手交叉放在脑后，用胳膊使劲抱住头，过了一会儿，她慢慢松开双手，又用双手大拇指慢慢揉着太阳穴。她不知道为什么，王登峰说她脾气怪怪的，甚至有些不正常，今天钟灵又来跟自己说这些，难道自己真的有些不正常?她开始漫无目的地浮想联翩，开始不着边际地幻想事情的前因后果，最后，竟不知不觉在沙发上睡了过去。

三天后，张望来到了清平镇，住在了张芳的家里。他告诉张芳说，家里人要给他介绍个对象，给他找个媳妇，可他都不喜欢。王登峰看着这个张望，竟然从心底里升起一股同情，张芳家里是有钱有势，可有这么一个傻子哥哥，也是太不幸了。以前，他办公室里的人开玩笑跟他说，你是不是看中了张芳家里财产才和她结婚的，她那个傻子哥哥肯定不能继承家业，如果你努力一下，过不了多长时间就是千万富翁。那个时候，他还对他们的玩笑耿耿于怀，可是现在，他竟然萌生了辞掉工作、和张芳一起经商的想法，而且，这个想法一旦萌生，就迅速滋长，就像一只野猫在挠着他的心。

张望在妹妹的家里住了七天，他本来想回县城，可听王登峰说后天清平商贸公司就要开业了，一想到开业那天锣鼓喧天、喜气洋洋，就吵着要留下来看热闹，张芳说不过他，就同意了。

今天王登峰刚刚辞掉工作，张芳从小来子酒店点了几个菜，准备在家里祝贺一下。张望像小伙子结婚一样兴奋，还喝了不少酒，感觉有些晕乎，就倒在床上睡去了。

张芳扭头看了看张望，转过头来对王登峰说："我这个哥哥是爸爸的心结，小的时候他发高烧，我爸爸在外面陪着客人喝酒，妈妈没有办法，就用三轮车带着他去医院，可在去医院的路上，发生了车祸，妈妈晕了过去，哥哥被甩到路边。当爸爸赶到的时候，一切都晚了，哥哥发着高烧，又受到了撞击，大脑有问题了。这些都是爸爸告诉我的。小的时候，我有些恨爸爸，可现在我才知道，他也有他的为难之处，所以，不管什么事情，爸爸总是尽量满足我。"

王登峰点了点头，不知道该说什么来安慰她，他看了张芳一眼，想了一会儿，说："我会好好照顾你的。"

张芳有些幽怨地看着王登峰，自从他们结婚以来，还没有经历过一次成功的夫妻生活，作为一个女人，张芳感觉有些失败。王登峰不敢再看张芳了，近一段时间，他感觉张芳脾气有些反常，可又说不出缘由来，他想，可能是这一段时间疏忽了对她的感情，就把头低下，诚恳地说："以后我们一起努力，好好经营我们这个家。"

第二天，王登峰、张芳、张望来到清平宾馆，张宁、刘斌鞍前马后地忙活着，看到张芳今天心情不错，钟灵就把自己想离开清平宾馆的事说了，不出所料，又遭到了张芳的拒绝。

七十三、鲍光头回归

就在张继来为招兵买马的事情烦躁不已，忙得不可开交的时候，就在凌云和清平镇镇政府相关部门对接安装太阳能发电、畅想美好未来的时候，张继来曾经的得力助手，为爱大打出手的鲍光头回来了，他的出现，张继来不知道是喜是忧。

"我听说鲍光头那个家伙回来了？"张继来边走边说。

"我也听说了，他是你的情敌，有可能要和你对着干。"凌云故意刺激他。

"这个我不担心，如果这样的话，那算他有眼光，选了一个不错的对手，我是担心这家伙贼心不死，又过来纠缠朱敏，如果这样的话，我就不可能手下留情了。"张继来搞不清楚鲍光头为什么又突然出现，有些担心地说。

"晚上我约一下他，一起吃个饭，叫上朱敏，叫上钟灵，还有王登峰。"凌云笑着说。

张继来和凌云拿着漯河公园的项目规划书和施工图纸，不止一次地在漯河边讨论施工方案的问题，讨论现代农业和庄园农业的问题。对于这些领域，他们都是第一次涉及，没有相关工作经验，心里感觉没底。张继来也曾去请教他的爷爷，可他的爷爷对这不关心，只关心张继来找女朋友的事情。凌云也曾去请教九奶奶，可九奶奶正在为刘喆的事情烦恼着。没有办法，他们就跑到县城的新华书店里，买了土建施工、工程管理、农业管理等方面的书籍，每天晚上挑灯夜战。用张继来自己的话说就是，学历不代表能力。凌云说，我们都是农民，与土地打交道，扎根大地才能汲取营养，才能茁壮成长，才能长成参天大树。

凌云给鲍光头打了个电话，约他在小来子酒店吃饭，挂掉电话后，又挨个给朱敏、钟灵、王登峰打电话，一切搞定之后，又继续和张继来沿着漯河考察。走到漯河桥上的时候，张继来把上衣的拉锁拉开，把双手插在口袋里，把衣脚别在双手后，眺望着缓缓流淌的漯河，眼睛里有说不尽的感慨和希望。凌云站在张继来身边，低着头，看着图纸，思考着自己的未来。夕阳把他们的影子慢慢拉长，一阵风吹来，他们相互看了看，转身朝小来子酒店走去。

鲍光头和张继来吵架后，一气之下就离开了张继来，离开了清平镇，他在外面鬼混了几个月，换了好几个工作，可没有一个工作干得舒心。静下心来，他仔细想了想，感觉自己这样离开了张继来，有些不仗义。他偷偷地来过清平镇两次，听说张继来把养鹅厂、小来子饭店、小来子超市卖掉了，他知道，张继来又要进军另外一个行业了，可这个行业，他并不熟悉。鲍光头思来想去，拿起手机就要给张继来打过去，可一想又感觉有些不好意思，就把手机放下了。

回到清平镇后，鲍光头就和他父亲住在家里，他父亲病情渐渐好转，就让鲍光头去找张继来，可鲍光头感觉脸上挂不住，就待在家里不出去。在家里闲着没事干的时候，鲍光头就想起了朱敏，不知道她现在怎么样了，他想去找朱敏，可感觉没有意义，就摇了摇头，叹了口气。鲍光头骑上摩托车到小来子养鹅厂门口看了看，到小来子饭店门口瞅了瞅，到小来子超市门口停了停，一加油门，就向漯河疾驰而去。

傍晚的时候，鲍光头早早地来到了小来子酒店，工作人员对他还是那么热情，就像他从来没离开过清平镇一样。鲍光头走上二楼，来到凌云说的那个包间里，但里面没有人，他就在里面闲坐着。半个小时后，张继来和凌云来了，又过了一会儿，朱敏和钟灵来了，最后，王登峰也来了。鲍光头看到张继来后想说些什么，张继来摆手示意他不要说，凌云冲他点了点头，鲍光头明白了，张继来不想过问他离开清平镇后都干了些什么，也不想问他为什么回来，就当他外出旅游去了，鲍光头用感激的目光看着张继来，感觉有些对不起他。看到朱敏时，鲍光头已经没有了当时的冲动，他笑着和朱敏打招呼，朱敏也笑了笑。

大家都坐下后，张继来大声说："前一段时间，鲍光头外出学习，现在回来了，要和我张继来轰轰烈烈干一番事业，来，我们大家热烈欢迎！"

鲍光头急忙站了起来，双手握拳在胸前拱了拱，笑着说："承让，承让，我这次外出学习归来，就打算在清平镇长期奋斗了，不对，是奋斗终身了，希望各位多多照顾。当然，我还希望朱大美女给我介绍个女朋友。"

听到鲍光头这么说，张继来知道他已经从对朱敏的感情中走了出来。服务员刚上了第一个菜，张继来就咋呼着要大家喝酒，平时不怎么喝酒的王登峰也开始喝白酒，朱敏和钟灵喝啤酒，还没等上第二个菜，第一个菜的光盘任务已经完成了。张继来起身走了出去，不一会儿，左手端着一盘水煮花生，右手端着一盘凉拌黄瓜进来了，说："今天吃饭的人太多了，有镇政府的领导，有施工单位的领导，还有一个结婚的，厨房里忙不过来，这是我办公室里的私藏品，先吃着。"

"张董事长，你小日子不错啊！"朱敏开玩笑说。

"都是政府领导得好，才让我们这些平民百姓能填饱肚子，能找上媳妇，感谢政府，感谢在政府里工作的朱大美女。"张继来对答如流。

朱敏害羞地低下了头。张继来他们继续喝酒，话题逐渐聊到了张芳的商贸公司开业的事情，鲍光头不知道这件事情，就抢着说："王登峰，你给讲讲吧！当时的场面肯定很热闹，不对，应该是很火爆。"

张继来看着王登峰说："小峰子，江湖传说你辞掉了政府的工作，要和张芳一起下海经商，还要和我小来子一决胖瘦，我正愁找不到对手呢！"

凌云踢了踢张继来的腿，提示他注意一下说话的措辞，可张继来才不管这一套，他继续说："以前张芳一个人做我的对手，我不在意，现在……你们两口子做我的对手，我也不在意。"

王登峰刚要说什么，手机响了，张芳打过电话来让他回家，挂掉电话后，他对张继来说："张继来，以后在清平镇，我就要和你对着干，凌云，你给我们作个证，张继来，我们走着瞧。"

说完后，王登峰就气哄哄地走了出去，凌云怕出什么事情，就跟了出去安慰、解释一番，王登峰笑着说没事，让凌云赶紧回去。王登峰骑上电动车走后，凌云抬头看了会儿夜空，摇了摇头，转身上楼去了。

鲍光头喝了不少酒，说话开始有些不着调，他看了看张继来，又看了看朱敏，端起一杯啤酒一仰头干了，站起来说："朱敏……朱大美女，前一段时间我给你制造麻烦了，你大人大量，就不要再生我的气了，我祝福你和张董事长……"

"祝福个毛，你能回来和我打天下就是最好的祝福，别扯这些没有用的，还有，抓紧招兵买马，明年春天，我们大干一场。"鲍光头的话还没有说完就被张继来打断了，他继续说，"不过，你也该找个女朋友了。"

鲍光头不好意思地摸了摸头，坐了下来，朱敏看着鲍光头这副羞答答的样子，突然想到一件事情，就笑着说："鲍大哥，如果你愿意，我可以给你介绍一个女朋友。"

鲍光头又站了起来，却不知道该说什么，钟灵说："鲍大哥，这么好的事情，为什么不同意呢？"

"不是……我不是这个意思。"鲍光头说。

"那你是什么意思？"张继来伸手拉了一下鲍光头，"你要再不同意，小凌子那家伙可就同意了。"

"他同意了我不同意。"钟灵急忙说，"来总，你是不是喝多了，又开始不着调了。"

"我同意。"凌云笑着说，说完后就看着钟灵，钟灵瞪大眼睛看着他。

张继来用手摸了摸光头，对钟灵说："钟大美女，刚才你说什么？"

"我说我不同意。"钟灵说。

"不是这句。"张继来说。

钟灵被张继来问得摸不着头脑，她使劲想了想自己刚才说的话，自己也没说什么啊！她和朱敏对视了一下，朱敏突然张大嘴巴，用右手指了指钟灵，又指了指张继来，说："她刚才叫你来总……"

"就是这句，就是这句，以后大家都要叫我来总，这个称呼好。鲍光头，你给酒店和歌厅下个通知，以后他们都要喊我来总，唉……可惜，养鹅厂卖了，要不然，我也让我的大白鹅叫我来总。说真的，我挺想我的大白鹅……"张继来稀里糊涂地说完就趴在桌子上不动了。

看着张继来这副醉酒的样子，凌云感触颇深，他叹了口气，说："其实，小来子也不容易，他心里苦啊！"

"谁说我心里苦，我心里甜着呢！我嘴里有一块苦瓜，嘴里苦。"张继来还没有完全丧失意识，接了凌云的话茬，把嘴里的苦瓜吐了出来。

凌云和鲍光头把张继来扶到他的办公室沙发上躺下，朱敏在照顾他，凌云和鲍光头又回到了包间，凌云还要和鲍光头喝酒，被钟灵制止了。鲍光头说："凌云，前一段时间是我做得不对，我知道他不计较这个，可我心里过不去。事情已经过去了，我不想再解释什么，我只是想说，以后，我再也不会犯这样的低级错误了。"

七十四、刘喆病了

冬天过后，春天义无反顾地来到人间，漯河里漂着几块浮冰，河岸的冻土开始融化，春风吹着柳条在风中摇摆，生命的力量在柳条里蓄势待发。刚过惊蛰，天气乍暖还寒，但春天的气息一天比一天浓郁，张继来二次创业的激情一天比一天高涨。这一个冬天，鲍光头给他招兵买马，凌云给他出谋划策，朱敏给他爱情的力量，这让张继来按捺不住内心的激动。

今天是星期六，阳光明媚，春风和煦，吃过午饭，张继来和朱敏在漯河边散步，张继来给她讲着自己小时候在漯河的河面上溜冰，凿个窟窿钓鱼，在河边抓虾的事情，给她讲着自己在漯河里放鹅，抱着大白鹅游泳，还有自己不小心掉进漯河里的事情，逗得朱敏咯咯直笑。

前年的春风，吹来了令人兴奋的清平镇要建设新生小城市的消息，去年的春风，吹来了张芳大张旗鼓大搞沿街房的热烈场面，今年的春风，吹来了张继来二次创业的激情，他对未来充满信心，对生活充满希望，对爱情充满期待。张继来在前面走着，朱敏在后面跟着，踩着张继来脑袋的影子，春风吹在身上，阳光照在身上，让人暖洋洋的，舒服极了。走到漯河桥上后，他们坐了下来，享受着这个美好的春天，张继来说："你说，我是不是应该去看看刘喆啊？"

"你说呢？"朱敏反问他说。

"我说应该去。"张继来说。

"你不怕我有意见？"朱敏说。

"你不是那么小气的人。"张继来说。

"那你就去吧！可我不能去，我怕她会受到刺激。"朱敏说。

年前的时候，九奶奶就找过张继来，说刘喆情绪不正常，刘阿姨也找过张继来，说刘喆抑郁了，凌云也劝说自己应该去看看刘喆，可张继来担心刘喆见了自己后会受到刺激，一直没敢去看她。对于刘喆的事情，张继来一直是比较关注的，可自从和朱敏恋爱以来，他就克制自己不去想刘喆，不去打听刘喆的事情。在张继来看来，刘喆得了抑郁症和自己有关系，可能正是因为自己喜欢了她那么多年，突然又不喜欢她了，让她的情感受到了刺激。

"这个刘喆，怎么这么脆弱呢？"张继来仿佛在自言自语。

"每个女人的感情都很脆弱，刘喆也怪不幸的，她喜欢的人不喜欢她，喜欢她的人又移情别恋。张继来，你去看看她吧！你可以经常去看看她，可以和她正常交往，我没有意见，也支持你这么做。"朱敏半仰着头，也仿佛在自言自语。

张继来扭头看着朱敏，她的脸庞在阳光的映衬下泛着光泽，几缕秀发散落在眼前，朱敏用手整理了一下眼前的秀发，看了一眼张继来，又半仰着头，似乎在想什么心事。

"张继来，你知道我在想什么吗？"朱敏转过头来说。

"在想婚礼上我给你戴上一个一斤重的大戒指，在想你给我生了个十斤重的大胖小子，在想……"张继来还没说出来，看到朱敏气势汹汹地站了起来，就抓紧站起来逃跑了，朱敏一脚踢了个空，险些跌倒。

清平医院的病房里，刘喆打着吊针，静静地躺在床上。刘喆的病情突然加重进了医院。刘阿姨坐在床边的椅子上默默地掉着眼泪。张继来、鲍光头和朱敏来到了医院门口，张继来让鲍光头去买点水果，自己和朱敏急忙朝医院的病房走去。进了病房，他们刚要说话，刘阿姨做了个不要说话的手势，说："刘喆刚睡过去。"

张继来来到刘阿姨身边，关心地说："怎么回事啊？刘喆怎么会……"

"刘喆你还不了解吗？她是因为感情的事才……自从你和朱敏好上之后，刘喆的情绪就一直不正常，越来越严重，最终患上了抑郁症……"刘阿姨说着又哭了起来，她抬头看了一眼朱敏，说，"你就是朱敏吧！都是因为你，张继来才移情别恋，刘喆才会发生这样的事情，你来干什么？"

"刘阿姨，这件事情和朱敏没有关系。"张继来急忙说。

"怎么没有关系？如果没有她，你就不会移情别恋，就会一直喜欢着刘喆，你一直喜欢着刘喆，刘喆就不会发生这样的事情，就不会躺在这里。"因为刘喆的事情，刘阿姨情绪有些激动。

朱敏刚要开口说话，张继来急忙推着她往外走，到了门外，张继来说："朱敏，你别放在心上，刘阿姨是一时伤心，情绪有些失控才说这样的话，你先回去吧！别多想啊！我陪陪刘阿姨和刘喆。"

朱敏理解刘阿姨现在的心情，她点了点头，说："有什么需要及时给我打电话，我先回去了。"

朱敏走到医院门口，碰到了买水果回来的鲍光头，碰到了赶来的凌云，匆忙和他们打了个招呼，就朝小来子大酒店的方向走去。凌云和鲍光头进了病房，看到刘阿姨坐在椅子上伤心地哭泣，张继来在不停地安慰她。鲍光头把水果放在床头的柜子上，和张继来打了个招呼，就回工地上忙去了，漂河湿地公园项目刚开工不久，他必须全程盯在现场。

对于刘喆得抑郁症这件事情，张继来和凌云都是知道的，为什么会得抑郁症，他们也是知道的，可他们谁都没有想到会严重到这个程度，他们呆呆地站着，谁都不说话。刘阿姨看了一眼凌云，又看了一眼张继来，说："你们两个和刘喆是一起长大的，她为什么会抑郁，你们心里应该都明白吧？"

张继来和凌云点了点头，刘阿姨又伤心地说："刘喆到底做错了什么事情啊？老天要这样惩罚她？"

张继来和凌云相互看了看，还是没有说话，他们同时看了看病床上的刘喆，她脸色苍白，正在安静地睡着。张继来说："刘阿姨，你先回去休息一会儿吧！我和凌云在这里守着，刘喆醒了我及时通知你。"

刘阿姨走后，张继来和凌云背靠着窗户，面对着刘喆，各自想着自己的心事，都感觉有些对不起刘喆。过了一会儿，凌云伤心地说："小来子，你看，你和朱敏的事情给她造成了多么大的打击！你要是一直喜欢她，一直追着她，她也不会这样。"

"你还说我？她喜欢的人是你，她从来没有喜欢过我，她喜欢你，可你却偏偏喜欢钟灵，如果你喜欢她，她就不会这样了，你才是罪魁祸首。"张继来有些无奈地说。

"那以后怎么办啊？"凌云说。

"还能怎么办啊？多看看她，多照顾一下她吧！"张继来说。

凌云刚要再说话，看到刘喆睁开了双眼，急忙走到了床边，张继来也急忙跟了过去。刘喆挣扎着要坐起来，凌云示意她躺着就好。

"醒了就好，醒了就好，你好好休息。"张继来怕刘喆再受什么刺激，急忙安慰她说。

"你们都来了，我知道你们会来的。你们要是在我身边，我就不会……"刘喆非常虚弱地说，"就不会感到孤独，凌云哥哥，你以后要常来看我，张继来，你也要常来看我，给我做饭吃。"

"吉吉，我和张继来会经常来看你的，会接你出院，你出院后我们也会经常去看你的。小来子，你说对不对？"凌云把目光转向了张继来。

"对，对，我们一定会对你好的。"张继来安慰刘喆说。

刘喆躺在床上，眼睛看着房顶，眨了眨眼，叹了口气，说："凌云哥哥，你会喜欢我吗？小来子哥哥，你还会像以前一样喜欢我吗？"

凌云和张继来站着不说话，他们不知道该怎样回答，凌云刚要开口说话，护士进来了，要病人少说话，说病人需要休息了，凌云和张继来就来到医院走廊里的椅子上坐下。张继来知道凌云一直把刘喆当妹妹来对待，是不可能喜欢上她的，倒是自己突然喜欢上了朱敏，对刘喆的刺激要大一些。张继来低着头说："大家都说我不着调，有时候我也觉得自己有些不着调，但对于感情，对于刘喆，我认为自己没有不着调。我喜欢刘喆那么些年，我也有追求爱情的权利。"

"你这是在为自己开脱了？"凌云反问说。

"你也可以为自己开脱，说什么感情的事是不可以勉强的，说什么你会找到比我更合适你的人，说什么祝你幸福之类的话，等等，其实，在刘喆这件事上，我认为我们都没有错，钟灵和朱敏更没有错，我们没有必要因为这件事情自责。当然，我会经常去看她，给她做吃的，陪她玩，可是……"张继来欲言又止。

"是啊！我也是怕她会误会，越陷越深。"凌云有些无奈地说。

"这也是我担心的啊！"张继来叹了口气说。

七十五、镇重点项目

在一声声震耳欲聋的礼炮声中，在一串串噼里啪啦的鞭炮声中，在王镇长热情洋溢的致辞声中，在与会人员经久不衰的掌声中，漯河湿地公园项目开工了。王镇长和镇上的三名领导、张继来和凌云手持铁锨搞了一个像模像样的奠基仪式。在不久的将来，清平镇的老人小孩们、大姑娘小媳妇们、热恋中的小伙子们、放学后的学生们就有了休闲娱乐的好地方。就像王镇长在致辞中所说，漯河湿地公园是一件惠民工程，是一件功在当代、利在千秋的工程，要把它建设成样本工程，打造成精品工程。

王镇长的话激发着张继来内心干事创业的热情，现场轰轰烈烈的氛围渲染着张继来内心的豪情壮志，张继来感觉自己更挺拔了一些，眼睛也更加明亮了，他站在彩旗飘飘的施工现场一声令下，排列整齐的三辆挖掘机、八辆土方车、两台打桩机同时启动，发出了令人心潮澎湃的机器轰鸣声。这些工程车辆由工作人员驾驶着，在地面上轧出了深深的印痕，列队待命的三十名施工人员也在各自小队长的带领下，走向了各自的工作岗位。看着眼前这番激动人心的景象，张继来想起了小来子养鹅厂动工建厂时的情景，那时的场面虽然没有现在这么宏大，却像发生在昨天一样，如今，自己要在清平镇轰轰烈烈大干一场的愿望终于实现了。

漯河湿地公园动工这天，王登峰和张芳也来到现场观看，张芳悄悄地对王登峰说："张继来一个门外汉还想搞土建工程，哪有他想的那么简单，都说他不着调，这次真的太不着调了，他要在这里跌大跟头了。"

张芳说这话的时候，朱敏就在他们身边，她扭头看了张芳一眼，没有说话，她爱怎么说就让她怎么说去吧！只要她不从中作梗，就由着她去吧！朱敏这么想着，心里就没气了，她转过头去看着前方。张芳无意中看到了朱敏就在自己身边，就转过身去对朱敏说："朱敏，听说你和张继来好上了，他拼了命要和我争这个漯河湿地公园项目，是我拱手让给了他，你告诉他，好好干，别让我失望啊！"

听了张芳的话，朱敏气不打一处来，刚要怼她几句，凌云拉了拉她的衣角，她看了看凌云，凌云半闭着眼睛摇了摇头。朱敏又扭头看了一眼张芳，白了她一眼，就来到了队伍的另一边，王镇长的讲话就在此时结束了。接下来是张继来讲话，上台前他摸了摸光头，鲍光头急忙把准备好的演讲稿递给他，可张继来不接，他抬起头，挺了挺胸，笑着摇了摇头，鲍光头知道，张继来又要开始他那不着调的演讲了。凌云悄悄地来到朱敏身边，说："张继来又要发挥他的聪明才智，发扬他的不着调风格，开始高谈阔论，胡扯八道了。"

朱敏弯着身子朝张芳站的地方看了看，没有看到她的身影，凌云说："她走了，不要因为她影响了你的美好心情，要认真听取张董事长的讲话，深刻领会张董事长的讲话精神，并在工作中……"

凌云还没说完，高分贝音箱里就传来张继来的咳嗽声，他清了清嗓子，本想学着电视里的大人物讲话前来个前奏，没想到真的清出一口痰来，可又不好意思吐在地上，就忍着恶心咽了下去。

张继来环视了一下来参加这次开工仪式的施工队伍和施工机械，对他们点头笑了笑，又环视了一下前来祝贺的镇政府领导和行业代表，看到朱敏时，他有些紧张了。张继来在心里对自己说："这不是过家家，这是一次重大场合，自己一定要稳住，不要慌，不要慌……"他在心里还没有对自己说完，就已经用嘴巴说了起来："各位领导，来宾，大家上午好，我是张继来，土生土长的张继来，在漯河边光着屁股长大的张继来。我知道，大家对我的光头形象不太看好，但我有一颗善良、上进的心。大家都知道我在清平镇的奋斗史，有人说我是光脚的不怕穿鞋的，运气好，也有人说我误打误撞就发家致富了，是瞎猫碰上了死耗子。可我不这么认为，我初中毕业就在我们清平镇摸爬滚打，从养大白鹅开始，一步步才有了今天这样的成绩。说真的，我站在这里讲话有些紧张，有些心虚，我怕辜负了王镇长对我的信任，辜负了全镇人对我的希望，所以，这个工程我会全力以赴地去干，干成让政府和人民满意的良心工程。我承诺，不会在施工过程中偷工减料，不会在施工过程中偷梁换柱，因为，我张继来，我小来子，我不像江湖上传言那样真的不着调。"

张继来的讲话引得在场的人员一阵大笑，朱敏在心里暗骂张继来，都这么不着调了，还说自己没有不着调？她微笑着看着张继来。张继来调整了一下情绪，继续说道："我们清平镇现在正处于大发展、快发展的时期，工业区、生活区、医院、学校、商业区正在如火如荼地发展，没事的时候，我经常到各个施工现场去转悠，我不是去瞎溜达，我是有目的的。当我的梦想被我们清平镇这种干事创业的热情点燃后，我就想，我也要在我们清平镇城镇化进程中奉献一份自己的力量。我知道，我们的生活会越来越好，我们的钱包会越来越鼓，有了工业区，我们可以在家附近上班，有了学校，我们的孩子可以在附近上学，有了医院，我们可以就近就医。我们物质生活提高了，就应该需要更高质量的精神生活，就应该需要更加丰富的情感生活，我们要有地方休闲，有地方陶冶情操。小孩有玩耍的地方，才能留住童年的记忆，年轻人有谈恋爱的地方，才能留住美好的爱情，老年人有欣赏夕阳的地方，才能留住夕阳的无限美好。想到这里，我就感觉自己有责任，有义务做好漯河湿地公园项目。最后，请各位对我的工作做好监督，谢谢!"

张继来的声音刚落下，现场就响起了一阵热烈的掌声，认识他的人不知道他还有这么好的口才，不认识他的人以为他天生口才好。就连王镇长都走到他身边对他说："张继来，讲得不错……"可接下来王镇长的一句话让张继来感到汗颜，"演讲稿你背了几天才背过的啊?"

"王镇长，我张继来天生就是个演讲家，等下一个工程开工时，我会讲得更好。"张继来又开始不着调。

这是昨天的事情，张继来还沉浸在其中。除了鲍光头这名得力干将，他还从以前跟着他父亲干建筑队的人中找了两个做事比较可靠的，让他们负责现场的具体工作，而他的父亲身体状况大有好转，还说要到施工现场看看施工质量。漯河湿地公园项目对于张继来来说是一项自己不熟悉领域的工程，可通过前一段时间的学习，他还是掌握了一定的土建施工知识。

接下来的一段时间，鲍光头就一直盯在施工现场，他算是重操旧业，但还是感觉自己的知识不够用，就不停地向现场施工人员询问细节，自己买了一些专业书籍，也从张继来那里要来了一些，利用晚上的时间继续恶补。张继来也经常去施工现场，一个月的时间里，他就陪镇上的领导去了三次，市里的领导去了一次。凌云除了搞他的分布式能源发电项目外，也经常到漯河湿地公园的施工现场转转。有时候，他们三个正好凑在一起，就在工地上吃饭，畅谈美好未来。

自从刘喆生病后，张继来又多了一份工作，就是和凌云轮着去照顾她，陪她说话，还隔三岔五地给她做饭吃。在他们的悉心照料下，刘喆的状态一天天好转。

对于自己照顾刘喆这件事情，朱敏嘴上虽然没说什么，可张继来感觉得到，她心里很不是滋味。他想跟朱敏解释一下，可又担心越解释越乱，就想让凌云多去看看刘喆，自己尽量少去。

张继来和凌云在漯河湿地公园待了一上午，鲍光头兴致勃勃地给他汇报工作，给他描述漯河湿地公园建成后气势恢宏的秀丽风景，张继来听后，笑着说："鲍光头，你已经得到了我的真传!"

气温已经到了二十多摄氏度，漯河湿地公园施工现场一派热火朝天的景象，张继来和现场施工人员热情地打着招呼，让鲍光头做好他们的后勤保障工作。

快中午的时候，他们三个商量着去吃火烧，喝豆腐脑，刚走出施工现场，正好碰到了刘喆，她右手撑着遮阳伞，左手着一个方便袋。凌云担心地说："你怎么来了？"

刘喆看了一眼凌云，又看了看张继来，说："小来子哥哥，你好几天没去看我了，我知道你现在肯定在工地上忙着，这是我做的饭，专门给你送过来的。"

"有没有我的啊？"鲍光头笑着说。

张继来瞪了一眼鲍光头，伸手接过刘喆手中的方便袋，说："刘喆，谢谢你！"

刘喆微微一笑，就转身走了，张继来和凌云相互看了看，心领神会地摇了摇头。

七十六、太阳能项目

通过这段时间的准备工作，再有一个月，凌云的太阳能发电项目就可以在清平镇已经竣工的建筑物顶上实施了，这对他来说，是二次创业的开始，虽有些担心，却也充满希望。说实在的，凌云很崇拜张继来，他很想成为像张继来那样的人，可张继来却说："每个人的人生都与众不同，你别看我现在很风光，说不定哪一天就成要饭的了，但是……我心态好，不怕失败，这一点，你确实得向我学习。"

在门口坐累了，凌云就起身走到屋里，他看到钟灵躺在床上吧唧了一下嘴巴，忍不住笑了一下，摇了摇头，就上床睡了。第二天早上，凌云骑着自行车在清平镇即将竣工的工地来回看了几遍，一看快九点了，他就往镇政府的方向骑去。他已经规划好了，也要在清平镇轰轰烈烈地干一番事业，哪怕失败也不后悔。走到镇政府门口的时候，朱敏正好骑着自行车过来，他就开玩笑说："我说朱大美女，张继来马上就是清平镇的首富了，就不能让他给你买辆电动车？张继来这个家伙太小气了。"

看到凌云后，朱敏下了自行车，瞪了他一眼，没好气地说："你还是好好想想怎么关心钟灵吧！我和张继来的事情不用你操心，找我什么事？"

"想你了，来看看你！"凌云嬉皮笑脸地说。

"没什么要紧的事我去上班了。"朱敏知道凌云找自己肯定有事情，就故意刺激他说。

"其实，除了想你，我还有更重要的事情……我的分布式能源项目手续都办得差不多了，晚上我想请你们吃个饭。"凌云笑着说。

"知道了，那我先进去了，马上要迟到了。"朱敏说着就推着自行车往镇政府大门里面走。

"其实，还有更重要的事情，叫上……叫上王……镇长吧！"凌云有些结巴地说。

朱敏知道凌云说出了心里话，回头看了他一眼，点了点头，就往镇政府大门里面走去。

告别朱敏后，凌云骑着自行车来到漯河湿地公园的施工现场，张继来光着膀子在施工现场走来走去，看到凌云后，他故意抬起脚来和他打招呼，大大咧咧地说："小凌子，你看我混得也不怎么样吧！鞋都张开嘴了，前几天你还说要向我学习，看来，你是选错了对象！"

凌云仔细看了一下张继来的两只鞋，前面都开口了，就笑着说："学习的对象选错了没事，谈恋爱的对象选错了可就不好了。"

"你是在说我吗？"张继来瞪了一眼凌云说，"刘喆是不是又出什么问题了？"

"没有，还是老样子，好像是更严重了，一天都说不上几句话。"凌云边说边往张继来工地上的办公室走去。

张继来疾走两步，追上了凌云，说："今天我们不谈女人，不谈爱情，我们要谈人生，谈事业，你看看我这工地的安全文明施工怎么样？我这个人虽然比较邋遢，但工地的安全文明施工还是像模像样的，市电视台都来拍过照了，他们想让我讲两句，我没有答应，让鲍光头代替我了，反正我们都是光头。"

进了张继来的临时办公室后，凌云随手拖过一把椅子坐了下来，张继来嬉皮笑脸地说："凌董事长，此次大驾光临，令寒舍蓬荜生辉，光芒万丈，不知此次前来，有何贵干？"

"晚上我要请王镇长吃饭，你也去吧！"凌云说出了此次前来的目的。

"我不去，我为什么要去？又不是我事业上的事。"张继来口是心非地说。

凌云白了一眼张继来，自己倒了一杯白开水，继续说："我觉得吧！你应该和朱敏好好谈谈了，到了谈婚论嫁的时候了。"

"不谈，不谈，说好了今天不谈女人，不谈感情，我在清平镇要轰轰烈烈干一番事业的雄心壮志还没有实现呢！怎能聊儿女私情，你以为我和你一样？简直是笑话……哦，对了，晚上的时间、地点，一会儿你给我发个短信。"张继来不着调地乱说一通，最后又说，"你的项目要开工了，搞个仪式吧！我们把清平镇有头有脸的人都叫来，我张继来在清平镇还是有点威望的，大家都会给我面子的。"

凌云没有说话，缓缓点了点头。几天前，通过鲍光头张罗，凌云招到了三名有电气专业工作经验的技术人员，但在太阳能发电方面，他们的技术还有些欠缺，凌云就利用自己学习的知识给他们讲了几天课，强调了一些施工过程的注意事项，还特别讲了一下要注意人身安全。凌云喝了一口白开水，非常诚恳地说："小来子，非常感谢你对我的帮助，我能够走到今天，受你的影响很大，我想……"

"你不用感谢我，我也不需要感谢，你要真想感谢的话，就把你的项目做好、做大、做强，冲击世界企业五百强，然后我们联手，冲击世界企业二百强。"张继来又开始不着调。

"说实话，今天晚上吃饭我心里有些发慌，甚至都不知道该说些什么，晚上吃饭的时候，你多讲话，关照一下。"凌云有些担心地说。

张继来最了解凌云的性格，也就不忍心再开玩笑，就说："小凌子，王镇长是朱敏的舅舅，也就是我的舅舅，你又是我的兄弟，没什么不好意思的。"

凌云抬起头来，感激地看着张继来，过了好久才说："小来子，你不是一般人。"

"哈哈……我当然不是一般人，想当年，老子的队伍才开张……"张继来还没唱完，鲍光头慌慌张张地跑了进来，大声说："张芳出车祸了，被送到镇上的医院，医院说处理不了，急忙转到县医院了。"

张继来瞪了一眼鲍光头，没好气地说："我跟你说过多少次了，要沉住气，要做到无故加之而不怒，猝然临之而不惧……你说谁出车祸了？"

"张芳！"鲍光头说。

"她出车祸和我们有什么关系？"张继来反问道，他看了一眼凌云，又说，"小凌子，我说得对不对？"

"可是……"凌云欲言又止。

"我知道你要说什么，你不知道张芳是怎么对你的？又是怎么对待钟灵的？

你不知道王登峰是怎么对我的?"张继来说道。

张继来、凌云、鲍光头在漯河湿地公园施工现场走了一圈,凌云在心里暗暗佩服张继来,能够把这个工地搞得像模像样。从漯河湿地公园走出来后,凌云还是忍不住给王登峰打了个电话,询问了一下情况,安慰了他一番。他本来想去县医院看看张芳,却被王登峰拒绝了。回到种植基地后,凌云看到钟灵正在门口坐着发呆,他没有把张芳出车祸的消息告诉她,冲她吹了个口哨,从屋里拿出一个小板凳坐在她身边。

"灵儿,在发什么呆呢?晚上我们去县城吃饭,你也去吧!"凌云笑着说。

"我不去,我感觉好累,我要好好休息一下。"钟灵有气无力地说。

"你的太阳能发电项目搞得怎么样了?"钟灵突然转移了话题。

"万事俱备,只欠东风,过几天就搞个开工仪式,这个你可要参加。"凌云笑着说。

钟灵没有看他,缓缓地点了点头。

傍晚,鲍光头开着车,拉着张继来和凌云早早地来到县城的一家高档酒店,定好酒菜,就在酒店下面的草坪上坐着聊天。看到王镇长的车来了后,三个人一起站了起来。王镇长下车后开玩笑说:"你们知道我是冒着多么大的风险才来的?这个小敏黏着我一定要来……"

"舅舅,下班了,你就不要摆领导的架子了,你看,凌云是我同学,鲍光头追过我,张继来是我……我们都是一家人,今天是家庭聚会,对吧,哥几个?"朱敏急忙从车里出来圆场。

鲍光头招呼着王镇长和朱敏往酒店里面走,张继来低声对凌云说:"今天晚上吃饭、喝酒时只谈感情,不要谈太阳能发电的事情。"

凌云若有所思地点了点头,跟在张继来后面有些担心地走进了酒店大厅。

七十七、一支美丽的歌

半个月后,凌云的太阳能发电项目如期开张,在张继来的邀请下,清平镇有头有脸的人物都来了。凌云心里明白,他们都是冲着张继来的面子来的。在开张仪式上,张继来一本正经地吹着:"我,张继来,一颗清平镇冉冉升起的巨星，比北斗七星最亮的那颗还要闪亮。需要强调的是，我不会陨落，当然，我知道，我的光芒不会照亮清平镇的夜空，但是……我在清平镇拼搏奋斗的经历会激励一代又一代年轻人，凌云就是个活生生的例子。当然，还有鲍光头、朱敏他们……"

"张董事长，我突然发现一个问题，这几年清平镇的牛越来越少了，你说这是为什么？"鲍光头也喝了不少酒，就借着酒劲在下面起哄。

"这个问题很简单，由清平镇成功青年张继来……来……来解释……"张继来一口干了杯中的啤酒，突然从座位上站了起来，看到张继来站了起来，大家也都跟着站了起来，张继来含糊不清地说："是张继来，来解释，不是张继，来解释，你们要搞清楚了。张继来和张继不是同一个人，你们不要搞混了，对吧？小凌子！对吧？鲍光头！"

凌云和鲍光头急忙点头，不知是在恭维还是酒喝多了下意识的行为，凌云也借着酒劲说："张继来，你是清平镇的成功人士，是我们学习的榜样，是大家心中的太阳，是清平镇少女的梦中情人……"

"对，张董事长是清平镇少女心中最闪亮的明星……"鲍光头也不甘示弱，打了个酒嗝，摇着头说。

"你们两个不要转移话题，清平镇的牛越来越少，我还没解释清楚呢！其实，不是清平镇的牛越来越少，而是清平镇的妞越来越少，你们看……看……"张继来越说越没有边际，越来越不着调，站都有些站不稳了。

朱敏急忙从座位上站起来扶着张继来，怕他继续说下去不知道要整出什么幺蛾子来，就拉着他往外走。张继来扭过头来朝大家挥手致意，几个小混混刚要上前起哄，被鲍光头制止了。张继来走后，凌云在鲍光头的陪同下，到另外两个桌子上敬酒，喝完最后一杯，就趴在桌子上不动了。钟灵看到凌云这副样子，心里很是心疼，和鲍光头送走客人后，把凌云搂在怀里，满眼柔情地看着他。鲍光头看了钟灵一眼，帮她把凌云扶进了隔壁的房间，说了句："好好照顾凌云！"就转身走了出去。

凌云的太阳能发电项目作为清平镇第一家分布式能源项目，得到了镇政府的大力支持，各项工作开展非常顺利。在工地上忙了三天后，凌云感觉精力不够用，就把种植基地交给钟灵管理，她搞不明白，就把九奶奶叫过去帮忙。看着凌云开始二次创业，九奶奶心里有说不出的高兴，看着钟灵在种植基地任劳任怨的样子，九奶奶不停地点头微笑。在种植基地，九奶奶笑着问钟灵："小钟灵，什么时候嫁给小凌子啊？"

"九奶奶，你净瞎说，谁要嫁给他啊？"钟灵害羞地说，但却掩盖不住幸福的表情。

"你们两个也老大不小了，要不……"九奶奶扭过头来试探着问，"今年年底就把婚事办了吧！"

钟灵没有说话，默默地低下了头。

张继来一直在忙漯河湿地公园的事情，凌云一直在忙太阳能发电的事情，半个月了，他们都没有联系过。要不是鲍光头的一个电话，凌云差点就把张继来这个家伙给忘了，接通电话后，鲍光头着急地说："小凌子，我不管你现在在忙什么，抓紧到漯河桥这里来。"

凌云不知道到底发生了什么事情，但听到鲍光头说话的语气有些颤抖，感觉肯定是发生了什么严重的事情，心里不免有些恐慌。挂掉电话后，凌云跟正在房顶施工的工人打了个招呼，就急忙往楼下跑去。跑到楼下后，随便骑了一辆自行车，朝漯河桥的方向冲去。

在离漯河桥还有一百米远的地方，一辆警车从凌云身边呼啸而过，响着刺耳的警笛，紧接着一辆救护车冲了过去。凌云抬头看了看，桥头上站着几个人，在指指点点地说着什么。警车开到桥上后，来了个急刹车停了下来，从警车上下来两个人，救护车上下来两个人，还从救护车里拿出一副担架。凌云到了桥头，还没有下自行车，就看到张继来坐在地上，怀里抱着一个女人，鲍光头呆呆地站在旁边。凌云心里咯噔一下，知道发生的事情比自己想象的还要严重，他随手把自行车往路边一推，自行车顺势溜到了路边的沟里。凌云刚要上前说什么，就看到两名救护人员把担架放在张继来身边，起身去扶张继来怀里的女人。

两名警察把围观的人赶下桥，拉起了警戒线，凌云也被隔在了警戒线以外，他还想往前走，却被一名警察推着后退了一步。鲍光头看到凌云来了后，上前跟警察打了个招呼，凌云从警戒线下钻了过来，他仔细一看，张继来怀里的女人不是别人，正是朱敏，他感觉眼前一黑，差点晕了过去。张继来面无表情地抱着朱敏，救护人员去扶朱敏时，张继来突然把朱敏抱得更紧了，惊恐地大声说："你们干什么？谁也不能从我身边抢走朱敏！你们也不行！"

这两名警察都认识张继来，一个个儿矮的警察上前弯着腰说："张总，他们是来救朱敏的，你……"

"朱敏好好的，不需要你们救，你们都走，不要打扰我和朱敏在一起。"张继来目光呆滞地说。

另一个个儿高的警察上前拍了拍鲍光头的肩膀，小声说："你劝劝张总吧！"

鲍光头看了看凌云，给他使了个眼色，凌云努力控制自己的情绪，咬着嘴唇点了点头，来到张继来身边蹲了下来。他看到朱敏脸色苍白，浑身湿透了，又抬头看了看张继来这副伤心欲绝的样子，扭过头去擦了擦眼泪，又扭过头来说："小凌子，朱敏睡着了，让她回家睡吧！"

张继来木讷地点了点头，双手慢慢松了下来，两名医护人员急忙把朱敏抬到担架上，迅速抬着担架进了救护车。看到救护车开走后，张继来突然站了起来，发疯似的去追赶，凌云和鲍光头急忙追上把他拉住，张继来挣扎了一会儿，一屁股坐在地上，低着头再也不说话。

"朱敏就是一支美丽的歌，唱过我的生命，在我的生命里划过一道美丽的弧线……"张继来仿佛在自言自语。

凌云和鲍光头在张继来两边站着，他们明白张继来的意思，却不知道该如何安慰他，就和他一起保持沉默。

七十八、裸捐

近三个月的时间，张继来一直笼罩在朱敏去世的阴影之下，他无心料理漯河湿地公园的事情，无心照顾小来子大酒店的生意，无心去夜来香歌厅视察工作，也无心关注刘喆越来越严重的抑郁症。现在的张继来，每天都要把和朱敏在一起的事情仔仔细细地回忆一遍，每个夜晚都要带着对朱敏深深的思念入眠。看着张继来日渐消瘦的身体，凌云急在心里，鲍光头着急得使劲跺脚，可关于朱敏的事情，他们谁也不愿意和张继来提起。

漯河湿地公园一期工程即将结束，凌云除了搞他的太阳能发电分布式能源项目，就是到漯河湿地公园现场帮忙处理工地上的事情，张继来竟然说要给凌云开工资，被凌云笑着婉言拒绝了。在凌云心里，张继来是一位事业上的成功者，现在看来，他还是一颗千载难逢的情种。凌云知道，刘喆拒绝了张继来的爱情，这给了张继来不小的打击，朱敏的去世，把张继来的感情推进了冰谷。每天傍晚，张继来有事没事都要到漯河边去溜达，一开始的时候，凌云远远地跟在他后面，他没有空的时候，鲍光头就跟在他后面。直到有一天张继来说："你们不用跟着我，我会游泳，淹不死自己。"他们才不再跟在张继来后面了。

漯河湿地公园施工现场一派热火朝天的景象，这是镇重点项目，又是民生工程，全镇上下各级领导都非常重视。在一期工程即将结束的前一周，王镇长每天都要到漯河湿地公园施工现场看一下，有时候是在上班前，有时候是在上班后。看到张继来一直沉浸在对朱敏的思念之中，王镇长心有不忍，就对他说："张继来，别这样折磨自己了，如果小敏在天有灵，也不愿看到你这个样子，振作起来，小敏希望看到一个有活力的张继来。"

"王镇长……"张继来刚开口就被王镇长打断了。

"现在是下班时间，又不是外人，叫舅舅吧！小敏也愿意你这样叫我。你知道吗，小敏已经收到了调令，要到市报社做记者，这不是因为我的原因，是小敏一直在自学，考出了记者证，她还一直在自学英语，自学影视制作……"王镇长叹了一口气，摇了摇头，继续说，"可是……造化弄人啊！"

张继来和王镇长并肩走着，他看了看路边的景观标志，同和桥、谦和桥、瑞和桥、林荫路等，这一些名称，都是他和朱敏在漯河边散步的时候，朱敏笑着给起的名字，当时他还说："你又不是设计师，设计人员早就起好了，他们不会听你的。"

朱敏去世后，张继来就和镇政府沟通，希望把这一些景点改成朱敏给起的名字，为此，王镇长专门召开了一次办公会议，还邀请张继来参加。张继来把自己的想法说了后，与会人员一致同意张继来的想法，就这样，漯河湿地公园的许多景点就改了名字。就这样，当自己老了的时候，再来漯河湿地公园，看着这些景点名字的时候，朱敏又会悄然出现在自己的眼前。这样想着，张继来就考虑着要在建设漯河湿地公园二期工程的时候，给几个景点起名朱和桥、敏和桥，他要把朱敏永远留在自己的身边。

"张继来，振作起来吧！清平镇还有很多事情等着你去做，你只有回到之前的状态，小敏才会安心。"王镇长语重心长地说。

张继来缓缓地点了点头，说："王……舅……你看，后天就是漯河湿地公园一期工程竣工典礼，我不想参加了，就让凌云和鲍光头主持大局吧！"

王镇长停下了脚步，指着前方的一片美景说："如果朱敏能看到这眼前的一切该多好啊！别折磨自己了，你还记得当时你对漯河湿地公园设计规划的建议吗？"

张继来也停了下来，抬头看了看天，又低下头看了看地，说："我记得，我要在清平镇大干一场的计划也不会改变。"

"就是，你也是清平镇有头有脸的人，镇上的人非常认同你，你的口碑还是不错的。你看，我们镇现在发展这么快，要把握住机会啊！"王镇长语重心长地说。

漯河湿地公园一期工程竣工仪式如期进行，张继来特意叮嘱鲍光头要低调，不要发太多的请帖。但不发请帖也没有用，市政府的领导、镇政府的领导，镇上有过和张继来接触的生意上的朋友，小来子养鹅厂、小来子饭店、小来子超市的领导都来了，凌云、鲍光头、钟灵、九奶奶、刘阿姨来了，刘喆满脸愁容地来了，王登峰也不请自来了。

竣工仪式先是市领导讲话，再是镇领导讲话，轮到张继来讲话时，他竟然有些害羞，也许是还笼罩在朱敏去世给他带来的阴影之中，这次讲话他没有不着调，而是非常严肃地说："其实，这个竣工仪式我本不想参加的，但昨天夜里我做了一个梦，朱敏笑着对我说，张继来，我现在在市里的报社当记者了，漯河湿地公园的竣工仪式，我要去采访你的，所以，我就来参加了。我知道，大家又以为我说话不着调了，但我知道，我和朱敏的感情是真真实实的。漯河湿地公园一期工程竣工了，大家有了休闲娱乐的好地方，我张继来总算为清平镇做了一件实实在在的事情。另外，还有一件事情我要宣布一下，下个月，我要卖掉小来子大酒店和夜来香歌厅，我出资一百万，成立朱敏基金……"

张继来的话还没有说完，人群里便爆发出一阵阵骚乱声，大家开始议论纷纷，都以为张继来疯了，钱多得花不完了。张继来环视了一下人群，待平静下来之后，又继续说："我张继来能有今天，全靠父老乡亲们的支持，我不会说什么客套话，不会说什么漂亮话，我就是想为我们清平镇的发展奉献一点微薄之力。"

张继来的讲话赢得了人们一阵阵热烈的掌声。

竣工仪式结束后，张继来、凌云、鲍光头把市里的领导、镇里的领导送走，鲍光头长出一口气，就开始安排前来祝贺的嘉宾到小来子大酒店吃午饭。凌云看到王登峰一个人在路边坐着，就来到他身边，说："小峰子，怎么了？一起去吃饭吧！"

王登峰摇了摇头，又点了点头，叹了口气说："我们都小看小来子了，都小看小来子了，他才是有胸怀、有格局的人，我们离他十万八千里呢！在清平镇我还想跟他斗，真是自不量力，自不量力啊！"

"什么斗？什么自不量力啊？你是不是受什么刺激了？"凌云边说边在王登峰的身边坐了下来，扭头看了他一眼，又说："说真的，张继来不是一般人，我们虽然都叫他不着调，但他却是清平镇的英雄。走吧！吃饭去，下午也没什么事，中午喝点！"

这一段时间，王登峰除了照顾几个门店，就是回家照顾躺在床上半身不遂的张芳。

中午，在小来子酒店，凌云、张继来、鲍光头招呼着清平镇上这些有头有脸的人物，好不容易把他们送走了，鲍光头安排了个单间，让厨师炒了几个小菜，他们又开始喝第二场，还有一下午的时间，慢慢喝吧！王登峰不胜酒量，吐过两次之后，又继续喝，嘴里含糊不清地说着："你们几个不知道，其实，我心……心里苦啊！你们看看，我考上大学有……有什么用？还不是回到了清平镇和……和兄弟几个成了竞争……对手。我本不想这样的……我……找了个有钱的……媳妇……媳妇又有什么用？现在我守着一个植物人，给她……端屎端尿……我真怀念我们小时候的生活啊……"

王登峰还没说完就趴在桌子上不动了，鲍光头把他扶到旁边的沙发上躺了下来，又在沙发旁边放了一个垃圾桶，他转身看了看张继来和凌云，说："还喝不？"

"喝！"凌云说。

"为什么不喝？"张继来说。

"好！"鲍光头大声说。

"对……"王登峰稀里糊涂地说。

鲍光头回到座位上坐了下来，凌云看了一眼王登峰，说："王登峰也不容易啊！多年的委屈和怨恨一下子发泄了出来，心里应该舒服多了。"

"我们谁都不容易……你看，我容易吗？但再大的困难，再大的委屈，我们也不能在脸上表现出来……其实，每个人有每个人的生活方式，选择了，就不要后悔……"张继来还没有喝多，头脑很清醒，他继续说，"你们看，在清平镇，我也算是一位成功的创业者，可是爱情呢？刘喆拒绝了我的爱情，我不能去怪她，朱敏给了我爱情，让我找到了谈恋爱的感觉，可是……可是，她却连告别的话也不说一声就离开了我……所以……我有一个想法，上午也已经说过了，我说得比较含蓄，其实……我的真实想法是裸捐，把我现在拥有的一切都捐出去，一切从头再来。"

凌云和鲍光头吃惊地看着张继来，以为他喝多了，刚端起来的酒杯悬在空中不动了，张继来又一字一句地说："对，裸捐，一切从头再来，事业从头再来，爱情……这一生只爱朱敏一个，我这次绝对着调。"

七十九、江河入海

凌云和钟灵的婚事一直拖着，九奶奶劝钟灵快点结婚，刘阿姨劝凌云快点结婚，看到张继来失去朱敏后的痛苦，看到王登峰和张芳结婚后的纠结，看到鲍光头一个人无拘无束，凌云对结婚产生了怀疑，刘阿姨劝他，他嘴上表示同意，但内心不急。

现在已经是深秋了，天气也有些凉，钟灵一个人在种植基地的门口坐着，嘴里含着一根狗尾巴草，她扭头看了看身边的小黄狗，自言自语地说："小黄狗啊！小黄狗！人的思想要是有你这么简单、这么单纯就好了，心里想的事情少了，就不会有那么多烦恼了。"

小黄狗"汪……汪……"叫了两声，摆了摆尾巴，似乎听明白了钟灵的话，又眨了几下眼睛，就钻进狗窝里睡觉了。

钟灵看到远处有人过来了，仔细看了看，知道是九奶奶又来催促自己的婚事了，她无奈地微笑着摇了摇头，起身去迎接九奶奶。九奶奶也看到了钟灵，就大声说："灵儿，灵儿，我这次不是来催促你和凌云婚事的，我有别的事情。"

小黄狗也兴奋地跑了出来，在钟灵的脚边跳来跳去。还没走到钟灵跟前，九奶奶又大声说："灵儿，灵儿，你快去看看吧！小来子和小凌子在商量着什么裸捐的事情，小来子要捐什么公园、酒店的事情我听说过，可小凌子也凑什么热闹，说是要捐种植基地、捐什么分布式太阳能发电，他凑哪门子热闹啊？那个鲍光头也喝多了，说什么自己也要裸捐，有了老婆就要把她捐给国家。"

听到九奶奶这么说，钟灵心里明白了，他们几个肯定是喝多了，听说张继来要裸捐，就借着酒劲乱吹一番，她笑着说："九奶奶，他们几个在哪里？"

"在杂货铺后面的院子里，你快去看看吧！我去趟敬老院，听说吉吉的抑郁症又厉害了，嘴里天天说着，他为什么不喜欢我了，他为什么不追我了，我真担心她会做出什么傻事。"九奶奶说完转身就往回走，刚走了几步，又转过身来说，"灵儿，你和凌云的婚事要抓紧啊！"

本以为九奶奶不会再提自己和凌云的婚事，突然听到九奶奶又来了这么一句，她皱了皱眉头，说："九奶奶，你先去看看刘喆吧！我一会儿也去看看她。"

看到九奶奶走远后，钟灵回去把种植基地的门锁好，骑着电动车，朝九奶奶杂货铺的方向驶去。

九奶奶杂货铺后面的大院子里，张继来、凌云、鲍光头都喝了不少，嘴里含糊不清地说着什么。看到钟灵来了，凌云急忙起身去迎接，刚站起来，险些跌倒，钟灵急忙上前几步把他扶住。张继来抬头看了看钟灵，又看了看凌云，稀里糊涂地说："钟灵……姑娘，我们刚……刚才还提到你和凌云结婚的……事情呢！抓紧结婚吧？给我和……鲍光头做个榜样，你看看我们几个，包括那个书呆子王登峰，就……数，你们的爱情最稳定，最甜蜜了……"

"就……就是，你们再不结婚，我可找个女朋友，抢在你前头了……给国家……"鲍光头也借着酒劲起哄。

凌云站稳后，听到张继来和鲍光头这样刺激自己，使劲摇了摇头，双手搓了搓脸，大声说："灵儿，首先，我要说明的是我还没有喝醉，头脑还清醒；其次，我要说明的是，钟灵，我喜欢你，嫁给我吧！最后，我要说明的是，我说的都是真的。"

听到凌云这么说，钟灵感觉脸上一阵发热，她不知道该说什么，就呆呆地站在原地不动，害羞地点了点头。刚点完头，嘴巴就被凌云的嘴封住了。钟灵惊慌地看了看张继来和鲍光头，不敢和他们的目光对视，就闭上眼睛任由凌云借着酒劲"欺负"自己，双手也慢慢地抱住了凌云。

钟灵本来是想听听这三个家伙是如何借着酒劲吹牛的，没想到自己还没说一句话，就被凌云给搞定了。不过，这样也好，其实，这一段时间，她一直被自己和凌云的婚事搞得很纠结，被凌云吻了很长一段时间后，她感觉有些喘不过气来，就使劲推开了凌云，说："张继来，鲍光头，这个就是我和凌云的婚礼现场，我不需要有车有房，也不需要什么嫁妆，我需要凌云这个人，我需要你们的祝福。"

张继来和鲍光头被钟灵的话吓着了，你看看我，我看看你，用手摸了摸光头，就站起来疯狂地鼓掌。张继来晃晃悠悠地说："小凌子，灵儿姑娘，祝福你们，祝你们幸福。"

鲍光头又摸了摸光头，说："我要说的和张继来一样。"

凌云转过身来说："你们没有诚意啊！我们都结婚了，你们怎么都不随礼啊？"

"随礼那多俗，没意思！"鲍光头说。

"我的意见和鲍光头一样。"张继来说。

"好像很有道理，你说呢，新娘子？"凌云又转过身来问钟灵。

"我接受他们的祝福！"钟灵突然哭着说。

看到钟灵哭了，凌云以为自己做错了什么事情，就急忙安慰她说："你别生气，你别生气，我们在开玩笑呢！"

张继来和鲍光头又相互看了看，摸了摸光头，不知道该说什么。凌云给张继来使了个眼色，让他说点什么，张继来没有说什么，又给鲍光头使了个眼色，让他说点什么，鲍光头也没有说什么。

看到他们三个这副窘迫的样子，钟灵深呼吸了两口气，停止了哭泣，非常认真地说："凌云，我说的是认真的，我再也无法等下去了，我再也无法强迫自己了。我也真诚地接受张大哥和鲍大哥的祝福，今后，我再也不会离开你了。"

凌云站在原地一动不动，呆若木鸡，张继来看了看鲍光头，给他使了个眼色，要一起离开。鲍光头故意说："我不走，我要学习一下怎样谈恋爱。"

"学什么学？明天找个女朋友自己学去。"张继来边说边推着鲍光头走出了九奶奶杂货铺的大院子。

出了九奶奶杂货铺院子的大门后，鲍光头还不死心，他问张继来："他们这样就算结婚了?!"

"你说呢？婚礼只是一个形式。"张继来说。

"嗯！就像你之前说过的，人生也是一个形式。"鲍光头说。

"一个人的一生总要做点与众不同的事情。"张继来说。

"嗯……"鲍光头若有所悟地点了点头。

这天晚上，凌云和钟灵就睡在了九奶奶给他们准备了一年之久的婚房里。第二天一早，凌云早早地醒来，他扭头看了看睡在自己身边的新娘，侧着身子在她额头上亲吻了一下。这时，钟灵也醒了过来，她害羞地笑了笑，缓缓地说："昨晚你喝酒了，我再重申一次，我已经是你的新娘了。"

凌云缓缓地点了点头，他看了看时间，说："你再睡一会儿，张继来已经在漯河桥上等着了，他说有重要的事情要跟我商量。"

钟灵微笑着点了点头，双手交叉着放在头下，说："去吧！不管你做什么，我都支持你。"

凌云小跑着来到漯河桥，天刚蒙蒙亮，他看到张继来和鲍光头面朝东方，站在漯河桥上，就大声说："对不起，新婚之夜，睡过头了。"

"我们原谅你了。"张继来笑着说，看这个样子，不着调的性格又开始暴露了。

凌云笑了笑，来到张继来和鲍光头身边，和他们并肩站着，面向太阳升起的方向。

"你们说，王登峰那个家伙是怎么想的？他竟然说朱敏去救那名落水的拾荒者不值得。这不是值不值得的问题，只要朱敏认为值得，那就值得。"张继来说。

"又在想朱敏了……"凌云说。

"是啊！我想朱敏，每天都在想，但我更在想自己的人生应该怎样度过才更有意义。"张继来说。

"张董事长说过，我们人生很短暂，要集中精力做点有意义的事情。"鲍光头说。

"你们看看眼前这条河，它一直陪伴着我们，所有的江河都将入海，漯河也一样。"张继来说。

"我们每个人的归宿最终也一样，但我们总要做点事情，提高我们人生的高度。"凌云说。

"浩瀚宇宙，我们何其渺小，我们生活的地球只是宇宙中的一粒尘埃，我们的人生何其孤独，何其荒凉，但我们的人生又何其伟大，何其壮观。"张继来说。

"太阳每一天都会升起，我们的人生随时都可以是新的起点。"鲍光头说。

"我也要做点有意义的事情。"凌云说。

"对，一切从头开始。"张继来说。

太阳正在缓缓升起，朝霞映染着漯河波光粼粼的水面，也映红了他们三个人的脸庞。漯河的水缓缓流淌，它最终的归宿也将是大海，毕竟，所有的江河都将入海。